A LIBRARY OF
DOCTORAL
DISSERTATIONS
IN SOCIAL SCIENCES IN CHINA

中古咏史诗研究

A Study of Poem on History in the Middle Ancient Times in China

王 帅 著

导师 葛晓音

中国社会科学出版社

图书在版编目（CIP）数据

中古咏史诗研究／王帅著 . —北京：中国社会科学出版社，2023.3
（中国社会科学博士论文文库）
ISBN 978 - 7 - 5227 - 1255 - 0

Ⅰ.①中⋯　Ⅱ.①王⋯　Ⅲ.①咏史诗—诗歌研究—中国—中古
Ⅳ.①I207.22

中国国家版本馆 CIP 数据核字（2023）第 021370 号

出 版 人	赵剑英	
责任编辑	马　明	邰淑波
责任校对	许　惠	
责任印制	李寡寡	

出　　版	中国社会科学出版社	
社　　址	北京鼓楼西大街甲 158 号	
邮　　编	100720	
网　　址	http：∥www.cssxpw.cn	
发 行 部	010 - 84083685	
门 市 部	010 - 84029450	
经　　销	新华书店及其他书店	

印　　刷	北京明恒达印务有限公司	
装　　订	廊坊市广阳区广增装订厂	
版　　次	2023 年 3 月第 1 版	
印　　次	2023 年 3 月第 1 次印刷	

开　　本	710×1000　1/16	
印　　张	18.25	
插　　页	2	
字　　数	300 千字	
定　　价	98.00 元	

凡购买中国社会科学出版社图书，如有质量问题请与本社营销中心联系调换
电话：010 - 84083683
版权所有　侵权必究

《中国社会科学博士论文文库》
编辑委员会

主　　任：李铁映
副 主 任：汝　信　江蓝生　陈佳贵
委　　员：（按姓氏笔画为序）
　　　　　王洛林　王家福　王缉思
　　　　　冯广裕　任继愈　江蓝生
　　　　　汝　信　刘庆柱　刘树成
　　　　　李茂生　李铁映　杨　义
　　　　　何秉孟　邹东涛　余永定
　　　　　沈家煊　张树相　陈佳贵
　　　　　陈祖武　武　寅　郝时远
　　　　　信春鹰　黄宝生　黄浩涛
总 编 辑：赵剑英
学术秘书：冯广裕

总　序

在胡绳同志倡导和主持下，中国社会科学院组成编委会，从全国每年毕业并通过答辩的社会科学博士论文中遴选优秀者纳入《中国社会科学博士论文文库》，由中国社会科学出版社正式出版，这项工作已持续了12年。这12年所出版的论文，代表了这一时期中国社会科学各学科博士学位论文水平，较好地实现了本文库编辑出版的初衷。

编辑出版博士文库，既是培养社会科学各学科学术带头人的有效举措，又是一种重要的文化积累，很有意义。在到中国社会科学院之前，我就曾饶有兴趣地看过文库中的部分论文，到社科院以后，也一直关注和支持文库的出版。新旧世纪之交，原编委会主任胡绳同志仙逝，社科院希望我主持文库编委会的工作，我同意了。社会科学博士都是青年社会科学研究人员，青年是国家的未来，青年社科学者是我们社会科学的未来，我们有责任支持他们更快地成长。

每一个时代总有属于它们自己的问题，"问题就是时代的声音"（马克思语）。坚持理论联系实际，注意研究带全局性的战略问题，是我们党的优良传统。我希望包括博士在内的青年社会科学工作者继承和发扬这一优良传统，密切关注、深入研究21世纪初中国面临的重大时代问题。离开了时代性，脱离了社会潮流，社会科学研究的价值就要受到影响。我是鼓励青年人成名成家的，这是党的需要，国家的需要，人民的需要。但问题在于，什么是名呢？名，就是他的价值得到了社会的承认。如果没有得到社会、人民的承认，他的价值又表现在哪里呢？所以说，价值就在于对社会重大问题的回答和解决。一旦回答了时代性的重大问题，就必然会对社会产生巨大而深刻的影响，你也因此而实现了你的价值。在这方面年轻的博士有很大的优势：精力旺盛，思想敏捷，勤于学习，勇于创新。但青年学者要多向老一辈学者学习，博士尤其要很好地向导师学习，在导师的指导下，发挥自己的优势，研究重大问题，就有可能出好的成果，实现自己的价值。过去12年入选文库的论文，也说明了这一点。

什么是当前时代的重大问题呢？纵观当今世界，无外乎两种社会制度，一种是资本主义制度，一种是社会主义制度。所有的世界观问题、政治问题、理论问题都离不开对这两大制度的基本看法。对于社会主义，马克思主义者和资本主义世界的学者都有很多的研究和论述；对于资本主义，马克思主义者和资本主义世界的学者也有过很多研究和论述。面对这些众说纷纭的思潮和学说，我们应该如何认识？从基本倾向看，资本主义国家的学者、政治家论证的是资本主义的合理性和长期存在的"必然性"；中国的马克思主义者，中国的社会科学工作者，当然要向世界、向社会讲清楚，中国坚持走自己的路一定能实现现代化，中华民族一定能通过社会主义来实现全面的振兴。中国的问题只能由中国人用自己的理论来解决，让外国人来解决中国的问题，是行不通的。也许有的同志会说，马克思主义也是外来的。但是，要知道，马克思主义只是在中国化了以后才解决中国的问题的。如果没有马克思主义的普遍原理与中国革命和建设的实际相结合而形成的毛泽东思想、邓小平理论，马克思主义同样不能解决中国的问题。教条主义是不行的，东教条不行，西教条也不行，什么教条都不行。把学问、理论当教条，本身就是反科学的。

在21世纪，人类所面对的最重大的问题仍然是两大制度问题：这两大制度的前途、命运如何？资本主义会如何变化？社会主义怎么发展？中国特色的社会主义怎么发展？中国学者无论是研究资本主义，还是研究社会主义，最终总是要落脚到解决中国的现实与未来问题。我看中国的未来就是如何保持长期的稳定和发展。只要能长期稳定，就能长期发展；只要能长期发展，中国的社会主义现代化就能实现。

什么是21世纪的重大理论问题？我看还是马克思主义的发展问

题。我们的理论是为中国的发展服务的，绝不是相反。解决中国问题的关键，取决于我们能否更好地坚持和发展马克思主义，特别是发展马克思主义。不能发展马克思主义也就不能坚持马克思主义。一切不发展的、僵化的东西都是坚持不住的，也不可能坚持住。坚持马克思主义，就是要随着实践，随着社会、经济各方面的发展，不断地发展马克思主义。马克思主义没有穷尽真理，也没有包揽一切答案。它所提供给我们的，更多的是认识世界、改造世界的世界观、方法论、价值观，是立场，是方法。我们必须学会运用科学的世界观来认识社会的发展，在实践中不断地丰富和发展马克思主义，只有发展马克思主义才能真正坚持马克思主义。我们年轻的社会科学博士们要以坚持和发展马克思主义为己任，在这方面多出精品力作。我们将优先出版这种成果。

2001 年 8 月 8 日于北戴河

摘　　要

在中古诗歌研究中，咏史诗是相对薄弱的一个方面，已有研究大多偏重于对中古咏史诗的发展作平面的描述性研究，较少对这一时段咏史诗总体特征的诸多问题作深入的探讨。本课题在前人研究的基础上进一步拓展研究视角，根据中古咏史诗的创作特征提炼出若干核心问题，从咏史意识、题材选择、社会风气、创作传统、写作技巧、文体互动等角度对这些问题进行分析。本书认为：中古咏史诗之所以形成其独特的风貌，与促使这一题材形成的时代意识，以及其集中于吟咏士人和女性这两大主题的取向有最直接的关系。并以这一研究思路为主线，将全书分为五章。

第一章重点讨论中古咏史诗的概念、类型与艺术特点。本书从两个层次界定咏史诗。狭义的咏史诗是指诗人用诗歌的形式，记录或者评论真实的历史人物和历史事件。广义的咏史诗是指诗人借用诗歌这一文学形式，对真实历史、历史信息载体、文学史传统塑造的历史形象进行记录、评论或颂赞。同时根据这一定义，将咏史诗分为传体、论体、赞体三种类型，论述了"三体"先后发展的时段性特点：在以史为鉴的咏史意识影响下，汉魏咏史诗以传体为主。到两晋时期，历史概括能力和艺术表现水平大大提升，论体咏史开始成为主流。齐梁时期，随着文学"娱乐"观念的兴起，咏史诗呈现出"近体化"的特征，赞体咏史诗开始产生并不断发展。

第二章着重探讨促使咏史诗产生和发展的咏史意识，围绕文学中的"咏史意识"和"述祖传统"这两个问题进行分析，认为两汉"以史为鉴"、"以史为据"的史学观念，对于诗歌中"咏史意识"的产生具有直接的催化作用。两汉时期，整个社会讲史、论史、评史的风气十分浓厚，各种文学形式中都萌生了"咏史意识"，这是咏史题材产生的直接原因。此后到两晋、南朝时期，与门阀制度的发展相关，文学中兴起了"述祖德"的传统，士人在诗歌创作中反复地歌咏自己祖先的功德，以作为自己行道立世的依据；同时各朝郊庙歌词中也通过大量地"颂美先王"功德以证明本朝承继天命的合法性。从根本上来说，"述祖德"是两汉"咏史意识"的延续和转化，也是推动咏史诗题材发展的外部原因。

第三章重点考察了中古咏史诗"士人主题"集中出现的现象和原因。本章认为："咏史意识"和"述祖德"传统的形成，促进了诗人对于士族的家族传统以及士人如何安身立命的深度思考，这就促使"士人主题"成为中古咏史诗最重要的主题。从左思到陶渊明、颜延之，以歌咏士人先贤为主题的咏史诗完成了由"立功"向"立名"的价值观转变。这些诗歌中所表达的"三不朽"理想正是"建安风力"的精神内核。士人主题也成为建安风力得以在从魏到东晋古诗中延续的重要内因。到南朝时期，"士人主题"逐渐消歇，代之而起的是怀古诗。虽然怀古诗在内容上与魏晋时期士人主题一脉相承，但缺乏真情实感和深厚寄托，加上表现方式的咏物化倾向，导致蕴含在咏史诗士人主题中的"建安风力"也随之走向衰落。

第四章则以中古咏史诗中出现的"女性主题"作为讨论的重点。以"秋胡妻"、"班婕妤"、"楚妃"、"王昭君"、"铜雀妓"、"长门怨"等诗题中的女性形象为核心，分析了"女性主题"发展和变化的特点及其背后的原因：认为咏史诗内的"女性主题"在中古时期是与思妇诗和怨妇诗同步发展的。西晋时期咏史诗女性主题有着明显的"崇妇德"的倾向，这和当时社会风气有着直接的关系。而南朝以来，诗歌中的女性题材逐渐走向繁荣，尤其是南朝宫体诗兴起以后，描写女性成为诗歌最重要的主题之一。这种风气自然会影响到咏史诗的内容，随着南朝诗人审美趣味的趋同，以及古题乐府近体化，咏史诗中的女性描写开始向闺怨靠拢。这也反映出晋宋、齐梁诗风由古体到近体的转关。

第五章指出中古时期咏史诗与其他诗歌题材之间存在交叉和互动的现象，并分析了这种"互动"的原因：认为魏晋时期，因为"咏史意识"和"述德传统"的催化，各种诗歌题材中都出现了大量的"以史为据"、"以史为鉴"、"追述先祖"、"颂美先王"的成分，这就造成咏史与述德、劝励、咏怀、赠答、郊庙、乐府等题材内容的交叉。南朝时期，随着齐梁诗风的近体化进程，士人主题开始转化为怀古，女性主题开始转化为闺怨，又造成了咏史和怀古、游侠、行旅、哀伤、宫怨等题材的内容和表现的类似性。而咏史题材和其他题材存在互动的原因比较复杂，齐梁以前，诗人创作诗歌之时并没有明确的题材意识，只是按照诗歌传统来进行创作。萧统《文选》在编辑诗歌类目之时，继承前代诗歌分类的思想，第一次在理论上有了明确的题材意识，并以使用功能作为区分题材的标准。但在选诗分类和类目上都有含混和标准不一的问题，这种界分不清的现象正反映了咏史诗与其他题材之间不可避免的相互影响，也体现了中古诗歌各类题材在互动中发展的普遍性。

在具体的研究过程中，本书还对陆机《班婕妤》，左思《咏史》，陶渊明《咏贫士》、《咏荆轲》、《咏二疏》，颜延年《五君咏》、《秋胡行》等咏史名篇进行了更加细致和深刻的解读，提出了一些全新的看法。

关键词：中古时期；咏史诗；咏史意识；艺术特点；诗歌题材

Abstract

In the study of Chinese poetry in the Middle ancient time, the poem on history is a relatively weak aspect. Most of the existing studies focus on simple descriptive research, and lack of in-depth research and analysis. On the basis of previous studies, this topic hopes to further expand the research perspective, extract a number of core issues, and analyze these issues from the perspectives of the consciousness of commenting and thinking about history, subject selection, social atmosphere, creative tradition, writing skills, stylistic interaction, etc. This paper holds that the unique style of the poem on history in the middle ancient time in China is directly related to the literary consciousness of the society at that time. Therecording and commenting of scholar and women is also an important reason for the formation of its artistic style. This paper is divided into five chapters:

The first chapter focuses on the concept and types of poems on history in the Middle Ancient time in China, and briefly analyzes the artistic characteristics of different types. This paper defines poems on history from two levels: in a narrow sense, it refers to poets who record or comment on real historical figures and events in the form of poetry, in a broad sense, it refers to the poet's recording, commenting or praising the historical image created by the real history, historical information carrier and literary history tradition. According to this definition, poems on history are divided into three types: recording history, commenting on history and praising history.

The second chapter focuses on the consciousness of commenting on and thinking about history, which promotes the generation and development of poems on history, and focuses on the "the consciousness of commenting on and thinking about history" and "tradition of recounting ancestors" in literature since the Han Dynasty. This paper argues that with the development of historical concepts in the Han Dynasty, writers began to quote and comment on history in a large number when creating poems. The concept of "commenting on and thinking about history" has sprouted in various literary forms, which is the direct reason for the creation of poems on history. From then on, to the Jin and Southern Dynasties, under the influence of the patriarchal system, the tradition of "praising ancestors' virtue" emerged in literature; At the same time, the royal families of all dynasties also constantly "praise the merits of the previous kings" to prove their legitimacy in the process of worshipping their ancestors. This is the inheritance of the concept of the Han Dynasty, and also the external reason for promoting the development of poems on history.

The third chapter focuses on the phenomenons and reasons of the concentration of the "scholar theme" in the poems on history in the middle ancient time in China. This chapter believes that the formation of the tradition of "commenting on and thinking about about history" has promoted the poet to constantly ponder two questions: what is the significance and value of the family tradition? How do you inherit the family tradition and realize the value of life? This made the "scholar theme" become the most important theme of poems on history in the middle ancient time. From Zuo Si to Tao Yuanming and Yan Yanzhi, they continued to praise and discuss the scholars they admire, which is also their inheritance of the spirit of Jian'an literature. In the Southern Dynasty, this theme gradually subsided, resulting in the decline of the Jian'an literary spirit contained in the poems on history.

The forth chapter focuses on the "theme of women" in peoms on history in the middle ancient time in China. Taking the female images of "Qiuhu's wife", "Ban Jieyu", "Princess of Chu", "Wang Zhaojun", "Dancers of the Bronze Bird Platform", "Chen Ajiao" as the core, this paper analyzes the characteristics of this development and change. This paper holds that the female theme in the Western Jin Dynasty has an obvious tendency of "respecting virtue". After the rise of Gongti poetry in the Southern Dynasty, the description of women has become one of the most important themes of poetry. This also affected the content of poems on history. With the convergence of aesthetic tastes of poets in the Southern Dynasty and the modern times of ancient Yuefu, the description of women in poems on history began to close to boudoir resentment. This also reflecteed the transformation of the poetic style of Jin, Song, Qi and Liang dynasties from ancient times to modern times.

The fifth chapter focuses on the interaction between poems on history and other poetry themes: In the Wei and Jin Dynasties, with the development of "The consciousness of commenting and thinking about history", a large number of historical figures and historical events appeared in various poetic genres, resulting in similarities in writing materials. During the Qi and Liang Dynasties, with the continuous transformation of the theme of poems on history, poems on history began to show similar artistic features with the popular poetry themes at that time. The reasons of this phenomenon are very complex. The main reason is that before Qi and Liang Dynasties, poets did not have a clear sense of theme when they wrote poems, but only created according to the tradition of poetry. Although Xiao Tong tried to distinguish different poetry subjects when editing poetry categories, there still existed the problem of non-standard classification. This also reflected the general characteristics of the development of Chinese poetry in the Middle ancient.

In the specific research process, this paper also makes a more in-depth and detailed analysis and interpretation of the representative works of Lu Ji, Zuo Si, Tao Yuanming and others, and puts forward some new introduction and analysis.

Key Words: Middle Ancient Time in China, Poems on History, Consciousness of Thinking and Commenting on History, Artistic Characteristics, Poetry Theme

目 录

绪 论 ……………………………………………………………（1）
 第一节　选题动机和研究意义 …………………………………（1）
  一　选题动机 ……………………………………………………（1）
  二　研究思路与框架 ……………………………………………（2）
 第二节　前人研究综述 …………………………………………（4）
  一　选本研究述评 ………………………………………………（4）
  二　诗歌史研究述评 ……………………………………………（6）
  三　咏史诗整体艺术特点研究述评 ……………………………（8）
  四　咏史大家及《文选》咏史诗专题研究述评 ………………（10）

第一章　中古咏史诗的概念、类型与艺术特点 ……………（12）
 第一节　中古咏史诗概念的再界定 ……………………………（12）
  一　咏史诗概念的提出 …………………………………………（12）
  二　学界关于"咏史诗"内涵的讨论 …………………………（13）
 第二节　从"史"的含义看咏史诗的内涵 ……………………（14）
  一　正史载的历史人物与事件 …………………………………（14）
  二　传说中的古代事件和人物 …………………………………（15）
  三　文学史上虚构的艺术形象 …………………………………（16）
 第三节　从"咏"的方式看咏史诗的分体 ……………………（16）
  一　檃栝本传的传体咏史诗 ……………………………………（17）
  二　寄予感怀的论体咏史诗 ……………………………………（19）
  三　起于"赋得体"的赞体咏史诗 ……………………………（20）
 第四节　咏史诗的"三体并峙"：以西晋为例 ………………（23）
  一　传体咏史诗发展 ……………………………………………（23）

二　论体咏史诗的新变 …………………………………………（24）
　　三　赞体咏史诗的出现 …………………………………………（26）
　　本章小结 …………………………………………………………（27）

第二章　以史为鉴与追述祖德：咏史意识与咏史诗的产生 ……（28）
　第一节　两汉史学"致用"思想与咏史诗的产生 ………………（28）
　　一　西汉史学的"致用"思想 …………………………………（28）
　　二　以史为据：西汉对三代政治的推崇 ………………………（30）
　　三　以史为鉴：西汉对秦亡教训的总结 ………………………（33）
　　四　西汉文学创作中"咏史"意识的产生 ……………………（38）
　第二节　魏晋南北朝述祖德风气与咏史诗创作的兴起 …………（44）
　　一　述祖题材的产生及"咏史意识"的发展 …………………（44）
　　二　追述先祖：士人诗歌创作的"述祖德"成分 ……………（46）
　　三　颂美先王：乐府述德题材的"史诗"性质 ………………（59）
　　四　述祖德诗对咏史诗创作的影响 ……………………………（66）
　第三节　罗列众事：中古咏史诗形式上的特点 …………………（69）
　　一　汉魏咏史诗中"罗列众事"的特点 ………………………（70）
　　二　西汉文、赋中"以类相从"的写作方式 …………………（71）
　　三　两汉之际《史记》《汉书》中类传的创立 ………………（75）
　　四　咏史诗"罗列众事"模式形成、衰落的原因 ……………（78）
　　本章小结 …………………………………………………………（84）

第三章　中古咏史诗中的士人主题 …………………………………（85）
　第一节　中古士族的发展对咏史诗主题的影响 …………………（85）
　　一　两汉"士大夫化"过程对咏史诗主题的影响 ……………（85）
　　二　六朝士人的思想分歧及其对咏史诗的影响 ………………（87）
　第二节　贤士：汉魏咏史诗中的士人主题 ………………………（89）
　　一　士大夫化的历程：汉代咏史诗中的贤士主题 ……………（89）
　　二　依附与独立的矛盾：曹魏文人咏史诗中的贤士 …………（93）
　第三节　寒士：左思对咏史诗主题的开拓与创新 ………………（96）
　　一　寒士主题的创立：左思《咏史》的最大创新之处 ………（96）
　　二　梦想骋良图：寒士理想与志向的真实写照 ………………（98）

三　英名擅八区：寒士报国的理想与出路 …………………（100）
　　四　与世亦殊伦：寒士精神境界的解读 ……………………（104）
　　五　创格：左思处理古事和古人的方式与角度 ……………（107）
第四节　隐士、贫士：陶渊明咏史诗研究 ……………………（108）
　　一　陶渊明"隐士"思想的特质 ……………………………（109）
　　二　主题：陶渊明咏史诗中的隐士与贫士 …………………（112）
　　三　思想：陶渊明咏史诗中对"立名"的思考 ……………（117）
　　四　形式：对咏史组诗的形式的开拓 ………………………（120）
第五节　名士：颜延之《五君咏》研究 ………………………（124）
　　一　名士：陶渊明"立名"思想的实践与完善 ……………（125）
　　二　选材：诗人主体性的增强 ………………………………（129）
　　三　龙性难驯：对名士"风神"的捕捉 ……………………（131）
　　四　形式：咏史组诗的进一步完善 …………………………（132）
　　五　鲍照等人对名士的歌咏 …………………………………（134）
　　本章小结 ………………………………………………………（137）

第四章　中古咏史诗的女性主题 …………………………………（140）
第一节　"咏"的角度的转变：以秋胡妻和班婕妤为核心 ………（143）
　　一　从节妇到思妇：咏史诗中秋胡妻形象的转变 …………（143）
　　二　从"有德有言"到"自伤自怜"：班婕妤和楚妃
　　　　形象的泛化 ………………………………………………（150）
第二节　"史"的外延的扩展：以"昭君诗"为例 ………………（159）
　　一　昭君本事及其在两晋的发展 ……………………………（160）
　　二　石崇《王昭君辞》的首创意义 …………………………（162）
　　三　"悲胡尘"与"怨画师"：南朝昭君诗内容的拓展 …（165）
第三节　"诗"的题材的开拓："铜雀妓"与"长门怨"的
　　　　 写作 …………………………………………………………（169）
　　一　铜雀妓形象的生成和发展 ………………………………（169）
　　二　南朝文人对铜雀妓的歌咏 ………………………………（174）
　　三　自悔何嗟及：南朝咏史诗中的"长门怨" …………（176）
第四节　咏史诗女性题材传承与发展的原因 …………………（178）
　　一　西晋咏史诗中"崇妇德"主题的成因 …………………（179）

二　诗歌的近体化：女性主题转化的内因 ……………………（187）
　　三　崇德到娱情：女性主题转化的外因 ……………………（190）
　　四　小说的勃兴：南朝咏史诗女性题材来源的扩展 ………（194）
　　本章小结 ………………………………………………………（196）

第五章　中古咏史诗与其他诗歌题材的互动关系 ……………（198）
　第一节　咏怀对咏史的影响：以阮籍为中心 …………………（198）
　　一　"咏"和"史"的比例调整 ………………………………（199）
　　二　"史"与"我"的进一步结合 ……………………………（201）
　　三　组诗的形式的开拓与发展 ………………………………（202）
　第二节　士人主题转化：咏史诗对怀古诗的催化 ……………（204）
　　一　怀古诗的含义及其与咏史诗的关系 ……………………（204）
　　二　兴亡：怀古诗中的家国情怀 ……………………………（207）
　　三　贤愚：怀古诗中的人物评骘 ……………………………（212）
　　四　咏史对怀古题材的催化 …………………………………（217）
　第三节　咏史和游侠题材的交集和疏离 ………………………（218）
　　一　汉魏诗歌中的游侠：曹植《白马篇》的经典意义 ……（219）
　　二　张华咏史诗中对游侠的矛盾态度及其成因 ……………（221）
　　三　从《白马篇》和《刘生诗》看游侠与咏史的疏离 ……（224）
　　四　咏史与游侠题材的互动关系 ……………………………（228）
　第四节　中古诗歌题材互动的原因 ……………………………（230）
　　一　从《诗经》到《文选》：对诗歌题材分类的认识
　　　　过程 …………………………………………………………（232）
　　二　从《文选》看萧统对诗歌题材的认识 …………………（235）
　　三　从《文选》看中古诗歌题材互动的原因 ………………（238）
　　本章小结 ………………………………………………………（243）

结　论 ……………………………………………………………（245）

参考文献 …………………………………………………………（248）

索　引 ……………………………………………………………（261）

后　记 ……………………………………………………………（264）

Contents

Introduction ·· (1)
    Section 1   Motivation and research significance ······················ (1)
       1   Motivation ··· (1)
       2   Research ideas and framework ································· (2)
    Section 2   Summary of previous studies ······························· (4)
       1   Commentary on the studies of selected poems on history ········ (4)
       2   A review of studies on the history of poetry ························ (6)
       3   A review of the studies on the overall artistic characteristics of poems on history ··· (8)
       4   Commentary on the research of the famous poems on history ··· (10)

Chapter Ⅰ   The concept, type and artistic characteristics of the poems on history in the middle ancient time in China ·· (12)
    Section 1   Redefinition of the concept of poems on history ············ (12)
       1   The proposal of the concept of poems on history ················ (12)
       2   Discussion on the connotation of "poems on history" in the academic circle ·· (13)
    Section 2   "History" in poems on history ······························ (14)
       1   Historical figures and events recorded in the official history ··· (14)
       2   Imagination and deduction based on real history ·············· (15)

3　Fictitious artistic images in the history of literature ……… (16)
　　Section 3　The way of recording, commenting and praising
　　　　　　　history in poems on history ………………………… (16)
　　　　1　Types of recording history ………………………………… (17)
　　　　2　Types of commenting history ……………………………… (19)
　　　　3　Types of praising history ………………………………… (20)
　　Section 4　The development of different poems on history in
　　　　　　　Jin Dynasty ………………………………………… (23)
　　　　1　The development of traditional types …………………… (23)
　　　　2　Enhancement of historical generalization ability ……… (24)
　　　　3　Praise the formation of the ethos of historical figures ……… (26)
　　Summary ……………………………………………………………… (27)

Chapter Ⅱ　The reasons for the creation of poems on history: taking the consciousness of recording and commenting on history as the core ……… (28)

　　Section 1　The historical thoughts of Han Dynasty and
　　　　　　　the emergence of poems on history …………………… (28)
　　　　1　The "practical" thought of Xi Han historiography ……… (28)
　　　　2　Xi Han literati's respect for Xia, Shang and Zhou
　　　　　　politics …………………………………………………… (30)
　　　　3　Summary of Qin Dynasty lessons by Xi Han
　　　　　　scholars …………………………………………………… (33)
　　　　4　Historical consciousness in the literary creation of
　　　　　　Xi Han Dynasty …………………………………………… (38)
　　Section 2　The rise of Shude Poetry and the creation of poems
　　　　　　　on history in Wei, Jin, Southern and
　　　　　　　Northern Dynasties ………………………………… (44)
　　　　1　The generation of Shude Poetry ………………………… (44)
　　　　2　Praise for the virtue of ancestors in the poetry of
　　　　　　scholars …………………………………………………… (46)
　　　　3　The epic nature of Yuefu Jiaomiao Poetry ……………… (59)

Contents

    4   The influence of the custom of praising ancestors on the creation of poems on history ······ (66)

  Section 3   The formal characteristics of the poems on history in the middle ancient time in China ······ (69)

    1   The way of arranging historical facts in Han and Wei poetry ······ (70)

    2   Historical content in different literary genres ······ (71)

    3   The way of historical record in official history ······ (75)

    4   Changes in the form of poems on history and their causes ······ (78)

  Summary ······ (84)

Chapter Ⅲ   The theme of scholars in the poems on history in the middle ancient time in China ······ (85)

  Section 1   The influence of the development of the gentry on the theme of poems on history ······ (85)

    1   Political consciousness of scholars in Han Dynasty ······ (85)

    2   The ideological differences of scholars in Six Dynasties ······ (87)

  Section 2   The theme of scholars in the poems on history of Han and Wei Dynasties ······ (89)

    1   The worship of sages in Han Dynasties ······ (89)

    2   Scholars' understanding of sages' spirit in Wei and Jin Dynasties ······ (93)

  Section 3   Zuo Si's exploration and innovation of poems on history ······ (96)

    1   Zuo Si's greatest innovation in commenting history ······ (96)

    2   A true portrayal of the ideals and aspirations of the poor scholars ······ (98)

    3   The ideal and way out for the poor scholars to serve the country ······ (100)

    4   Interpretation of the spiritual realm of the poor scholars ······ (104)

  5 Zuo Si's way and angle of dealing with ancient events and ancient people ·· (107)

 Section 4 Research on Tao Yuanming's poems on history ············ (108)

  1 The characteristics of Tao Yuanming's "hermit" thought ·· (109)

  2 Hermits and poor scholars in Tao Yuanming's poems on history ·· (112)

  3 Tao Yuanming's thoughts on "establishing fame" in his poems on history ··· (117)

  4 The development of the form of the group poems on history ·· (120)

 Section 5 Research on Yan Yanzhi's poems on history ············ (124)

  1 Practice and perfection of the thought of "establishing name" ·· (125)

  2 The enhancement of the poet's subjectivity ·················· (129)

  3 Capture the spiritual realm of celebrities ······················ (131)

  4 Further perfection of poems on history ·························· (132)

  5 Bao Zhao and others' poems on history ························ (134)

 Summary ··· (137)

Chapter Ⅳ The theme of women in poems on history in the middle ancient time in China ··············· (140)

 Section 1 Change of writing perspective: centered on Qiuhu's wife and Ban Jieyu ··· (143)

  1 The transformation of the image of Qiuhu's wife ············ (143)

  2 Generalization of the images of Ban Jieyu and Princess Chu ·· (150)

 Section 2 The expansion of historical scope: take Wang Zhaojun as an example ··· (159)

  1 Wang Zhaojun's relevant historical facts and its development ·· (160)

  2 Shi Chong's interpretation of *Wang Zhaojun* ·················· (162)

  3 The expansion of Wang Zhaojun's story by poets of
Southern Dynasty ………………………………………… (165)
Section 3 Abundant sources of materials: The dancer of
Bronze Bird Platform and Chen A'jiao ………………… (169)
  1 The true history of the dancer of the Bronze Bird
Platform ……………………………………………… (169)
  2 Poems of Southern Dynasty literati about the dancer of
Bronze Bird Platform ………………………………… (174)
  3 The image of Chen A'jiao written by poets in Southern
Dynasty ……………………………………………… (176)
Section 4 Reasons for the inheritance and development of the
theme of women in poems on history ………………… (178)
  1 The causes of "respecting women's virtue" in poems on
history in Xi Jin Dynasty …………………………… (179)
  2 The transformation of poetic form …………………… (187)
  3 Deepening the understanding of literary game play ……… (190)
  4 The expansion of the source of poetic themes ………… (194)
Summary ……………………………………………………… (196)

Chapter V Interaction between poems on history and other poetic themes ……………………………………… (198)

Section 1 The influence of Yonghuai Poem: centering on
Ruan Ji ……………………………………………… (198)
  1 The transition from recording history to commenting
history ……………………………………………… (199)
  2 Expressing the author's feelings and ideals through
historical figures …………………………………… (201)
  3 The development of the form of the group poems ……… (202)
Section 2 The catalysis of poems on history to Huaigu Poetry …… (204)
  1 The meaning of Huaigu Poetry ……………………… (204)
  2 The description of the rise and fall of the dynasty in Huaigu
Poetry ……………………………………………… (207)

3　The evaluation of historical figures in nostalgic themes
　　 in Huaigu Poetry ……………………………………………… (212)
 4　The catalysis of poems on history to Huaigu Poetry ………… (217)
Section 3　The relationship between poems on history and
　　　　　ranger themes in poems ………………………………… (218)
 1　Cao Zhi and *White Horse* ………………………………………… (219)
 2　Zhang Hua's contradictory attitude towards rangers and
　　 its causes ……………………………………………………… (221)
 3　The development process from *White Horse* to
　　 Liu Sheng Poetry ……………………………………………… (224)
 4　The interactive relationship between poems on history
　　 and ranger themes in poems ………………………………… (228)
Section 4　The reasons for the interaction of the themes of
　　　　　medieval poetry ………………………………………… (230)
 1　The process of understanding the classification of poetry
　　 themes in the middle ancient time in China ………………… (232)
 2　Xiao Tong's understanding of the theme of poetry …………… (235)
 3　The reasons for the interaction between the themes of poems in
　　 middle ancient time in China ………………………………… (238)
Summary ……………………………………………………………… (243)

Conclusion ……………………………………………………… (245)

Bibliography …………………………………………………… (248)

Index …………………………………………………………… (261)

Postscript ……………………………………………………… (264)

绪　　论

第一节　选题动机和研究意义

一　选题动机

中古时期是咏史诗萌生、形成、发展的重要时期，但是这一时期的咏史诗研究目前还是中古文学研究的薄弱环节。

从横向比较来看，学界对于中古诗歌各类题材的研究，主要集中于玄言诗、宫体诗、边塞诗、山水田园诗等几类，产生了一大批优秀学术成果：葛晓音师的《山水田园诗派研究》、黄刚的《边塞诗论稿》、石观海的《宫体诗派研究》，陶文鹏、韦凤娟主编的《灵境诗心——中国古代山水诗史》，林淑贞《中国咏物诗托物言志析论》等。这些著作，以及一大批类似的文学研究专著，详细地分析了这一时期各种诗歌题材产生—发展—流变的原因，对于题材发展的内外部因素也都进行了详细的分析，具有一定的深度和广度。但是，咏史诗研究，却只有赵望秦先生的《咏史诗研究》一本通论性质的专著。该书对咏史诗发展的文学史现象进行了描述，有首创之功，但是还留有相当宽广的拓展余地。

从纵向比较来看，学界对于咏史诗的研究，主要集中于晚唐、宋这两个阶段，近年来对明清咏史诗的研究也比较热门。但是专注于汉魏六朝咏史诗的研究则很少。有学者统计，20世纪的咏史诗研究论文约有229篇，除去通论历代咏史诗的29篇外，研究两汉魏晋与南北朝的仅有27篇，占总数11.8%。研究唐代的多达153篇，占总数的66.8%。至于宋以下则仅20篇，只占总数的8.7%。现有的成果也多是概览式的诗歌史研究，宏观的文学史论述占绝大多数，很少有细致入微的研究。而且，现有的研究多集中在左思、陶渊明、颜延之等咏史大家的研究之上，对于高峰之间的峰谷则缺乏研究，不能勾勒出这一时期咏史诗发展的轨迹。

综上，从横向的题材比较来看，咏史诗是其中用力较少的一类。从历史的时间比较来看，中古时期又是咏史诗研究的一个薄弱环节。本书希望以《中古咏史诗研究》为题，推动这一课题的研究与发展。

二 研究思路与框架

本课题在前人研究的基础上进一步拓展研究视角，根据中古咏史诗的创作特征提炼出若干核心问题，从咏史意识、题材选择、社会风气、创作传统、写作技巧、文体互动等角度对这些问题进行分析。

第一，以咏史题材发展的外部"背景"为研究重点。具体研究"咏史诗何以产生"这一基本问题。在这一部分，本书立足于前人研究的基础，从"咏史意识"如何产生并影响到诗歌题材的过程入手：先从思想史的角度，分析了两汉"以史为鉴""以史为据"的史学观点，对于文学（诗歌）中"咏史意识"的催化作用；再从诗歌中与咏史相关的题材入手，分析了中古时期诗歌中"述德题材"对于"咏史"独立为一种题材的推动促进作用。

第二，以咏史诗的主题取向为研究核心。重点探究"中古时期的咏史诗歌咏了那些历史人物？诗人们分别是从哪些角度歌咏这些历史人物的？通过歌咏这些历史人物诗人们都表达了怎样的情感和志向？为什么中古咏史诗的主题取向主要是士人和女性"等问题。

第三，以咏史题材发展的"艺术"表现方式为研究重点。在这一部分，先根据中古咏史诗要表达的思想感情确定咏史诗抒情评价的方向，并在此基础上，将咏史诗划分为传体、论体和赞体三种类型；然后考察中古咏史诗在表现上的主要特点，重点分析"罗列众事"这一独特的艺术表现方式及其在魏晋产生，到南朝走向消亡的过程，并探讨背后的原因。

除此之外，由于中古时期是中国古典诗歌各种题材逐渐形成的上游阶段，咏史诗是在与各种题材相互影响、相互交叉甚至融合的过程中逐渐走向独立的，因而本书还将"咏史与其他诗歌题材的互动"作为一个主要思路贯穿全文，重点分析了赠答、述德、郊庙、咏怀、游侠、闺怨、乐府等诗类与咏史的互动关系。

在这样的研究思路与框架指导下，本书共分为五章。

第一章重新界定了咏史诗的含义和类型。本书从两个层次来界定咏史诗：狭义的咏史诗是指诗人用诗歌的形式，记录或者评论真实的历史人物和历史事件。广义的咏史诗是指诗人通过诗歌的形式，对于真实历史、历史信息载体、文学史传统塑造的历史形象进行记录、评论或颂赞。同时根据这一定义，将咏史诗分为传体、论体、赞体三种类型，并以西晋咏史诗为例，介绍了咏史诗"三体并峙"的基本特点。

第二章着重探讨促使咏史诗产生和发展的咏史意识，围绕文学中的"咏史意识"和"述祖传统"这两个问题进行分析，认为两汉"以史为鉴""以史为据"的史学观念，对于诗歌中"咏史意识"的产生具有直接的催化作用。两汉时期，整个社会讲史、论史、评史的风气十分浓厚，各种文学形式中都萌生了"咏史意识"，这是咏史题材产生的直接原因。此后到两晋、南朝时期，与门阀制度的发展相关，文学中兴起了"述祖德"的传统，士人在诗歌创作中反复地歌咏自己祖先的功德，以作为自己行道立世的依据；同时各朝郊庙歌词中也通过大量地"颂美先王"功德以证明本朝承继天命的合法性。从根本上来说，"述祖德"是两汉"咏史意识"的延续和转化，也是推动咏史诗题材发展的外部原因。

第三章重点考察了中古咏史诗"士人主题"集中出现的现象和原因。本章认为："咏史意识"和"述祖德传统"的形成，促进了诗人对于士族的家族传统以及士人如何安身立命的深度思考，这就促使"士人主题"成为中古咏史诗最重要的主题。从左思到陶渊明、颜延之，以歌咏士人先贤为主题的咏史诗完成了由"立功"向"立名"的价值观转变。这些诗歌中所表达的"三不朽"理想正是"建安风力"的精神内核。士人主题也成为建安风力得以在魏晋到东晋古诗中延续的重要内因。南朝时期，"士人主题"逐渐消歇，代之而起的是怀古诗。虽然怀古诗在内容上与魏晋时期士人主题一脉相承，但缺乏真情实感和深厚寄托，加上表现方式的咏物化倾向，导致蕴含在咏史诗士人主题中的"建安风力"也随之走向衰落。

第四章则以中古咏史诗中出现的"女性主题"作为讨论的重点。以"秋胡妻""班婕妤""楚妃""王昭君""铜雀妓""长门怨"等诗题中的女性形象为核心，分析了"女性主题"发展和变化的特点及其背后的原因：在中古时期咏史诗内的"女性主题"是与思妇诗和怨妇诗同步发展的。西晋时期咏史诗女性主题有着明显的"崇妇德"的倾向，这和当时社会风气有直接的关系。而南朝以来，诗歌中的女性题材逐渐走向繁荣，尤其是南朝宫体诗兴起以后，描写女性成为诗歌最重要的主题之一。

这种风气自然会影响到咏史诗的内容，随着南朝诗人审美趣味的趋同，以及古题乐府近体化，咏史诗中的女性描写开始向闺怨靠拢。这也反映出晋宋、齐梁诗风由古到近的转关。

第五章指出中古时期咏史诗与其他诗歌题材之间存在交叉和互动的现象，并分析了这种"互动"的原因：魏晋时期，因为"咏史意识"和"述祖德传统"的催化，各种诗歌题材中都出现了大量的"以史为据""以史为鉴""追述先祖""颂美先王"的成分，这就造成咏史与述德、劝励、咏怀、赠答、郊庙、乐府等题材内容的交叉。南朝时期，随着齐梁诗风的近体化，士人主题开始转化为怀古，女性主题开始转化为闺怨，又造成了咏史和怀古、游侠、行旅、哀伤、宫怨等题材的内容和表现的类似性。而咏史题材和其他题材存在互动的原因比较复杂，齐梁以前，诗人创作诗歌之时并没有明确的题材意识，只是按照诗歌传统来进行创作。萧统《昭明文选》（以下简称《文选》）在编辑诗歌类目之时，继承前代诗歌分类的思想，第一次在理论上有了明确的题材意识，并以使用功能作为区分题材的标准。但在选诗分类和类目上都有含混和标准不一的问题，这种界分不清的现象正反映了咏史诗与其他题材相互影响的不可避免，也体现了中古诗歌各类题材在互动中发展的普遍性。

第二节　前人研究综述

近百年来咏史诗整体研究的现状，赵望秦[①]、张焕玲[②]已经有全面系统的梳理，基本能够呈现咏史诗研究的水平和程度。前辈学者在文献整理、文学分析、文艺批评等各个方面都做出了有开创意义的研究，取得了一些学术成果。但是，也有很多不足和空白之处值得进一步探索和分析。本书以《中古咏史诗研究》为中心，对于前人的研究加以综述和分析。

一　选本研究述评

咏史诗研究的一个值得关注的热点就是咏史诗的选本研究。选本研究

[①] 赵望秦、李艳梅：《中国古代咏史诗百年研究回顾》，《淮阴师范学院学报》（哲学社会科学版）2007年第1期。

[②] 张焕玲：《新世纪十年咏史怀古诗研究综论》，《盐城师范学院学报》（人文社会科学版）2011年第1期。

有两个发展的高峰：二十世纪八十年代末和二十一世纪初。根据笔者统计，这两个时期诞生的咏史诗选本多达22种。接下来，结合具有代表性的选本，对这一研究方法的现状和不足加以分析。

第一个高峰是二十世纪八九十年代。以降大任的《咏史诗注析》一书最具代表性。该书按照"咏历史人物""咏历史事件""史林杂咏"三个部分编排，在编排上很有特色。选本最后有编选者《试论中国古代咏史诗》一文，作者详细辨析了史诗、诗史、怀古、用典、咏史的区别。将咏史诗直接定义为"咏史诗是中国古代诗歌中作者直接歌咏历史题材，以寄寓思想感情，表达议论见解的一个类别"。这一定义强调"直接歌咏"和"寄寓思想感情和表达议论见解"两个要点，准确地把握了咏史诗这一题材的基本特征，是诸多选本中难能可贵的一点。[①] 但是，该书以"人""事""地（史林杂咏）"作为分类标准，不是十分恰当，具体诗作常存在误置的现象。张墨林、武桂霞《赏诗·观赏·学文——历代咏史诗分类解读》也是值得注意的一个选本，该书的编选前言中认为咏史诗是"历代诗人以历史有关内容（如历史人物、历史事件、历史陈迹）为题材创作的诗歌，是诗与史联姻的产物"，也是在准确定义咏史诗题材的基础上，进行按图索骥的编选[②]。除此之外的选本，则差强人意，陈建根《咏史诗》[③] 以历史时代为顺序，上起东汉，下到辛亥革命，编选了六十余首咏史诗，因为篇幅较小，对于编选的诗歌只有简单的校对和注释。岳希仁《古代咏史诗精选点评》[④] 以时代为顺序，收诗230余首，上起左思，下至张裕钊，该书在编选的过程中，缺乏对咏史诗这一题材的准确界定，如班固《咏史诗》作为这一题材的滥觞之作，居然没有入选。

第二个高峰是二十一世纪初，以杨子才《历代咏史诗钞》最具代表性，[⑤]该书收录上古至近现代咏史诗，共656家1368首，上起先秦，下至王国维。书中前言，对咏史诗的艺术价值有简要的介绍，但是没有给"咏史

---

① 降大任选注，张仁健赏析：《咏史诗注析》，山西人民出版社1985年版，第487—490页。
② 张墨林、武桂霞：《赏诗·观赏·学文——历代咏史诗分类解读》，辽宁大学出版社1999年版。
③ 陈建根选注：《故事类选·咏史诗》，人民文学出版社1989年版。
④ 岳希仁编著：《古代咏史诗精选点评》，广西师范大学出版社1996年版。
⑤ 杨子才编选：《历代咏史诗钞》，解放军出版社2009年版。

诗"以明确的定义。黄益庸《历代咏史诗》① 收录东汉至近代咏史诗206首，以诗人时代顺序编排，上起班固《咏史》，下至郁达夫的《过岳王坟有感时事》。在选本的前言中，编选者简要地评介了咏史诗发展流变的过程，但是也没有给"咏史诗"以明确的定义。② 中国台湾迪志文化编选的《咏史诗》分六属共1017种书，六属包括"汉至五代""北宋建隆至靖康""南宋建炎至德祐""金至元""明洪武至崇祯""清代"几个部分，共113种书，集97家作品。③ 师纶《历代咏史诗五百首》④ 收录诗歌五百余首，按照诗歌题材的时代先后顺序进行排列。也没有给出咏史诗明确的定义。

　　选本研究的主要不足之处在于：各选本很少给出咏史诗的明确定义。⑤ 各家对于咏史诗这一题材的界定也不相同，这就导致在具体选诗过程中造成很大分歧。比如阮籍的《咏怀》、陶渊明的《咏〈山海经〉》各家处理就完全不同。所以，选本研究的前提应该是编选者首先对咏史诗这一诗歌题材的内涵——何为咏史诗？以及外延——哪些诗是咏史诗？综观这些选本，基本上都缺乏这样的必要性工作。

二　诗歌史研究述评

　　中古咏史研究的另一个热点是宏观的诗歌史研究。这样的研究思路和方法对于整体把握诗歌史有很大的帮助。但是，在具体研究的时间过程中，描述性叙述往往大于学术性研究。接下来结合具体成果加以分析。

　　赵望秦《咏史诗通论》是这一方法的代表作品，全书除首章《绪论》是对咏史诗基本问题以及过往的研究进行总结之外，其第二至七章分别以"先秦两汉——孕育发轫期""魏晋南北朝——成长发展期""唐五代——成熟繁荣期""宋辽金——深化新变期""元明——持续发展期""清及近代——集大成期"为中心，对先秦至近代的咏史诗发展的脉络进行了深入梳理，对这一时间段内咏史诗发展事实进行了客观的描述与理论

---

① 黄益庸编著：《历代咏史诗》，大众文艺出版社2000年版。
② 黄益庸编著：《历代咏史诗》，大众文艺出版社2000年版，第1—4页。
③ 迪志文化公司编：《咏史诗》，迪志文化出版有限公司2003年版。
④ 师纶选注：《历代咏史诗五百首》，华南理工大学出版社2010年版。
⑤ 降大任一书有定义，具体问题见下节讨论。

的观照。① 这一方法在学位论文的撰写中，比较常见，韦春喜的硕士学位论文《汉魏六朝咏史诗试论》② 与其博士学位论文《宋前咏史诗史》③ 前后相续，对这一时期咏史诗产生原因、发展进程、艺术特点进行了系统的阐述。李翰的博士学位论文《汉魏盛唐咏史诗研究》④ 以"言志"为中心，对这一时期的咏史诗进行梳理。其余刘杰⑤、霍海娇⑥、刘楠⑦等人的论文，都是通过诗歌史的叙述，对这一时期的咏史诗加以梳理和研究。

在学术论文方面，这种宏观研究也是热点方法之一。比较有代表性的两篇文章是金昌庆《论咏史诗在汉魏六朝的出现与发展》⑧ 和刘曙初《论汉魏六朝咏史诗的演变》⑨。金文从"史传"及"抒怀"两种咏史诗体式入手，展开论述咏史诗在汉魏六朝的出现和发展。文章认为咏史的出现有其时代、社会、文化诸方面的背景因素，这些因素直接影响到这个时期作家的精神世界和文学观念。就形式而言，班固式的"檃栝本传"咏史诗，到六朝丧失其价值，递变为左思、陶渊明式的"多摅胸臆"的咏史诗，见出咏史诗由"述史"转向"抒怀"的发展轨迹，咏史诗在此展现出全新的面貌从而迎来一个重要的转折点，并揭示了后代咏史诗的新方向。这篇文章从时代、社会、文化等外因来探讨咏史诗的发展，方法足兹启发，但是因为篇幅限制，作者都是点到为止，没有深入挖掘。刘文从题材、主题、体例三个角度描述了这一时期咏史诗发展的过程，是内因研究的典型。但是，只是停留在现象描述，没有进行进一步的学理分析。

综上所述，诗歌史的研究方法已经取得了很多成绩，开拓了很多方向。但是仍然有两个方向值得进一步探索。

第一是细化的诗歌史研究，在继承传统诗史以文学史大家为框架的基础上，将这一阶段咏史诗的整体创作纳入诗歌史研究体系，建立一种大

---

① 赵望秦：《古代咏史诗通论》，中国社会科学出版社 2010 年版。
② 韦春喜：《汉魏六朝咏史诗试论》，硕士学位论文，山东师范大学，2002 年。
③ 韦春喜：《宋前咏史诗史》，博士学位论文，山东大学，2005 年。
④ 李翰：《汉魏盛唐咏史诗研究》，博士学位论文，复旦大学，2005 年。
⑤ 刘杰：《汉魏六朝咏史诗研究》，硕士学位论文，西南师范大学，2004 年。
⑥ 霍海娇：《魏晋南北朝咏史诗研究》，博士学位论文，山东大学，2011 年。
⑦ 刘楠：《南朝咏史诗研究》，硕士学位论文，河北师范大学，2012 年。
⑧ ［韩］金昌庆：《论咏史诗在汉魏六朝的出现与发展》，《广西大学学报》（哲学社会科学版）2001 年第 5 期。
⑨ 刘曙初：《论汉魏六朝咏史诗的演变》，《贵州社会科学》2002 年第 5 期。

家—群体的研究思路,更加准确、细致的描写这一时期咏史诗的发展与流变。

第二是对于流变现象及原因的探寻。从外因角度讲,这一时期的咏史诗创作与历史、社会、文化诸方面因素的内在逻辑联系,目前缺乏深入的分析。从内因角度讲,这一时期辞赋、史传、论说、颂赞、述德诗等文学样式对于咏史诗的影响也是非常明显的,相关研究涉及较少,值得进行进一步的研究。

三 咏史诗整体艺术特点研究述评

对于中古咏史诗整体艺术特点的研究,学界的工作主要集中在内因研究,诸如咏史诗的篇章结构、艺术特点、修辞手法、写作技巧、艺术风格等。多是感悟式、鉴赏式、评点式的文章,学理探讨尚少。但是,也有学者试图从上述鉴赏的角度提升,从学理上对这些问题进行研究。在以下角度取得的成绩比较突出。

一是对于咏史诗内抒发、寄托的情感的研究。这类研究有很大的共同点:先将咏史诗分成不同的类别,之后分别分析每一种类别的咏史诗所寄托的不同情感。孙立《论咏史诗的寄托》[①]一文将咏史诗分为传体咏史、论体咏史、比体咏史三类,并重点探讨了比体咏史中作者寄托自己情感的方法和意义。李真瑜等《中国古代咏史诗的历史阐释方式与历史观念》[②]一文将咏史诗分为感史诗、述史诗和议史诗。这三种主要类型,各自有其不同的历史阐释方式。感史诗更多依赖直观感悟的方式去理解历史、咏叹历史,侧重对历史的整体渲染和直觉判断。述史诗主要以一种克制隐忍的目光来捕捉历史、剪辑历史,委婉地传达诗人的复杂历史情绪。议史诗主要以理性思辨的方式来剖析历史、解读历史,惯于对具体的历史细节进行深入的挖掘和反思。胡大雷《咏史:个体抒情在时间上的扩张——中古咏史诗抒情分析》[③]以《文选》所收诗歌为代表,将咏史诗分为直接咏史、因它事而咏史、因历史地理景物而咏史三种。重点分析了左思以组诗

---

① 孙立:《论咏史诗的寄托》,《中山大学学报》(社会科学版)1997年第1期。
② 李真瑜、常楠:《中国古代咏史诗的历史阐释方式与历史观念》,《湖南文理学院学报》(社会科学版)2009年第2期。
③ 胡大雷:《咏史:个体抒情在时间上的扩张——中古咏史诗抒情分析》,《广西师范大学学报》(哲学社会科学版)1997年第1期。

的形式使自我咏怀合理化、多种多样的对比、不重事迹而强调境遇、个体抒情在时间上的扩张。

二是对于咏史诗欣赏与接受的学理分析。肖驰《中国古典咏史诗的美学结构》[①] 一文从创作诸心理因素的关系，主体和对象的审美关系，意境的时空关系等角度探讨了咏史的美学结构。周淑芳《咏史诗：对被理性精神关怀领域的触探与拓展》[②] 一文认为咏史诗的本质是诗人不再循着时间的线索去叙述历史，而是将历史图景与此时此刻的情景剪辑并列在一起，去了悟诗意和哲理。咏史诗是理性因素而不是感情因素的渐渐突出，由理性因素的消长支配着艺术结构的变化，以深刻敏锐的思想而非感觉来触探与拓展历史的内涵，将诗的形象、对历史的评断和诗人的感慨有机地融合在一起。

三是对咏史诗诗歌体式的研究。虽然数量不多，但是很具有代表意义。章建文《汉代骚体咏史诗的类型及其审美特征》[③] 一文重点分析了汉代骚体诗的类型和不同类型的艺术特点。赵敏俐《论班固的〈咏史诗〉与文人五言诗的发展成熟问题——兼评当代五言诗研究中流行的一种错误观点》[④] 虽然讨论的重点是五言诗的产生和成熟问题，但是其中对于咏史题材和五言句式关系的探讨，试图从体式上分析这类诗歌题材，为后来研究提供了新思路。赵先生另外一篇文章《先秦两汉琴曲歌辞研究》[⑤] 则从乐府体式的角度探讨了琴曲歌辞作为咏史题材的意义。

关于中古咏史诗整体艺术特点的研究，可以说十分充分，但是仍有两个方向可以进一步开拓：第一，目前的研究，偏重于对咏史诗本身的阐释，而缺乏问题的探讨。可在现有基础上，通过对具体篇章的研究，归纳出这一历史时段特有的艺术表现方式；第二，目前关于艺术特点的成因主要集中在文学的内因研究，对于其外因的研究还有待进一步拓展。

---

① 肖驰：《中国古典咏史诗的美学结构》，《学术月刊》1983年第12期。
② 周淑芳：《咏史诗：对被理性精神关怀领域的触探与拓展》，《社会科学辑刊》2002年第2期。
③ 章建文：《汉代骚体咏史诗的类型及其审美特征》，《社会科学辑刊》2009年第3期。
④ 赵敏俐：《论班固的〈咏史诗〉与文人五言诗的发展成熟问题——兼评当代五言诗研究中流行的一种错误观点》，《北方论丛》1994年第1期。
⑤ 赵敏俐：《先秦两汉琴曲歌词研究》，《文学遗产》2010年第2期。

四 咏史大家及《文选》咏史诗专题研究述评

中古咏史诗的专题研究，主要集中于以下三个热点：左思、陶渊明、《昭明文选》。研究者从各个角度对这些大家进行了专题研究。除去鉴赏点评的文章之外，比较有代表性的成果有：

关于左思咏史诗的研究：程千帆先生的《左太冲咏史诗三论》[1] 最具代表性，该文详细考察了左思咏史诗的旨趣、年代、渊源三个重点问题，后来学者对于这三个问题的研究，基本都在此文的范围之内。除此之外牟世金重点分析了左思咏史组诗对于《咏怀》诗传统的影响。[2] 蒋方则重点考察了左思诗歌的"辨体"，他指出《咏史》超出了事件的限制而真正具有"史"的意味；"我"在历史与现实之间出现，抹去了冷静的思考色彩，使其《咏史》带有"咏怀"的性质，遂与正体咏史诗有别。[3]

关于陶渊明咏史诗的研究：马自力较早地从接受史的角度，分析咏史诗对于陶渊明后世形象塑造的作用，较有新意。[4] 周海平认为陶渊明对所咏之史，往往从人类历史规律甚至宇宙的大背景中加以审视，而不是就事论事的评论史实，因此具有特别的深度与广度。[5] 其余学者对陶渊明具体咏史诗的创作也有深入的研究。[6]

《文选》所收的咏史诗也是研究的热点话题。主要集中在《文选》对咏史诗的选录标准及所选录诗歌的具体分类之上。最具代表性的研究是胡大雷先生的《〈文选〉诗研究》，其中专设一章研究萧统对于咏史诗的编选标准，并具体分析了《文选》所选咏史诗的艺术特点。[7] 韦春喜[8]、米晓燕[9]也有类似研究。

---

[1] 程千帆著，莫砺锋编：《程千帆选集》，辽宁古籍出版社1996年版，第1208页。
[2] 牟世金、徐传武：《左思文学业绩新论》，《文学遗产》1988年第2期。
[3] 蒋方：《论左思〈咏史〉诗的变体——兼论古代咏史诗的文化内涵》，《中国韵文学刊》1994年第1期。
[4] 马自力：《论陶渊明的咏史诗及其特征》，《江西社会科学》1990年第3期。
[5] 周海平：《陶渊明咏史诗的艺术境界》，《常熟理工学院学报》2009年第11期。
[6] ［日］井上一之、李寅生：《论陶渊明〈咏二疏〉诗的思想意义——兼论"知足"的是与非》，《九江学院学报》（社会科学版）2012年第1期。
[7] 胡大雷：《〈文选〉诗研究》，广西师范大学出版社2000年版。
[8] 韦春喜：《〈文选〉咏史诗的类型与选录标准探讨》，《宁夏大学学报》（人文社会科学版）2004年第2期。
[9] 米晓燕：《〈文选〉咏史诗的分类》，《哈尔滨师范大学社会科学学报》2012年第6期。

可以说，这些大家的研究，已经十分充分，关于文献的考订和文学的鉴赏，都已经达到了丰富而完善的地步。在没有新材料和新思路的支撑下，很难做出开拓性的研究。但是，由于研究的焦点过于集中，本时段还有很多咏史诗被忽略，我们可以借鉴这些学者的研究方法，对这些焦点以外的咏史诗进行更深细的研究。

第一章

中古咏史诗的概念、类型与艺术特点

第一节 中古咏史诗概念的再界定

咏史诗是中古诗歌常见的题材之一。中古时期产生了一大批优秀的作品，这些诗歌有的直接题为《咏史》，如班固的《咏史诗》；有些则以所歌咏的历史事件或者历史人物作为诗歌的题目，如曹植的《三良诗》；更多的则直接题为"览史""览古""咏古"等；有些诗歌的题目，虽然题为"咏怀""感遇""感兴""古风""古意"等，但就其题材来说，仍然是咏史。本章希望深入讨论如何界定咏史诗的概念的问题。咏史诗这一题材的内涵究竟是什么？哪些诗可以算作咏史诗？咏史诗具体分为哪些类型？

一 咏史诗概念的提出

"咏史诗"的名称出现于东汉，但是，第一次对咏史诗题材提出明确界定的是六臣注《文选》。吕向于王粲《咏史诗》的解题中曰："谓览史书，咏其行事得失，或自寄情焉。"① 吕向认为咏史诗的"咏"，有两个含义：一是评论历史事件的得失；一是寄托自己的怀抱。吕向这一观点，为后来的诗论家所继承。清代学者何焯有言："咏史者，不过美其事而咏叹之，檃栝本传，不加藻饰，此正体也。太冲多抒胸臆，乃又其变。"② 他认为，咏史的"咏"包括"檃栝本传，不加藻饰"和"多抒胸臆"两种情况，并分别称之为正体和变体。袁枚同样认为咏史分为，"檃栝其事而

---

① （南朝梁）萧统编，（唐）吕延济等注：《日本足利学校藏宋刊明州本六臣注文选》，人民文学出版社2008年版，第1267页。
② （清）何焯：《义门读书笔记》，中华书局1987年版，第893页。

以咏叹出之","古人往事抒自己之怀抱"两类。① 基本都是按照吕向的解释。

二 学界关于"咏史诗"内涵的讨论

近现代学者也从现代的诗歌题材角度对咏史诗的内涵进行了解释,但是基本上还是沿袭吕向的思路与框架。以下是几种比较有代表性的观点。

①"咏史诗,是以歌咏历史人物、历史事件为题材的诗歌作品。"②

②"咏史诗,顾名思义,即以历史题材为内容的诗歌。"③

③"咏史诗,是直接采取史实进行构思的一种诗歌样式。"④

④"咏史诗是以历史事件或历史人物为吟咏对象,藉之以述怀叙志,寄托感情的一种诗歌体式。"⑤

⑤"咏史诗,自古有之。诗人借咏史抒发自己的怀抱,以古人自况或对前人往事进行评议褒贬,借以表示对今人今事的称颂与讽刺,这也是一种广义的比兴手法。"⑥

这些定义,基本上还是从"咏"的角度对咏史诗的内涵加以界定和分析。但是,对于咏史中的"史"为何物却缺乏深入说明。近年来,已经有学者注意到这一问题,李翰指出因为史学的传统,咏史诗之"史"是具有演绎和传奇性质的广义的历史。⑦ 纪倩倩等引进历史学"历史信息

---

① 袁枚划分咏史为三体:"咏史有三体:一借古人往事抒自己之怀抱,左太冲之《咏史》是也;一为檃栝其事而以咏叹出之,张景阳之咏二疏,卢子谅之咏蔺生是也;一取对仗之巧,义山之'牵牛'对'驻马',韦庄之'无忌'对'莫愁'是也。"但是其中第三类"牵牛"对"驻马"当属对仗技巧,而非诗歌分类。袁枚说见(清)袁枚《随园诗话》,《袁枚全集新编》(第9册),浙江古籍出版社2015年版,第506—507页。

② 黄筠:《中国咏史诗的发展与评价》,《中国文化研究》1994年第4期。

③ 郭丹:《论〈昭明文选〉中的咏史诗》,《福建师范大学学报》(哲学社会科学版)1994年第3期。

④ 古远清:《论咏史诗及其创作艺术》,《青海师专学报》1985年第1期。

⑤ 江艳华:《魏晋南北朝咏史诗论略》,《云南师范大学学报》(哲学社会科学版)1994年第4期。

⑥ 缪钺:《略谈杜牧咏史诗》,《文史知识》1985年第7期。

⑦ 李翰:《汉魏盛唐咏史诗研究——"言志"之诗学传统及士人思想的考察》,博士学位论文,复旦大学,2005年。

载体"的概念，进一步界定咏史诗所歌咏的范围。① 这个研究思路的开拓对于咏史诗研究很有启发，但是，二者的研究仅从历史学的角度来研究问题，却没有紧密结合汉魏六朝咏史诗的具体情况。

本书结合汉魏六朝咏史诗的创作实际，进一步分析"史"的概念和范围。本书认为，咏史之"史"的具体含义应该有三层；咏史之"咏"的具体方式也有三种。咏史诗应该有广狭两种定义。接下来分别加以分析。

第二节 从"史"的含义看咏史诗的内涵

诸家关于咏史诗的定义，都没有侧重分析"史"的具体含义。因为"史"就是历史，这本无问题。但是问题的关键在于咏史诗中的"历史"的概念到底指的是什么？从汉魏六朝咏史诗创作的实际来看，咏史诗的"史"应该包括三层含义。

一 正史载的历史人物与事件

第一个层次，就是正史所记载的真实的历史人物和历史事件。这是"史"的最标准、最直接的含义。所谓咏史诗，就是指对历史上真实存在的历史人物和历史事件的歌咏。萧统《昭明文选》所编选的咏史诗足可以证明这一观点。《文选》共收咏史诗二十一首②，其中王粲的《咏史诗》和曹植的《三良诗》，所歌咏的是《左传》所载的"秦穆杀三良"的故事。左思的《咏史诗》八首，先后歌咏了贾谊、司马相如、金日磾、张汤、冯唐、段干木、鲁仲连、张安世、扬雄、孔子、许由、荆轲、主父偃、陈平、苏秦、李斯等历史人物，这些人物及其生平事迹均见诸《史记》《汉书》等正史典籍。张协的《咏史诗》描写的是《汉书》中记录的"群公祖二疏"的历史事件。卢谌《览古诗》歌咏的是蔺相如"完璧归赵"的智慧和勇气，取材于《史记》。谢瞻的《张子房诗》根据《汉书》的记载歌颂了张良一生兴刘安汉的功业。颜延之的

---

① 纪倩倩、王栋梁：《"咏史"界说述论》，《齐鲁学刊》2009 年第 3 期。
② （南朝梁）萧统编，（唐）李善注：《文选》，上海古籍出版社 2019 年版，第 1003—1033 页。

《秋胡咏》描写秋胡戏妻的故事，取材自《列女传》。其《五君咏》则分别歌咏了阮籍、嵇康、刘伶、阮咸、向秀五位贤士，均是取材于正史的记载。鲍照的《咏史》则歌咏了严君平安贫乐道、不慕富贵的高尚品格，严君平其人其事亦见诸《汉书》。虞羲《咏霍将军北伐》描写的霍去病征匈奴也是《汉书》记载的正史。从萧统编选的诗歌我们可以看出，在编选者心目中，咏史所歌咏的对象，一定是正史所载，真实存在的历史人物或事件。

二 传说中的古代事件和人物

第二个层次，是传说中的古代事件和人物。仔细检索中古咏史诗的创作，就会发现，诗人所歌咏的历史人物和事件，并不局限于真实发生的历史。正如清人李重华所论："咏史诗不必凿凿指事实。"① 比如曹操诗歌中反复歌咏尧舜禹汤等上古贤王，就是经过儒家历史化的传说中人物，而非真实人物；再如阮籍《咏怀》诗中所歌咏的湘妃等人物，是舜之二妃故事的神话化，在诗歌中也被当历史典故来使用；② 再如王昭君的故事，虽然在《史记》《汉书》中有所记载，但是，咏史诗所侧重的"画工受贿"事件却出自小说家的《西京杂记》而非正史所载的内容。由此可以看出诗家之"史"比史家之"史"的范围更加宽泛。这个历史的范围，可以借鉴葛剑雄先生所提出的"历史信息载体"的观点加以理解。葛先生指出：

> 历史不仅指过去的事实本身，更是指人们对过去事实的有意识、有选择的记录。图画符号、语言文字、遗迹遗物、神话传说、民间故事等都是历史赖以存在的手段，如果从广义上讲，这些都是包含着记载过去曾经发生过的一切人与事的信息载体，称为历史信息载体。③

虽然神话传说、民间故事在多大程度上可以被认定为历史信息载体，还需

---

① （清）王夫之等撰，丁福保辑录：《清诗话》，中华书局1963年版，第930页。
② 阮籍咏怀诗虽然不是专门的咏史题材，但是和咏史题材有大量的交叉。具体分析见本书第五章。
③ 葛剑雄、周筱赟：《历史学是什么？》，北京大学出版社2005年版，第61页。

要具体分析，但是咏史诗之"史"的第二层含义，应该包括广义的历史——历史信息载体。

三 文学史上虚构的艺术形象

第三个层次，咏史之"史"还可以指文学史上因为历代文人反复歌咏而形成的虚构的艺术形象，即文学创作传统堆积出来的"历史"。比如，齐梁之际，诗人所歌咏的"刘生"。刘生为何人？《乐府解题》曰："刘生不知何代人，齐梁已来为《刘生》辞者。皆称其任侠豪放，周游五陵三秦之地，或云抱剑专征为符节官，所未详也。"① 通过详细研读现存的齐梁诗，可以知道，这一形象并非真实的历史人物，而是根据汉代历史虚构出来的历史人物。② 但是由于乐府和文人反复的歌咏，成为一个创作传统，也进入了咏史诗所歌咏的"史"的范围。这一层次的历史和神话传说是有所区别的。"历史信息载体"中的神话和传说，均有一定的历史根据或依托。比如前文提及曹氏父子乐府中歌颂的尧、禹等贤王。虽然其真实性可能存疑，但是在当时知识分子的思维体系和学术架构中，都属于真正的历史，是正史的一部分。再如王昭君和班婕妤的故事，虽然经后世加以想象发挥已经失真，但仍是以一定的历史人物为根据加以演绎的。这是和第三个层次所说的"文学历史"最不同的地方。如刘生、王昌，没有历史依据，完全是文学创作传统积累而成的形象。

综上所述，咏史诗之"史"，有三个不同层次的含义，对这三个层次"历史"的"咏"都应该算作咏史诗。这是咏史诗的内涵。接下来，我们从"咏"字入手，结合汉魏六朝咏史诗创作的实际，具体分析一下，咏史诗有哪些类型？

第三节 从"咏"的方式看咏史诗的分体

咏"同"詠"。《说文解字》云："詠，歌也。从言永声。"③ 本义是唱诵歌咏的意思，引申为吟咏，含有咀嚼不尽之意。前人解释咏史诗之

---

① （宋）郭茂倩编：《乐府诗集》，中华书局1979年版，第790—791页。
② 刘航：《刘生、王昌考》，《乐府学》2006年刊，第147—149页。
③ （汉）许慎：《说文解字》，中华书局影印陈昌治本2014年版，第48页。

"咏"多为记述和评论,并将直接铺叙历史的咏史诗视为"正体",将评论历史,寄托自己怀抱的咏史诗视为"变体"。刘熙载进一步概括为"传体"和"论体"两类。但是,这样的分类存在一个问题,有些咏史诗的创作,没有简单的铺叙历史事实,也就当然不能属于传体。但是也很难说这些诗歌内部寄托了创作者自己的思想和情感。这类咏史诗就很难归类。已经有学者看到这一问题,并且试图弥补其中的缺陷:如孙立将咏史诗分为传体咏史、论体咏史、比体咏史三类。① 李真瑜将咏史诗分为感史诗、述史诗和议史诗这三种主要类型。② 但是,二位学者所分的类别的外延之间有所交叉,如比体咏史和论体咏史之间,感史诗和议史诗之间都很难区分。根据咏史诗创作的实践和当时文体发展的实际情况,本书认为这一时期的咏史诗应该根据"咏"的不同角度划分为传体、论体、赞体三个类型。以下分别进行论述。

一 檃栝本传的传体咏史诗

传体咏史诗,是指采用纪传体的方法撰写的咏史诗。其基本的创作方法就是用诗歌的形式详细地复述历史事件的原委,可以看作历史事件或者历史人物的诗传,其中间或流露出作者个人的意见和判断,但是并不占主流,甚至可以忽略不计。这类咏史诗的创作,最早可以追溯到班固的《咏史诗》,此诗以叙事为主,细致描述了缇萦救父的过程:先叙太仓令有罪,被押长安;次写缇萦痛感父言,遂诣阙陈辞;再写文帝生恻隐之心,下令废除肉刑,后以感慨结之,赞扬缇萦胜过男儿。此诗以大量篇幅铺陈史事,过程详备,细节毕现,把缇萦救父事在七联十四句中娓娓道出。"不过美其事而咏叹之,檃栝本传,不加藻饰"。如果将班固的《咏史诗》与《汉书·孝文本纪》③、《史记·扁鹊仓公列传》④ 加以对比,就可以看出"传体咏史诗"的特点(见表1-1):

---

① 孙立:《论咏史诗的寄托》,《中山大学学报》(社会科学版)1997年第1期。
② 李真瑜、常楠:《中国古代咏史诗的历史阐释方式与历史观念》,《湖南文理学院学报》(社会科学版)2009年第2期。
③ (汉)班固撰,(唐)颜师古注:《汉书》,中华书局点校本1962年版,第105页。
④ (汉)司马迁撰,赵生群点校:《史记》,点校本二十四史修订本,中华书局2013年版,第3369页。

表1-1 《咏史诗》《汉书·孝文本纪》《史记·扁鹊仓公列传》内容对比摘录

班固	《汉书·孝文本纪》	《史记·扁鹊仓公列传》
三王德弥薄,惟后用肉刑。	盖闻有虞氏之时,画衣冠异章服以为僇,而民不犯。何则? 至治也。今法有肉刑三,而奸不止,其咎安在? 非乃朕德薄而教不明欤?	
太苍令有罪,就递长安城。	五月,齐太仓令淳于公有罪当刑,诏狱逮徙系长安。	文帝四年中,人上书言淳于意受赇,以刑罪当传,西之长安。
自恨身无子,困急独茕茕。	仓公无男,有女五人。太仓公将行会逮,骂其女曰:"生子不生男,有缓急非有益也!"	意有五女,随而泣。意怒,骂曰:"生子不生男,缓急无可使者!"
小女痛父言,死者不可生。		于是少女缇萦伤父之言,乃随父西。
上书诣阙下,思古歌鸡鸣。	其少女缇萦自伤泣,乃随其父至长安,上书曰:"妾父为吏,齐中皆称其廉平,今坐法当刑。妾伤夫死者不可复生,刑者不可复属,虽复欲改过自新,其道无由也。妾愿没入为官婢,赎父刑罪,使得自新。"	上书曰:"妾父为吏,齐中称其廉平,今坐法当刑,妾切痛死者不可复生,而刑者不可复续,虽欲改过自新,其路莫由,终不可得。妾愿入身为官婢,以赎父刑罪,使得改行自新也。"
忧心摧折裂,晨风扬激声。	《文选》注引刘向《列女传》,缇萦伏阙上书时,曾"歌《鸡鸣》《晨风》之诗"。	
圣汉孝文帝,恻然感至情。	书奏天子,天子怜悲其意。	上闻而悯其意,此岁即除肉刑法。
百男何愦愦,不如一缇萦。		

仔细对读表1-1可以发现,班固此作,就是用五言韵语叙述史料。虽然,最后一句可能包含作者自己的情感在内,但是根据篇幅的比例来看,基本可以忽略不计。卢谌《览古》的写法也是这样,这首诗主要描写的是蔺相如完璧归赵的故事,其诗云:

赵氏有和璧,天下无不传。秦人来求市,厥价徒空言。与之将见卖,不与恐致患。简才备行李,图令国命全。蔺生在下位,缪子称其览。奉辞驰出境,伏轼径入关。秦王御殿坐,赵使拥节前。挥袂睨金柱,身玉要俱捐。连城既伪往,荆玉亦真还。爰在渑池会,二主克交欢。昭襄欲负力，相如折其端。眦血下沾襟，怒发上冲冠。西缶终双击，东瑟不只弹。舍生岂不易，处死诚独难。棱威章台颠，强御亦不干。屈节邯郸中，俯首忍回轩。廉公何为者？负荆谢厥愆。智勇盖当世，弛张使我叹。①

该诗36句，前34句都是根据《史记》所记，用诗歌的形式叙述了完璧归赵、渑池之会、负荆请罪的故事。甚至有些诗句都是直接化用《史记》的原句。虽然最后两句，表达了作者自己对蔺相如智慧和勇气的赞叹。

传体咏史诗，是咏史诗最基本的类型，即所谓"正体"，这一做法肇始自班固，一直绵延不绝，成为咏史诗一个最主要的类型。

二 寄予感怀的论体咏史诗

论体咏史，是指采用论说体的方法撰写的咏史诗。这类咏史诗的创作特色是：诗歌中不再单纯的叙述历史事件，而是采用夹叙夹议的手法，将历史事件的要点或人物的基本特点提炼出来，简要地表达自己的评价。更重要的是，咏史的目的是借助历史事件或人物抒发自己的情感和寄托。咏史，并非是为了记录历史，而是为了咏怀。这一类型的咏史诗最早可以追溯到曹操的《短歌行》，其诗曰：

周西伯昌，怀此圣德。三分天下，而有其二。修奉贡献，臣节不坠。崇侯谗之，是以拘系。后见赦原，赐之斧钺，得使专征，为仲尼所称。达及德行，犹奉事殷，论叙其美。齐桓之功，为霸之首。九合诸侯，一匡天下。一匡天下，不以兵车。正而不谲，其德传称。孔子所叹，并称夷吾，民受其恩。赐与庙胙，命无下拜。小白不敢尔，天威在颜咫尺。晋文亦霸，躬奉天王。受赐圭瓒，秬鬯彤弓。卢弓矢千，虎贲三百人。威服诸侯，师之所尊。八方闻之，名亚齐桓。河阳之会，诈称周王，是其名纷葩。②

---

① （南朝梁）萧统编，（唐）吕延济等注：《日本足利学校藏宋刊明州本六臣注文选》，人民文学出版社2008版，第1282页。

② （汉）曹操著，夏传才校注：《曹操集校注》，河北教育出版社2013年版，第23页。

曹操在诗歌中，赞美周文王三分天下而有其二而犹能臣服于殷朝的功德；宣扬齐桓公九合诸侯一匡天下的功绩；称许晋文公称霸不凌王室的功勋。其真正的目的，就是借以表达自己的政治抱负。这就是论体咏史的关键所在。如果说，曹操此诗中的个人情感还是隐藏在对历史人物功业的评述之中；而左思所作，则将个人的情感倾注在各种历史人物之中，正式开创了论体咏史诗的艺术规范。左思的八首咏史诗，褒贬了古往今来许多不同类型的历史人物，但是，他对这些历史人物的不同评价，完全都是借他人酒杯，浇自己块垒。程千帆先生对此有精辟的论述：

> 诗中史事，分然杂出，而细加条理，则友纪较然。析而言之，冯唐、主父偃、朱买臣、陈平、司马相如为一系。潜郎终身汨没，四贤初仕屯蹇，则作者所因为况譬者也。段干木、鲁仲连一系，佛酿成伸腿，爵赏不居，则作者所因为仰慕者也。许由、扬雄一系，当时尊隐，来叶传馨，则作者所因为慰藉者。苏秦、李斯一系，福既盈矣，祸亦随之，则作者所引为鉴戒者。独荆轲之事，若无关涉，殆可为寂寥中之奇想，而归本于自贵自贱，是与他篇固亦相通。①

咏史诗中的议论，与其说是对历史人物的评价和感慨，毋庸说是左思的自况或者借以鞭策、鼓励自己的榜样和引以为鉴的对象。这类论体咏史诗，经过左思之手，成为后世咏史诗最常见的类型之一。

三 起于"赋得体"的赞体咏史诗

赞体咏史，是指采用颂赞体的形式撰写的咏史诗，这一写法起自南朝的赋得体咏史。之所以单独列为一类，是因为这类咏史诗具有自己的特点。

首先，和传体相比，这类咏史诗的区别在于，并不采用史传的方法仔细叙述历史的细节，而是用概括的语言一笔带过，具体说来，一般多采用对偶的句式，用高度凝练的词汇概括历史事件。

其次，与论体咏史相比，这些诗歌虽然也会表达出作者自己对历史事件的意见、观点和看法。但是，这些情感只是在同题共作的情况下单纯地

---

① 程千帆著，莫砺锋编：《程千帆选集》，辽宁古籍出版社1996年版，第1208—1215页。

评论历史，表达对于历史人物的赞美或者评点，很难说寄托了作者个人的思想。

最后，这类咏史诗的创作场景，一般都是同题共作的集体场合。在南朝则多见于"赋得体"。赞体咏史虽然在中古咏史诗中所占数量不多，但是也具有很鲜明的特点。如周弘直《赋得荆轲诗》其诗云：

> 荆卿欲报燕，衔恩弃百年。市中倾别酒，水上击离弦。匕首光凌日，长虹气烛天。留言与宋意，悲歌非自怜。①

这首诗是歌咏荆轲刺秦王的故事，但是诗歌的重点并没有放在易水送别、图穷匕见等具体情节的描写上，只是用概括的语言选取人物事迹中的几个典型特征组成对偶句。虽然也体现了荆轲的"悲歌"慷慨之气，但是，很难说这和作者本人的情感寄托有什么联系。检点周弘直一生，历任国子博士、庐陵王长史、尚书左丞、兼羽林监、中散大夫、秘书监，职掌国史官署。升任太常卿、光禄大夫，加金章紫绶。而且得享天年，寿终正寝。② 他对于荆轲的歌咏，只是在"赋得"情况下的"命题作文"。很难看出自己寄托的情感。再如张正见的《赋得韩信诗》：

> 淮阴总汉兵，燕齐擅远声。沈沙拥急水，拔帜上危城。野有千金报，朝称三杰名。所悲云梦泽，空伤狡兔情。③

诗中也是简要地赞颂韩信一生的功绩和英名以及知恩能报的品格，惋惜其"狡兔死，走狗烹"的结局。但是，检点张正见的一生，诗人并没有这样的经历，《陈书》载张正见的仕宦经历：

---

① 逯钦立辑校：《先秦汉魏晋南北朝诗》（上册），中华书局1983年版，第2466页。
② 《陈书·周弘直传》：太建七年，遇疾且卒，乃遗疏敕其家曰："吾今年已来，筋力减耗，可谓衰矣，而好生之情，曾不自觉，唯务行乐，不知老之将至。今时冥云及，将同朝露，七十余年，颇经称足，启手告全，差无遗恨。气绝已后，便买市中见材，材必须小形者，使易提挈。敛以时服，古人通制，但下见先人，必须备礼，可着单衣裙衫故履。既应侍养，宜备纷帨，或逢善友，又须香烟，棺内唯安白布手巾、粗香炉而已，其外一无所用。"卒于家，时年七十六。有集二十卷。见（唐）姚思廉撰《陈书》，中华书局点校本1972年版，第310—311页。
③ 逯钦立辑校：《先秦汉魏晋南北朝诗》（上册），中华书局1983年版，第2491页。

> 正见,幼好学,有清才。梁简文在东宫,正见年十三,献颂。简文深赞赏之。……太清初,射策高第。除邵陵王国左常侍。梁元帝立,拜通直散骑侍郎,迁彭泽令。属梁季丧乱,避地于匡俗山……高祖受禅,诏正见还都,除镇东鄱阳王府墨曹行参军,兼衡阳王府长史,历宜都王限外记室,撰史著士,带寻阳郡丞。累迁尚书度支郎、通直散骑郎,著士如故。①

张正见一生虽然经历了梁陈易代之乱,但是其仕宦经历确是一帆风顺,并无韩信式的遭遇。所以,他诗歌中结尾的两句,也只是人们对这一史实的常见议论。

根据逯钦立《先秦汉魏晋南北朝诗》统计,除以上两首之外,南朝的"赋得体"咏史诗还有张正见《赋得落落穷巷士》、刘删《赋得苏武》、祖孙登《赋得司马相如》、阳缙《赋得荆轲》和徐湛《赋得班去赵姬升》。这些诗歌的创作场景基本类似,都是同题共咏。士人对历史人物和事件的赋咏普遍有一种"咏物化"的倾向,他们往往采用咏物的方式,摘取人物身上若干特点组成对偶句以扣住赋得的主题。诗歌缺乏对历史人物事迹感同身受的情感。"还因为个人化的抒情在那种场合根本就不合时宜。"② 所以,他们对历史人物的歌咏往往不具有"传体"的铺叙和"论体"的点评,而只停留在"赞体"的描绘上。

由上述作品可以看出,赞体咏史诗的创作,主要是要求扣住赋咏的题目,将历史人物和历史事件的基本特征概括出来,使人一望而知所赋为何人何事,结尾的评点和议论并不包含个人的情感,只是在同题共作场景下的命题作文而已。虽然在咏史诗的创作过程中,这种类型出现较晚,而且数量较少,但是作为一种独立的类型,对于唐代近体咏史诗有一定影响。

通过以上论述,我们可以根据"咏"的不同方式和"史"的不同含义,对咏史诗的内涵进行一个明确的界定:狭义的咏史诗是指,诗人用诗歌的形式,记录或者评论真实的历史人物和历史事件。广义的咏史诗是指,诗人通过诗歌的形式,对于真实历史、历史信息载体、文学史传统塑造的历史形象进行记录、评论或颂赞。

---

① (唐)姚思廉撰:《陈书》,中华书局点校本1972年版,第469—470页。
② 蒋寅:《张正见诗论》,《清华大学学报》(哲学社会科学版)2008年第3期。

根据咏史诗创作的实际，咏史诗又可以分为：传体咏史、论体咏史、赞体咏史三种具体的类型。事实上，这种"三体并峙"的情况，在咏史诗的发展阶段中是一直存在的。接下来，以两晋为中心，对这一问题加以考察。

第四节　咏史诗的"三体并峙"：以西晋为例

两晋，是中国咏史诗发展壮大的重要阶段，这一阶段，传体、论体两种类型的咏史诗在艺术上取得了较高的成就，赞体咏史诗也开始出现。这为咏史诗在南朝乃至唐宋的发展奠定了基础。

一　传体咏史诗的发展

这一时期的传体咏史诗主要有卢谌的《览古诗》、张骏的《薤露行》。这些诗歌基本都是继承班固所开创的传体咏史诗的传统。但是，相较于汉魏的传体咏史，这些诗歌体现了两晋诗人对历史的概括能力的提升。

一般说来，传体咏史诗，是用诗歌的形式，将史传中陈述的历史再现出来。在班固等人的创作中，诗歌和史传无论在篇幅还是内容上，基本都存在着一一对应的关系。但是，西晋时期的传体咏史诗，诗人对历史（史传）的概括能力大大提高。诗人已经能够根据自己创作的实际需要，利用五言句宜于叙述的特点，对于史传中的历史事实进行精练的概括。这也成为两晋传体咏史诗最显著的一个特点。体现了"传体咏史诗"的发展与进步。

例如傅玄《惟汉行》一首采用"传体咏史"的方式记叙楚汉相争鸿门宴的历史事件：

> 危哉鸿门会，沛公几不还。轻装入人军，投身汤火间。两雄不俱立，亚父见此权。项庄奋剑起，白刃何翩翩。伯身虽为蔽，事促不及旋。张良慑坐侧，高祖变龙颜。赖得樊将军，虎叱项王前。瞋目骇三军，磨牙咀豚肩。空卮让霸主，临急吐奇言。威凌万乘主，指顾回泰山。神龙困鼎镬，非哙岂得全。狗屠登上将，功业信不原。健儿实可慕，腐儒安足叹。①

---

① 赵光勇、王建域：《〈傅子〉〈傅玄集〉辑注》，陕西师范大学出版社2014年版，第411—413页。

全文一共十三句，前十句都是参照《史记》中对于鸿门宴具体历史事实的描述而写成的，后三句赞美了屠狗将军樊哙的智谋和勇气。这样的写作手法，和班固开创的《咏史诗》创作手法一脉相承，只是用韵语的形式重新叙述历史，虽然最后一句也有自己的观点和看法，但是整体看来，仍属于"传体咏史"的延续。

卢谌的《览古诗》歌咏的历史人物是蔺相如，该诗将《史记》中《廉颇蔺相如列传》中完璧归赵、渑池会、将相和三个故事按事件前后顺序组合。值得注意的是，这首诗已经不再是与史传一一对应式的叙述内容，而是充分利用五言句的概括能力，对于史传中的重点信息加以筛选、提炼、概括和总结。其中"完璧归赵"一节，采用烘托铺垫之法，先渲染和氏璧之名贵，秦人求市导致赵国的两难，蔺相如地位的低下，然后以八句突出其奉命长驱入秦，不畏秦王威势、舍命保全和氏璧的勇气。渑池会一节，前面只用两句简单交代秦赵会盟背景，而用六句全力描绘蔺相如保全赵王的场景，尤其"眦血下沾襟"两句刻画蔺相如怒发冲冠、眦血沾襟的表情，形神兼备，使全诗达到高潮，生动地塑造了一个文人敢于挫败强敌、为国家利益舍身的壮烈形象。最后以"舍生岂不易"四句赞美其英勇气概，与他在廉颇面前的屈节忍辱形成鲜明对照，更突显出蔺相如智勇盖世而能顾全大局的可贵品格。三件事处理手法各不相同，详略互异。对于历史事件的提炼重组能力无疑具有很大的提升。

二 论体咏史诗的新变

这一时期其他诗人创造的论体咏史诗主要有张协《咏二疏》、袁宏的《咏史诗》以及虞阐的《吊贾谊诗》等。通过这些诗歌我们可以看出，两晋诗人在咏史诗创作中，人生取向已经逐渐由"立功"向"立名"转化，诗人对历史人物的评论，不再侧重于其成就了多少事业、功勋，而是重点评论其道德名声，及对后世的影响。张协的《咏二疏》就流露了这样的倾向：

昔在西京时，朝野多欢娱。蔼蔼东都门，群公祖二疏。朱轩曜金城，供帐临长衢。达人知止足，遗荣忽如无。抽簪解朝衣，散发归海隅。行人为陨涕，贤哉此大夫。挥金乐当年，岁暮不留储。顾谓四座宾，多财为累愚。清风激万代，名与天壤俱。咄此蝉冕客，君绅宜见书。①

二疏的事迹见诸史传。汉宣帝时，选疏广为太子太傅。疏广的侄子疏受，当时亦以贤明被选为太子家令，后升为太子少傅。疏广、疏受在任职期间，曾多次受到皇帝的赏赐。并称之为朝廷中的"二疏"。"太子每朝，因进见，太傅在前，少傅在后。父子并为师傅，朝廷以为荣。"② 但是这首《咏二疏》并没有提到这些，而是将写作的重点放在了二疏"达人知止足，遗荣忽如无。抽簪解朝衣，散发归海隅"的品质之上，着重描写了"群公祖二疏"的场景。而且借助这一场景表达了对多财客、"蝉冕客"的劝谏，勉励他们应该追求"名与天壤俱"的境界，其"立名"思想非常明显。再如庾阐《吊贾谊诗》应为残句，"虽有惠音，莫过韶濩。虽有腾蛇，终仆一壑"③，这里化用曹操之诗"腾蛇乘雾，终为土灰"一句，仔细涵泳，无非就是为了表达生前的功业终究会化为尘土，但是高洁的名声却会流芳千古。袁宏的两首《咏史诗》也有类似的思想：

> 周昌梗槩臣，辞达不为讷。汲黯社稷器，栋梁表天骨。陆贾厌解纷，时与酒棋杌。婉转将相门，一言和平勃。趋舍各有之，俱令道不没。④

这首诗以周昌、汲黯、陆贾三人为例，说明虽然每个人的才性、气质、出处、做事方法不同，但"士志于道"的追求却是完全一致的。三人都是通过自己的不懈努力，实现自己的政治理想，进而留名于世。但是，士志于道，又不是随时都能实现的。第二首反过来思考这一问题：

> 无名困蝼蚁，有名世所疑。中庸难为体，狂狷不及时。杨恽非忌贵，知及有余辞。躬耕南山下，芜秽不遑治。赵瑟奏哀音，秦声歌新诗。吐音非凡唱，负此欲何之。⑤

---

① （南朝梁）萧统编，（唐）李善注：《文选》，上海古籍出版社2019年版，第1012页。
② （汉）班固撰，（唐）颜师古注：《汉书》，中华书局点校本1962年版，第3039页。
③ 逯钦立辑校：《先秦汉魏晋南北朝诗》（中册），中华书局1983年版，第873页。
④ 逯钦立辑校：《先秦汉魏晋南北朝诗》（中册），中华书局1983年版，第920页。
⑤ 逯钦立辑校：《先秦汉魏晋南北朝诗》（中册），中华书局1983年版，第920页。

在黑暗的政治环境下，无名之辈会像蝼蚁一样困顿；如果有名，又会被世俗猜疑。这其中的分寸是十分难以把握的。既然如此，那可以像杨恽一样，做个隐士，躬耕田园。这样亦可以成就自己的"狂狷"。结合上文关于左思、陶渊明的论述，我们可以看出，"立名"思想，在当时的咏史诗创作中，已有一定的普遍性。诗人在评论历史时，往往从这个角度出发，来评价和赞美历史人物。

三 赞体咏史诗的出现

赞体咏史诗大规模的出现，主要见于梁陈之际的"奉和体"和"赋得体"。但是，两晋时期曹毗《黄帝赞诗》一首可以看作赞体咏史的先导：

> 轩辕应玄期，幼能总百神。体练五灵妙，气含云露津。掺石曾城岫，铸鼎荆山滨。豁焉天扉开，飘然跨腾鳞。仪辔洒长风，褰裳蹑紫宸。①

黄帝其人虽然是传说中的神话人物，但是司马迁在《史记·五帝本纪》中详细地记录了他的生平事迹，② 所以在当时人的知识构成中，黄帝是正史中的人物，符合本书对于咏史诗的定义。《诗纪》中该诗题为《咏史》，也正说明了这一点。通观全诗，对于黄帝的事迹没有任何的铺叙，同时也很难看出体现了何种个人情感。全诗只是用精致华美的语言歌颂了黄帝的圣德神功，可以看作赞体咏史的一个萌芽。类似的还有孙放的《咏庄子诗》，基本是对于庄子其人其书的概括，其诗云：

> 巨细同一马，物化无常归。休鲵解长鳞，鹏起片云飞。抚翼传积风，仰凌垂天肇。③

综观全诗，诗歌题为《咏庄子诗》，但是全诗并没有铺叙庄子的生平

---

① 逯钦立辑校：《先秦汉魏晋南北朝诗》（中册），中华书局1983年版，第888页。
② （汉）司马迁撰，赵生群校点：《史记》，点校本二十四史修订本，中华书局2014年版，第2—12页。
③ 逯钦立辑校：《先秦汉魏晋南北朝诗》（中册），中华书局1983年版，第903页。

事迹，也没有对庄子的学说加以评点和分析。只是在《庄子·逍遥游》中提炼和概括出几个具有玄学意味的词汇，组成对偶，之后组成全诗用来赞美庄子，这种做法应与当时玄言诗风的兴起有关。也可以看作赞体咏史的一个萌芽。

总之，在这一时期，赞体咏史虽然数量较少，但是已经呈现出作法的基本特征，后来也为南朝士人继承和发展，成为咏史诗的一个重要门类。

从两晋咏史诗发展的实际情况可以看出，"三体并峙"的情况在咏史诗的发展实际中并非是平衡的：传体兴起最早，始于班固的《咏史诗》，并成为后世咏史诗发展的基础；论体起源于东方朔的《嗟伯夷》，魏晋以来，经过左思发扬光大，成为咏史诗发展的主流；赞体萌芽于两晋，定型于南朝梁陈君臣的"赋得体"咏史，也成为咏史诗发展的一个主要趋向。至梁陈时代，三体并峙现象正式形成，奠定了后世咏史诗的基本体类。

本章小结

本章根据中古咏史诗发展的实际情况，从"咏"的不同方式和"史"的不同含义，对咏史诗的内涵进行一个明确的界定。本书认为应该从两个层次来界定咏史诗：狭义的咏史诗是指，诗人用诗歌的形式，记录或者评论真实的历史人物和历史事件。广义的咏史诗是指，诗人通过诗歌的形式，对真实历史、历史信息载体、文学史传统塑造的历史形象进行记录、评论或颂赞。与此相应，咏史诗也可以分为传体、论体、赞体三种类型。中古咏史诗虽然"三体并峙"，但不同阶段的三体并非平行发展。

第二章

以史为鉴与追述祖德：
咏史意识与咏史诗的产生

以史为鉴、古为今用是中国史学最优秀的传统。《尚书·召诰》中的"我不可不鉴于有夏，亦不可不鉴于有殷"①，《诗经·大雅·荡》中的"殷鉴不远，在夏后之时"②，就明确提出应该借鉴夏商两个王朝兴衰的历史经验，促进周王朝的长治久安。这一历史传统，也为西汉文人所继承，是咏史意识产生的主要思想根源。在现存的西汉诗文中，汉人歌咏历史的一个重要目的就是通过王朝的兴衰成败，总结治国理政经验。

第一节 两汉史学"致用"思想与咏史诗的产生

一 西汉史学的"致用"思想

汉初的开国君臣，多是出身草莽，赵翼在《廿二史札记》中称之为"布衣将相之局"：

> 汉初诸臣，惟张良出身最贵，韩相之子也。其次则张苍，秦御史。叔孙通，秦待诏博士。次则萧何，沛主吏掾。曹参，狱掾。任敖，狱吏。周苛，泗水卒史。傅宽，魏骑将。申屠嘉，材官。其余陈平、王陵、陆贾、郦商、郦食其、夏侯婴等皆白徒。樊哙则屠狗者。周勃则织薄曲吹箫给丧事者。灌婴则贩缯者。娄敬则挽车者。③

---

① 顾颉刚、刘起釪：《尚书校释译论》，中华书局2005年版，第1441页。
② （宋）朱熹注，王华宝点校：《诗集传》，凤凰出版社2007年版，第238页。
③ （清）赵翼：《廿二史札记》，凤凰出版社2008年版，第24页。

从中可以看出，刘邦君臣大多缺乏治国理政的行政经验，这就推动他们不断钻研历史，找出三代政治兴旺以及秦王朝衰败的原因，借以指导西汉的政治实践。《汉书·陆贾传》中，高祖和陆贾的对话，很能代表西汉建国初期文人对于历史的这种态度与看法：

> 贾时时前说称《诗》《书》。
> 高帝骂之曰："乃公居马上得之，安事《诗》《书》！"
> 贾曰："马上得之，宁可以马上治乎？且汤、武逆取而以顺守之，文帝并用，长久之术也。昔者吴王夫差、智伯极武而亡；秦任刑法不变，卒灭赵氏。乡使秦以并天下，行仁义，法先圣，陛下安得而有之？"
> 高帝不怿，有惭色，谓贾曰："试为我著秦所以失天下，吾所以得之者，及古成败之国。"
> 贾凡著十二篇。每奏一篇，高帝未尝不称善，左右呼万岁，称其书曰《新语》。①

从中我们可以看出，以陆贾为代表的西汉文人，已经认识到得天下可以凭借武力，但是，想要治理好天下，还必须要吸收正反两方面的教训，在经典和历史之中探讨治国的方略和智慧。刘邦君臣对于历史的研究与评论，其最终目的就是探讨"秦所以失天下，吾所以得之者"的原因。《新语》中这种思想，可以代表汉代文人对于历史的普遍态度：就是通过研究、讨论"三代何以长治久安""秦朝何以二世而亡"这两个问题，对当下的政治发表建议，促进大汉王朝的不断壮大。这在贾谊《上疏陈政事》中有更加明确的表达：

> 夏为天子，十有余世，而殷受之。殷为天子，二十余世，而周受之。周为天子，三十余世，而秦受之。秦为天子，二世而亡。人性不甚相远也，何三代之君有道之长，而秦无道之暴也？其故可知也。②

---

① （汉）司马迁撰，赵生群点校：《史记·陆贾传》，点校本二十四史修订本，中华书局2014年版，第3269—3270页。
② （汉）班固撰，（唐）颜师古注：《汉书·贾谊传》，中华书局点校本1962年版，第2230—2232页。

贾谊在此明确提出自己撰述文章的目的就是为何"人性不甚相远",而夏、商、周却可以绵延十有余世、二十余世、三十余世？秦王朝却"二世而亡"？

纵观西汉现存的所有文献,对于历史的歌咏,大多集中在对这两个问题的思考。具体到每个问题上,侧重点还有很大不同：对于三代的政治,汉人大多视为完美的典范,以之作为自己政策效仿的依据,即"以史为据"；而对于秦朝的历史,则多将其视为失败的典型,分析其覆亡的原因,即"以史为鉴"。接下来,结合具体的文本,对这两种态度分别加以分析。

二 以史为据：西汉对三代政治的推崇

三代的政治,一向被视作王道政治的典范。《论语·卫灵公》就赞扬三代的正道直行："斯民也,三代之所以直道而行也。"① 《礼记》中也多次表达了三代的大道之治："大道之行也,与三代之英,丘未逮也,而有志焉。"② 在历史演进的过程之中,存在着这样一种现象："历史愈前进,批评者们便愈是喜欢用美化过去的黄金空想来对照现实和反对现实。"③ 西汉历经秦末的暴乱,所以,在建国之初,便将三代视为政治典范,处处加以学习和效仿,作为推行自己政策的依据。

以西汉的诏书为例,西汉皇帝,在宣扬政策之时,可以说是言必称三代,必先征引三代类似的政治举措或者诏令,来作为推行自己政策的依据。如高祖的《求贤诏》以周文王和齐桓公自比,表明自己招揽天下人才的诚意："盖闻王者莫高于周文,伯者莫高于齐桓,皆待贤人而成名。今天下贤者智能岂特古之人乎？"④ 文帝《除肉刑诏》以有虞氏的德政,论证现有的肉刑制度的不合理："制诏御史：盖闻有虞氏之时,画衣冠异章服以为戮,而民弗犯,何治之至也？今法有肉刑三,而奸不止,其咎安在？"同样援引古圣先王的政策作为依据,废除肉刑。⑤ 武帝《元光元年

---

① 程树德撰,程俊英、蒋见元点校：《论语集释》,中华书局1980年版,第1109页。
② （清）孙希旦撰,沈啸寰、王星贤点校：《礼记集释》,中华书局1989年版,第581页。
③ 李泽厚：《中国古代思想史论》：生活·读书·新知三联书店2017年版,第32—33页。
④ （清）严可均辑,陈延嘉校点：《全上古三国秦汉六朝文》,河北教育出版社1997年版,第247页。
⑤ （清）严可均辑,陈延嘉校点：《全上古三国秦汉六朝文》,河北教育出版社1997年版,第260页。

策良制》说："盖闻五帝、三王之道，改制作乐而天下洽和，百王同之。当虞氏之乐莫盛于《韶》，于周莫盛于《勺》。"①则是以五帝三王制礼作乐的政治实践，作为自己政策的制定依据。宣帝《察计簿诏》以"上古之治，君臣同心，举措曲直，各得其所"②为标准，推行自己的经济政策。元帝《赦诏》亦援引"五帝三王，任贤使能，以登至平"③的清明政治作为自己颁发赦令的参照。成帝《顺时令诏》也以尧舜之道作为标杆，来推行自己的劝农政策："昔在帝尧，立羲和之官，命以四时之事，令不失其序。故《书》云：黎民于蕃时雍。明以阴阳为本也。"④吸取历史的经验和教训，并不是真正的目的，真正的目的是通过评述这些历史事实，作为推行自己政策的依据，比如武帝元光元年五月《诏贤良》：

> 朕闻昔在唐虞，画象而民不犯，日月所烛，莫不率俾。周之成康，刑错不用，德及鸟兽，教通四海；海外肃慎，北发渠搜，氐羌徕服；星辰不孛，日月不蚀，山陵不崩，川谷不塞，麟凤在郊薮，河洛出图书。呜乎，何施而臻此与？今朕获奉宗庙，夙兴以求，夜寐以思，若涉渊水，未知所济。猗与伟与！何行而可以章先帝之洪业休德，上参尧舜，下配三王？朕之不敏，不能远德，此子大夫之所睹闻也。贤良明于古今王事之体，受策察问，咸以书对，著之于篇，朕亲览焉。⑤

描写上古和三代的种种德政，为的是吸取"上参尧舜，下配三王"的施政意见，号召全社会的饱学之士，发表自己的意见，"咸以书对"以供其参考。以古为据，对现在的具体事件提出自己的看法，成为西汉文人论述

---

① （清）严可均辑，陈延嘉校点：《全上古三国秦汉六朝文》，河北教育出版社1997年版，第270页。

② （清）严可均辑，陈延嘉校点：《全上古三国秦汉六朝文》，河北教育出版社1997年版，第270页。

③ （清）严可均辑，陈延嘉校点：《全上古三国秦汉六朝文》，河北教育出版社1997年版，第319页。

④ （清）严可均辑，陈延嘉校点：《全上古三国秦汉六朝文》，河北教育出版社1997年版，第330页。

⑤ （清）严可均辑，陈延嘉校点：《全上古三国秦汉六朝文》，河北教育出版社1997年版，第270页。

问题的一个策略。比如刘向上书元帝请求赦免萧忘之等人的罪过时，就大量援引古来类似的事例，作为自己观点的依据：

> 往者高皇帝时，季布有罪，至于夷灭，后赦以为将军，高后、孝文之间卒为名臣。孝武帝时，兒宽有重罪系，按道侯韩说谏曰："前吾丘寿王死，陛下至今恨之；今杀宽，后将复恨矣！"上感其言，遂贳宽，复用之，位至御史大夫，御史大夫未有及宽者也。又董仲舒坐私为灾异书，主父偃取奏之，下吏，罪至不道，幸蒙不诛，复为太中大夫，胶西相，以老病免归。汉有所欲兴，常有诏问。仲舒为世儒宗，定议有益天下。孝宣皇帝时，夏侯胜坐诽谤系狱，三年免为庶人。宣帝复用胜，至长信少府，太子太傅，名敢直言，天下美之。若乃群臣，多此比类，难一二记。有过之臣，无负国家，有益天下，此四臣者，足以观矣。
>
> 前弘恭奏望之等狱决，三月，地大震。恭移病出，后复视事，天阴雨雪。由是言之，地动殆为恭等。臣愚以为宜退恭、显以章蔽善之罚，进望之等以通贤者之路。如此，太平之门开，灾异之原塞矣。①

文章连续列举了刘邦赦免季布、武帝赦免兒宽与董仲舒、宣帝赦免夏侯胜的事例，证明"有罪之臣，无负国家，有益天下"的观点，进而证明了应该宽恕萧忘之等人的罪过。

这种援古为据的思维方式，在诗文中也有体现。韦孟的《讽谏诗》即是一例，《汉书》记载"孟为元王傅，傅子夷王及孙王戊。戊荒淫不遵道，作诗讽谏"②，在该诗中韦孟详细地列举了楚元王祖辈发展的历史：

> 于赫有汉，四方是征，靡适不怀，万国逌平。乃命厥弟，建侯于楚，俾我小臣，惟傅是辅。矜矜元王，恭俭静一。惠此黎民，纳彼辅弼。享国渐世，垂烈于后。乃及夷王，克奉厥绪。咨命不永，惟王统

---

① （汉）班固撰，（唐）颜师古注：《汉书·刘向传》，中华书局点校本，中华书局1962年版，第1930—1931页。
② （汉）班固撰，（唐）颜师古注：《汉书·韦贤传》，中华书局点校本，中华书局1962年版，第3101页。

祀。左右陪臣，斯惟皇士。①

通过列举楚国自建国以来两位先祖"恭俭静一"的品格，作为效法的榜样，劝谏刘戊改过自新，励精图治。②

类似的写作，在韦玄成的《自劾诗》中也有出现。《汉书》记载"（韦玄成）以列侯侍祀孝惠庙，当晨入庙，天雨淖，不驾驷马车而骑至庙下。有司劾奏，等辈数人皆削爵为关内侯，玄成自伤贬黜父爵，叹曰：'吾何面目以奉祭祀！'作诗自劾责。"③ 在诗歌中他先是表扬了自己祖辈的丰功伟绩，接着沉痛地忏悔了自己丢失祖先爵位，有损祖先颜面的行为。

赫矣我祖，侯于豕韦。赐命建伯，有殷以绥。厥绩既昭，车服有常。朝宗商邑，四牡翔翔。德之令显，庆流于裔。

宗周至汉，群后历世。肃肃楚傅，辅翼元夷。厥驷有庸，惟慎惟祇。嗣王孔佚，越迁于邹。

五世圹僚，至我节侯。惟我节侯，显德遐闻。左右昭宣，五品以训。既耆致位，惟懿惟免。厥赐祁祁，百金洎馆。国彼扶阳，在京之东。惟帝是留，政谋是从。绎绎六辔，是列是理。威仪济济，朝享天子。天子穆穆，是宗是师。四方遐迩，观国之辉。④

该诗列举了祖先自夏商周以来筚路蓝缕所建立的丰功伟业，用历代祖先兢兢业业的功德作为对比，抒发自己因为行为失误造成丢官罢爵的惭愧，同时，也表达了自己要向祖先学习，吸取经验和教训，再造家族荣光的决心。由此诗可以看出西汉朝廷以史为据、以先祖功德为行为准则的观念对文人创作的直接影响。

三 以史为鉴：西汉对秦亡教训的总结

如果说三代的清明政治，是汉人政治经验的重要资源，那么刚刚灭亡

---

① （汉）班固撰，（唐）颜师古注：《汉书·韦贤传》，中华书局点校本，中华书局1962年版，第3102页。
② （汉）班固撰，（唐）颜师古注：《汉书》，中华书局点校本1962年版，第3103—3104页。
③ （汉）班固撰，（唐）颜师古注：《汉书》，中华书局点校本1962年版，第3110页。
④ （汉）班固撰，（唐）颜师古注：《汉书》，中华书局点校本1962年版，第3110—3111页。

的暴秦，则是汉人总结政治教训的一个鲜活的反面教材。从汉朝建立开始，刘邦就要求陆贾撰写文章，总结"秦所以失天下"，以史为鉴，治理天下。整个西汉，对秦亡的教训进行了深刻的总结。西汉文人对这一问题的论述角度虽然有所不同，但是其核心都认为，秦之所以速亡，就是因为其"不施仁义"。

文帝时，贾山撰写《至言》，本传载"孝文时，言治乱之道，借秦为谕，名曰《至言》"①，在文中用很大篇幅总结了秦之所以二世而亡的教训就是不能启用贤才，致使阿谀奉承之臣掌握朝纲：

> 秦皇帝居灭绝之中而不自知者，何也？天下莫敢告也。其所以莫敢告者，何也？亡养老之义，亡辅弼之臣，亡进谏之士，纵恣行诛，退诽谤之人，杀直谏之士，是以道谀偷合苟容，比其德则贤于尧、舜，课其功则贤于汤、武，天下已溃而莫之告也。②

贾山认为，秦之所以"居灭绝之中而不自知"，就是因为秦朝统治者不施行仁政，将辅弼之臣、进谏之士、诽谤之人、直谏之士虐杀殆尽，皇帝被群小围绕，动则将其与尧舜相提并论，致使皇帝不能准确地掌握时局民心，导致灭亡。

邹阳则认为，秦亡的原因是不施仁政，横征暴敛，导致民心背离：

> 臣闻秦倚曲台之宫，悬衡天下，画地而人不犯，兵加胡越；至其晚节末路，张耳、陈胜连从兵之据，以叩函谷，咸阳遂危。何则？列郡不相亲，万室不救也。③

文中选取秦朝统治前期和后期的典型事件作为对比，突出了秦朝暴政导致的分崩离析的状态。对秦何以二世而亡的教训的总结，用力最深的是贾谊的《陈政事疏》《过秦论》，在这两篇文章中，贾谊用自己渊博的学识和丰富的政治经验，指出了秦之所以二世而亡的原因——不施仁义，而尚刑

---

① （汉）班固撰，（唐）颜师古注：《汉书·韦贤传》，中华书局点校本，中华书局1962年版，第2327页。
② （汉）班固撰，（唐）颜师古注：《汉书》，中华书局点校本1962年版，第2327页。
③ （汉）班固撰，（唐）颜师古注：《汉书》，中华书局点校本1962年版，第2338页。

法。在《陈政事疏》中，贾谊重点指出了秦严刑峻法的失误：

> 夫三代之所以长久者，以其辅翼太子有此具也。及秦而不然。其俗固非贵辞让也，所上者告讦也；固非贵礼义也，所上者刑罚也。使赵高傅胡亥而教之狱，所习者非斩劓人，则夷人之三族也。故胡亥今日即位而明日射人，忠谏者谓之诽谤，深计者谓之妖言，其视杀人若艾草菅然。岂惟胡亥之性恶哉？彼其所以道之者非其理故也。①

贾谊认为，三代之所以能够长治久安，是因为君主讲求礼仪，实行仁政；而秦王朝严刑峻法，这样的政治环境，使统治者泯灭了善良的本性，成为杀人如草芥的暴君。在《过秦论》中，贾谊以秦兴亡的历史作为前后对比，总结出秦之所以灭亡，是因为未行仁义之道：

> 然秦以区区之地，致万乘之势，序八州而朝同列，百有余年矣；然后以六合为家，崤函为宫；一夫作难而七庙隳，身死人手，为天下笑者，何也？仁义不施而攻守之势异也。②

贾谊对于秦亡原因的分析，是十分深刻的。班固在《汉书》中，援引刘向的评语，称"贾谊言三代与秦治乱之意，其论甚美，通达国体，虽古之伊、管未能远过也"③。

除贾谊之外，董仲舒也对秦亡的教训进行了深刻的总结，和前辈学者一样，董仲舒首先指出了秦王朝严刑峻法的弊端：

> 师申商之法，行韩非之说，憎帝王之道，以贪狼为俗。非有文德以教训天下也。诛名而不察实，为善者不必免，而犯恶者未必刑也……又好用憯酷之吏，赋敛亡度，竭民财力，百姓散亡，不得从耕织之业，群盗并起。是以刑者甚重，死者相望，而奸不息。④

---

① （汉）班固撰，（唐）颜师古注：《汉书》，中华书局点校本1962年版，第2230—2232页。
② （南朝梁）萧统编，（唐）李善注：《文选》，上海古籍出版社2019年版，第2277页。
③ （汉）班固撰，（唐）颜师古注：《汉书·贾谊传》，中华书局点校本1962年版，第2265页。
④ （汉）班固撰，（唐）颜师古注：《汉书·董仲舒传》，中华书局点校本，中华书局1962年版，第2510—2511页。

严刑峻法，横征暴敛的政策，导致民生凋敝、社会混乱、百姓散亡、群盗并起的乱象，这是秦亡在政策上的失误，正是因为这种政策，导致礼崩乐坏，诗书不兴，整个社会风气的败坏：

> 至周之末世，大为亡道，以失天下。秦继其后，独不能改，又益甚之：重禁文学，不得挟书，弃捐礼谊而恶闻之。其心欲尽灭先王之道，而专为自恣苟简之治，故立为天子十四岁而国破亡矣! 自古以来，未尝有以乱济乱、大败天下之民如秦者也! ①

秦建立之后，为了统一思想，焚书坑儒，致使先王之道尽废，申韩之说大行，整个社会形成了一种捐弃礼仪、专司机巧的社会风气，民风大坏，致使天下之民大败。难能可贵的是，董仲舒还就秦朝的经济政策加以分析，认为其不合理的经济制度，导致贫富差距严重，也是其灭亡的根本原因之一。《汉书·食货志》记载董仲舒对秦经济政策的批评：

> 古者税民不过什一，其求易供；使民不过三日，其力易足……至秦则不然，用商鞅之法，改帝王之制，除井田，民得卖买，富者田连阡陌，贫者无立锥之地。
>
> 又专川泽之利，管山林之饶，荒淫越制，逾侈以相高；邑有人君之尊，里有公侯之富，小民安得不困？
>
> 又加月为更卒，已，复为正一岁，屯戍一岁，力役三十倍于古；田租口赋，盐铁之利，二十倍于古。或耕豪民之田，见税什五。故贫民常衣牛马之衣，而食犬彘之食。重以贪暴之吏，刑戮妄加，民愁亡聊，亡逃山林，转为盗贼；赭衣半道，断狱岁以千万数。②

这里认为秦王朝废除井田，致使土地可以自由买卖，导致大规模的土地兼并现象，导致富庶之家田连阡陌，贫困之户家无立锥，造成巨大的社会矛盾。而且，对川泽、山林实行专管专卖制度，致使皇帝、公侯坐收渔利，

---

① （汉）班固撰，（唐）颜师古注：《汉书·董仲舒传》，中华书局点校本，中华书局1962年版，第2504页。

② （汉）班固撰，（唐）颜师古注：《汉书·食货志》，中华书局点校本，中华书局1962年版，第1117页。

第二章 以史为鉴与追述祖德：咏史意识与咏史诗的产生

百姓却是一无所有。更有甚者，在如此贫困的基础上，秦王朝还横征暴敛，力役、田租均数十倍于古人！再加之暴力催税，重法逼捐，造成百姓流离失所，民不聊生。这也是秦王朝灭亡的一个根本原因。

汉人对于秦亡经验的总结，最重要的目的是为了吸取教训，为汉王朝的长治久安服务。比如，董仲舒在总结秦亡教训之后，将笔锋一转，直接探讨"汉兴，循而未改"的影响：

> 孔子曰："腐朽木之不可雕也，粪土之墙不可圬也。"今汉继秦之后，如朽木粪墙矣，虽欲善治之，亡可奈何……为政而不行，甚者必变而更化之……汉得天下以来，常欲善治而至今不可善治者，失之于当更化而不更化也！①

评述历史，重要的是包含着对历史的观点、态度和看法，更重要的是实现当下的"善治"和"更化"。

从以上的梳理中，我们可以看出，西汉文人援引历史，是在政治层面总结历史兴衰的经验和教训，并以此作为说理的依据，对于当下社会中的种种问题，提出自己的意见与看法。而论证的重点就在"秦何以二世而亡"的这个核心问题上。西汉文人从不同角度对这一历史现象进行了分析、评论，这无疑推动了人们对历史事件背后种种原因的思考，这种思维惯性自然会有助于文学创作中咏史意识的萌生。如司马相如的《哀二世赋》就是借助总结历史经验，委婉地劝谏汉武帝。这篇赋文是司马相如随汉武帝长杨打猎，归途经过宜春宫秦二世胡亥墓时，有感而发，是一篇哀悼二世、委婉议政的文章。

> 登陂陁之长阪兮，坌入曾宫之嵯峨。临曲江之隑州兮，望南山之参差。岩岩深山之谾谾，通谷豁乎谽谺。汩淢靸以永逝兮，注平皋之广衍。观众树之蓊薆兮，览竹林之榛榛。东驰土山兮，北揭石濑。弥节容与兮，历吊二世。持身不谨兮，亡国失势；信谗不寤兮，宗庙灭绝，乌乎！操行之不得，坟墓芜秽而不修兮，魂亡归而不食。敻邈绝

---

① （汉）班固撰，（唐）颜师古注：《汉书·董仲舒传》，中华书局点校本，中华书局1962年版，第2504页。

而不齐兮，弥久远而愈昧。精罔阆而飞扬兮，拾九天而永逝。呜呼哀哉！①

这篇赋文前半写景叙事，到宜春宫游览远眺，到秦二世坟前凭吊；后半总结秦二世身亡国破的原因是持身不谨、信谗不寤、操行之不得，导致民心涣散。借前车之鉴委婉讽谏汉武帝。这就是"以史为鉴"的观念，在文学创作中的体现。

四 西汉文学创作中"咏史"意识的产生

西汉谈史、讲史、议史、论史、评史的风气，促进了文学作品中"咏史意识"的萌生，进而推动了咏史诗的产生。

一方面，文人在创作文学作品时，会自觉受到这种风气的影响，在文学作品中援引历史事件作为自己的抒情凭借。如司马迁在《报任安书》中提出自己苟活于世是为了"发愤著书"，并援引古人，证明自己行为的正确性：

> 古者富贵而名摩灭，不可胜记，唯俶傥非常之人称焉。盖文王拘而演《周易》；仲尼厄而作《春秋》；屈原放逐，乃赋《离骚》；左丘失明，厥有《国语》；孙子膑脚，《兵法》修列；不韦迁蜀，世传《吕览》；韩非囚秦，《说难》《孤愤》；《诗》三百篇，此皆圣贤发愤之所为作也。②

这里利用文王推演《周易》、孔子编订《春秋》、屈原创作《离骚》、左丘明编撰《国语》、孙子修订《孙子兵法》、吕不韦纂修《吕氏春秋》、韩非子写作《韩非子》、诗人吟咏《诗经》的典故，证明了自己发愤著书，将以"究天人之际，通古今之变，成一家之言"的宏伟目标，将历史事件概括为精练的排比语句，将自己的悲愤与慷慨，融合在对于历史人物的介绍之中，将自己发愤著书、矢志不渝的情感抒发得淋漓尽致。这就

---

① （南朝梁）萧统编，（唐）李善注：《文选》，上海古籍出版社 2019 年版，第 147 页。
② （汉）班固撰，（唐）颜师古注：《汉书·司马迁传》，中华书局点校本，中华书局 1962 年版，第 2735 页。

是上文所论说的"以史为据"的观念在文学创作中的体现。

另一方面,当进取功名的理想和现实不相符合,却又无法直接表达不满的时候,歌咏历史人物以表达自己的情感,就顺理成章地成了文人的不二选择。与秦代不同的是,汉代士人参与政治的使命感和治理天下的责任感十分高昂。他们在不同的场合,通过各种渠道表达自己对时事和政治的意见和看法。这种高昂的意气,是战国游士风气在汉代的复兴。但是,在中央集权的政治体制下,这种士风无疑会遭到巨大的打击。一旦诗人面对着理想与现实的落差,就会希望通过文字抒发自己的情感。这时和自己具有同样遭遇的古人,就成了最好的歌咏对象,贾谊的《吊屈原赋》和东方朔的《嗟伯夷》可以作为典型的代表。

前元四年(公元前176年),贾谊被贬为长沙王太傅,路过湘水,瞻仰屈原放逐所经之地,感物思人,创作了《吊屈原赋》。《汉书》记载:

> 谊为长沙王太傅,既以谪去,意不自得;及度湘水,为赋以吊屈原。屈原,楚贤臣也。被谗放逐,作《离骚》赋,其终篇曰:"已矣哉!国无人兮,莫我知也。"遂自投汨罗而死。谊追伤之,因自喻。[1]

贾谊此赋,是在自己"意不自得"的情况下,路过屈原自沉之地,抒发自己的感慨之情,作赋的目的,既是追念、哀悼屈原,又是"自喻"——阐明自己的思想和选择。其文曰:

> 恭承嘉惠兮,俟罪长沙;侧闻屈原兮,自沉汨罗。造托湘流兮,敬吊先生;遭世罔极兮,乃殒厥身。呜呼哀哉!逢时不祥。鸾凤伏窜兮,鸱枭翱翔。阘茸尊显兮,谗谀得志;贤圣逆曳兮,方正倒植。世谓随、夷为溷兮,谓跖、蹻为廉;莫邪为钝兮,铅刀为铦。吁嗟默默,生之亡故兮;斡弃周鼎,宝康瓠兮。腾驾罢牛,骖蹇驴兮;骥垂两耳,服盐车兮。章甫荐履,渐不可久兮;嗟苦先生,独离此咎兮。
>
> 讯曰:已矣!国其莫我知兮,独壹郁其谁语?凤漂漂其高逝兮,固自引而远去。袭九渊之神龙兮,沕深潜以自珍;偭蟂獭以隐处兮,夫岂从虾与蛭蟥?所贵圣人之神德兮,远浊世而自藏;使骐骥可得系

---

[1] (汉)班固撰,(唐)颜师古注:《汉书·贾谊传》,中华书局点校本1962年版,第2222页。

而羁兮，岂云异夫犬羊？般纷纷其离此尤兮，亦夫子之故也。历九州而其君兮，何必怀此都也？凤凰翔于千仞兮，览德辉而下之；见细德之险徵兮，遥曾击而去之。彼寻常之污渎兮，岂容吞舟之巨鱼？横江湖之鳣鲸兮，固将制于蝼蚁。①

这篇赋文借屈原以"自喻""自抒"。对古人的惋惜，与对自身的哀叹融为一体。在咏史题材发展的脉络之中，这篇赋文的咏史方式，十分值得注意。总体说来，贾谊在这篇赋文中，以屈原自比，借描写屈原的遭遇比附自己的经历，借批评屈原的选择表达自己的理想，具有"论体咏史"的基本写法。

此赋先是描写出一个善恶颠倒，是非混淆的黑暗世界。贾谊并没有用史传的手法铺排屈原一生在楚国的经历和遭遇，没有具体地描写楚怀王、靳尚、郑袖等人的疏远、排挤、陷害屈原的过程。而是连用数喻描述了一个黄钟毁弃、瓦釜雷鸣的不合理世界：鸾凤流离失所，而猫头鹰却自由翱翔；宦官、内臣尊贵显耀，而贤才能臣无法立足；阿谀奉承之徒志得意满，而端方正派的人却郁郁不得志；卞随、伯夷被认为是大恶，而盗跖、庄蹻却被推为廉洁；宝剑莫邪被认为粗钝，而铅刀钝刃却被誉为锋利无比；周鼎被抛弃，而瓦盆却被当成了宝物；疲牛、跛驴被委以重任，而骏马却被分配去拉盐；帽冠低居在下，而鞋履反高高在上。这一系列不合常理、有悖人情的比喻和象征使得这一大段描写具有了高度的共性特征。这不单单可以描述屈原当时的环境，用来形容贾谊自己的时代和遭遇也是完全恰当的。《汉书》记载，贾谊十八岁即以能"诵诗属书"而著名于郡中，经太守吴廷尉的引荐，被文帝召为博士，不久即赴任太中大夫。贾谊在朝廷中向文帝提出了一系列"改正朔，易服色，法制度，定官名，兴礼乐"的建议，受到汉文帝的赏识，一度欲提拔他任公卿之位。但遭到周勃、邓通等大臣的诋毁，说他"年少初学，专欲擅权，纷乱诸事"，终于未受重用，并被调出京城，改任长沙王太傅。② 这一点和屈原"竭忠尽智以事其君"，却遭受谗言的诬陷而被放逐的经历十分类似。所以在歌咏屈原的过程中，身世之感油然而生。可以这么说，贾谊赋中鸾凤、贤才、

---

① 费振刚等校注：《全汉赋校注》，广东教育出版社 2005 年版，第 4—5 页。
② （汉）班固撰，（唐）颜师古注：《汉书·贾谊传》，中华书局点校本 1962 年版，第 2222 页。

伯夷、宝剑、周鼎、骏马等比喻，是对屈原的赞美，其实也是对自己才华和能力的肯定，而猫头鹰、宦官、盗跖、铅刀、瓦盆、疲牛和跛驴等既是对楚国群小的否定，也是对周勃等人颠倒黑白的抨击。这样的写作方法，就使得这篇赋文充分地融合了屈原和贾谊二人共同的遭遇，凭吊屈原的同时，也在哀叹自己。大大提升了咏史题材的现实意义，为咏史题材今后的发展树立了典范。

这种"怀古兼伤己"的做法，在赋文的第二段表现得更为明显。在这一段中，凭吊屈原已经成为贾谊表达自己观点的一个衬托。这一部分可以分为四个层次：首先，贾谊开宗明义表明了自己面对黑暗环境时的选择。他想用凤凰高处、神龙潜渊、蝮獭隐居三个比喻，说明士人在遭遇黑暗环境之时，应该要远离污浊的世界，自己隐居起来。其次，在此基础上，他对屈原的选择提出了异议，他认为屈原正是因为没有及时离开污浊的世界，才导致了骐骥被认为是犬羊。其实无论到哪里都能辅佐君主，又何必留恋国都呢？再次，他重申了自己的处世选择，用凤凰为喻，指出凤凰在千仞的高空翱翔，看到人君道德闪耀出的光辉才降落下来。看到德行卑鄙的人显出的危险征兆，就远远地高飞而去。贾谊认为这才是正确的做法。最后，又回到对屈原选择的评点上来，他认为屈原就好像横行江湖的鳣鱼、鲸鱼，在窄窄的小水沟难以施展本领，最后还要受制于蝼蚁，最终导致了惨剧的发生。就这样，贾谊层层推进，将历史和现实紧密结合起来，既评论了历史，又阐明了自己的观点。而且二者之间衔接紧密，对比突出，融合得天衣无缝。这一部分所要突出的重点，就是贾谊表明的"远浊世而自藏"的人生哲学。屈原的事例只是作为一个"以史为鉴"的证据来支撑自己的论点。这种做法和后世咏史诗的做法十分类似。

这篇骚体的赋文，虽然题为《吊屈原赋》，但是通过上文的论述，我们可以看出，贾谊凭吊屈原只是一个形式，真正的本质是借屈原的遭遇，表达自己的理想和选择。这就在叙述历史的基础上，进一步推进了对历史的评论。这虽然不能算作是咏史诗，但是，贾谊所展现出的咏史方式和技巧，已经具有"论体"咏史的规模。这表明，文学创作中的咏史意识已经成熟。

贾谊的骚体赋虽是抒情，在形式上仍然是赋。东方朔的《嗟伯夷》则是咏史意识在诗歌中的体现。伯夷、叔齐的事迹见诸《史记》：

> 伯夷、叔齐，孤竹君之二子也。父欲立叔齐。及父卒，叔齐让伯夷。伯夷曰："父命也。"遂逃去。叔齐亦不肯立而逃之。国人立其中子。于是伯夷、叔齐闻西伯昌善养老，盍往归焉！及至，西伯卒，武王载木主，号为文王，东伐纣。伯夷、叔齐叩马而谏曰："父死不葬，爰及干戈，可谓孝乎？以臣弑君，可谓仁乎？"左右欲兵之。太公曰："此义人也。"扶而去之。武王已平殷乱，天下宗周，而伯夷、叔齐耻之，义不食周粟，隐于首阳山，采薇而食之。及饿且死，作歌，其辞曰："登彼西山兮，采其薇矣。以暴易暴兮，不知其非矣。神农、虞、夏忽焉没兮，我安适归矣？于嗟徂兮，命之衰矣。"遂饿死于首阳山。①

伯夷道德高尚，才干卓越，不慕名利，但是却因生不逢时，而最终饿死首阳山。这个故事，和东方朔对自我的认识，是十分相似的，东方朔其人，自诩颇高，他在向朝廷推荐自己时曾表示：

> 年十三学书，三冬文史足用。十五学击剑，十六学《诗》《书》，诵二十二万言。十九学孙、吴兵法，战阵之具，钲鼓之教，亦诵二十二万言，凡臣朔固已诵四十四万言。②

根据其自述，这是一位文武双全的旷世奇才，其自许之情，可见一斑。但是，东方朔进入朝廷之后，并未能实现自己的"强国之计"，汉武帝始终对他采取一种"倡优蓄之"的态度，《汉书》本传记载：

> 朔尝至太中大夫，后常为郎，与枚皋、郭舍人俱在左右，诙啁而已。久之，朔上书陈农战强国之计，因自讼独不得大官，欲求试用……终不见用。③

---

① （汉）司马迁撰，赵生群点校：《史记》，点校本二十四史修订本，中华书局2013年版，第2581页。
② （汉）班固撰，（唐）颜师古注：《汉书·东方朔传》，中华书局点校本，中华书局1962年版，第2841页。
③ （汉）班固撰，（唐）颜师古注：《汉书·东方朔传》，中华书局点校本，中华书局1962年版，第2863—2864页。

在这样的心理落差之下，不平之鸣是在所难免的。伯夷、叔齐终身没有实现自己的政治理想，选择隐居深山。这一点和东方朔很有共鸣，所以，在歌咏伯夷之时，他就借助对古人的评价表明自己的态度：

> 穷隐处兮窟穴自藏，与其随佞而得志兮，不若从孤竹于首阳。①

东方朔认为，伯夷、叔齐身居深山窟穴，虽然条件十分艰苦。但是与其追随奸佞，获得功名富贵，实现自己的理想，还不如就像二位古人一样隐居首阳山。这里对伯夷叔齐"避世于深山"的歌颂，其实就是表达自己"避世于朝廷"的朝隐的思想。东方朔就曾公开表示，自己在朝廷之中，就是一种"避世金马门"的"朝隐"之道。

> 时坐席中，酒酣，朔曰："朔等，所谓避世于朝廷者也。古之人，乃避世于深山中。宫殿中可以避世全身，何必深山之中、蒿庐之下"。②

东方朔认为，自己虽然在朝为官，但是其选择，却和伯夷、叔齐避世首阳山一样，都是不同流俗、高洁傲岸的体现。所以说，这首骚体诗，与其说是赞颂伯夷、叔齐，更像是东方朔在陈述自己的心迹。

东方朔和贾谊的创作，已经蕴含了后世咏史诗表现方式的重要因素。这意味着，当时社会浓厚的历史风气，影响到文学创作的领域，文人在创作辞赋和诗歌之时，自然会受到这种社会、学术风气的影响，援引历史作为自己论证和抒情的材料。这就促进了文学作品中历史题材的繁荣，经过几代文人的不懈努力和探索，咏史的经验和技巧逐渐完善，进而形成一种独立的题材。

西汉时期，帝王和臣子们为了政治的长治久安，大量地探讨和分析三代长治久安和强秦二世而亡的经验与教训，形成了"以史为据"和"以史为鉴"的风气，以及文人讲史、叙史、谈史、论史、评史的风尚。这种风尚也影响了文人的创作，在文学作品中，往往援引历史人物或者事件

---

① 逯钦立辑校：《先秦汉魏晋南北朝诗》（上册），中华书局点校本，中华书局1983年版，第101页。

② （汉）司马迁撰，赵生群点校：《史记》，点校本二十四史修订本，中华书局2014年版，第3894页。

来类比自己的观点，寄托自己的情感，这就促进了诗歌中咏史意识的萌生，进而推动了咏史题材的独立。

第二节 魏晋南北朝述祖德风气与咏史诗创作的兴起

魏晋时期虽然没有西汉时期那样鲜明的以史为鉴、以史为据的意识，但是通过魏晋时期乐府、诗歌中大量述祖德的内容，仍然可以看到咏史意识的发展，进而考察其对咏史诗创作的影响。魏晋南北朝的述祖德创作，基本可以划分为士人"追述先祖"和郊庙"颂美先王"两大部分。无论是"先公"还是"先王"都是被诗人赋予了特定内涵的历史人物。从两晋诗人歌颂先祖功德的心态来看，其中体现的历史观念对咏史诗偏重取材于士人的主题取向和表现方式都有明显的影响。

一 述祖题材的产生及"咏史意识"的发展

述德，就是追述祖德，这一类型的创作在魏晋南北朝时期产生，并逐渐走向繁荣。这与当时的社会发展有着密切的联系，魏晋南北朝时期是门阀制度最为鼎盛的时期，两汉以来开始逐渐形成的士人意识日趋高涨，整个社会对门第观念的重视达到了前所未有的程度。这成了述祖德创作发展的最根本原因。

中国士族的形成大致经过了西汉经学世家、东汉豪强大族、魏晋士族三个阶段。[1] 士人的门第观念也是在这三个阶段逐步形成的。

西汉自武帝独尊儒术以来，创立了博士弟子制度，这就为士人开辟了"学而优则仕"的道路，武帝之后，经学日益发达，士人在政治生活中的地位越来越重要，出现了"为博士、州牧、郡守，家世传业"[2] 的经学世家。如研治鲁诗的韦氏家族、专精今文尚书学的夏侯家族，都是因为明经之学而得以加入政治的。他们依靠自己的家学，得以加入政治统治集团，并获得经济、文化上的一系列特权，这就促进了家学的传承和繁荣，形成

---

[1] 田余庆：《东晋门阀政治》，北京大学出版社 2005 年版。
[2] （汉）班固撰，（唐）颜师古注：《汉书·儒林传》，中华书局点校本，中华书局 1962 年版，第 3615 页。

了经学世家。

这些世家经过不断积累，形成了东汉末期的世家大族。东汉时期，很多家族出现了累世公卿的现象，杨氏一家"四世三公"："杨震官太尉，其子秉，代刘知为太尉。秉子赐，代刘颌为司徒，又代张温为司空。赐子彪，代董卓为司空，又代黄琬为司徒，代淳于嘉为司空，代朱儁为太尉，录尚书事。自震及彪凡四世三公。"① 汝南袁氏一家"四世五公"："袁安官司空，又官司徒。其子敞及京，皆为司空。京子汤，亦为司空，历太尉，封安国亭侯。汤子逢，亦官司空。逢弟隗，先逢为三公，官至太傅。故臧洪谓袁氏四世五公，比杨氏更多一公。"② 这些豪强大族，为了维护自己家族的利益，必然会以自己的政治权力和地位干预官员的选拔。造成东汉以来选官参照门阀的现象。王符《潜夫论》就指出过这一点："虚谈则知以德义为贤，贡荐则必阀阅为前。"③ 大约东汉末期，正式形成了门阀制度，朝廷选拔官员，最主要依靠的就是门阀："天下士有三俗，选士而论族姓、阀阅，一俗。"④ 而且有些岗位，只能供士族子弟担任，《后汉书·朱穆传》："汉家旧典，置侍中、中常侍各一人，省尚书事，黄门侍郎一人，传发书奏，皆用姓族。"李贤注："引用士人有族望者。"⑤ 所谓族姓、姓族、族望指的就是门第世家。

门阀制度的正式确立，以曹魏九品中正制为标准，根据这套制度，选拔人物重点考察家世、状、品。但是在实际操作的过程中，中正一般只重视家世，所以，两汉以来逐渐形成的士族门第对选举权有绝对的优势。导致了"上品无寒门，下品无士族"⑥ 的不合理现象。至南北朝时

---

① （清）赵翼著，王树民校正：《廿二史札记校正》，中华书局2013年版，第101页。
② （清）赵翼著，王树民校正：《廿二史札记校正》，中华书局2013年版，第101页。
③ （汉）王符著，（清）汪继培笺，彭铎校正：《潜夫论笺校正》，中华书局1997年版，第355页。
④ （唐）马总编纂，王天海、王韧校释：《意林校释》，中华书局2014年版，第498页。
⑤ （南朝宋）范晔撰，（唐）李贤注：《后汉书》，中华书局点校本，中华书局1965年版，第1472页。
⑥ "今之中正，不精才实，务依党利，不均称尺，备随爱憎。所欲与者，获虚以成誉；所欲下者，吹毛以求疵。高下逐强弱，是非由爱憎。随世兴衰，不顾才实，衰则削下，兴则扶上，一人之身，旬日异状。或以货赂自通，或以计协登进，附托者必达，守道者困悴。无报于身，必见割夺。有私于己，必得其欲。是以上品无寒门，下品无士族。暨时有之，皆曲有故。慢主罔时，实为乱源。损政之道一也。"见（唐）房玄龄等撰《晋书》，中华书局点校本，中华书局1974年版，第1274页。

期，高级士族特权更加制度化，南朝"甲族以二十登仕，后门以过立试吏"① 之格。第一流高门依惯例可以"平流进取，坐至公卿"②。刘穆评论谢方明与蔡廓曰："谢方明可谓名家驹，及蔡廓，直置并台鼎人，无论复有才用。"③ 也就是说，无论才学是否有用，只凭出身和门第就可以位列三公。

在这样的背景下，门第是士人参与政治的一个重要因素。钱穆指出："魏晋南北朝时代的一切学术文化必以当时门第背景作中心而始有其解答。当时一切学术文化，可谓莫不寄存于门第中，由于门第之护持而传习不中断，亦因门第之培育，而得有生长有发展。"④ 所以，士人在这一时期的创作中，纷纷标榜自己的门第，形成了述祖德的创作传统，正如鲁迅先生所说"魏晋以来，逮相师法，用以叙先烈，述祖德"⑤。

这一时期述祖德的创作有两种具体的情形：一是士人"追述先祖"；二是帝王"颂美祖先"。究其本质，无论哪一种的述祖创作，都是将先王和先祖当成是道德或者政治上的楷模加以歌颂，本质上还是对历史的歌咏。而且从述祖德的目的来看，也可以看出其背后的咏史意识发展："颂美祖先"是为了证明本朝受天命、得民心的正统性，加强统治的权威。同时士人"追述先祖"也是通过赞颂祖先功德以巩固家族地位，并以此为后代子孙垂范。这正是两汉时期以史为据、以史为鉴的政权意识向家族意识的发展。

二 追述先祖：士人诗歌创作的"述祖德"成分

魏晋时期，诗歌的题材划分尚未明确，所以，述祖的成分多散见在赠答，尤其是家族间亲友的赠答之作中。陆机、陆云兄弟和陶渊明的赠答之作可以视为述祖题材早期发展的一个代表作。陶渊明的《命子诗》体现出述祖德创作的一种新变，而谢灵运的《述祖德诗》则标志着这一题材的正式独立。仔细分析这些诗歌中关于"先祖"的追述，可以看出述祖德题材对于咏史诗发展的影响。

---

① （唐）姚思廉撰：《梁书》，中华书局点校本1973年版，第23页。
② （南朝梁）萧子显撰：《南齐书》，中华书局点校本，中华书局1973年版，第438页。
③ （唐）李延寿撰：《南史》，中华书局点校本1975年版，第538页。
④ 钱穆：《中国学术思想史论丛》，安徽教育出版社2004年版，第185页。
⑤ 鲁迅：《汉文学史纲要》，北京联合出版公司2014年版，第31页。

1. 二陆赠答诗中述祖德的心态

陆机、陆云兄弟的赠答诗中，有很多述祖的成分。二陆兄弟出生于吴郡陆氏，为江东世族之首望，最为当世推重。《世说新语·规箴》中记载吴主孙皓问丞相陆凯：

> 孙皓问丞相陆凯曰："卿一宗在朝有几人？"
> 陆曰："二相、五侯、将军十余人。"①

二相即陆逊、陆抗。陆逊在赤乌七年（公元 244 年）拜为丞相、荆州牧、右都护，总领三公事务，领武昌事。统领吴国军政二十余年。被孙权称为"昔伊尹隆汤，吕尚翼周，内外之任，君实兼之"②。其为人深谋远虑，忠诚耿直。一生出将入相，"忠诚恳至，忧国亡身，庶几社稷之臣矣"③。陆抗与其父陆逊并称"逊抗"。吴凤凰元年（公元 272 年），击退晋将羊祜进攻，并攻杀叛将西陵督步阐。后拜大司马、荆州牧。陈寿称之为："抗贞亮筹干，咸有父风，奕世载美，具体而微，可谓克构者哉！"④ 望族之下，陆机、陆云兄弟本身也堪称"名士"。《晋书》本传言："机身长七尺，其声如钟。少有异才，文章冠世，伏膺儒术，非礼不动。"⑤ 陆云也有"若非龙驹，当是凤雏"⑥ 的材质。

出身名门望族，再加上二陆的才华，本来应该可以取得一番非常好的政治成绩。但是，现实却并非如此，二陆入洛以后，却因为其"南人"的身份，受到很多歧视，仕途十分艰难。陆云《与陆典书》中就描述过自己在魏（晋）时遭遇的种种情况：

> 吴国初祚，雄俊尤盛。今日虽衰，未皆下华夏也……愚以东国之士，进无所立，退无所守，明裂眦苦，皆未如意。云之鄙姿，志归丘垄，筚门闺窦之人，敢晞天望之翼？至于绍季札之遗踪，结鬲肝于中

---

① （南朝宋）刘义庆著，（南朝梁）刘孝标注，余嘉锡笺疏，周祖谟等整理：《世说新语笺疏》，中华书局 2007 年版，第 481 页。
② （晋）陈寿撰，（南朝宋）裴松之集解：《三国志》，中华书局点校本 1982 年版，第 1353 页。
③ （晋）陈寿撰，（南朝宋）裴松之集解：《三国志》，中华书局点校本 1982 年版，第 1361 页。
④ （晋）陈寿撰，（南朝宋）裴松之集解：《三国志》，中华书局点校本 1982 年版，第 1361 页。
⑤ （唐）房玄龄等撰：《晋书》，中华书局点校本 1974 年版，第 1467 页。
⑥ （唐）房玄龄等撰：《晋书》，中华书局点校本 1974 年版，第 1481 页。

夏，光东州之幽昧，流荣勋于朝野，所谓窥管以瞻天，缘木而求鱼也。①

姜亮夫在《陆平原年谱》指出："中原人士，素轻吴、楚之士，以为亡国之余。"② 检索《世说新语》，就会发现当时北方士人对二陆兄弟的轻视乃至于讥讽之情。《世说新语·言语》中载：

> 陆机诣王武子，武子前置数斛羊酪，指以示陆曰："卿江东何以敌此？"
> 陆云："有千里莼羹，但未下盐豉耳！"③

王济其人"少有逸才，风姿英爽，气盖一时……文词俊茂，伎艺过人，有名当世"④，是当时政坛举足轻重的人物，一见二陆兄弟，便以此琐事侮辱，足见轻视之情。又如《世说新语·简傲》载：

> 二陆初入洛，咨张公所宜诣，刘道真是其一。陆既往，刘尚在哀制中。性嗜酒，礼毕，初无他言，唯问："东吴有长柄壶卢，卿得种来不？"⑤

二陆兄弟是在张华的介绍下去拜见刘道真的，而刘却以"长柄壶卢"相问，其轻视之情，可见一斑。更值得注意的是卢志对于二陆父祖的轻视：

> 卢志于众坐，问陆士衡："陆逊、陆抗是君何物？"
> 答曰："如卿于卢毓、卢珽。"
> 士龙失色，既出户，谓兄曰："何至如此，彼容不相知也？"
> 士衡正色曰："我父、祖名播海内，宁有不知，鬼子敢尔！"

---

① （晋）陆云撰，黄葵点校：《陆云集》，中华书局1988年版，第170页。
② 姜亮夫：《姜亮夫全集》，云南人民出版社2002年版，第33页。
③ （南朝宋）刘义庆著，（南朝梁）刘孝标注，余嘉锡笺疏，周祖谟等整理：《世说新语笺疏》，中华书局2007年版，第104页。
④ （唐）房玄龄等撰：《晋书》，中华书局点校本1974年版，第1205页。
⑤ （南朝宋）刘义庆著，（南朝梁）刘孝标注，余嘉锡笺疏，周祖谟等整理：《世说新语笺疏》，中华书局2007年版，第904页。

> 议者疑二陆优劣，谢公以此定之。①

卢志其人，对于陆逊、陆抗的功劳肯定是心知肚明的，之所以如是发问，无非就是一种居高临下的鄙夷态度。

在这样的情况下，二陆的心境可想而知：父祖功高盖世，却因为自己的身份而遭到轻视和侮辱，对此，有满腔的愤慨之情，以至于面对卢志的嘲讽，他们立刻"以其人之道，还治其人之身"。另一方面，自己在政治仕途中到处碰壁，难以光大门庭，内心中愧对先祖。所以他们迫切希望通过自己的努力建立功勋。

在这样的背景下，他们诗歌中述德的成分，就有了新的意味。陆机《与弟清河云诗》作于入洛北归之时，俞士玲著《陆机陆云年谱》考证："太康二年（公元281年），陆机自洛阳、陆云自寿春回南，会于建业。陆机先至，作《赠弟士龙》，勉弟继统兴家。陆云后至，与兄相聚建业旧宅十余日，作《答兄机》诗，愧己仕于新朝。"②

> 于穆予宗，禀精东岳。诞育祖考，造我南国。南国克靖，实繇洪绩。惟帝念功，载繁其锡。其锡惟何，玄冕衮衣。金石假乐，旄钺授威。匪威是信，称丕远德。奕世台衡，扶帝紫极。③

和陆机一样，陆云的《答兄平原诗》也大段篇幅追溯自己父祖的功德：

> 伊我世族，太极降精。昔在上代，轩虞笃生。厥生伊何，流祚万龄。南岳有神，乃降厥灵。诞钟祖考，彻兹神明。运步玉衡，仰和太清。宾御四门，旁穆紫庭。紫庭既穆，威声爰振。厥振伊何，播化殊邻。清风攸被，率土归仁。彤弧所弯，万里无尘。功昭王府，帝庸厥勋。黄钺授征，锡命频繁。阚如虓虎，肃兹三军。④

---

① （南朝宋）刘义庆著，（南朝梁）刘孝标注，余嘉锡笺疏，周祖谟等整理：《世说新语笺疏》，中华书局2007年版，第354页。
② 俞士玲：《陆机陆云年谱》，人民出版社2009年版，第37页。
③ （晋）陆机著，杨明校笺：《陆机集校笺》，上海古籍出版社2016年版，第284页。
④ （晋）陆云撰，黄葵点校：《陆云集》，中华书局1988年版，第89页。

这里对于父祖功德的追述，和韦氏家族一样，都具有劝励的目的，希望借助祖先的军功和政绩，彼此激励，成就一番事业。除此之外，还有夸耀自己门楣的心态，意在向卢志等"中原人士"展示江东陆氏的风采。

这种述祖的行为，在二陆文章中也有深刻体现。陆机有《丞相箴》《丞相赞》《吴丞相陆公诔》等文，其中诔中以"我公承轨，高风肃迈。明德继体，徽音奕世……德周能事，体合机神……"①等语。陆云还写有《祖考颂》，他曾在《与兄平原书》中云：

悠悠圣绪，上帝是临。世笃其猷，于显徽音。神风往播，福禄来寻。灵根既茂，万业垂林。繁盛海嵎，颖宁汉阴。既曰宁止，芳佑允淑。乃步斯淳，降神有陆。赫矣二公，应期载育。

明明邵侯，允哲允谋。叡心昭德，淑问宣猷。如日之升，如川之至。炎精既颓，黄挥昜焕。光宅海邦，大造江汉。王于出征，二公斯难。长驱致届，九有有判。咸黜凶丑，区域宁晏。天禄未终，大命有集。卜食东夏，元龟既袭。聿来故官，作蕃旧邑。公徒斯振，帝旅凯入。于变时雍，神道经始。肃肃九命，永言徽止。公拜稽首，对杨天子。猗欤盛欤，邵侯有作。

我考纂戎，爰究爰度。远除寻轨，崇基式廓。昭明有家，祖庙奕奕。中叶虎臣，称乱西秦。灵斾电挥，伐鼓霆震。会朝哀举，征不浃辰。遏风远扫，万里无尘。有族斯佑，念功在兹。衮衣之宜，遂作上司。台光增朗，方险载夷。穆矣晖章，有吴之旗。

我祖我考，受言藏之。晔晔藻裳，再命同服。騑騑四牡，二世方毂。分珪比瑞，天秩底禄。公堂峻趾，华构重屋。皆在二伊，于殷有声。在汉之兴，亦曰韦平。惟祖惟考，履贞大亨。邈彼披阳，追踪阿衡。骏惠雨施，景润云行。洋洋玄化，功济其民。风驰海表，光被岳滨。二后重规，世有哲人。肃雍硕响，万载是振。②

这篇颂文和二陆赠答诗中的述祖成分有很大的类似，也可以纳入本书

---

① （晋）陆云撰，黄葵点校：《陆云集》，中华书局1988年版，第94页。
② （晋）陆云撰，黄葵点校：《陆云集》，中华书局1988年版，第94页。

的考察范围中。这三篇诗文在创作上和咏史诗的创作有很多的类似。

在叙述历史的方式上,述祖之作和传体咏史处理历史的方式大致类似。二陆兄弟之作,都以家族建立为起点,叙述自己家族在"南国"的历史,重点描绘逊抗父子的不世之功。这种"敷衍史传"的写法,对历史的裁剪和处理,和咏史诗是一致的,都是按照时间线索铺叙历史。但是,对比"质木无文"的传体咏史诗来看,述祖之作的文采有很大提升,通观三篇诗文,二陆对于自己父祖功德的叙述,不再是简单的裁剪史料,而是采取典雅、华美的四言体诗歌,对历史的概括和叙述难度,亦有增强。

另外,述祖诗文的创作,在写作动机上与咏史诗也是十分相近的。正如前文所分析,二陆述祖的创作目的无外乎两个:第一,面对北方士人的"歧视",二陆在诗文中不断地夸耀父祖功德,为的就是巩固和捍卫家族固有的名声和影响,延续名门望族的光辉;第二,面对复杂的政治局面,二陆仕途屡屡受挫,追述祖德另外一个重要目的就是激励自我,以家族的辉煌劝勉自己不断努力,承担起重振家族、延续光荣的重任。这和咏史诗中"借咏史以咏怀"的做法异曲同工。

2. 陶渊明的述祖德诗

陶渊明也创作了一系列的述祖之作,用以歌颂、赞扬陶氏的先祖,尤其是其曾祖陶侃。陶侃其人在当时是一位具有传奇色彩的人物:他"望非世族,俗异诸华",却能在门阀制度森严的西晋时期"拔萃陬落之间,比肩髦俊之列,超居外相,宏总上流"。① 陶侃出身贫寒,初任县吏,后任郡守。永嘉五年(公元311年)出任武昌太守。建兴元年(公元313年)在任荆州刺史。最后官至侍中、太尉、荆江二州刺史、都督八州诸军事,封长沙郡公。咸和九年(公元334年)去世,获赠大司马,谥号桓。陶侃一生先后平定陈敏、杜弢、张昌起义,又平定苏峻之乱,为东晋政权的繁荣和稳定立下汗马功劳。除了这些事功以外,陶侃的道德修养也是为人称道的。他不喜饮酒,不赌博;受其感召,他治下的荆州"路不拾遗"。② 曾祖的品格和成就,是陶渊明心目中的标杆。在《赠长沙公》一诗中,陶渊明就表达了对先祖的崇敬之情。诗前小序交代了此诗的创作

---

① (唐)房玄龄等撰:《晋书》,中华书局点校本1974年版,第11768—1779页。
② (唐)房玄龄等撰:《晋书》,中华书局点校本1974年版,第11768—1779页。

背景："余于长沙公为族祖，同出大司马。昭穆既远，以为路人。经过浔阳，临别赠此。"①

陶侃之后，其孙子夏承袭其爵位，后经陶弘、弘子绰之，传至绰之子延寿。此诗中的长沙公就是陶延寿，全诗云：

> 同源分流，人易世疏。慨然寤叹，念兹厥初。礼服遂悠，岁月眇祖。感彼行路，眷然踌躇。
> 于穆令族，允构斯堂。谐气冬暄，映怀圭璋。爰采春花，载警秋霜。我曰钦哉，实宗之光。
> 伊余云遘，在长忘同。言笑未久，逝焉西东。遥遥三湘，滔滔九江。山川阻远，行李时通。
> 何以写心？贻兹话言：进篑虽微，终焉为山。敬哉离人，临路凄然。款襟或辽，音问其先。②

袁行霈论及此诗时曾说："观此诗，渊明宗族观念颇深。重门阀乃当时士大夫之习俗，渊明亦未能免也。"③ 正如袁先生所论，此诗的内容和写作手法，都和二陆兄弟赠答中的写作有很大的类似之处。诗歌一方面赞美陶延寿能够继承祖宗风采，不辱门庭，延续长沙公的爵位继续建功立业；同时亦表达出自己对此的企羡之情，感伤祖宗的名声和德业在自己身上难以重现。

相较于《赠长沙公》，陶渊明的《命子诗》中的述祖德书写则具有很多新意。该诗中有一段对于陶氏家族历史的铺叙：

> 悠悠我祖，爰自陶唐。邈为虞宾，历世重光。御龙勤夏，豕韦翼商。穆穆司徒，厥族以昌。
> 纷纷战国，漠漠衰周。凤隐于林，幽人在丘。逸虬绕云，奔鲸骇流。天集有汉，眷予愍侯。
> 於赫愍侯，运当攀龙。抚剑风迈，显兹武功。书誓山河，启土开

---

① （东晋）陶渊明著，袁行霈撰：《陶渊明集笺注》，中华书局2011年版，第18页。
② （东晋）陶渊明著，袁行霈撰：《陶渊明集笺注》，中华书局2011年版，第18页。
③ （东晋）陶渊明著，袁行霈撰：《陶渊明集笺注》，中华书局2011年版，第18页。

封。亹亹丞相，允迪前踪。

浑浑长源，郁郁洪柯。群川载导，众条载罗。时有语默，运因隆窊。在我中晋，业融长沙。

桓桓长沙，伊勋伊德。天子畴我，专征南国。功遂辞归，临宠不忒。孰谓斯心，而近可得。

肃矣我祖，慎终如始。直方二台，惠和千里。於穆仁考，淡焉虚止。寄迹风云，冥兹愠喜。①

先写陶姓的起源于尧帝，点明出身的尊贵。接下来分别列举丹珠客宾于舜、御龙氏尽力于夏、豕韦氏辅翼于商、陶叔氏效命于周的事迹，写出了陶姓从起源到兴盛的过程。接着是陶姓在东周、秦、汉的发展历程，战国纷争，秦末动荡，陶姓家族和很多贤者一样"凤隐于林"。汉朝盛世到来，陶舍"以中尉击燕，定代，侯。比共侯两千户"②。在描写了陶舍受封时的荣耀，赞美陶青继承乃父志向出任丞相之后。紧接着过渡到陶氏家族在东晋王朝的作为。陶侃以平定苏峻之功，封为长沙郡公，后又督管荆、江等八州诸军事。而且"功遂辞归，临宠不忒"，在道德上也堪称表率。最后写陶渊明父祖的事迹，祖父陶茂，以直方之德为朝廷所称赞，以恩惠之风被百姓赞扬。父亲陶敏③，性情淡泊，虽然"寄迹风云"，但是不以物喜，不以己悲。

《命子诗》中，陶渊明并没有立足于自己祖先的政治功业，而是将大量的篇幅用于歌颂他们的品德。将诗歌的重点放在了祖先千秋万代的名声之上。袁行霈先生指出：渊明于其曾祖陶侃特拈出"功遂辞归，临宠不忒"；于其祖特拈出"直方""惠和"；于其父特拈出"淡焉虚止"……淡泊功名，乐天知命，又非一般炫耀家族者可比也。④ 可见此诗中淡泊功名的先祖形象与陶诗中众多的前代贫士和隐士已经毫无二致，只不过将先贤换成先祖而已。而陶渊明述祖德的创作主旨也正与他的《咏贫士》一

---

① （东晋）陶渊明著，袁行霈撰：《陶渊明集笺注》，中华书局2011年版，第40页。
② （汉）司马迁撰，赵生群点校：《史记》，点校本二十四史修订本，中华书局2014年版，第1124—1125页。
③ 陶渊明父亲的名讳，历史失载，暂从《彭泽定山陶氏宗谱》，见袁行霈撰《陶渊明集笺注》，中华书局2011年版，第49页。
④ （东晋）陶渊明著，袁行霈撰：《陶渊明集笺注》，中华书局2011年版，第52—53页。

样，都是为了勉励自己坚持固穷之节。陶渊明之所以从这个角度述祖，正是出自以德"立名"的思想。对照着咏史诗的发展来看，这一时期咏史诗对历史人物的歌颂，也开始了一种由"立功"向"立名"的转变，这一思想肇始于左思《咏史诗》八首，而最终于陶渊明手中完成。① 由此不难看出述祖对咏史诗的直接影响。

3. 谢灵运的述祖德诗

谢灵运的赠答诗中，也有很多述祖的成分，在这些诗歌中，他反复地称赞自己的家族为"昌族"②、"华宗"③、"冠族"④，在具体的创作方式上和二陆、陶渊明的赠答之作十分类似。

相对于传统的祖述德写作，真正具有新变意义的是《述祖德》诗二首，其中尤为值得重视的是，谢灵运扬弃了四言述祖德诗的传统，而向五言咏史诗的传统靠拢。

《述祖德诗》两首，所歌颂的人物是其曾祖谢安与祖父谢玄。谢氏家族的这两位长辈，无论在政治功业还是道德水平上，都是一流的人物。

谢安是东晋举足轻重的权力核心人物，为东晋的建立和长治久安奠定了坚实的基础。《晋书》评价其："故太傅臣安少振玄风，道誉洋溢。弱冠遐栖，则契齐箕皓；应运释褐，而王猷允塞。及至载宣威灵，强猾消珍。功勋既融，投鞭高让。且服事先帝，眷隆布衣。陛下践阼，阳秋尚富，尽心竭智以辅圣明。考其潜跃始终，事情缱绻，实大晋之俊辅，义笃于曩臣矣。"⑤ 同样，谢玄也是东晋政治的顶梁柱。是淝水之战取得胜利的关键人物，王世贞论及这场战役时，就特别强调谢玄的作用："淝水之胜，虽曰有天幸，而玄之善用兵，亦自有以制之。苻氏灭国十余，拥百万之众，平襄而后，气啖江左。独玄以北府偏师，踯躅当锋，覆师斩将者，

---

① 陶渊明咏史诗中的"立名"思想，下文将有详细论证。
② 《答中书诗》："悬圃树瑶，昆山挺玉。流采神皋，列秀华岳。休哉美宝，擢颖昌族。灼灼风徽。采采文牍。"（晋）谢灵运著，顾绍柏校注：《谢灵运集校注》，中国台湾里仁书局2004年版，第1页。
③ 《赠安成》："时文前代，徽猷系从。于迈吾子，诞俊华宗。明发迪古，因心体聪。微言是赏，斯文以崇。"（晋）谢灵运著，顾绍柏校注：《谢灵运集校注》，中国台湾里仁书局2004年版，第10页。
④ 《赠从弟弘元时为中军功曹住京诗》："於穆冠族，肇自有姜。峻极诞灵，伊源降祥。贻厥不已，历代流光。迈矣夫子，允迪清芳。"（晋）谢灵运著，顾绍柏校注：《谢灵运集校注》，中国台湾里仁书局2004年版，第20页。
⑤ （唐）房玄龄等撰：《晋书》，中华书局点校本1974年版，第2106页。

至再三,其胆力当何如哉。"① 《晋书》评价谢玄的功劳:"康乐才兼文武,志存匡济,淮淝之役,勍寇望之而土崩;涡颍之师,中州应之而席卷。"②

除了这些不世功劳之外,谢安与谢玄更值得称赞的一点就是"虽受朝寄,然东山之志始末不渝"的豁达思想。谢安其人,生性风流潇洒,不喜俗务,本传载"初辟司徒府,除佐著作郎,并以疾辞。寓居会稽,与王羲之及高阳许询、桑门支遁游处,出则渔弋山水,入则言咏属文,无处世意"。而且往往以伯夷,叔齐自居:"尝往临安山中,坐石室,临浚谷,悠然叹曰:此去伯夷何远!"③ 即使是出仕之后,也是尽可能够脱离政治斗争的阴暗,实现自己的理想。"时会稽王道子专权,而奸谄颇相扇构,安出镇广陵之步丘,筑垒曰新城以避之。"④ 这一点在谢玄身上也有生动体现,谢灵运《山居赋》自注云:"余祖车骑建大功淮、淝,江左得免横流之祸。后及太傅既薨,远图已辍,于是便求驾东归,以避君侧之乱。废兴隐显,当是贤达之心,故选神丽之所,以申高栖之意。经始山川,实基于此。"⑤

谢安、谢玄这种既能独善其身,又能兼济天下的智慧与能力,是一种高超的人生境界,缪钺《清谈与魏晋政治》说:

> 谢安虽以经纶之才,任社稷之重,数更夷险,勇于负责,而又托心高远,常怀山林旷逸之思。谢安少时,寓居会稽,渔弋山水,放情丘壑;执政之时,于土山营墅,楼馆林竹甚盛,每携中外子侄往来游集,尝登冶城,悠然遐想,有高世之志;及出镇新城,造泛海之装,欲须经略初定,自江道还东。此亦郭象所谓"圣人虽在庙堂之上,然其心无异于山林之中",能建济世之业,而又有超世之怀。⑥

这种将"济世之业"和"超世之怀"融为一体的境界,也成为谢灵运仰

---

① 王世贞:《书谢安谢玄传后》,中华书局编《宋元明清书目题跋丛刊·明代卷》第三册,中华书局2006年版,第336页。
② (唐)房玄龄等撰:《晋书》,中华书局点校本1974年版,第2090页。
③ (唐)房玄龄等撰:《晋书》,中华书局点校本1974年版,第2072页。
④ (唐)房玄龄等撰:《晋书》,中华书局点校本1974年版,第2076页。
⑤ (晋)谢灵运著,顾绍柏校注:《谢灵运集校注》,中国台湾里仁书局2004年版,第449页。
⑥ 缪钺:《冰茧庵丛稿》,上海古籍出版社1985年版,第34页。

慕追述的典范。《述祖德诗》两首，则是对于祖先的集中赞美，诗前小序明确交代了自己的写作目的：

>太元中，王父龛定淮南。负荷世业，专主隆人。逮贤相徂谢，君子道消，拂衣蕃岳，考卜东山。事同乐生之时，志期范蠡之举。①

这组述祖德诗共两首，第一首侧重于歌颂谢安、谢玄的政治功德，将其比为历史上的段干木、展季挽、弦高、鲁仲连：

>达人贵自我，高情属天云。兼抱济物性，而不缨垢氛。段生藩魏国，展季救鲁民。弦高犒晋师，仲连却秦军。临组乍不绁，对珪宁肯分。惠物辞所赏，励志故绝人。苕苕历千载，遥遥播清尘。清尘竟谁嗣，明哲垂经纶。委讲辍道论，改服康世屯。屯难既云康，尊主隆斯民。②

第二首则侧重于歌颂谢安、谢玄潇洒的人生态度，曾祖谢安父去世，北伐事业随之中止。祖父辞职统领七州军事，而像范蠡泛舟五湖一样，回故乡隐居：

>中原昔丧乱，丧乱岂解已。崩腾永嘉末，逼迫太元始。河外无反正，江介有蹙圯。万邦咸震慑，横流赖君子。拯溺由道情，龛暴资神理。秦赵欣来苏，燕魏迟文轨。贤相谢世运，远图因事止。高揖七州外，拂衣五湖里。随山疏浚潭，傍岩艺枌梓。遗情舍尘物，贞观丘壑美。③

这两首诗使散见于魏晋各类诗歌中的述祖德成分，到谢灵运手里发展成一种单独的题材门类。但是这组诗在创作中和咏史诗的创作有不少相似之处，从中我们也可以看出述祖德题材与咏史诗在写作方式上的趋同：

第一，这两首《述祖德诗》不再是四言体，而是采用五言体进行写

---

① （晋）谢灵运著，顾绍柏校注：《谢灵运集校注》，中国台湾里仁书局2004年版，第153页。
② （晋）谢灵运著，顾绍柏校注：《谢灵运集校注》，中国台湾里仁书局2004年版，第153页。
③ （晋）谢灵运著，顾绍柏校注：《谢灵运集校注》，中国台湾里仁书局2004年版，第153页。

作的。对新体式的接纳,同时也意味着抛弃四言体所尊奉的《诗经》写作范式,接纳了保留在五言咏史诗传统中的汉乐府因素。如第一首诗中,先列举出自己的观点"达人贵自我,高情属天云。兼抱济物性,而不缨垢氛",接下来依次罗列段干木、展季挽、弦高、鲁仲连等人的实际来证明自己的观点。在之前的四言咏史诗中,并无攀扯其他历史人物来与自己祖先做对比的写法。而这种罗列多人事迹的写法,在受到汉乐府影响的汉晋五言咏史诗、特别是左思咏史诗中,却是很常见的。

第二,这两首诗名为《述祖德》,但是却没有像韦氏家族和陆机兄弟所创作的诗歌一样,按照时间线索详细地铺叙祖辈的功绩。而是转换写作的角度,以谢玄为重点,用精练的语句展现他的功绩。而述及谢安时,则以"贤相"一句带出,相得益彰。关于这种写作和裁剪历史的方法,吴淇的评论可谓慧眼独具:

> 谢氏之功,莫大于破苻坚,然破坚者安也,玄因安成事者也。此际最难立言,言之则没其功,不言则没其实。此诗之妙,自前章及后章之半,并不及安,至末乃出"贤相"云云。其意以淝水之战,当坚者玄也,玄实有破坚之才,使得行其志者安也。安既没,事方不可为耳。此所谓不没其功,亦不没其实。尤妙在称安为"贤相",盖以《采薇》颂玄,而别《天保》于安矣。[①]

从史家的客观角度来看,谢安无论是辈分、官职、功劳都明显高于谢玄,更应成为叙述的重点。谢灵运选择谢玄为述德的重点,是因为他与自己关系更近,是真正的"祖"。与韦氏述德诗对所有祖先一视同仁的做法不同,谢灵运的《述祖德诗》表现出了更强烈的个人情怀,更接近于诗家的个性化表达。这种以特定人物为吟咏重点的做法,和汉魏以来的五言咏史诗也是十分类似的。

第三,结合该诗的创作动机,还可以看出这两种题材在歌咏历史的目的上也是十分相似的。根据谢灵运生平历程及其思想变化,该诗应该创作于刘宋建立初期。[②] 这一时期可以看成是谢灵运人生中一个低潮期,他被

---

① (清)吴淇著,汪俊、黄进德点校:《六朝选诗定论》,广陵书社2009年版,第350页。
② 孙尚勇:《谢灵运〈述祖德诗二首〉的创作宗旨和年代》,《杜甫研究学刊》2019年第1期。

新建立的刘宋褫夺了"康乐公"的爵位，本传载：

> 高祖受命，降公爵为侯，食邑五百户。起为散骑常侍，转太子左卫率。①

谢灵运此人，自诩身高，遭遇这样的待遇，肯定心有愤懑和不平之感，本传载：

> 灵运为性偏激，多愆礼度，朝廷唯以文义处之，不以应实相许。自谓才能宜参权要，既不见知，常怀愤愤。②

在这样的背景下，我们再回头看这首诗，就会发现，这里对于谢安和谢玄，以及其他历史人物的歌咏，和左思的创作十分类似。都是在抒发自己仕途失意的不平之鸣。不同的是，在遇到挫折时，左思追思的是与自己精神气质接近的古人，谢灵运追思的则是与自己有血缘关系的近亲，反映出寒士重视精神传承而士族不能放弃血缘荣誉感的差别。

第四，与韦氏、陆氏在其他题材的诗作中兼带述德内容不同，谢灵运的《述祖德诗》是专门为陈述祖德而创作的。

这两首诗无法被归入讽谏、赠答等类目，因此，萧统《文选》不得不为其开辟了新的分类。谢灵运的创作可能受到韦氏、陆氏相关诗歌内容的影响。但谢氏作品整体歌颂祖德，说明他对祖德的重视达到了前所未有的高度。这与其所处时代重视门阀的风气，及其个人的张扬个性，都是分不开的。由于可资借鉴的同类作品较少，谢灵运也不得不在实际的创作中大量借鉴此时已颇为成熟的五言咏史诗的写法。

综上所述，两晋诗人追述祖德，不仅仅是为了炫耀门户，而且往往出于以先祖的功业、品德乃至处世态度自勉自励的动机，与他们在咏史诗里标举先贤为人生楷模的创作心态如出一辙。述祖德作为一种题材，虽然直到谢灵运的《述祖德诗》时才被《文选》确认，但追述祖德的内容可见于魏晋的各类诗文中。述祖之作歌咏的祖先，都是政治和道德上有杰出成

---

① （南朝梁）沈约撰：《宋书》，中华书局点校本 1974 年版，1753 页。
② （南朝梁）沈约撰：《宋书》，中华书局点校本 1974 年版，1753 页。

就的历史人物。而这种追述又促进了诗人对士族的家族传统以及士人如何安身立命的深度思考。即使是反抗门阀制度的左思，也是为主流的宗族观念所反激，才会对寒士的境遇和人生价值进行全面的反思。因而述祖德所体现的咏史意识，无疑也是促使魏晋咏史诗的取材集中于士人的重要原因。

三 颂美先王：乐府述德题材的"史诗"性质

中古乐府诗中也存在着大量的述祖成分，尤其是鼓吹曲辞和郊庙登歌两种形式。中古时期，各朝都有仿照汉铙歌创作新的鼓吹曲，其内容上基本可以视为是本朝兴起的史诗，其中的叙事方式和创作动机，对咏史诗的影响十分明显；另外，中古各朝的郊庙登歌，以祭祀前辈皇帝为主，大量颂美其生前的事迹，对于赞体咏史诗的兴起，有明显的影响。

1. 鼓吹曲辞对咏史诗发展的影响

汉鼓吹曲中有《铙歌二十二首》，中古各代都曾参照其进行再创作来记述本朝兴起的故事。关于这种"再创作"，《乐府诗集》有明确的记载：

> 汉有《朱鹭》等二十二曲，列于鼓吹，谓之铙歌。及魏受命，使缪袭改其十二曲，而《君马黄》《雉子斑》《圣人出》《临高台》《远如期》《石留》《务成》《玄云》《黄爵》《钓竿》十曲，并仍旧名。是时吴亦使韦昭改制十二曲，其十曲亦因之。而魏、吴歌辞，存者唯十二曲，余皆不传。晋武帝受禅，命傅玄制二十二曲，而《玄云》《钓竿》之名不改旧汉。宋、齐并用汉曲。又充庭十六曲，梁高祖乃去其四，留其十二，更制新歌，合四时也。北齐二十曲，皆改古名。其《黄爵》《钓竿》，略而不用。后周宣帝革前代鼓吹，制为十五曲，并述功德受命以相代，大抵多言战阵之事。①

魏晋南北朝这些鼓吹曲辞在内容和体式上都先后相承。具体内容基本都分为四个部分：先写先朝统治末期的失德，百姓民不聊生；紧接着叙述本朝先王辅佑前朝，勘定战乱的功绩；再续写本朝应天知命，法尧禅舜建

---

① （宋）郭茂倩编：《乐府诗集》，中华书局1979年版，第224页。

立新朝的政治革命；最后写本朝历代君王励精图治，天下呈现出一派太平气象。这些内容组合起来构成了本朝的"史诗"。这些史诗的创作，其歌咏的对象都是本朝的先王，而这些先王的经历，正好属于历史的范畴，所以从这些鼓吹曲辞的创作中，依然可以看出魏晋南北朝咏史诗意识的发展及其对咏史诗的影响。

第一，铺叙历史的组诗形式。根据前文的梳理可以看出鼓吹曲辞的创作都采取组诗的形式，每首诗歌咏本朝兴起时的一个重大的历史事件，而且组诗内部各首诗之间都是按照时间和逻辑顺序进行编排的，具有非常严密的章法结构。魏鼓吹曲和吴鼓吹曲是非常具有代表性的。

魏鼓吹曲这一组鼓吹曲作于曹丕受汉禅称帝时①，以曹魏政权的发展为主线，追述了曹操、曹丕、曹叡三代君主开国、治国的历史。这其中《初之平》和《战荥阳》分别歌颂曹魏政权和曹操本人膺天命、救社稷的功德。《获吕布》记录的是曹操率军东围临淮、生擒吕布的历史。《克官渡》和《旧邦》描写曹操与袁绍的官渡之战。《定武功》写曹操初定邺城，初步统一北方。《屠柳城》和《平荆南》写曹操南征北战的历史，统一中国的努力。《平关中》，写曹操出征马超，定鼎关中。第十曲《应帝期》写曹丕代汉。《邕熙》写"魏氏临其国，君臣邕穆，庶绩咸熙也"。《太和》写魏明帝继体承统德泽流布。②

再来看《吴鼓吹曲》，其内容也是对于东吴一朝兴起的描述。《炎精缺》和《汉之季》两首，描写的是汉末动乱，孙坚立业。《摅武师》写孙权继承父亲遗志征伐江东。《伐乌林》描写的是魏吴的乌林之战。《秋风》赞美孙权爱民之风。《克皖城》讲孙权亲征朱光，破之于皖城。《关背德》叙述的是孙权活捉关羽。《通荆门》讲吴蜀结盟。《章洪德》讲孙权章其大德，而远方来附。《从历数》讲孙权应天承命，登上帝位。《承天命》和《玄化》赞颂的是孙权的登基之后的文治武功。③

结合魏吴鼓吹曲可以看出，各首之间除了按照时间顺序排列以外，其内部之间还存在着一定的逻辑顺序。比如正是因为《炎精缺》所以才有《摅武师》中孙坚江东立业。这两部分之间除了时间的先后顺序以外，还

---

① 《太和》一首为明帝即位时补作。
② （宋）郭茂倩编：《乐府诗集》，中华书局1979年版，第264—269页。
③ （宋）郭茂倩编：《乐府诗集》，中华书局1979年版，第269—274页。

有逻辑上的因果关系。这种以组诗形式铺叙历史，注重内部各首之间章法结构的写法，是先于咏史诗创作的。对后来左思等人咏史组诗的发展无疑起到了先导的作用。

第二，对历史的铺叙。从魏鼓吹曲开始，就形成了每首诗歌专咏一事的习惯。每首诗只取王朝建立过程中的一个代表性事件详加赞咏。

以晋傅玄所作《晋鼓吹曲辞二十二篇》为例。《晋书·乐志》云："及武帝受禅，乃令傅玄制为二十二篇，亦述以功德代魏。"① 叙述司马氏家族懿、师、昭、炎三代开国史事：《灵之祥》《宣受命》《征辽东》《宣辅政》《时运多难》五首主要记载司马懿辅佐曹魏，讨伐蜀、吴，征伐公孙渊的功绩。《景龙飞》《平玉衡》记载司马师"克明威教，赏从夷逆，祚隆无疆，崇此洪基也"，并且"礼贤养士而纂洪业也"的建基之功。《文皇统百揆》《因时运》《惟庸蜀》主要歌颂司马昭继承父兄鸿业，结束分裂，实现天下一统。《天序》《大晋承运期》《金灵运》描写司马炎废魏建晋的功勋。《於穆我皇》《仲春振旅》《夏苗田》《仲秋狝田》《顺天道》《唐尧》《玄云》《伯益》《钓竿》称赞司马炎效法尧舜，治国安邦，使民以时，祥瑞频现的功绩。② 这二十二篇鼓吹曲，每篇叙述历史的方式都是"专咏一事"。

而同一时期咏史诗创作中铺叙历史的最主要的方式就是"罗列众事"③，如傅玄《墙上难为趋》一首就在诗歌中以连续罗列历史人物来证明自己所要表达的观点：

> 门有车马客，骖服若腾飞。革组结玉佩，繁藻纷葳蕤。冯轼垂长缨，顾盼有余辉。贫主屣弊履，整比蓝缕衣。客曰嘉病乎，正色意无疑。吐言若覆水，摇舌不可追。渭滨渔钓翁，乃为周所咨。颜回处陋巷，大圣称庶几。苟富不知度，千驷贱采薇。季孙由俭显，管仲病三归。夫差耽淫侈，终为越所围。遗身外荣利，然后享巍巍。迷者一何众，孔难知德希。甚美致憔悴，不如豚豕肥。杨朱泣路歧，失道今人悲。子贡欲自矜，原宪知其非。屈伸各异势，穷达不同资。夫唯体中

---

① （唐）房玄龄等撰：《晋书》，中华书局点校本1974年版，第702页。
② （宋）郭茂倩编：《乐府诗集》，中华书局1979年版，第275—284页。
③ 这一时期虽然也有单咏一事的咏史诗，比如傅玄的《秋胡行》，但是并不是主流，详见第四章第二节。

庸，先天天不违。①

该诗借"车马客"和"贫主"的对话展开。贫者连续列举了姜子牙渭水垂钓却成为周朝栋梁、颜回箪食瓢饮而被后世尊为圣贤，来证明自己的志向。紧接着提出，如果"苟富不知度"则早晚会身败名裂，并以遭受千驷之辈鄙夷的伯夷叔齐、由于勤俭而显扬的季孙氏、责备三归的管仲、耽淫侈而亡国的夫差，来证明应该"遗身外荣利，然后享巍巍"的观点。在此基础上，援引杨朱、子贡、原宪等历史人物，表明"屈伸各异势，穷达不同资。夫唯体中庸，先天天不违"的人生态度。这首诗夹叙夹议，连续罗列不同的历史人物来证明自己的观点。

这两种歌咏历史的方式在当时应当存在着相互影响的关系。从逻辑关系上来看，这种"专咏一事"的历史写作方法，对咏史诗从"罗列众事"向"专咏一事"的转变，会起到影响的作用。

第三，采用杂言的句式。从中古咏史诗发展的实际情况来看，诗人们歌咏历史基本采取的是四言和五言句式，而且五言占绝大多数，而杂言咏史诗则十分少见。而在乐府鼓吹曲之中，对于历史的叙述则大量采用三言、六言、七言等杂言句式。以南朝鼓吹曲为例，宋、齐鼓吹并用汉曲。② 梁武帝制礼作乐，在汉鼓吹曲的基础之上，加以改编，创作了《梁鼓吹曲》十二首，其内容依然是记述萧梁开国立朝、理政治民的功绩，以及相关变革情况和主要内容。《隋书·乐志》载：

> 鼓吹，宋、齐并用汉曲，又充庭用十六曲。高祖乃去四曲，留其十二，合四时也。更制新歌，以述功德。其第一，汉曲《朱鹭》改为《木纪谢》，言齐谢梁升也。第二，汉曲《思悲翁》改为《贤首山》，言武帝破魏军于司部，肇王迹也。第三，汉曲《艾如张》改为《桐柏山》，言武帝牧司，王业弥章也。第四，汉曲《上之回》改为《道亡》，言东昏丧道，义师起樊邓也。第五，汉曲《拥离》改为

---

① 赵光勇、王建域：《〈傅子〉〈傅玄集〉辑注》，陕西师范大学出版社2014年版，第422页。
② 《宋书·乐志》记何承天于晋义熙末造《宋鼓吹铙歌十五篇》，《乐府诗集·鼓吹曲辞四》云："诸曲皆承天私作，疑未尝被于歌也。"见（宋）郭茂倩编《乐府诗集》，中华书局1979年版，第276页。

第二章　以史为鉴与追述祖德：咏史意识与咏史诗的产生

《忱威》，言破加湖元勋也。第六，汉曲《战城南》改为《汉东流》，言义师克鲁山城也。第七，汉曲《巫山高》改为《鹤楼峻》，言平郢城，兵威无敌也。第八，汉曲《上陵》改为《昏主恣淫慝》，言东昏政乱，武帝起义，平九江、姑熟，大破朱雀，伐罪吊人也。第九，汉曲《将进酒》改为《石首局》，言义师平京城，仍废昏，定大事也。第十，汉曲《有所思》改为《期运集》，言武帝应箓受禅，德盛化远也。十一，汉曲《芳树》改为《于穆》，言大梁阐运，君臣和乐，休祚方远也。十二，汉曲《上邪》改为《惟大梁》，言梁德广运，仁化洽也。①

改作之后的梁鼓吹曲在句式上十分复杂，大体来说《木纪谢》《贤首山》《桐柏山》《石首局》四首为三言句；《忱威》一首为七言句；《汉东流》一首以四言句为主，夹杂三言句；《鹤楼峻》《于穆》两首三言、四言、五言、七言杂用；《昏主恣淫慝》《期运集》《惟大梁》三首则以五言句为主，夹杂三言和四言。这其中，最值得注意的就是用七言句歌咏历史。在后世的发展过程中，五七言句式是咏史诗最主要的形式，而大规模地用七言句概括历史，则可以在乐府鼓吹曲辞找到源头。

第四，这些诗歌的创作目的，和士人述祖的目的是一致的。就是为了追述先王立业的功绩，进而证明自己王朝的合法性，以巩固自己的统治。前文所述魏、吴、晋鼓吹曲创作都有着非常明确的创作动机：

> 汉时有《短箫铙歌》之乐……列于鼓吹，多序战阵之事……及魏受命，改其十二曲，使缪袭为词，述以功德代汉……是时吴亦使韦昭制十二曲名，以述功德受命……及武帝受禅，乃令傅玄制为二十二篇，亦述以功德代魏。②

魏、吴、晋三朝的鼓吹曲创作，最主要的目的讲述自己王朝取代前朝是"以功德"受命，也就是说明自己政权建立的合法性。这种现实目的也可以从诗歌的具体内容中体现出来。北齐、北周的政权都是来源于北魏。

---

① （唐）魏征等撰：《隋书》，中华书局点校本1973年版，第304—305页。
② （唐）房玄龄等撰：《晋书》，中华书局点校本1974年版，第701—702页。

北魏灭亡之后，高欢拥立孝静帝，把都城迁到河北邺城，建立东魏。宇文泰拥立西魏文帝，建立西魏。公元550年，高洋禅魏称帝，国号齐，改元天保，史称北齐。公元557年，宇文泰西魏恭帝自立，国号周，史称北周。这两个王朝的建立都是通过禅让而来的。所以，在鼓吹曲中，都反反复复地歌咏先王的政治功绩和道德境界，以此作为依据，说明王朝禅让是符合天命人心的。

在北齐鼓吹曲中，《嗣丕基》《圣道洽》《受魏禅》三首讲述文宣皇帝建立新朝。在这三首曲子之前，《水德谢》《出山东》《战韩陵》《殄关陇》《灭山胡》《立武定》《战芒山》七首讲述的是武帝代魏建立北齐，并征伐平叛的历程。《擒萧明》《破侯景》《定汝颍》《克淮南》讲述文襄王继承父业，奠基王朝的历史。之所以如此大规模地强调先王的功绩，无非就是为了说明自己政权取代东魏，是历史和天命演进的必然，为自己的王朝确立合法地位。同样，北周鼓吹曲中，《受魏禅》言北周闵帝宇文觉受魏禅称帝。在此曲之前，《玄精季》《征陇西》《平窦泰》《复恒农》《克沙苑》《战河阴》《平汉东》《取巴蜀》《拔江陵》等九曲记载的都是太祖宇文泰辅佐细西魏、定鼎王业、南北征伐的过程。以此来昭示自己接受魏禅的合理性和合法性。① 这种思想的背后，仍然是"以史为据"的咏史意识。

综上所述，鼓吹曲辞中追溯先王德业以证明禅让合理性的做法，是汉代"以史为据"的咏史意识在魏晋以后的延续。以组诗的形式铺叙历史对咏史组诗起到了先导的作用；一曲"专咏一事"的做法，推动了咏史诗"罗列众事"模式的转型；三言、七言、杂言句式对后世咏史诗形式的多样化也有一定的借鉴意义。

2. 颂德：郊庙登歌中颂美历史的写作

除了鼓吹曲之外，在中古郊庙乐之中，还存在着大量的追述祖德和赞美祖先的成分。在这其中，以登歌，尤其是宗庙登歌最具有代表性。所谓宗庙登歌，就是天子在祭祀宗庙时演奏的，以赞颂七庙祖先功德为主要内容的乐歌。中古时期，是宗庙登歌发展的繁荣时期，各朝都曾创制新歌。这些歌词的创作，对于赞体咏史的影响作用，是十分明显的。

---

① （唐）魏征等撰：《隋书》，中华书局点校本1973年版，第330—331页。

西汉祭祀祖先的郊庙乐主要有《房中乐》。陈本礼在《汉诗统笺》中曰:"《房中》十七章,乃高祖祀祖庙乐章。高祖生于沛,沛属楚地,凡乐乐其所生,礼不忘本,故高祖乐楚声。唐山夫人深于律吕,能楚声,故命夫人制乐十七章以祀其先。"① 东汉祭祀祖先的郊庙乐主要沿用西汉,据《南齐书·乐志》载:"南郊乐舞歌辞,二汉同用,见《前汉志》,五郊互奏之。"②

曹魏时期的宗庙乐,《宋书·乐志》云:"唯魏国初建,使王粲改作登哥及《安世》《巴渝》诗而已。"③《三国会要》注引《古诗纪》云:"建安十八年,操为魏公加九锡,始立宗庙,令王粲作此颂,以享其先始,名《显庙颂》。后更名《太庙颂》。"④ 晋朝的郊庙乐有两大部分。西晋时期,主要使用傅玄创作的登歌。《南齐书·乐志》曰:"晋泰始中,傅玄造《祠庙夕牲昭夏歌》一篇,《迎送神肆夏歌》一篇,登歌七庙七篇,飨神歌二篇。玄云:'歌歌盛德之功烈,故庙异其文。'"⑤ 傅玄创作的登歌共七首:《征西将军登歌》《豫章府君登歌》《颍川府君登歌》《京兆府君登歌》《景皇帝登歌》《文皇帝登歌》《宣皇帝登歌》。东晋孝武帝太元中,东晋时期,曹毗、王珣等增造宗庙歌诗,创作了《江左宗庙登歌十二首》。⑥

南朝各代也都有登歌创作。《宋宗庙登歌》共八首:《北平府君歌》《相国掾府君歌》《开封府君歌》《武原府君歌》《东安府君歌》《孝皇帝歌》《高祖武皇帝歌》《七庙享神歌》。齐也有登歌创作,《南齐书·乐志》曰:"宋升明中,太祖为齐王,令怀马褚渊造太庙登歌二章。建元初,诏谢超宗造庙乐歌诗十六章。永明二年,又诏王俭造太庙二室歌

---

① (南朝梁)萧子显撰:《南齐书》,中华书局点校本,中华书局1973年版,第167页。
② 东汉的郊庙乐主要沿用西汉,但是也有所增益。《后汉书·祭祀志》注引《东观书》:永平三年八月丁卯,公卿奏议世祖庙登歌八佾舞名。东平王苍议:"光武皇帝受命中兴,拨乱反正……功德巍巍,比隆前代。以兵平乱,武功盛大。歌所以咏德,舞所以象功,世祖庙乐舞宜曰《大武》之舞。进《武德舞歌诗》曰:'……。'诏书曰:'骠骑将军议可。'进《武德》之舞如故。"见(南朝宋)范晔撰,(唐)李贤注《后汉书》,中华书局点校本,中华书局1965年版,第3196页。
③ (南朝梁)沈约撰:《宋书》,中华书局点校本1974年版,第534页。
④ (清)杨晨撰:《三国会要》,中华书局1955年版,第261页。
⑤ (南朝梁)萧子显撰:《南齐书》,中华书局点校本,中华书局1973年版,第179页。
⑥ (唐)房玄龄等撰:《晋书》,中华书局点校本1974年版,第698页。

辞。"① 南齐以后，登歌以舞名来命名，宗庙神室乐名只有《凯容乐》《宣德凯容乐》，二者实为舞蹈名称。梁郊庙歌辞除了七祖登歌以外，还有《梁小庙乐歌二首》祭祀太祖太夫人。② 史料并无陈代郊庙歌辞的记载，在《乐府诗集》中仅收录《陈太庙舞辞七首》。陈初用梁乐，唯改七室舞辞。呈祖步兵府惠、正员府君、怀安府君、皇高祖安成府君、皇曾祖太常府惠五室，并奏《凯容舞》，皇祖景皇帝室奏《景德凯容舞》，呈考高扭武臺帝室奏《武德舞》。③

北朝北魏基本延续前代，北齐有《享庙乐》，也是以舞蹈名命名的登歌。分别祭奠皇六世祖司空、五世祖吏部尚书、高祖秦州刺史、曾祖太慰武贞公、祖文穆皇帝诸神室，并奏《始基》之乐，为《恢祚》之舞。④ 北周有宗庙歌十二首，其中七首为赞美祖先之歌：献皇高祖、献皇曾祖德皇帝、献皇祖太祖文皇帝、献文宣帝太后、献闵皇帝、献明皇帝、献高祖武皇帝。

这些郊庙歌词，歌颂的都是已经去世的本朝先王（祖），因为郊庙祭祀仪式的需求，乐歌的长度有一定的规矩。所以无法在诗歌中详细地铺叙具体的历史事实。所以登歌的作者在写作时，往往都是从历史事实中抽绎出若干先王最宝贵的品格加以颂美。这种由记叙、评论历史人物到颂美历史人物的转变，和咏史诗由传体、论体向赞体的转变是平行的。加之，这些先王基本都是跨越两到三朝的历史人物，所以这之间也存在着相互影响的可能。

四　述祖德诗对咏史诗创作的影响

综上所述，魏晋南北朝时期，诗歌中述祖德的内容发展到刘宋时形成独立的题材；但是，因为述祖德题材歌颂的"先祖"和"先王"都是具有特定内涵的历史人物，所以在创作方式上就与咏史诗难免存在着相互影响。再加之，这一时期傅玄、陆机、陶渊明、谢灵运都同时创作这两种题

---

① （南朝梁）萧子显撰：《南齐书》，中华书局点校本，中华书局1973年版，第179页。
② 《隋书·礼仪志》曰："梁又有小庙，太祖太夫人庙也。非嫡，故别立庙。皇帝每祭太庙讫，诣小庙，亦以一太牢，如太庙礼。"见（唐）魏征等撰《隋书》，中华书局点校本1973年版，第306—307页。
③ （唐）魏征等撰：《隋书》，中华书局点校本1973年版，第306—307页。
④ （唐）魏征等撰：《隋书》，中华书局点校本1973年版，第314页。

材，仔细分析这些诗人创作的诗歌，可以发现述祖德题材影响咏史创作的某些迹象。

1. 述德传统中"传体咏史"的写法

《六臣注文选》张铣注谢灵运《述祖德诗》就指出了这一点："述其祖谢安、谢玄之德。"[①] 由此反推可以看出，述德的含义就是追溯祖德。具体的写作方法就是以铺叙祖先的事迹为主。了解了述祖德的创作传统之后，我们从中可以看出，这一题材的写作，具有很大的"传体咏史诗"的成分。

先来看文人追溯先祖的创作，必须要按照时间发展的顺序铺叙祖宗（家族）的发展历史。在中古时期，诗人们的普遍做法都是上溯三代，下讫当朝，设置一个几百年的时间历程。然后在这个范围之内，按照世系，逐步叙述自己祖先的功绩，追述自己家族在历朝历代的辉煌。韦氏家族、陆机兄弟、陶渊明的创作都有这样的特点。再来看郊庙乐府颂美先王的作品，在鼓吹曲辞的创作中，创作者往往是在一组诗内，循序渐进地展开王朝兴起的"史诗"，一诗专咏一事，以此来叙述王朝兴起的过程中具有决定性意义的历史事件。

述祖题材的这种创作方式，究其本质就是传体咏史的做法——以韵语铺叙史料。通观魏晋以来的述祖创作，这种"传体咏史"无论在技巧，还是在形式上都是不断进步的。这必然会推动咏史诗中概括历史的经验和技巧，进而促进咏史诗的发展。

2. 述德传统中"论体咏史"的目的

除了在写法上有传体咏史的性质之外，述祖德传统对咏史诗的影响，还体现在写作目的上。

先来看士人述祖的创作。根据创作的实际，士人述祖的目的，主要就是赞颂先祖的功德，以之作为自己立世、行道的依据。同时勉励自我（后代儿孙）不断前进。皇甫汸《解颐新语》就指出过这一点：

> 夏侯湛作周诗，潘岳因作家风诗，陈思之责躬，康乐之述德，既详世胄，兼敦孝友。故士衡"于穆予宗"、云申答章、子安"卓彼我

---

① （南朝梁）萧统编选，（唐）吕延济等注：《日本足利学校藏宋刊明州本六臣注文选》，人民文学出版社 2008 年版，第 1175 页。

系"，励制叙"语余昆季"并有斯缀，无忝前人。①

述祖的目的，就是借助祖先的荣耀，勉励自我不断进取，不要有辱祖宗的门楣。这一点在述祖德诗创作中是非常明显的。韦玄成《自劾诗》、傅毅《迪志诗》、曹叡《苦寒行》、薛莹《献诗》、潘岳《家风诗》都直接在诗歌中表示，希望自己能够向祖先学习，成就一番事业。谢灵运的《述祖德诗》和陆机兄弟的《赠答诗》中，虽然没有明确表达出勉励自我的含义，但是结合诗人当时的政治处境和心态，依然可以看出自我勉励的意味。比较特殊的就是韦孟的《讽谏诗》，但是如果我们理解写作背景，就会知道，写作目的依然是一致的。韦孟该诗是通过追溯刘戊祖上的功德，来劝谏刘戊本人。可以理解为一首"代言"的述祖德诗②

再来看郊庙乐府的创作。上文已经详细地分析过，鼓吹曲辞和郊庙登歌中之所以详细地追述先王的政治德业、军事功勋和道德品质，其真正的目的是以此作为依据，证明王朝建立顺天应民的合理性，进而巩固自己的统治。追述历史的现实目的性也是十分明显的。

总而言之，述祖德诗借助铺叙祖先，达到勉励后人的做法和论体咏史诗"咏史以咏怀"的写作目的是一致的。在两种诗歌题材中，诗人对历史的铺叙，都是为了从历史中寻找经验、教训、智慧，并将之落实到现实中。这就构成了两者之间的互动关系，促进了两种诗歌题材的发展。

2. 述德传统中"赞体咏史"的倾向

中古时期，各朝对于《铙歌》鼓吹曲均有仿制，而且内容都是叙述开国帝王如何讨伐暴乱、重建统一的，正如《文献通考》所论：

> 至于短箫铙歌，史虽以为军中之乐，多叙战阵之事；然以其名义考之，若《上之回》则巡幸之事也，若《上陵》则祭祀之事也，若《朱鹭》则祥瑞之事也，至《艾如张》《巫山高》《钓竿篇》之属，则又各指其事而言，非专为战伐也。魏晋以来，仿汉短箫铙歌为之而易其名，于是专叙其创业以来伐叛讨乱肇造区宇之事，则纯乎雅颂之

---

① 吴文治主编：《明诗话全编》，江苏古籍出版社1997年版，第3278页。
② 胡大雷对此诗讽谏之前却先述德的用意作出解释，说"这是以历史经验表明当今的讽谏之正当必不可少"，故此诗以"述德"开头，劝诫的主题得到了很好的铺垫。见胡大雷《〈文选〉诗研究》，世界图书西安出版公司2014年版，第46页。

体，是魏晋以来之短箫铙歌，即古之雅颂矣。[①]

值得注意的是这些郊庙鼓吹曲的"赞体咏史"的倾向。正如马端临所论，这些诗歌都是宗庙祭祀用乐，"纯乎雅颂之体"。其目的就是为了赞美、彰显开国帝王的彪炳功勋。这些诗歌一般为文人和乐工所做，与文人述祖德诗相比，诗歌的作者和诗歌所要歌咏的对象，缺乏一种血缘上的自豪感。所以，他们在创作的过程中，其目的就是为了歌颂，而很少有勉励后人的动机在内。而在两晋时兴起的少量赞体咏史诗中，目的也在于颂美，用极尽华丽的语言和文学技巧，歌颂历史人物。这与郊庙歌辞中的颂赞方式颇有类似之处。

总而言之，述祖德的创作传统对咏史诗的发展起到了推动与促进作用：首先，述祖德题材中所歌咏的"先祖"和"先王"，都是具有特定内涵的历史人物，其中体现的"咏史意识"影响了咏史诗歌咏士人先贤的选材和主题取向。其次，述祖德的创作必须要按照时间发展的顺序追述自己父祖的功德，这与"传体咏史"的表现方式相近；郊庙歌词中的鼓吹曲辞创作，与"赞体咏史"的性质相似；士人追述先祖，君主颂美先王，其创作目的都是为现实服务，这一点和"论体咏史"的性质也颇类似。这些相似之处虽然不能作为咏史诗受郊庙歌辞影响的直接凭据，但是其中先于咏史诗出现的某些表现方式，仍然可以提供某些信息，有助于追寻咏史诗"三体"表现的发展轨迹。

第三节　罗列众事：中古咏史诗形式上的特点

汉魏时期咏史诗在艺术表上有一个突出的特点就是"罗列众事"的叙述模式。诗人在诗歌中往往开宗明义表明自己的观点和看法，之后采用以类相从的写法，罗列大量性质类似、特征相近的历史事件论证自己的观点，最后卒章显志，再次升华、照应自己的观点。[②] 这种方式在魏晋时期十分流行，至南朝时期则走向衰落，最终没能成为咏史诗发展的一个主

[①] （元）马端临撰，上海师范大学古籍所、华东师范大学古籍所点校：《文献通考》，中华书局 2011 年版，第 4281—4282 页。

[②] 部分诗歌没有直接点明主旨，但是在叙述历史事件过程中，通过夹叙夹议，表明自己的观点。

流，但是却成为了魏晋咏史诗发展的一大特点。那么这种咏史方式从何而来？为何在魏晋广泛流行？又为何在南朝走向衰落？这些问题需要结合当时文学发展的内外部原因加以分析和探讨。

一　汉魏咏史诗中"罗列众事"的特点

这种"罗列众事"写法最早可以追溯到汉末魏初的乐府古辞《折杨柳行》。该诗在开头先行表明"默默施行违，厥罚随事来"的道理，接下来列举夏桀、商纣、秦二世、夫差、戎王、虞君等昏君倒行逆施，最终导致国破家亡、身败名裂的惨痛历史教训。再以三人成虎、曾母弃杼、卞和受刖三个典故说明仕途黑暗、世道艰险。最后以接舆拒不接受楚王的聘任，宁愿终守草庐作结，表达自己尽早退步抽身的处世哲学。

文人诗创作方面，最早采用这种创作模式的是杜挚的《赠毌丘俭》。杜挚在诗歌开头表明了骐骥未试、壮志难酬的窘迫境地，接下来连续列举了伊挚、吕望、夷吾、宁戚、郦食其、韩信、朱买臣、张释之等八位历史人物的事迹，借以寄寓自己希望能够被引荐的意图。除此之外，汉魏之际曹操、曹丕、曹植、嵇康等人的咏史诗创作，都有类似的特点存在，以至于可以视为一种写作模式。这样的咏史模式有两大特征：

首先是以类相从的人物或事件罗列，如上文所言，在诗歌中作者都会选择能说明同一性质的历史事件或人物。而且在叙述的过程中，都不是简单地陈述事实，而是将各人物或事件中与该诗主旨有关的类似特征提炼出来。如杜挚《赠毌丘俭》所罗列的都是历代名臣身处贫贱或失意时困顿辛酸的处境，并不涉及其功成名就之后的荣耀。这些同类现象并列在一起，自然能见出作者是借以自况眼前的坎坷。也就是说，在不同时代的不同事件和人物中，由于作者的选择和提炼，而使诗中所罗列的每件史实都具有同质性，都能指向诗歌最终的寓意。

其次是"借史咏怀"的写作意图。作者详细列举这些历史事件，其真正的目的并不是简单地歌咏古人，而是利用对历史的叙述和评论，抒发自己的感慨。咏史是为了咏怀。所以都采取夹叙夹议的方法，将自己的态度融合在史实的罗列之中。这和班固开创的传体咏史就有所区别，已初步具备了论体咏史的雏形。

其实，仔细考察汉魏时期的存世文献就会发现，这种罗列众事的特点并非是咏史诗所专有，在文、赋、史传、民谣韵语等文学形式中也是广泛存在的。而且其出现的时间，还要早于诗歌。接下来，本书将以时间为序，结合不同的文学形式，分析这一模式产生的根源，并重点分析其在诗歌中是如何产生的。

二 西汉文、赋中"以类相从"的写作方式

这种"罗列众事"的写作方式的大规模出现是在西汉初期①，在文章和辞赋中广泛存在。

据现有的文献材料，最早在文章中采用这种方法说理的是司马迁和东方朔。司马迁在其名作《报任安书》中，为了证明自己的观点，充分发挥了自己史学家的经验与能力，旁征博引地歌咏了大量的历史人物：

> 且西伯，伯也，拘于羑里；李斯，相也，具于五刑；淮阴，王也，受械于陈；彭越、张敖，南向称孤，系狱具罪；绛侯诛诸吕，权倾五伯，囚于请室；魏其，大将也，衣赭衣、关三木；季布为朱家钳奴；灌夫受辱于居室。此人皆身至王侯将相，声闻邻国，及罪至罔加，不能引决自裁，在尘埃之中。古今一体，安在其不辱也？②

这里连续了列举了周文王姬昌、李斯、韩信、彭越、张敖、周勃、窦婴、季布、灌夫等王侯将相的获罪的情形，说明自己法网加身的时候，不能引决自裁的原因，十分具有说服力。更值得注意的是，司马迁还为自己在受刑后写作《史记》找到了许多古人的榜样：

> 盖西伯拘而演《周易》；仲尼厄而作《春秋》；屈原放逐，乃赋《离骚》；左丘失明，厥有《国语》；孙子膑脚，《兵法》修列；不韦迁蜀，世传《吕览》；韩非囚秦，《说难》《孤愤》；《诗》三百篇，大底圣贤发愤之所为作也。③

---

① 先秦文献中也有类似的模式，如《论语·微子篇》中："逸民：伯夷、叔齐、虞仲、夷逸、朱张、柳下惠、少连。"又如："周有八士：伯达、伯适、仲突、仲忽、叔夜、叔夏、季随、季骗。"程树德撰，程俊英、蒋见元点校：《论语集释》，中华书局1980年版，第1279、1295页。

② （清）严可均辑，陈延嘉校点，《全上古三国秦汉六朝文》，河北教育出版社1997年版，第502页。

③ （清）严可均辑，陈延嘉校点：《全上古三国秦汉六朝文》，河北教育出版社1997年版，第502页。

这段叙述，字词对称，句式整齐，节奏紧凑，气韵连贯，已经初步具有韵语诗歌的雏形。而且，司马迁罗列这些历史人物，为的是以此证明自己忍辱偷生、发愤著书的合理性，其歌咏古人的目的，是为了说明自己的选择。

与司马迁同时的东方朔所作的《非有先生论》，在阐述贤才得遇明君的不易之时，也是这样的做法：

> 昔关龙逢深谏于桀，而王子比干直言于纣。此二臣者，皆极虑尽忠，闵主泽不下流，而万民骚动，故直言其失，切谏其邪者，将以为君之荣，除主之祸也。①

这里以关龙逢深谏于桀、王子比干直言于纣为例，表明忠臣意见被采纳的不易。东方朔真正的目的也是为了抒发自己的建议得不到汉武帝重视的愤懑之情。本传载：

> 朔上书陈农战强国之计，因自讼独不得大官，欲求试用。其言专商鞅、韩非之语也，指意放荡，颇复诙谐，辞数万言，终不见用。②

上书万言，终未得到武帝的重视。这和关龙逢、比干的遭遇十分类似，东方朔曾直接表达过这种不得志的失望："故绥之则安，动之则苦，尊之则为将，卑之则为虏。抗之则在青云之上，抑之则在深泉之下。用之则为虎，不用则为鼠"。③ 所以，东方朔歌咏古人的目的，就是为了借古讽今。

文章中这种列锦式的写法，要求对纷繁复杂的历史事件，进行精练准确的概括，并且能够联系今古，赋予历史事件在当下的意义，进而服务于文章的中心。司马迁和东方朔都是博学鸿儒，对历史的掌握和分析堪称同时代的佼佼者，他们在文章中，准确地概括、裁剪、排比历史事件，都是为了抒发自己的感想。这种叙述历史的模式，和汉魏之际诗歌中的咏史模式十分类似。

---

① （清）严可均辑，陈延嘉校点：《全上古三国秦汉六朝文》，河北教育出版社1997年版，第491页。
② （汉）班固撰，（唐）颜师古注：《汉书》，中华书局点校本1962年版，2863—2864页。
③ （汉）班固撰，（唐）颜师古注：《汉书》，中华书局点校本1962年版，第2865页。

第二章 以史为鉴与追述祖德：咏史意识与咏史诗的产生

和文章同时，辞赋中也出现了这种罗列众事的写作方式。董仲舒《士不遇赋》即是一例，该赋连续列举古代的贤德之人，感叹商汤、周武之世尚不免有无所归依的廉洁之士，更何况浊世之贤才：

> 观上古之清浊兮，廉士亦茕茕而靡归。殷汤有卞随与务光兮，周武有伯夷与叔齐。卞随、务光遁迹于深渊兮，伯夷、叔齐登山而采薇。使彼圣贤其龂𬺈周徨兮，刺举世而同迷。若伍员与屈原兮，固亦无所复顾。亦不能同彼数子兮，将远游而终慕。①

这里连续列举了古代茕茕而靡归的廉士：有商朝远遁深渊的卞随与务光、周朝隐居采薇的伯夷与叔齐，有战国时期的以死报国的伍员与屈原。而且在具体叙述过程中，经过精心的裁剪和安排，这些历史人物被整齐的排列起来，两两对应：

> 殷汤有卞随与务光/周武有伯夷与叔齐
> 卞随、务光遁迹于深渊/伯夷、叔齐登山而采薇

辞赋中这种整齐的叙事模式，客观上促进了诗人概括历史、裁剪材料、铺排篇章的能力。而且这篇赋文借助古人之事自比的意图也是十分明显的。鲁迅评价：《士不遇赋》"托声楚调，结以中庸，虽为粹然儒者之言，而牢愁狷狭之意尽矣"②。其中的"牢愁狷狭之意"就是董仲舒这一代士人在大一统王朝下怀才不遇的怨愤。扬雄的《解嘲》也是如此：

> 是故邹衍以颉颃而取世资；孟轲虽连蹇犹为万乘赐。范雎，魏之亡命也，折胁拉髂，免于徽索，翕肩蹈跖，扶服入槖，激卬万乘之主，介泾阳，抵穰侯而代之，当也。蔡泽，山东之匹夫也，颣眉折頞，涕唾流沫，西揖强秦之相，搤其咽而亢其气，捬其背而夺其位，

---

① 《士不遇赋》，见（汉）董仲舒著，袁长江校点《董仲舒集》，学苑出版社2003年版，第1—5页。
② 鲁迅：《汉文学史纲要》，北京联合出版公司2014年版，第38页。

时也。天下已定，金革已平，都于洛阳，娄敬委辂脱挽，掉三寸之舌，建不拔之策，举中国徙之长安，奇也。五帝垂典，三王传礼，百世不易，叔孙通悢于帻鼓之间，解甲投戈，遂作君臣之仪，得也。吕刑靡敝，秦法酷烈，圣汉权制，而萧何造律，宜也。故有造萧何之律于唐虞之世，则蜎矣。有作叔孙通仪于夏殷之时，则惑矣；有建娄敬之策于成周之世，则乖矣；有谈范蔡之说于金张许史之间，则狂矣。夫萧规曹随，吨濉画策，陈平出奇，功若泰山，响若坻颓，虽其人之砭智哉，亦会其时之可为也。故为可为于可为之时，则从；为不可为于不可为之时，则凶。①

文章所要论述的观点是"为可为于可为之时，则从；为不可为于不可为之时，则凶"。即人才要顺应时代，否则，再卓越的才华，也难以得到施展。为了证明自己的观点，作者连续列举了正反两个层面的例子：

范雎游说秦王，蔡泽夺取相位，娄敬议论定都，叔孙通讲究礼仪，萧何制定律令，曹参遵从制度，张良神机妙算，陈平出奇制胜，是因为"会其时之可为"，即生正逢时，成就了一番事业。相反，如果萧何生于唐虞之时，叔孙通制礼作乐于夏商之世，娄敬提议在成周之际，那么这些人的所作所为无疑就是不合时宜的。

这里对于历史人物的叙述，还是十分具体和细致的，在文章的最后，扬雄联系到对自己命运的思考：

蔺生收功于章台，四皓采荣于南山，公孙创虹于金马，骠骑发迹于祁连，司马长卿窃赀于卓氏，东方朔割炙于细君。仆诚不能与此数子并，故默然独守吾太玄。②

文章最后谈到作者的生活时代和人生态度。沿着上文的思路论述蔺相如建功于章台，商山四皓隐于南山，公孙弘创业于金马门，霍去病击匈奴于祁连山，司马长卿继承卓氏的钱财，东方朔割肉给妻子，是因为他们处在"可为之时"，可以尽情施展自己的才华，发挥自己的能力，而扬雄认为

---

① （汉）扬雄著，张震泽校注：《扬雄集校注》，上海古籍出版社2011年版，第175—198页。
② （汉）扬雄著，张震泽校注：《扬雄集校注》，上海古籍出版社2011年版，第175—198页。

自己生不逢时，所以"诚不能与此数公者并"。

这篇赋的现实意义也是十分明显的，所谓《解嘲》，就是解答客人对扬雄的质问，是自我辩白的意思。文中揭露了当时朝内各种势力相互倾轧的黑暗局面："当涂者升青云，失路者委沟渠；旦握权则为卿相，夕失势则为匹夫"；并对庸夫充斥、而奇才异行之士不能见容的状况深表愤慨："当今县令不请士，郡守不迎师，群卿不揖客，将相不俯眉。言奇者见疑，行殊者得辟。是以欲谈者卷舌而同声，欲步者拟足而投迹。"可见赋中寄寓了作者对社会现实的强烈不满。

西汉初期文、赋中出现的这种罗列史实的做法，其背后正是文人"以史为据"的学术观念。他们援引大量的历史事实来证明自己的观点，同时也赋予了历史事件鲜明的现实意义。这种连接今古的方法，已经具有"论体"咏史的基本要素。随着文、赋、诗三者的互动发展，相互作用，这类做法在诗歌中出现，也就是水到渠成的事了。

三 两汉之际《史记》《汉书》中类传的创立

除了文、赋以外，武帝以后，司马迁开创的史传中的类传形式，被班固所继承，这也大大推动了这一写作方式的发展和进步。史书撰述中类传的写法，其"以类相从"的模式和"为当世而发"的目的，进一步推动了这种咏史模式走向标准化和类型化。

司马迁在创作《史记》之时开创了"以类相从"的类传写法。赵翼曾指出"其《儒林》《循吏》《酷吏》《刺客》《游侠》《佞幸》《滑稽》《日者》《龟策》《货殖》，等又别立名目，以类相从。"① 这种类传区别于合传的最明显、最根本的特征是不以具体的人名为传名，而以最能体现同一组人物特征的总括性词语作为传名，按其突出的共同特点来分类立传。

《史记》中可以归为类传的有：《外戚世家》《刺客列传》《循吏列传》《儒林列传》《酷吏列传》《游侠列传》《佞幸列传》《滑稽列传》《日者列传》《龟策列传》《货殖列传》等十一篇。接下来以《循吏列传》和《酷吏列传》为主，对这种类传的体例加以分析。

类传的写法一般分为三个部分：序文、正文、史评。撰述者往往在序

---

① （清）赵翼著，王树民校正：《廿二史札记校正》（订补本），中华书局1984年版，第5—6页。

文部分总结这一类人物的基本特质，正文部分则继续叙述这些人物的主要事迹，史评部分则发表自己对于这些人物的观点和看法。

如《循吏列传》一开篇，司马迁即表明了自己的观点："法令所以导民也，刑罚所以禁奸也。文武不备，良民惧然身修者，官未曾乱也。奉职循理，亦可以为治，何必威严哉？"接下来，对孙叔敖、子产、公仪休、石奢、李离的事迹加以介绍。在文章最后，再次点明自己的观点和看法："奉职循理，为政之先。恤人体国，良史述焉。"①

再如《酷吏列传》开篇援引孔子、老子的观点，提出自己的主张："法令者治之具，而非制治清浊之源也。"接下来对宁成、周阳由、赵禹、张汤、义纵、王温舒、尹齐、杨仆、减宣、杜周、冯当、李贞、弥仆、骆璧、褚广等酷吏的生平进行了详略不同的描写。②

除此之外，《游侠列传》记述了汉代侠士朱家、剧孟和郭解的史实，赞扬了他们言必信，行必果的高贵品德。《佞幸列传》记述汉代佞臣邓通、赵同和李延年等的合传，揭露了他们无才无德，却善承上意，察言观色，专以谄媚事主的恶行。③《滑稽列传》颂扬淳于髡、优孟、优旃一类滑稽人物"不流世俗，不争势利"的可贵精神。④由此可见，这些类传给人物写传的方法，与全面叙述生平的一般人物传记的不同，在于只取这一类人物的共同特点，以突出"以类相从"的名目。

司马迁的做法，也为班固所继承，《汉书》的类传有《儒林传》《循吏传》《游侠传》《酷吏传》等。其中《循吏传》一开篇，先根据历史追溯了汉朝各代的人才策略，接下来本传叙述文翁、王成、黄霸、朱邑、龚遂、召信臣等六个汉代循吏的事迹。⑤《酷吏传》参照司马迁的叙述模式，先引用孔子、老子论证"为政以德"的观点，接下来本传叙述侯封、郅都、宁成、周阳由、赵禹、义纵、王温舒、尹齐、杨

---

① （汉）司马迁撰，赵生群校点：《史记》，点校本二十四史修订本，中华书局2014年版，第3767—3772页。
② （汉）司马迁撰，赵生群校点：《史记》，点校本二十四史修订本，中华书局2014年版，第3803—3832页。
③ （汉）司马迁撰，赵生群校点：《史记》，点校本二十四史修订本，中华书局2014年版，第3877—3884页。
④ （汉）司马迁撰，赵生群校点：《史记》，点校本二十四史修订本，中华书局2014年版，第3885—3906页。
⑤ （汉）班固撰，（唐）颜师古注：《汉书》，中华书局点校本1962年版，第3623—3640页。

仆、咸宣、田广明、田延年、严延年、尹赏等十四个汉代酷吏的事迹。①《游侠传》系朱家、剧孟、郭解、万章、楼护、陈遵、原涉七个游侠的合传。② 其撰述的方法和司马迁比较一致，先表明自己对这一类人的观点和态度，之后选取这类人中的代表人物，对其生平事迹进行详略得当的叙述。最后以"赞"的形式发表评论。如《汉书·佞幸传》赞曰："柔曼之倾意，非独女德，盖亦有男色焉。观籍、闳、邓、韩之徒，非一而董贤之宠尤盛，父子并为公卿，可谓贵重人臣无二矣。然进不由道，位过其任，莫能有终，所谓爱之适足以害之者也。"③ 班固在赞语中表达了他对佞幸群体的否定态度，这种篇终结语能使以类列传的宗旨得到更深一层的阐发。

《史记》《汉书》中的类传，更值得注意的是其"为当世而发"的写作宗旨。林駉曾提出："《佞幸》《酷吏》《日者》《龟策》《滑稽》《货殖》《游侠》，皆为当世而发。吁，有旨哉！"④ 所谓"为当世而发"就是说，这些类传真正的目的是为了警示当下。司马迁撰述《史记》就是为了效仿《春秋》"别嫌疑，明是非，定犹豫，善善恶恶，贤贤贱不肖，存亡国，继绝世，补敝起废"⑤。其现实的目的十分明显，所以他在写作《史记》时"善序事理，辨而不华，质而不俚，其文直，其事核，不虚美，不隐恶，故谓之实录"⑥。但是，班固撰著《汉书》的目的却不限于实录历史，他还要宣扬刘氏"汉绍尧运，以建帝业"的历史功绩。二者撰述历史的现实目的有所不同。

史传中类传的创立，从两个层面推动了"罗列众事"的咏史模式。首先，司马迁开创的体例，以某一特质为线索，将传主生平合传，并奠定了类传"序论+本传+评论"的基本形式，仿佛是给"罗列众事"的咏史模式提供了一种参照。其次，史传撰述过程中，"为当世而发"的宗

---

① （汉）班固撰，（唐）颜师古注：《汉书》，中华书局点校本1962年版，第3645—3678页。
② （汉）班固撰，（唐）颜师古注：《汉书》，中华书局点校本1962年版，第3697—3720页。
③ （汉）班固撰，（唐）颜师古注：《汉书》，中华书局点校本1962年版，第3721—3733页。
④ 杨燕起、陈可青、赖长扬编：《历代名家评〈史记〉》，北京师范大学出版社1986年版，第159页。
⑤ （宋）林駉《古今源流至论后集》卷九，见张大可、丁德科主编《史记论著集成》第6卷，商务印书馆2015年版，第134页。
⑥ （汉）司马迁撰，赵生群校点：《史记》，点校本二十四史修订本，中华书局2014年版，第4001页。

旨，更推动了这一模式咏史以古鉴今的现实意义。而根据现实目的来选择史实，提取同一类传中人物的共同性质或同类特征，剪裁其生平事迹的做法，对咏史诗形成"罗列众事"的指向性也应有借鉴意义。

四 咏史诗"罗列众事"模式形成、衰落的原因

咏史诗中"罗列众事"的模式形成于汉末魏初。在这一时期，上文所论述的文学现象逐渐合到一起，形成一股合力，促使诗歌中"以类相从，罗列众事"的写作方式集中出现。接下来分别加以分析。

1. 文—赋—诗的相互影响

建安时期，是文学发展的黄金时期。这一时期文—赋—诗三种文体相互影响：首先，诗和赋的联系更加紧密，曹丕《典论·论文》中就以"诗赋欲丽"并称。建安诗人创作的诗歌中，自觉融合了汉大赋中"以史为据、以类相从"的手法。如曹丕《大墙上蒿行》："吴之辟闾，越之步光，楚之龙泉，韩有墨阳，苗山之铤，羊头之钢。"① 诗人在描述宝剑时，用六个句子来铺排吴、越、韩、苗山、羊头各处的历代名剑。再如曹植《游仙诗》："东观扶桑曜，西临弱水流，北极玄天渚，南翔陟丹丘。"② 罗列东南西北四处地名，均可见汉大赋"以类相从"手法对诗歌的影响。其次，对文章功用的认识得到了空前的提升，曹丕在《论文》中强调"盖文章，经国之大业，不朽之盛事。年寿有时而尽，荣乐止乎其身，二者必至之常期，未若文章之无穷。是以古之作者，寄身于翰墨，见意于篇籍，不假良史之辞，不托飞驰之势，而声名自传于后。"③ 曹丕这里所说的文章，应包含文、赋、诗等各种文体，都被视为"经国大业"，则凡是可使"声名自传于后"的"翰墨""篇籍"都会得到重视，这也会促进三者创作之间的沟通，提升诗歌的地位。最后，汉大赋衰落，抒情小赋兴起，使得赋这一文体的功能由"润色鸿业"逐步转向抒发自我情感。这就使得赋和诗的功能进一步融合。两种文体的融合与互动，促进了赋中"以类相从"的模式在诗歌中的产生和发展。

如果对比曹操的诗歌和文章创作，就会发现文体间相互影响的关系。

---

① （魏）曹丕著，夏传才、唐绍忠校注：《曹丕集校注》，河北教育出版社2013年版，第29页。
② （魏）曹植著，王巍校注：《曹植集校注》，河北教育出版社2013年版，第39页。
③ （清）严可均辑，陈延嘉校点：《全上古三国秦汉六朝文》第三册，第84页。

曹操的《善哉行》，先后列举古公亶甫、太伯、仲雍、伯夷、叔齐、周宣王、齐桓公、晏婴、管仲，表明自己尊奉汉室、谦虚礼让的政治态度。①《短歌行（其二）》开头"周西伯昌"十五句写周文王，中间"齐桓之功"十五句写齐桓公，最后"晋文亦霸"十三句写晋文公。② 曹操除了强调他们的功业和德行，还特别突出了他们虽然有盖世的功业，但始终尊奉天子的史实。这些观点在曹操的《让县自明本志令》也有鲜明的体现：

> 齐桓、晋文所以垂称至今日者，以其兵势广大，犹能奉事周室也。《论语》云："三分天下有其二，以服事殷，周之德可谓至德矣。"夫能以大事小也。昔乐毅走赵，赵王欲与之图燕。乐毅伏而垂泣，对曰："臣事昭王，犹事大王；臣若获戾，放在他国，没世然后已，不忍谋赵之徒隶，况燕后嗣乎！"胡亥之杀蒙恬也，恬曰："自吾先人及至子孙，积信于秦三世矣；今臣将兵三十余万，其势足以背叛，然自知必死而守义者，不敢辱先人之教以忘先王也。"孤每读此二人书，未尝不怆然流涕也。③

曹操在这篇文章中，为了反驳世人"人见孤强盛，又性不信天命之事，恐私心相评，言有不逊之志，妄相忖度，每用耿耿"的言论，连续引用齐桓公、晋文公、乐毅、蒙恬的事例，从正反两面证明自己的政治胸襟。对比以上的诗文，我们发现，曹操的文章和诗歌想要论证的观点是相同的，论证观点的方式都是"以类相从"，罗列大量具有相同性质的历史事件。尤其是齐桓公和晋文公的故事，在两种文体中都存在，而且叙述的角度也相同，从中可以看出，诗文之间相互影响的关系是十分显著的。

嵇康的创作则更能说明文—赋—诗的相互融合。嵇康的《六言诗》十首，前两首歌颂了唐尧虞舜时代的治世，贤愚各得其所，适性生存的理想境界；紧接着四首，歌颂了"大人"的处世哲学，提倡"独以道德为友"；接下来连续列举了东方朔、楚子文、柳下惠、老莱妻、原宪等人或

---

① （汉）曹操著，夏传才校注：《曹操集校注》，河北教育出版社2013年版，第7页。
② （汉）曹操著，夏传才校注：《曹操集校注》，河北教育出版社2013年版，第23页。
③ （汉）曹操著，夏传才校注：《曹操集校注》，河北教育出版社2013年版，第128页。

大隐于山、朝隐于世的事迹，进一步论证自己的观点。这组六言诗所要阐述的观点，与嵇康在《与山巨源绝交书》一文所论述的"循性而动，各附所安"的出处原则是一样的，在这篇文章中，嵇康也是采用"以类相从"的写法，连举十一例证明自己的观点：

> 老子、庄周，吾之师也，亲居贱职；柳下惠、东方朔，达人也，安乎卑位。吾岂敢短之哉！又仲尼兼爱，不羞执鞭；子文无欲卿相，而三为令尹，是乃君子思济物之意也。所谓达能兼善而不渝，穷则自得而无闷。以此观之，故知尧、舜之居世，许由之岩栖，子房之佐汉，接舆之行歌，其揆一也。仰瞻数君，可谓能遂其志者也。故君子百行，殊途同致，循性而动，各附所安。故有"处朝廷而不出，入山林而不反"之论。且延陵高子臧之风，长卿慕相如之节，意气所托，亦不可夺也。①

文中列举的老子、庄周、柳下惠、东方朔、孔子、子文、尧、舜、许由、张良、接舆等人物，在其《六言诗》中也都有提及。更值得注意的是，嵇康在其所作的《琴赋》中，为了论证音乐"触类而长，所致非一"的美学观点，采用的论证方法也是一致的：

> 若和平者听之，则怡养悦愉，淑穆玄真，恬虚乐古，弃事遗身。是以伯夷以之廉，颜回以之仁，比干以之忠，尾生以之信，惠施以之辩给，万石以之讷慎。其余触类而长，所致非一，同归殊途。②

文章列举伯夷、颜回、比干、尾生、惠施、万石等，皆谈琴声之感化而完咸其廉、仁、忠、信、辩给、讷慎之德行。仔细考察嵇康的作品，无论是诗、赋，还是文，他所要论证的观点都是"适性"，在论述方式上，无一例外都采用了"罗列众事"的模式。可以看出，在西汉初期文、赋中就已经出现的这种咏史方式，到汉魏之际已经影响到诗歌的创作，推动了咏史诗中这一模式的出现。

---

① （魏）嵇康著，戴明扬校注：《嵇康集校注》，人民文学出版社1962年版，第82页。
② （魏）嵇康著，戴明扬校注：《嵇康集校注》，人民文学出版社1962年版，第82页。

2. 史传广泛流行的影响

《史记》《汉书》在汉代就已经广泛流传。虽然《史记》在西汉武帝时代被限制流通，但是，其文得到广泛的传播却是肯定的，有学者统计在始元六年（公元前81年）二月召开的盐铁会议上，文学贤良与御史大夫双方从《史记》中引经据典为自己的观点辩护，所涉及的篇目达70篇，足以看出当时《史记》的流行。① 《汉书》的流传则更加广泛。后汉三国时代的《汉书》注家即有23家。②

三国时期，《史记》和《汉书》更是成为文人的必读书。《三国志·魏志·文帝纪》载，魏文帝"少诵诗、论，及长而备历五经、四部，史、汉、诸子百家之言，靡不毕览"③。《三国志·蜀志·先主传》裴注引《诸葛亮集》载刘备遗诏，其中刘备要求后主刘禅必读的书中就明确提到了《汉书》。④ 孙权亦博览史书，据《三国志·吴志·吕蒙传》注引《江表传》载孙权劝吕蒙"宜学问"时云："至统事以来，省三史、诸家兵书，自以为大有所益。"⑤ 《三国志·吴志·孙登传》："权欲登读《汉书》，习知近代之事，知张昭有师法，重烦劳之，乃令休从昭受读。"⑥ 从中可见，汉魏之际，《史记》《汉书》为当时知识分子的必读书。二书的广泛流行，类传的叙述手法自然也是深入人心。

史传"以类相从、罗列众事"的叙述模式，对咏史诗的影响是显而易见的，可以曹植的《灵芝篇》为例：

> 灵芝生王地，朱草被洛滨。荣华相晃耀，光采晔若神。古时有虞舜，父母顽且嚚。尽孝于田垄，烝烝不违仁。伯瑜年七十，彩衣以娱亲。慈母笞不痛，歔欷涕沾巾。丁兰少失母，自伤早孤茕。刻木当严亲，朝夕致三牲。暴子见陵侮，犯罪以亡形。丈人为泣血，免戾全其名。董永遭家贫，父老财无遗。举假以供养，佣作致甘肥。责家填门至，不知何用归。天灵感至德，神女为秉机。岁月不安居，呜呼我皇

---

① 陈莹：《唐前〈史记〉接受史论》，博士学位论文，陕西师范大学，2009年。
② 闫平凡：《唐前〈汉书〉旧注辑佚与研究述评》，《中国史研究动态》2007年第7期。
③ （晋）陈寿撰，（宋）裴松之注：《三国志》，中华书局点校本，中华书局，第90页。
④ （晋）陈寿撰，（宋）裴松之注：《三国志》，中华书局点校本，中华书局，第891页。
⑤ （晋）陈寿撰，（宋）裴松之注：《三国志》，中华书局点校本，中华书局，第1274页。
⑥ （晋）陈寿撰，（宋）裴松之注：《三国志》，中华书局点校本，中华书局，第1363页。

考。生我既已晚，弃我何其早。蓼莪谁所兴，念之令人老。退咏南风诗，洒泪满袆抱。

乱曰：圣皇君四海，德教朝夕宣。万国咸礼让，百姓家肃虔。庠序不失仪，孝悌处中田。户有曾闵子，比屋皆仁贤。髫龀无夭齿，黄发尽其年。陛下三万岁，慈母亦复然。①

诗歌先是以灵芝为喻，表达了自己对于孝道的推崇，之后列举"虞舜尽孝于田，烝烝不违""伯瑜慈母笞而不痛，彩衣以娱""丁兰早孤，刻木当亲""暴子犯罪亡形、免戾全名""董永家贫，举假以供养"等故事以赞美孝道精神犹如灵芝之光。最后"乱曰"部分得出以孝治天下则国运长久的结论。

这首诗无论在内容还是形式上，受史传的影响都是显而易见的：首先，诗歌的题目——《灵芝篇》，这是曹植的独创，曹植用灵芝比喻孝道，其实这个题目就等同于《孝子列传》。② 其次，诗歌的格式，该诗分为三个部分，先写灵芝的珍贵，实则是在描写孝道的珍贵，可对应类传中的序文；接下来连续列举孝子的事例，可对应类传中的正文；最后"乱曰"以下正如史传中"太史公曰"和"赞"。

类传体例对于咏史诗的影响，在曹植的《精微篇》中更加明显：

精微烂金石，至心动神明。杞妻哭死夫，梁山为之倾。
子丹西质秦，乌白马角生。邹衍囚燕市，繁霜为夏零。
关东有贤女，自字苏来卿。壮年报父仇，身没垂功名。
女休逢赦书，白刃几在颈。俱上列仙籍，去死独就生。
太仓令有罪，远征当就拘。自悲居无男，祸至无与俱。
缇萦痛父言，荷担西上书。盘桓北阙下，泣泪何涟如。
乞得并姊弟，没身赎父躯。汉文感其义，肉刑法用除。
其父得以免，辩义在列图。多男亦何为，一女足成居。
简子南渡河，津吏废舟船。执法将加刑，女娟拥棹前。
妾父闻君来，将涉不测渊。畏惧风波起，祷祝祭名川。

---

① 逯钦立辑校：《先秦汉魏晋南北朝诗》（上册），中华书局1983年版，第428页。
② 史文：《曹植"篇"题乐府诗研究》，《中国诗歌研究》2015年第1期。

第二章 以史为鉴与追述祖德：咏史意识与咏史诗的产生

> 备礼飨神祇，为君求福先。不胜醮祀诚，至令犯罚艰。
> 君必欲加诛，乞使知罪愆。妾愿以身代，至诚感苍天。
> 国君高其义，其父用赦原。河激奏中流，简子知其贤。
> 归聘为夫人，荣宠超后先。辩女解父命，何况健少年。
> 黄初发和气，明堂德教施。治道致太平，礼乐风俗移。
> 刑措民无枉，怨女复何为。圣皇长寿考，景福常来仪。①

先从题目来看，《精微篇》仍是曹植自己创题之作。描写一系列精诚所至金石为开的人物。其次再看文章的结构，首二句"精微烂金石，至心动神明"领起全篇，相当于史传中的序传部分。接下来叙述杞梁妻、燕太子丹、邹衍、苏来卿、女休、缇萦、津吏女娟等，相当于史传的本传部分。最后以"黄初发和气，明堂德教施。治道致太平，礼乐风俗移。刑措民无枉，怨女复何为。圣皇长寿考，景福常来仪"总结全文，将主旨落实在精诚对移风易俗的作用。这种思路也与史传中的评论部分完全一致。

从上文论述可以看出，"以类相从"叙述历史人物或者事件的表现方式，并非是咏史诗的独创，而是当时文赋、史传中记载历史的惯常方法。在魏晋时期，随着文—赋—诗三种文体相互影响的加强和史传的广泛流行，诗人在组织历史人物时，往往会借鉴赋文、史传的做法，这就推动了魏晋咏史诗中"罗列众事"的写法。但是，魏晋以后，两晋和南北朝诗人对历史的概括能力进一步提高，这种写法后来渐渐转化为多个历史典故的罗列，成为一种比兴的常见方式，李白的《行路难》其二其三、《梁甫吟》等即以罗列多个指向性一致的历史人物典故为特色。

综上所论，中古咏史诗的艺术表现经过了一个发展的过程，具有明显的阶段性特征。在以史为鉴的咏史意识影响下，汉魏咏史诗形成了"罗列众事"的主要表现模式。到两晋时期，由于士人主题和女性主题的不断深化和拓展，促使传体咏史和论体咏史的历史概括能力和艺术表现水平大大提升，出现了咏史诗发展的高潮。齐梁时期，随着文学"娱情"观念的兴起，古诗中士人主题的退潮，乐府古题的近体化，促使女性主题的艺术表现向闺情宫怨诗趋近，两晋时出现的赞体咏史诗发展为以"赋得"

---

① 逯钦立辑校：《先秦汉魏晋南北朝诗》（上册），中华书局1983年版，第429页。

为主的新体诗。因此，中古咏史诗虽然"三体并峙"，但不同阶段的三体并非平行发展。咏史诗的总体轨迹与中古时期诗风的演变大致同步，士人主题作为咏史诗的核心内涵，是建安风力得以在魏晋到东晋古诗中延续的重要内因。而女性主题的演变，又反映出晋宋、齐梁诗风由古到近的转关。

本章小结

本章重点讨论了咏史诗的产生。通过本章的分析，本书认为咏史诗产生的根本原因就是"咏史意识"的催化。具体来说，两汉时期，整个社会形成了一种"以史为鉴""以史为据"的思维，讲史、论史、评史的风气十分浓厚，各种文学形式中都萌生了"咏史意识"，这是推动咏史题材产生和发展的最根本原因。

两晋、南朝时期，随着士人意识的崛起，文学中兴起了"述祖德"的传统，士人在诗歌创作中反复地歌咏自己祖先的功德，以作为自己行道立世的依据；同时郊庙鼓吹曲和登歌中"颂美先王"的德业，也是为了"以史为据"证明自己王朝的合法性。从根本上来说，这是两汉"咏史意识"的延续和转化，也是推动咏史诗题材发展的直接原因。

"咏史意识"和"述祖德"的发展，促进了诗人对士族的家族传统以及士人如何安身立命的深度思考。即使是反抗门阀制度的左思，也是为主流的宗族观念所反激，才会对寒士的境遇和人生价值进行全面的反思。因而述祖德所体现的咏史意识，无疑会促使魏晋咏史诗的取材集中于古代士人。这也是"士人主题"成了中古咏史诗最重要主题的根本原因。

在以史为鉴的咏史意识影响下，汉魏咏史诗形成了"罗列众事"的主要表现模式。这一模式的产生，受到当时文、赋、史传创作的直接影响。南朝时期，随着文体观念的逐渐明朗，以及诗歌概括历史技巧的提升，这种方法逐渐走向消亡。但在后世咏怀诗中，转化为并列多个历史典故的表现方式，与比兴长期共存。

第三章

中古咏史诗中的士人主题

中古是士族的时代，士族成为政治、经济、文化社会结构的核心。关于"士"这一主题的书写也成为这一时期咏史诗非常显著的特点。诗人们在诗歌中围绕"士人"的身份和机遇，从不同角度展开了全面的探讨。本章以"士人与政权之间的动态关系"这一视角为核心，具体讨论中古咏史诗中士人主题的发展与流变。

第一节 中古士族的发展对咏史诗主题的影响

士族，就是"士"和"族"的结合。士，指读书或者做官之人。族，指家族。士族合在一起的意思，就是世代读书、做官而形成的家族势力。中古士族的形成大致经过了西汉经学世家、东汉豪强大族、魏晋士族三个阶段。[①] 在不同阶段士人和政权之间的关系是不同的。在同一阶段，不同士人与政权之间的关系也是不同的。这就导致了不同的士人心态。整个中古时期，士人们不断地思考着：是否要参与政权？如何参与政权？参与政权之后如何自保？不参与政权的生活方式是什么？这些关乎安身立命的问题很难从现实生活中找到确切的答案，所以，他们往往将目光投向历史上的前辈先贤，诗人们在诗歌中反复地歌咏心目中的历史偶像，以之作为自己处世的依据，这就推动了咏史诗中士人主题的兴起。

一 两汉"士大夫化"过程对咏史诗主题的影响

汉魏时期，是中国士人结束先秦"游士"状态，完成"士大夫化"

---

① 田余庆：《东晋门阀政治》，北京大学出版社1989年版，第315页。

的重要时期。

先秦时期，士人以"游士"作为最主要的生存方式。五霸问鼎，七雄逐鹿，每个诸侯国都希望通过自己的励精图治，统一天下，建立一个大一统的中央王朝，恢复到周文王、周武王的时代。在这样的情况下，能够安邦定国的士人，就成为政权招揽的首要目标。这就使得"游士"之风大行。当时的"士"利用自己的政治经验和权谋策略，游走在各个政权之间，成为各国兴衰的决定性因素。所以李斯才有"今万乘方争时，游者主事"① 的感慨。在当时"得士者强，失士者亡"②，已经成为各个政权的共识。在这样的情况下，"士"对于政权不存在依附的需要，他们是完全独立而自由的。相反，这些士人"入楚楚重，出齐齐轻，为赵赵完，畔魏魏伤"③，是政权兴亡的关键，具有极大独立性。

这种"游士"状态，在秦始皇统一六国之后得到了终结。在秦王朝统一之后，秦和士人的关系开始了一种非常微妙的关系：面对秦始皇"兴义兵，诛残贼，平定天下，海内为郡县，法令由一统，自上古以来未尝有，五帝所不及"④ 大一统事业，士人表现出前所未有的欣羡之情。他们希望能够参与进政治建设中，实现自己的理想，希望能够靠近、依附于新兴的王权。同时朝廷的正常运作，也需要士人的智慧与经验，二者之间存在着一个互相依附的关系。但是，秦始皇所创立的高度中央集权的政治体制，极度压缩了士人政治生活的空间。他们丧失了春秋战国以来进入政治的优先途径。只能在秦王朝精密的国家机器下充当"文吏""武吏"等技术性的官僚工作，这是为士人所鄙视的。⑤ 整体来看，秦王朝与士人的关系是非常矛盾的。这就导致士人丧失了春秋战国以来的蓬勃力量。士人在秦朝的心态是压抑的、苦恼的。

扭转这一局面，并塑造后世士大夫精神面貌的关键时期就是两汉时期。这是中国"士"这一阶层奠定政治地位和精神面貌的最关键的时期。

---

① （汉）司马迁撰，赵生群整理：《史记》，点校本二十四史修订本，中华书局2014年版，第3083页。

② （汉）班固撰，（唐）颜师古注：《汉书·贾谊传》，中华书局点校本1962年版，第3567页。

③ （汉）王充著，黄晖撰：《论衡校释》，中华书局1990年版，第586页。

④ （汉）司马迁撰，赵生群整理：《史记》，点校本二十四史修订本，中华书局2014年版，第304页。

⑤ 阎步克：《秦政、汉政与文吏、儒生》，《历史研究》1986年第3期。

在这一时期，"士"和国家机器形成了一种政治上的均衡，士人如何参与政治的途径被规范化、制度化，正如于迎春所论：

> "士"在汉代的士大夫化，相当程度上就是被体制化。随着他们获得了稳定的做官途径，参与意识形态的建设，成为合法的政治管理人选，士人在出路、思想、血样上也逐渐官方化、规范化了。①

在这一过程中，士人和政权的摩擦、冲突依然是存在的。西汉初年，大一统王朝展现出前所未有的气派，所有士人都表现出极大的政治热情，想要参与到安邦定国的事业中，他们渴望像卫青、霍去病一样实现自己高昂的人生理想。但是，如何参与政治却缺乏明确的路径，往往因为缺少机遇而明珠暗投。即便参与到政治之中，能否实现自己的理想也是一个未知数。再进一步说，即使实现了人生的政治理想，在政治斗争中又如何保全自己生命？这些问题都是当时士人所必须面对和思考的。王莽篡汉到光武中兴期间，士人同样面临着前所未有的考验。很多士人纷纷选择归隐以避政治动乱。东汉以来，对儒学前所未有的重视，又一次推动了士人意识的高涨。但是随之而来的党锢之祸，又给士人带来沉重打击。之后，天下大乱，群雄逐鹿，士人们又普遍面临着流离的困境。在两汉的历史中，士人和政治的关系，始终处于这种波动的情况，致使士人经常会面对各种各样的出仕难题。

所以，每当遭遇到这些困境的时候，诗人们都会向历史吸取经验，这就推动了他们通过不断思考、歌咏前辈贤士的选择，来表达自己加入政治的希望和理想，怀才不遇的愤懑和哀伤，保全自我的经验和智慧。我们翻检汉、魏时期这一主题的咏史诗就会发现，士的进退出处构成了汉代咏史诗的核心内涵。

二 六朝士人的思想分歧及其对咏史诗的影响

魏晋南北朝时期，是中国门阀制度正式确立的时期。门阀制度确立之后，士人阶层根据自己的身份、心态的不同，开始分化：

---

① 于迎春：《秦汉士史》，北京大学出版社2000年版，第2页。

第一种，以王、谢为代表的贵族。王导在建立、治理东晋①中建立了赫赫功勋，成就了他本人及其家族无可比拟的地位，已具有了"共天下"的政治权势。而陈郡谢氏后来居上，著名的"淝水之战"以东晋大胜而终结，此战在后方指挥的是谢安，在前方领兵作战的是谢石、谢玄、谢琰。由此一举奠定谢氏的地位，"冠绝当时，封胡、羯末，争荣竞秀，由是王、谢齐名"②。在六朝时期，虽然王朝易代比较频繁，但是大多数高门弟子还是能够保住自己的政治权力的。比如，齐梁易代之时。梁武帝就较尊重高门士族，很多出仕齐朝的贵族，依然出任了梁朝的高官："如王亮官至中书监，王莹官至尚书令和丹阳尹，王瞻、王峻、王份官至侍中，王志官至中书令，王暕官至侍中左仆射，王泰、谢览官至吏部尚书，谢朏官至中书监，袁昂官至尚书令。"③

这些世家大族子弟，依靠着显赫的门第和父祖的功绩，无论政治如何风云变化，他们都有资格，有机遇参与政治决策核心。"祖德"既是他们炫耀家世的资本，也是他们行走官场的保证，所以，他们撰写了很多《述德》诗，在诗歌中不断宣传自己父祖的功德，并以此作为自己立身处世的依据，这在本质上依然是"以史为据"的咏史意识，客观上推动了咏史诗中"士人主题"的发展。

第二种，以张华、左思为代表的寒士。④ 他们出身较低，相对于士族子弟"平流进取，坐至公卿"的易如反掌，他们参与政治的机遇比登天还难。即使进入统治，也会因为出身的问题而被歧视（如张华）。正所谓："服冕之家，流品之人，视寒素之子，轻若仆隶，易如草芥，曾不以之为伍。"⑤ 这种尖锐的士庶对立，造成了庶族寒士心理极端的不平衡状态。

---

① 近代史学家陈寅恪曾指出："王导之笼络江东士族，统一内部，结合南人北人两种实力，以抵抗外侮，民族因得以独立，文化因得以续延，不谓民族之功臣，似非平情只论也。"见陈寅恪《述东晋王导之功业》，《陈寅恪集·金明馆丛稿初编》，生活·读书·新知三联书店2001年版，第77页。
② （南朝宋）刘义庆著，（南朝梁）刘孝标注，余嘉锡笺疏，周祖谟等整理：《世说新语笺疏》，中华书局2007年版，第364页。
③ 周一良：《论梁武帝及其时代》，见《魏晋南北朝史论集续编》，中华书局1986年版。
④ 寒士的概念，见周一良《论梁武帝及其时代》："这些人是从士族的中下层亦即门第不高的所谓次门、后门、寒门中来，这种士人称为寒士，但不能与寒人、庶人或寒庶混为一谈。"见《魏晋南北朝史论集续编》，中华书局1986年版。
⑤ （宋）李昉等编：《文苑英华》，卷七六〇引《寒素论》，中华书局1956年版，第3987页下。

所以，他们将自己的愤懑与希望通过诗歌表达出来。张华在咏史诗中歌咏"侠士"，就是借助侠士的建功立业，隐约表达自己对门阀制度的不满。左思是其中的杰出代表。左思在咏史诗这一题材中创造性地开拓了"寒士"这一主题，通过歌咏古代寒士的志向、出路、精神境界等，表达自己的慷慨不平。将"怀才不遇"的思想引入咏史诗的范畴，大大地加深了咏史诗的情感内涵，为咏史诗的新发展开拓了新方向。

第三种，以陶渊明为代表的隐士。他们出身士族，也曾经和左思一样积极参与政治，但是生不逢时。东晋末年，庶族出身的北府兵将领刘裕建立宋朝，之后的齐、梁、陈三朝，皇权都有意打压门阀制度。不过，南朝种种制度，只是削弱了门阀的军政大权，士族在文化上依然占据着绝对的优势。所以，这部分士人开始告别政治，走向政权的对立面，以彰显自己的文化特征。陶渊明在自己的咏史诗中反复地赞美古代那些为了实现自己人生理想，远离政治的，安贫乐道的"隐士""贫士"。颜延之在创作《五君咏》之时，将重点放在了"龙性难驯"的精神面貌上。都是借助歌咏古人来表达自己的思想。

总而言之，在中古时期，随着士人与政权关系不断变化，他们不断借助歌咏古人来表达自己对人生的思考和抉择，表达自己追求不朽、垂名青史的理想，进而推动了中国咏史诗中"士人主题"的产生和发展。

第二节　贤士：汉魏咏史诗中的士人主题

东汉和曹魏时期，咏史诗中的士人主题以"贤士"为主，诗人们反复歌咏古代儒家政治理想中的"贤士"，希望从中吸取经验、借鉴智慧，进而实现自己的政治理想。

一　士大夫化的历程：汉代咏史诗中的贤士主题

东汉时期，在咏史意识的催化下，各种诗歌体式都出现了咏史题材，诗人们在咏史创作中反复地歌颂前代的政治"贤士"。在这其中骚体《嗟伯夷》、五言《咏史》、乐府《折杨柳行》最具有代表性。这三首诗根据创作的实际情况，也可以视为咏史诗的开端。[①]

[①] 一般认为班固的《咏史》是中国文学史上第一首咏史诗，根据汉代诗歌史的实际发展来看，这一说法是有待完善的，班固之作只是第一首题名为《咏史》的文人诗。

1. 传体咏史诗《咏史》

班固是咏史诗的创立者，其五言《咏史》，除咏缇萦救父的一首之外，还有歌咏"霍去病"和"季札挂剑"的两首残句。

"长安何纷纷，诏葬霍将军，刺绣被百领，县官给衣襟"，歌咏的是汉武帝下诏厚葬霍去病。《史记·霍去病传》："元狩六年而卒。天子悼之，发属国玄甲军，陈自长安至茂陵，为冢象祁连山。谥之，并武与广地曰景桓侯。"①《汉书》也有类似记载。②这首诗的创作和歌咏缇萦之作有类似之处，都是对历史事件的史传式叙述，不过"刺绣被百领，县官给衣襟"之句，史书没有明确记载，可补历史之细节。

"宝剑值千金，指之于树枝""延陵轻宝剑"，应该是歌咏季札挂剑的典故。《史记·吴太伯世家》曰："季札之初使，北过徐君。徐君好季札之剑，口弗敢言。季札心知之，为使上国，未献。还至徐，徐君已死，于是乃解其宝剑，系之徐君冢树而去。"③因为仅存残句，所以难以推断诗歌全貌。但是，根据现有资料的对比，可以推测其仍然是铺叙历史的写法。班固所开创的这种用韵语书写历史的做法，向来被视为咏史诗的正体，被后世所继承，成为咏史诗创作的一个典范。

这两首诗所歌颂的人物，也都是在政治上建功立业的贤士。季札挂剑因为诗歌残缺，暂且不论。歌咏霍去病一首，则可以明显看出班固借助霍去病表达自己政治理想的意图。武帝时期，多次发动对匈奴的战争，使得当时社会有着明显的"重武轻文"的思想，士人都希望能够保家卫国、建功立业，班固的哥哥班超就曾经慷慨地"投笔从戎"：

> 永平五年，兄固被召诣校书郎，超与母随至洛阳。家贫，常为官佣书以供养。久劳苦，尝辍业投笔叹曰："大丈夫无它志略，犹当效傅介子、张骞立功异域，以取封侯，安能久事笔砚间乎？"④

---

① （汉）司马迁撰，赵生群点校：《史记·霍去病传》，点校本二十四史修订本，中华书局 2014 年版，第 3557 页。
② 《汉书·霍去病传》记："去病自四年军后三岁，元狩六年薨。上悼之，发属国玄甲，军陈自长安至茂陵，为冢像祁连山，谥之，并武与广地曰景桓侯。"见《汉书》，中华书局点校本 1962 年版，第 2489 页。
③ （汉）司马迁撰，赵生群点校：《史记·吴太伯世家》，点校本二十四史修订本，中华书局 2014 年版，第 1763 页。
④ （南朝宋）范晔传，（唐）李贤注：《后汉书》，中华书局点校本，中华书局 1965 年版，第 1571 页。

班固对于霍去病生前功绩和死后葬礼的歌颂，和其兄"投笔从戎"的根本原因都是一致的，都是希望能够像霍去病一样，建立一番不世功勋。

2. 论体咏史诗《嗟伯夷》

论体咏史诗方面，诞生了东方朔的《嗟伯夷》，其诗云："穷隐处兮窟穴自藏。与其随佞而得志兮。不若从孤竹于首阳。"①

这首诗虽然是题为《嗟伯夷》，但是为东方朔"自嗟"之作。伯夷为坚持自己的志向，归隐深山、藏身窟穴的行为，就是东方朔自己的理想。东方朔其人"高自称誉"，自以为能够全参机要，但是"终不见用"。所以，他"指意放荡，颇复诙谐"。自称"朝隐"：

> 朔曰："如朔等，所谓避世于朝廷间者也。古之人，乃避世于深山中。"时坐席中，酒酣，据地歌曰："陆沈于俗，避世金马门。宫殿中可以避世全身，何必深山之中，蒿庐之下。"②

在东方朔看来，自己"避世于朝廷"和伯夷"避世于深山中"的性质是完全一样的。所以，歌咏伯夷，就是在借助伯夷表达自己的理想。这种咏史兼咏怀的做法，已经略具论体咏史诗的雏形，也成为后世咏史诗创作中的一个惯例，可以视为论体咏史的一个开端。

这种自比的意图在郦炎的《见志诗》更加明显。作者将"大道"与"窘路"对举，表明自己要走的是宽广的人生道路，不愿走狭窄的小道。末尾六句，以西汉初的历史人物陈平、韩信为例，说明有大志者终能成就一番大事业。其诗云：

> 陈平敖里社，韩信钓河曲。终居天下宰，食此万钟禄。德音流千载，功名重山狱。③

诗歌中以陈平、韩信自比，希望自己能够像两位贤士一样，虽然暂时"敖里社""钓河曲"，但是最终都能实现治理天下、封侯拜相、树德建功

---

① 逯钦立辑校：《先秦汉魏晋南北朝诗》（上册），中华书局1983年版，第101页。
② （汉）司马迁撰，赵生群点校：《史记》，点校本二十四史修订本，中华书局2014年版，第3894页。
③ 逯钦立辑校：《先秦汉魏晋南北朝诗》（上册），中华书局1983年版，第183页。

的理想。

3. 乐府咏史的先声《折杨柳行》

乐府咏史诗可以以《折杨柳行》为代表。这是汉代古曲，一般认为歌词为汉代乐工所作：

> 默默施行违，厥罚随事来。妹喜杀龙逢，桀放于鸣条。祖伊言不用，纣头悬白旄。指鹿用为马，胡亥以丧躯。夫差临命绝，乃云负子胥。戎王纳女乐，以亡其由余。璧马祸及虢，二国俱为墟。三夫成市虎，慈母投杼趋。卞和之刖足，接舆归草庐。①

作者在诗歌中连续列举了诸多昏君的胡作非为：夏桀宠幸妹喜，冤杀关龙逢，最终被流放鸣条山而死；殷纣王不听祖伊的告诫，最终落得自焚而死；胡亥宠任赵高，秦最终二世而亡；夫差逼杀伍子胥，以致国破家亡；戎王亲宠女乐，疏远贤臣由余；虞君愚昧贪财，导致虞、虢同时灭亡。接下来，用三人成虎、曾母弃杼、卞和受刖三个典故，表明世道之险恶。最后以接舆拒不接受楚王的聘任，宁愿终守草庐作结。这首诗中所展现的道理，都是借助对这些历史人物和事件的歌咏，表达一种普遍的人生经验和智慧，这种咏史开启了后世的乐府咏史诗的先河。

这首诗中更值得注意的是，深入探讨了士人的出处问题。诗歌前半部分列举的贤士全部成功地参与到政治中。但是，关龙逢、伍子胥却因为正直而丧命，祖伊、由余虽然没有丧身之痛，但其意见依然没有被国君所采纳，没能阻止亡国的悲剧。这些探讨，都表现了当时士人对参与政治的各方面问题的担心和忧虑。

以上三首咏史诗之作，可以视为中国咏史诗的开端，从中可以看出，咏史诗在其发端期就已具备了这一题材今后发展的若干特点：

第一，咏史题材的体式多样，同样的题材同时出现在各种不同的诗歌体式之中：骚体、五言诗、乐府诗中都有其代表作。只不过随着咏史诗的不断发展，这一题材最终和五言诗形成了比较固定的搭配，所以，后世才以班固之作作为咏史诗的开山之作。

第二，从这三首作品的创作角度来看，咏史诗从诞生之日起，便存在

---

① 逯钦立辑校：《先秦汉魏晋南北朝诗》（上册），中华书局1983年版，第268页。

着传体、论体两种模式,虽然在后代的发展过程中,论体咏史占据绝对主流,但是传体也都有相应的发展。再加之西晋以来逐渐兴起的赞体咏史,最终形成了咏史诗"三体并峙"的局面。

第三,从以上三类诗歌的题材内容中可以看出,咏史题材脱胎于两汉讲史、评史、论史的风气,从一开始就带有抒发政治襟怀和抱负的底色,诗歌的内容都侧重于儒家的王道政治和君子风范。咏史诗中所歌咏的霍去病、陈平、韩信、伯夷等,都是取得杰出政治成就的"贤士"。

第四,虽然"贤士"主题是相同的,但是每首诗表达的具体角度却是不同的。班固歌咏霍去病,郦炎歌咏韩信是希望以其为榜样参与政治建设;东方朔歌咏伯夷则是表达其对"倡优蓄之"的不满和失望;也就是说,这些诗歌,探讨了士人"士大夫化"过程中所遭遇到的方方面面的问题,为今后咏史诗中士人主题的发展起到了先导的作用。

二 依附与独立的矛盾:曹魏文人咏史诗中的贤士

曹魏时期,随着士大夫化进程的结束,士人和政治建立起了依附关系。而且,曹魏开始推行的"九品中正制度"使得人才的选拔进一步制度化、规范化。士人参与政治的途径十分明确。所以,这一时期咏史诗中的贤士主题,开始进一步思考:士人在政治生态中的各种选择和矛盾。曹丕等人同题共做的《咏三良》、杜挚的《赠毌丘俭》都是借助歌咏古代贤士,来思考这一问题的。

1. 咏三良:士人与政权的依附关系

王粲、阮瑀、曹植歌咏"秦穆杀三良"的诗歌,借助"三良殉葬"这一极端视角,来思考士人加入政治生态之后,所面临的"君要臣死,臣不得不死"的政治伦理问题。这也是当时士人普遍面临的一个问题。根据三人歌咏三良的不同角度,可以从中看出不同士人思考问题的方式。

这组诗是现存最早的同题共作的咏史诗。根据徐公持考证,这组作品应该作于建安十六年(公元211年)。这一年,阮瑀、王粲与曹植等均在从征马超的途中,当年十二月,战争结束,军队从安定还长安路经秦穆公墓旁的三良冢。[①] 诗人们有感而发,创作了这一系列咏史诗:

---

① 徐公持:《曹植诗歌的写作年代问题》,《文史》1979年第6期。

> 自古无殉死，达人共所知。秦穆杀三良，惜哉空尔为。结发事明君，受恩良不訾。临殁要之死，焉得不相随？妻子当门泣，兄弟哭路垂。临穴呼苍天，涕下如绠縻。人生各有志，终不为此移。同知埋身剧，心亦有所施。生为百夫雄，死为壮士规。黄鸟作悲诗，至今声不亏。①

——王粲《咏史诗》

> 误哉秦穆公，身没从三良。忠臣不违命，随躯就死亡。低头窥圹户，仰视日月光。谁谓此可处，恩义不可忘。路人为流涕，黄鸟鸣高桑。②

——阮瑀《咏史诗》

> 功名不可为，忠义我所安。秦穆先下世，三臣皆自残。生时等荣乐，既没同忧患。谁言捐躯易，杀身诚独难。揽涕登君墓，临穴仰天叹。长夜何冥冥，一往不复还。黄鸟为悲鸣，哀哉伤肺肝。③

——曹植《三良诗》

三人对历史事件的歌颂，虽然主旨和内容并无大异，但是，在写作方法上，却有很大不同。

王粲和阮瑀之作，都是赞颂三良以身赴命、慷慨赴死的壮烈精神。而这种壮烈的精神，就是来自"结发事明君，受恩良不訾""忠臣不违命"这一角度的一种"报恩"的行为。

而曹植之作，在诗歌中设计了一个全视角的"我"，"既能够观察三良的外表举动，更能够深入三良的内在心态；既能够熟悉三良生前的言行举止，也能够明晰三良死后人们的痛惜之情"④。

在这组诗的创作中，王粲和阮瑀是站在"三良"的角度来歌咏这一事件的，而曹植则是以一个旁观者的角度谈论问题的。那么，为何同题之作在写作角度上会有如此大的差别呢？这和三人不同的身份有关。邺下文人集团是以三曹父子为核心建立起来的一个文人集团，刘勰在《文心雕龙》中记载：

---

① 俞绍初辑校：《建安七子集》，中华书局2005年版，第88页。
② 俞绍初辑校：《建安七子集》，中华书局2005年版，第159页。
③ （魏）曹植著，王巍校注：《曹植集》，河北教育出版社2013年版，第27页。
④ 王书才：《魏晋三良诗系列作品新论》，《广西社会科学》2010年第1期。

第三章 中古咏史诗中的士人主题

> 魏武以相王之尊，雅爱诗章；文帝以副君之重，妙善辞赋；陈思以公子之豪，下笔琳琅：并体貌英逸，故俊才云蒸。仲宣委质于汉南，孔璋归命于河北，伟长从宦于青土，公干徇质于海隅，德琏综其斐然之思，元瑜展其翩翩之乐；文蔚休伯之俦，子叔德祖之侣，傲雅觞豆之前，雍容袵席之上，洒笔以成酣歌，和墨以藉谈笑。观其诗文，雅好慷慨，良由世积乱离，风衰俗怨，并志深而笔长，故梗概而多气也。[①]

这个文学团体中，王粲、阮瑀等人是依附于曹氏父子的，而曹氏父子在当时则是政治集团的代表。所以，在和曹植一起歌咏"三良"的过程中，二人自然就会站在"寄身者"的角度来思考问题，而曹植作为政治集团的核心人物之一，则有更多的空间和角度来思考这个问题，这是三首诗差异的根本原因。

2.《赠毌丘俭》

杜挚的《赠毌丘俭》一首，虽然题为赠答，但是其本质仍是咏史。这首诗和汉代的文人咏史诗比较类似，都是借助古人的遭遇表达自己的希望。这首诗的创作背景很简单，杜挚以《笳赋》得到魏文帝的赏识，拜司徒军谋吏。后来举孝廉，任郎中，转补校书，但很久不得升迁。明帝时，同乡毌丘俭为朝臣，欲求其帮助，便写诗一首，其诗云：

> 骐骥马不试，婆娑槽枥间。壮士志未伸，坎坷多辛酸。伊挚为媵臣，吕望身操竿。夷吾困商贩，宁戚对牛叹。食其处监门，淮阴饥不餐。卖臣老负薪，妻畔呼不还。释之宦十年，位不增故官。才非八子伦，而与齐其患。无知不在此，袁盎未有言。被此笃病久，荣卫动不安。闻有韩众药，信来给一丸。[②]

诗歌开头表明了骐骥未试、壮志难酬的窘迫境地，接下来连续列举了伊挚、吕望、夷吾、宁戚、郦食其、韩信、朱卖臣、释之八位历史人物的

---

① （南朝梁）刘勰著，黄叔琳注，李详补注，杨明照校注拾遗：《增订文心雕龙校注》，中华书局2012年版，第537页。

② 逯钦立辑校：《先秦汉魏晋南北朝诗》（上册），中华书局1983年版，第419—420页。

事迹，借以烘托出自己希望能够被引荐的意图。这首诗和汉代的咏史诗一样，思考的中心还是士人如何融入政治体系的问题。

这首诗在咏史诗形式发展史上的意义很重要：在此之前，文人咏史诗中多是专咏一事，而这首诗有很大变革，胡应麟评此诗"叠用八古人名，堆垛寡变"。该诗的中心是希望毌丘俭引荐自己，在这样的主题思想之下，作者连续列举了八个历史人物的事件。这种做法，在古乐府《折杨柳行》中曾经出现过，而在文人诗中，尚属第一次，这就开创了文人咏史诗"罗列众事"的咏史模式，为后来左思的咏史组诗开拓了思路。这也是胡应麟之谓左思之作"体亦本杜"的根本原因。

第三节 寒士：左思对咏史诗主题的开拓与创新

《咏史诗》八首，是左思最重要的组诗，也是咏史诗创作传统上最具有创新性的作品之一。在这八首诗中，左思开拓了咏史诗中的"寒士主题"，并通过一系列的艺术实践，创立了咏史诗的"变体"，为后世咏史诗的发展奠定了新的基础。

一 寒士主题的创立：左思《咏史》的最大创新之处

前人研究这八首诗，都在不断地强调其"新""变"之处。胡应麟在《诗薮》中评价："太冲《咏史》，骨力莽苍，虽途辄稍岐，一代杰作也。"[1] 陈祚明《采菽堂古诗选》卷十一也说："创成一体，垂式千秋。其雄在才，而其高在志。"[2] "途辄稍岐""创成一体"都是在强调左思对于咏史诗的变革。这种变革的具体表现，前人也多有总结。主要体现在三个方面：

一是在内容上，将"咏史"和"咏怀"进一步紧密的结合，更多地在诗歌中表达自己的情感。将门阀制度的黑暗、寒士不满的愤慨倾注在咏史的过程中。就是所谓"太冲多摅胸臆，乃又其变"。[3]

二是在形式上，打破了汉魏以来"专咏一事""罗列众事"的叙述模

---

[1]（明）胡应麟：《诗薮》，中华书局1962年版，第29页。
[2]（清）陈祚明评选，李金松点校：《采菽堂古诗选》，上海古籍出版社2019年版，第344页。
[3]（清）何焯著，崔高维点校：《义门读书记》，中华书局1987年版，第893页。

式,"《咏史》之名,起自孟坚,但指一事。魏杜挚《赠毌丘俭》,叠用八古人名,堆垛寡变。太冲题实因班,体亦本杜,而造语奇伟,创格新特,错综震荡,逸气干云,遂为古今绝唱"①。这里所说的创格就是指对历史叙写模式的改变,改变了汉魏咏史诗"叙写一事"和"罗列众事"的模式。张玉谷曾指出左思叙述历史的模式:"或先述己意,以史实证之。或先述史实,以己意断之。或止述己意,与史实暗合。或止述史实,与己意默寓。"②

三是在文风的转变上,最重要的就是"左思风力"对于"太康诗风"的扭转,以及对"建安风力"的承接。如王夫之《古诗评选》卷四曰:"三国之降为西晋,文体大坏,古度之心,不绝于来此者,非太冲其为归?"③

这些总结固然都点出了左思这八首诗的贡献,但是,如果从咏史诗题材内部主题的发展来看,这一组诗的最大贡献,就在于寒士主题的开拓。

"寒士"一词是魏晋门阀制度的产物,最早见于《晋书·儒林传·范弘之》:"下官轻微寒士,谬得厕在俎豆,实惧辱累清流,惟尘圣世。"④指的就是出身寒门或衰微士族的读书人。曹魏时期最早提出九品中正的选官制度。《太平御览》引《傅子》,"魏司空陈群,始立九品之制,郡置中正,评次人才之高下,各为辈目,州置都而总其议"。⑤ 这种考查最主要的就是"家世、状和品"三点。九品中正制度的创立,是为了打击清议,收回用人之权。但是到了西晋,世家大族常年把持着中正的权力。"计资定品,使天下观望,惟以居位为贵。"⑥"据上品者,非公侯之子孙,则当涂之昆弟也。"⑦ 就开始只重视人才的家世,忽略了中正制设立之初最重要的"状"和"品"。

在这样的背景下,寒士的处境非常尴尬。所谓寒士,系"门寒身素,无世祚之资"之人。一方面,他们是"士",属于士族的中下阶层,仍然

---

① (明)胡应麟:《诗薮》,中华书局1962年版,第147页。
② (清)张玉谷著,许逸民点校:《古诗赏析》,上海古籍出版社2000年版,第251页。
③ (清)王夫之评选,张国星点校:《古诗评选》,河北大学出版社2008年版,第195页。
④ (唐)房玄龄等撰:《晋书》,中华书局点校本1974年版,第2363页。
⑤ (宋)李昉等编,夏剑钦、王巽斋校点:《太平御览》,河北教育出版社1994年版,第177—178页。
⑥ (唐)房玄龄等撰:《晋书》,中华书局点校本1974年版,第1058页。
⑦ (唐)房玄龄等撰:《晋书》,中华书局点校本1974年版,第1347页。

有为官的资格和希望；另一方面，他们很"寒"，或者是父祖光辉不再，或者是高门的旁系别枝，很难有快速出人头地的机会。周一良先生对这种"尴尬"的地位有一段很有见地的概括："这些人应世经务者是从士族的中下层亦即门第不高的所谓次门、后门、寒门中来，这种士人称为寒士，但不能与寒人、庶人或寒庶混为一谈。"① 这种尴尬的境地造成了他们激愤的心情，体现在诗歌之中，形成了咏史诗中的寒士主题。

　　左思这组《咏史》诗的最大贡献就在于，他首次在诗歌中探讨了当代人已经指出的"上品无寒门，下品无士族"② 的现实问题。这八首诗，采取组诗的形式，结合自己的亲身经历，系统地探索、分析了寒士在当时社会中的出路与门径，抒发了当时社会中失意知识分子壮志难展的矛盾情感。左诗将咏史诗的个人色彩和现实意义提高到前所未有的层次；在咏史诗题材的发展上，也具有重要意义。他在汉魏政治道德名士主题的基础之上，开拓了寒士的主题。更重要的是，左思通过解剖自我，抨击现实，开启了咏史诗中由"求当世功"到"立万世名"的理想转变。经过东晋陶渊明之手，这一思想得到正式的确立，并成为后世咏史诗中一个核心的思想。

　　左思的八首《咏史》诗可以分为三个部分：第一首为全文总纲，集中描述了寒士的报国理想与进取志向，塑造了一位具有深厚文学造诣和崇高奉献精神的英雄形象，既是左思的自我写照，也是千千万万寒士的集体画像。第二、三、四、五首为第二部分，左思分别讨论了寒士在当时实现自己理想的途径：仕途为官、为帝王师、著述立名、归隐山野，并最后决定归隐。结合左思的生平来看，诗歌中的内容，都是其生命历程中的真实写照，也代表了当时这一阶层的所有选择。第六、七、八首为第三部分，解释了归隐山野并非是不思进取，而是在黑暗现实中难以"立当世功"，转而"求万世名"的一个选择。

　　接下来，按照《咏史》八首的顺序，结合左思的生平，对这一过程加以论证和分析。

二　梦想骋良图：寒士理想与志向的真实写照

　　《咏史》第一首，塑造了一位文采超群，武略惊人，具有高昂精神和

---

① 周一良：《论梁武帝及其时代》，见《魏晋南北朝史论集续编》，中华书局1986年版。
② （唐）房玄龄等撰：《晋书》，中华书局点校本1974年版，第1274页。

崇高理想的英雄人物,诗云:

> 弱冠弄柔翰,卓荦观群书。著论准过秦,作赋拟子虚。边城苦鸣镝,羽檄飞京都。虽非甲胄士,畴昔览穰苴。长啸激清风,志若无东吴。铅刀贵一割,梦想骋良图。左眄澄江湘,右盼定羌胡。功成不受爵,长揖归田庐。①

这首诗分为三个层次:前四句先写自己深厚的学术修养和超卓的文学造诣。结合左思个人的实际情况来说,这些描写基本属实。《晋书》记载左思出身儒学世家,"辞藻壮丽",成年之后,"勤学,兼善阴阳之术"。②"弱冠弄柔翰,卓荦观群书",所说不虚。接下来写自己的文学成就,堪比贾谊和司马相如。这二人是当时公认的文学巨匠,沈约在《宋书·谢灵运传论》就评价二人的文学成就可以比肩屈宋:"屈平宋玉导清于前,贾谊相如振芳尘于后。"③左思并非狂妄,本传载其撰成《三都赋》之后,经张华等人推荐,"豪贵之家竞相传写,洛阳为之纸贵"④,足见其文学才能之高。

接下来写自己驰骋沙场、为国立功的理想。"边城苦鸣镝,羽檄飞京都"描写战争即将爆发,根据左思的生平,当指泰始八年(公元272年),吴晋之间爆发"西陵之战"。左思用班超上疏请兵之语,表达了自己的理想:尽管自己的军事才能只是一把并不锋利的铅刀,但是如果祖国需要,自己仍然会尽一割之用,帮助国家"澄江湘,定羌胡"。这种为国效力、安定边疆的抱负是左思的一贯思想,他在另一首《咏史》诗中就有"梁习持魏郎,秦兵不敢出。李牧为赵将,疆场得清谧"⑤的残句,借赞美梁习、李牧威震四方的军功,寄托自己建功立业的抱负。在详细叙述自己的文武才略之后,左思在最后两句中提出"功成身退"的愿望,报效祖国之后,并不是希求国家的封赏,而是要"长揖归田庐"。这样高尚

---

① (南朝梁)萧统编:《文选》,上海古籍出版社1986年版,第987—992页,下引《咏史》八首全出此书。后不一一标注。
② (唐)房玄龄等撰:《晋书》,中华书局点校本1974年版,第2376页。
③ (南朝梁)沈约撰:《宋书》,中华书局点校本1974年版,第1778页。
④ (唐)房玄龄等撰:《晋书》,中华书局点校本1974年版,第2376页。
⑤ 逯钦立辑校:《先秦汉魏晋南北朝诗》(上册),中华书局1983年版,第734页。

的英雄形象，可以看作左思对自己的真实写照，同时因为其具有高度的概括性，也可以看作当时所有寒士的普遍理想。

三　英名擅八区：寒士报国的理想与出路

但是，理想和现实之间，往往存在着巨大的差距，在当时的社会条件下，寒士报国，并非是想当然的简单事情。在接下来的四首诗里，左思结合自己的生平经历，详细地探讨了寒士可能的出路与选择，以及每种选择所面对的现实困境。

文人报国，最直接的方式，就是通过仕途，当官任职，实现自己的理想与抱负。但是，在当时的条件下，这一理想面临的现实困境是十分明显的，门阀制度主导下，寒士极少有机会能够走入仕途。在《咏史诗》第二首中，左思就以比兴指出士庶地位的不平等是寒士被埋没的根本原因：

郁郁涧底松，离离山上苗。以彼径寸茎，荫此百尺条。世胄蹑高位，英俊沉下僚。地势使之然，由来非一朝。金张藉旧业，七叶珥汉貂。冯公岂不伟，白首不见招。

本诗先用自然界"涧底松"和"山上苗"的不平等地位对比，引出门阀制度下"世胄蹑高位，英俊沉下僚"的不合理现象，并进一步强调，这样的黑暗"由来非一朝"。接下来，作者举出金日䃅和张汤的后代凭借着家族的地位，七代做汉朝的贵官。而冯唐虽然奇伟，却因为地位悬殊，白首不见招。左思所描写的社会现象，之所以如此形象，是因为有切身体会的。

左思出身寒门，本传载"父雍，起小吏，以能擢授殿中侍御史"，可见其出身低微，其妹左棻在《离思赋》中自称是生于寒门"蓬户"。而且，左思其人在容止、性格上也有很大的缺点，他面貌丑陋，本传载其"貌寝"。《世说新语·容止》记载："潘岳妙有姿容，好神情。少时挟弹出洛阳道，妇人遇者，莫不连手共萦之。左太冲绝丑，亦复效岳游遨，于是群妪齐共乱唾之，委顿而返。"① 而且其为人言语木讷，行为疏狂，不善交际。本传载其"口讷""不好交游，惟以闲居为事"。低微的门第，

---

① （南朝宋）刘义庆著，（南朝梁）刘孝标注，余嘉锡笺疏，周祖谟等整理：《世说新语笺疏》，中华书局2007年版，第717页。

丑陋的形象，在当时想要经过仕途出人头地，无异于难上加难。为了自己的仕途，左思曾经采取多种方式。晋武帝时，因妹左棻被选入宫，举家迁居洛阳。他曾依附权贵贾谧，为文人集团"金谷二十四友"之一，并为贾谧宣讲《汉书》，希望能够借此走入仕途。但是，最终贾谧只推举他做了一个掌管图书经籍的秘书郎。这与左思的期待相去甚远。所以，他在诗歌中感叹"世胄蹑高位，英俊沉下僚"这样的社会现象。仕途道路无望，接下来左思探讨了寒士的其他出路。①

中国历史上有这样一群人，他们虽然没有参与仕途，获得高位，却凭借其道德修养、学术造诣、治国方略得到统治者的钦佩和推崇，作为帝王师，成为"山中宰相"。左思认为，如果寒士不能通过正常的仕途报国，那么可以效仿段干木和鲁仲连，做一名布衣卿相，为帝王师，《咏史》其三：

> 吾希段干木，偃息藩魏君。吾慕鲁仲连，谈笑却秦军。当世贵不羁，遭难能解纷。功成耻受赏，高节卓不群。临组不肯绁，对珪宁肯分。连玺曜前庭，比之犹浮云。

这首诗所歌颂的段干木和鲁仲连，都有着"山中宰相"的特点，段干木虽然隐居不仕，魏文帝尊他为师。秦攻魏时，司马唐谏秦王说："段干木贤者也，而魏礼之，天下莫不闻，无乃不可加兵乎！"② 秦王因此而罢兵。更重要的是，作为帝王师，段干木虽然没有步入宫廷，参与仕途，却用自己的影响力匡扶社稷。同样鲁仲连也具有这样的特质："鲁仲连者，齐人也。好奇伟俶傥之画策，而不肯仕宦任职，好持高节。"③ 他为国家排除患难、解决纷乱而一无所取。邯郸解围，平原君欲封鲁仲连，鲁"辞让者三，终不肯受"。下聊城时，欲爵鲁仲连，他却逃隐于海上。左思在诗歌中重点歌颂和赞美了这两个人物。文章前四句，用"吾希""吾慕"两

---

① 关于左思生平，材料引自《晋书·左思传》，下引全同。见（唐）房玄龄等撰《晋书》，中华书局点校本1974年版，第2375—2377页。
② （秦）吕不韦编，许维遹集释，梁运华整理：《吕氏春秋集释》，中华书局2009年版，第588—589页。
③ （汉）司马迁撰，赵生群点校：《史记·霍去病传》，点校本二十四史修订本，中华书局2014年版，第2981页。

个词，鲜明地表达了对于二人的仰慕、希羡之情。接下来，赞美他们平时不受束缚，自由自在，但是在国家遭受灾难的时候，却能够挺身而出，排忧解难。大功告成后，又以接受封赏为耻，这种高尚的气节真是非常卓越不同一般。面对官印，他们不肯系佩在身；面对爵位，他们耻于接受。别人认为的荣耀，他们都轻如浮云。

  左思对段干木和鲁仲连的赞美，是对自己的一种期许。泰始八年，左思的妹妹左棻因为文学才能卓越，被晋武帝招入宫中为修仪，后进封为贵嫔。左思全家因此全部前往洛阳。对于这样的机会，左思是十分珍惜的，这可以让他通过妹妹的关系，直接接触武帝，实现自己的"帝王师"理想。《左思别传》记载，他"颇以椒房自矜"。[①] 但是，现实的差距却很大，《晋书》记载了左棻进宫后的生活："姿陋无宠，以才德见礼。体羸多患，常居薄室……"武帝对她的赏识，也只是在于其文采："帝重棻辞藻，每有方物异宝，必诏为赋颂"[②]，"言及文义，辞对清华，左右侍听，莫不称美。"[③] 左棻在宫中的地位，使得左思自然丧失了像段干木、鲁仲连一样游离于朝廷之外，但是却能左右政治走向的可能。

  仕途无望，为帝王师的理想也已破灭，所以，左思在《咏史》第四首中提出寒士文人还可以效仿扬雄通过著述立说，成就千秋万世的美名。

    济济京城内，赫赫王侯居。冠盖荫四术，朱轮竟长衢。朝集金张馆，暮宿许史庐。南邻击钟磬，北里吹笙竽。
    寂寂扬子宅，门无卿相舆。寥寥空宇中，所讲在玄虚。言论准宣尼，辞赋拟相如。悠悠百世后，英名擅八区。

  整首诗的构思很巧妙。全诗分为两节，第一节先极写京城的热闹繁华景象：王侯宅第高大巍峨，精美的冠盖遮蔽了四通八达的道路，豪华的车驾塞满了整条长街。这些贵族们，整天在金、张、许、史等豪门宴饮歌舞，奢华异常。第二节笔锋一转，开始描写扬子居的寂静与萧条。扬雄在寂静的院子里著书论学，并无达官贵人来往，门可罗雀，与王侯居的热闹

[①] 《世说新语》注引《左思别传》，见（南朝宋）刘义庆著，（南朝梁）刘孝标注，余嘉锡笺疏，周祖谟等整理《世说新语笺疏》，中华书局2007年版，第292页。
[②] （唐）房玄龄等撰：《晋书》，中华书局点校本1974年版，第957—962页。
[③] （唐）房玄龄等撰：《晋书》，中华书局点校本1974年版，第957—962页。

形成了鲜明的对比。但是，扬雄却有着自己的追求，他的言论达到孔子的水准，写的辞赋可和司马相如的辞赋相比拟。随着时光的流逝，岁月的更迁，那些王侯将相，都已经化作尘埃，可是扬雄的美名，却传遍寰宇。

通过著述立名，是左思的追求。其创作《三都赋》"构思十年，门庭藩溷，皆著笔纸，遇得一句，即便疏之"①，写成之后"思自以其作不谢班张，恐以人废言，安定皇甫谧有高誉，思造而示之。谧称善，为其赋序"，同时他还邀请张载、卫权、张华等人为自己推荐，希望像扬雄一样，求得千万世的英名。但是，文章虽然暴得大名，左思本人却依然难以融入上层社会。当得知他要撰写《三都赋》时，有同样想法的陆机就曾讽刺他："此间有伧父，欲作《三都赋》，须其成，当以覆酒甕耳。"② 后来，《三都赋》大行于世，陆机也对文章表示了认可，但是却不屑于一提左思的名字。足见依靠文章，仍然难以改变寒士的社会地位。

在《咏史》其五中，左思提出，面对当时黑暗的门阀社会，寒士可以通过归隐山野，作为自己最后的归宿，其诗曰：

  皓天舒白日，灵景耀神州。列宅紫宫里，飞宇若云浮。峨峨高门内，蔼蔼皆王侯。
  自非攀龙客，何为欻来游。被褐出阊阖，高步追许由。振衣千仞冈，濯足万里流。

这首诗在结构上和上一首有很大的类似之处。全诗也是分为两部分。第一部分，先写出恢宏壮丽、气象万千的京城：浩渺的青天，喷薄的红日，耀眼的阳光，广阔的大地。一座座豪宅耸立在都城，雕梁画栋，精美非常：檐宇就像云层相连，门楼高耸巍峨，出入的都是王侯将相、达官贵人。在这样的热闹氛围内，诗歌笔锋一转，转到第二层，先以一个发问开始：我本不是攀龙附凤之人，为什么突然来到京城？既然我不愿意也不可能融入这个繁华的都市，那我为什么不披上我的衣服，离开这个滚滚红尘，去追慕在深山中隐居的许由呢？在那里，我可以在千仞的高山上抖掉凡尘，在万里的长河中把脚洗净。最后两句，将告别红尘、隐居深山以明

---

① （唐）房玄龄等撰：《晋书》，中华书局点校本 1974 年版，第 2375—2377 页。
② （唐）房玄龄等撰：《晋书》，中华书局点校本 1974 年版，第 2375—2377 页。

志的形象，写得大气磅礴。

左思最后的选择也和诗歌中所歌咏的一样，永康元年（公元300年），贾谧被诛，左思遂退居宜春里，专心著述。在这之后齐王司马冏欲召其为记室，不就。左思遂真正过起了隐居山野的生活。其实，左思的隐居思想一直都存在，其《招隐诗》其一，虽然名为招隐，但是却在诗歌中表达了对隐士的羡慕与期许之情：

> 杖策招隐士，荒涂横古今。岩穴无结构，丘中有鸣琴。白云停阴冈，丹葩曜阳林。石泉漱琼瑶，纤鳞或浮沉。非必丝与竹，山水有清音。何事待啸歌，灌木自悲吟。秋菊兼糇粮，幽兰间重襟。踌躇足力烦，聊欲投吾簪。①

诗歌前两句开宗明义，照应题目，说自己要杖策入山，去荒凉的山野中招隐士。接下来，诗歌就转入对隐士生活环境的描写，虽然没有丝竹乐器，但是山水的天籁之声却是无与伦比；不必长啸高歌，但是风吹灌木却能够发出慷慨悲歌；没有佳肴美馔，却可以"餐秋菊之落英"；没有绫罗绸缎，却可以"纫秋兰以为珮"。这些所见所感，促使作者发出了誓欲挂冠归去、追步隐士的感叹。这首诗的写法和《咏史》第五首所表达的情感是一致的。②

综上所述，咏史诗第二部分，从第二首到第五首，作者结合当时的社会实际，通过对历史人物的咏叹，探讨了寒士在当时的社会条件下，所能够选择的出路。在抒情的过程中结合自己的生命历程，全景式展现了各种出处的不同遭遇。这些理想与现实的矛盾，是千千万万寒士的共同命运。在此基础上，咏史诗的最后三首，围绕着寒士如何看待"怀才不遇"这样的问题展开了自己的思考。

四 与世亦殊伦：寒士精神境界的解读

《咏史》的最后一部分是对寒士精神世界的描写。在这一部分，左思提出，寒士作为文人士大夫，应该"与世殊伦"，保持自己高尚的道德情

---

① （南朝梁）萧统编：《文选》，上海古籍出版社1986年版，第1027—1029页。
② 葛晓音：《八代诗史》，陕西人民出版社1989年版，第126页。

操,不与现实同流合污。即使"怀才不遇",也不能谄媚权贵,阿谀奉承,放弃底线。因为"英雄有迍邅",自古以来就是常见的现象。最后以老庄"知止"的思想作结,提出"饮河期满腹,贵足不愿余。巢林栖一枝,可为达士模"的思想。

这些思想不能看作老庄的消极避世,而应当看作当时寒士在积极入世无望的情况下,对自己精神世界的重建。

在当时社会,出路有很多,寒士可以甘于平凡地度过一生,也可以谄媚权贵换取荣华富贵,但是为什么大多数寒士不甘于此呢?在《咏史》第六首中,左思以荆轲为例,给出了自己的思考:

> 荆轲饮燕市,酒酣气益震。哀歌和渐离,谓若傍无人。虽无壮士节,与世亦殊伦。高眄邈四海,豪右何足陈。贵者虽自贵,视之若埃尘。贱者虽自贱,重之若千钧。

诗歌以易水送别开始,先写荆轲饮燕市的豪气,酒酣之后,英雄的气势更加慑人。唱着慷慨激昂的歌曲与高渐离相和,可谓旁若无人。左思以荆轲作为报效祖国的代表人物,说自己虽然不能像那些壮士一样,成就一番惊天动地的事业。但也不能和普通人一样,甘于平庸。虽然寒士进取已经无望,但是在心灵上依然是睥睨四海,鄙视豪门大族的。他认为那些权贵如尘埃般不值一提,寒士虽然贫贱,却自尊自爱,重若千钧。

在这首诗里,左思侧重表达了自己的两点思考:一是寒士的自我认同——与世殊伦,作为传统的儒家知识分子,他们都怀有"齐家、治国、平天下"的政治理想。他们不安于成为一个平凡的世人。也正因如此,他们在遭遇门阀政治的压迫时,会借助诗歌来抒发自己的愤懑之情。一是对豪右的蔑视——"贵者虽自贵,视之若埃尘"。孔子曰"不义而富且贵,于我如浮云"[1],孟子云"万钟则不辩礼义而受之,万钟于我何加焉"[2]。儒家并不鄙视功名富贵,但是要取之有道。所以,左思对功名利禄的鄙视,正是基于这一点,豪族依靠门阀制度,获得权力,攫取财富,是值得鄙视的。

---

[1] 程树德撰,程俊英、蒋见元点校:《论语集释》,中华书局1980年版,第465页。
[2] (清)焦循撰,沈文倬点校:《孟子正义》,中华书局1987年版,第785页。

既然寒士"与世殊伦",那就应该通过自己的奋斗,成就一番事业。但是,正如前文所说,寒士想要参与政治,难上加难。所以"怀才不遇""生不逢时"的哀叹就成为下一首歌咏的主题,其诗云:

> 主父宦不达,骨肉还相薄。买臣困樵采,伉俪不安宅。陈平无产业,归来翳负郭。长卿还成都,壁立何寥廓。四贤岂不伟,遗烈光篇籍。当其未遇时,忧在填沟壑。英雄有迍邅,由来自古昔。何世无奇才,遗之在草泽。

诗歌先列举了主父偃、朱买臣、陈平、司马相如四人早年间怀才不遇的悲惨经历。然后用一句设问引出自己的人生体会:这四位古人,都是载诸史册的奇伟人物,但是当他们没有机会施展才华的时候,也险些饿死填沟渠。所以说,"天将降大任于斯人也",一定要让他遭受磨难,砥砺他的品格,然后才赋予他历史的使命。即使这些人最后没有成就事业,那么也不要紧,诗歌结尾荡开一笔,指出历朝历代都会有奇人被埋没在乡野之中,"遗之在草泽"。

如果真的终其一生没有机会实现自己的抱负,那又该如何呢?左思在最后一首咏史诗中给出了自己的答案——安贫乐道,了此一生:

> 习习笼中鸟,举翮触四隅。落落穷巷士,抱影守空庐。出门无通路,枳棘塞中涂。计策弃不收,块若枯池鱼。外望无寸禄,内顾无斗储。亲戚还相蔑,朋友日夜疏。苏秦北游说,李斯西上书。俯仰生荣华,咄嗟复雕枯。饮河期满腹,贵足不愿余。巢林栖一枝,可为达士模。

诗歌开始以"笼中鸟"四处碰壁比喻"穷巷士"的出处,接下来详细描写了"穷巷士"的生活环境:他一个人形单影只,居住在偏地陋巷,茅舍穷庐,门前是荆棘当道,杂草丛生,仕途无望,如枯池鱼,家徒四壁,无斗储米。亲戚看不起自己,朋友也疏远了。即使如此,他也不愿像苏秦那样北上游说,也不愿像李斯那样西行说秦。——他们在俯仰之间,尊荣无比,然后随之而至的却是杀身之祸。左思认为,像苏秦、李斯那样乍荣乍枯的遭遇,实在是不值得羡慕的。接下来引用《庄子·逍遥游》

"鹪鹩巢林，不过一枝；偃鼠饮河，不过满腹"① 的典故，表示要向偃鼠、鹪鹩学习，安贫知足，了此一生。

五 创格：左思处理古事和古人的方式与角度

结合以上论述，我们可以看出，左思在具体的创作中，结合"己意"歌咏"史实"，将自己的生命体验、理想抱负融入咏史诗的创作之中，在内容上推动了咏史诗的进一步发展。除此之外，左思的"创格"还体现在对历史事实和历史人物的书写方式之上。

左思以前的咏史诗，主要有两种模式，即胡应麟概括的："咏史之名，起自孟坚，但指一事。魏杜挚《赠毌丘俭》，叠用八古人名，堆垛寡变。"② 就是本书第一章所论述的"单叙一事"和"罗列众事"两种模式。而且对历史人物和历史事件的书写，都是采取"平铺直叙"的方式，根据时间顺序叙述历史故事或者人物事迹。其基本的立足角度是对于历史的"概述"而非"评论"。左思在咏史诗的创作过程中，则根据不同的内容需要，不断地变化角度来书写历史。接下来，根据八首咏史诗，进一步探讨左思是如何用史实来表达"己意"的。

《咏史》第一首塑造了一位文采超群、武略惊人、具有高昂精神和崇高理想的英雄人物。诗歌中描写的贾谊著论、扬雄作赋、司马穰苴著兵法、班超从戎的事例，并非是咏古人，而是为了塑造自身的形象，所以这里对历史人物的描写采取了各取一家之长，之后"拼接组合"成自我的方法。

与此相同，其余各首也都是根据内容需要而不断变化吟咏古人的角度。第二首先用青松和山苗所处地位的对比来说明门阀制度这一不合理的历史现象；接下来，以金张与冯唐对比，为的是使前半首自然现象的比兴在人事上得到进一步证实。第三首，并没有详细地叙写段干木和鲁仲连具体的事迹，而是将笔墨放在了蔑视禄位、弃若浮云的卓荦高节这一点上。第四首，歌咏的历史人物是扬雄，但没有从扬雄写起，而是先极写当时朱门的欢乐场景，用对比的手法突出扬雄的读书生活，表现自己的一种人生选择。所以，就只塑造了扬雄在门可罗雀的情况下，发奋苦读的形象。第

---

① （清）郭庆藩撰，王孝鱼点校：《庄子集释》，中华书局1961年版，第24页。
② （明）胡应麟：《诗薮》，中华书局1962年版，第147页。

五首只出现一个许由，是他追步的对象，所以其处理方式是通过作者摒弃皇城繁华、高蹈出世的姿态来烘托，使许由在激情达到全诗高潮时出现。"振衣千仞岗，濯足万里流"的气魄实际是他赋予许由的。第六首，不用荆轲、高渐离刺秦的故事，而仅取其作为博徒狗屠之类的贱者，身在燕市却旁若无人的气概，以强调寒士的傲气足可凌睨豪贵。第七首，为了阐明"英雄有迍邅，由来自古昔"的普遍规律，连续列举了四位古人不遇时的遭遇，而且刻意地省略了他们做官以后的经历。第八首，左思先详细列举了"穷巷士"的生活，之后将苏秦、张仪作为反面人物，批判盲目追求富贵，最后身败名裂的人生道路，进而抒发了"饮河期满腹，贵足不愿余。巢林栖一枝，可为达士模"的思想。苏秦、张仪的结局，为的是反证自己的知足。

根据以上梳理我们可以看出，这八首诗随时根据诗人的情感和内容变化，选择歌咏历史人物、历史事件的角度和方式，推动"史实"和"己意"的不断结合，这正是左思对咏史诗的最大创变之一。

综上所述，左思的八首《咏史》，采用组诗的形式，结合自己的生命历程，详细地探索了在门阀制度社会中寒士的出路和心灵选择。八首诗前后照应，紧密联系构成了一个神完气足的有机整体。无论在思想上、内容上、结构上都为咏史诗的发展，开辟了全新的道路。经过东晋诗人的进一步继承和发扬，这种咏史诗的"变体"在陶渊明手中得以发扬光大，并逐渐成为咏史诗的主流，为后世所继承。

第四节　隐士、贫士：陶渊明咏史诗研究

陶渊明是东晋咏史的大家，根据袁行霈先生《陶渊明集笺注》统计，陶渊明现存咏史诗主要有《咏荆轲》《咏二疏》《咏三良》《咏贫士》等十首。另外《读史述》《扇上画赞》两首，虽然未以"咏史"为名，但是其本质上，也是在咏史。而其《饮酒诗》《读山海经》[1]《命子诗》等诗歌，也有歌咏历史人物和历史事件的写作，也应纳入咏史诗的考察范

---

[1] 徐公持先生把陶氏《读山海经》十三首划归咏史诗，云："《山海经》中人物故事虽属神话传说，而在古人观念中却是史，《山海经》常被著录于史部即是明证。"见徐公持《魏晋文学史》，人民文学出版社1999年版，第597页。

围。陶渊明对咏史诗最大的贡献就是其对"隐士""贫士"的歌咏。

一 陶渊明"隐士"思想的特质

隐士在汉晋时期有很多种类型,①但是大体可以分为"儒隐"和"道隐"两大类型。

"儒隐"最主要的动机就是躲避当时的政治动乱。儒家一向倡导"邦有道,则仕;邦无道,则可卷而怀之"②,"天下有道则见,无道则隐"③。也就是孟子所说:"古之人得志泽加于民,不得志修身见于世。穷则独善其身,达则兼善天下。"④ 这些隐士之所以隐居就是因为自己壮志难酬,所以隐居以避祸、避乱。比如《后汉书·逸民列传》记载莽乱之时:"士之蕴藉义愤甚矣。是时裂冠毁冕,相携持而去之者,盖不可胜数。"⑤ 这样的隐士,一旦天下太平,就会再次出山,实现自己的理想。《后汉书·儒林列传》记载了光武中兴之后,隐士纷纷出山的情况:"昔王莽、更始之际,天下散乱,礼乐分崩,典文残落。及光武中兴爱好经术未及下车,而先访儒雅,采求阙文补缀漏逸。先是四方学士多怀协图书,遁逃林薮,自是莫不抱负坟策,云会京师,范升、陈元、郑兴、杜林、卫宏、刘昆、桓荣之徒,继踵而集。"⑥

"道隐"则不是简单的躲避政治战乱,而是融入了老庄道家,尤其是魏晋玄学全身、应命等思想,以回归自然、保存自性为隐逸思想的主导。《庄子》云:"古之所谓隐士者,非伏其身而弗见也,非闭其言而不出也,非藏其知而不发也,时命大谬也。当时命而大行乎天下,则反一无迹;不当时命而大穷乎天下,则深根宁极而待。此存身之道也。"⑦ 这类隐士的隐居动机,范晔在《后汉书》中有大体的划分:"或隐居以求其志,或回避以全其道,或静己以镇其躁,或去危以图其安,或拒俗以动其概,或疵

---

① 关于隐士的分类,可参见蒋星煜《中国隐士与中国文化》,上海人民出版社 2009 年版;李生龙:《隐士与中国古代文学》,湖南教育出版社 2003 年版;张荣明:《汉晋隐士的三种类型》,《管子学刊》2017 年第 6 期。
② 程树德撰,程俊英、蒋见元点校:《论语集释》,中华书局 1980 年版,第 1068 页。
③ 程树德撰,程俊英、蒋见元点校:《论语集释》,中华书局 1980 年版,第 540 页。
④ (清)焦循撰,沈文倬点校:《孟子正义》,中华书局 1987 年版,第 891 页。
⑤ (南朝宋)范晔撰,(唐)李贤注:《后汉书》,中华书局 1965 年版,第 2756 页。
⑥ (南朝宋)范晔撰,(唐)李贤注:《后汉书》,中华书局 1965 年版,第 2545 页。
⑦ (清)郭庆藩撰,王孝鱼点校:《庄子集释》,中华书局 1961 年版,第 55 页。

物以激其清。"① 这些隐居的动机,尤其是"静己以镇其躁",都明显可以看出与"儒隐"的不同。

总之,道隐惧怕官场的恶浊,厌恶尘世的嚣扰,以隐为目的,不求富贵利禄,不慕权势声名,只求保身全性,在无拘无束中度过自己的一生。儒隐是儒生面对官场的黑暗、仕途的险恶,怀着"达则兼济天下,穷则独善其身""邦有道则仕,邦无道则隐"的人生态度,根据实际情况决定自身的进退出处。② 虽然"儒隐"和"道隐"难以截然划分,但大体来说,汉魏之际"儒隐"为主,③ 晋宋以来"道隐"为主。④

对隐士的歌咏,是咏史诗发展的一大主题。汉诗中也已经有咏隐士的诗出现,如东方朔的《嗟伯夷》一首,其歌咏伯夷的角度主要立足于他们躲避政治这一点;再如商山四皓歌咏自己志向的《紫芝歌》:

> 莫莫高山,深谷逶迤。晔晔紫芝,可以疗饥。唐虞世远,吾将何归?驷马高盖,其忧甚大。富贵之畏人兮,不如贫贱之肆志。

诗歌中的隐士"儒隐"的形象是非常明显的。商山四皓之所以归隐就是因为"唐虞世远",所以他们宁可甘守贫贱,也不愿意走进世俗政治。

咏史诗中的隐士形象,在魏晋时期开始发生转变,魏嵇康所作的一组《六言诗》⑤,歌颂了很多的隐士:

> 惟上古尧舜,二人功德齐均,不以天下私亲,高尚简朴慈顺,宁济四海蒸民。
>
> 唐虞世道治,万国穆亲无事,贤愚各自得志,晏然逸豫内忘,佳哉尔时可憙。

---

① (南朝宋)范晔撰,(唐)李贤注:《后汉书》,中华书局1965年版,第2755页。
② 孟祥才:《评东汉时期的隐者群》,《聊城大学学报》(哲学社会科学版)1999年第6期。
③ "以新莽为例,道隐人士仅占7.6%,而儒隐人士却占到士人总数的40%;在不仕王莽的66人之中,只有李韵公、严群、梅福、韩顺等5人明确属于道隐,其余61人大多数属于儒隐;东汉光复以后,24人复被征用,重新入世;2人在入征后,卒于道中。"见王继训《两汉之际士人与士风》,《齐鲁学刊》2000年第5期。
④ 胡孚琛:《魏晋前后社会上的巫祝、方士和隐士》,见詹石窗主编《百年道学精华集成(第3辑)》,《人物门派》卷一,巴蜀书社2014年版,第63—68页。
⑤ (魏)嵇康著,戴明扬点校:《嵇康集校注》,中华书局2014年版,第67—75页。

智能用有为，法令滋章寇生，纷然相召不停，大人玄寂无声，镇之以静自正。

　　名与身孰亲，哀哉世俗狥荣，驰骛竭力丧精，得失相纷忧惊，自是勤苦不宁。

　　生生厚招咎，金玉满室莫守，古人安此粗丑，独以道德为友，故能延期不朽。

　　名行显患滋，位高势重祸基，美色伐性不疑，厚味腊毒难治，如何贪人不思。

　　东方朔至清，外似贪污内贞，秽身滑稽隐名，不为世累所撄，所以知足无营。

　　楚子文善仕，三为令尹不喜，柳下降身蒙耻，不以爵禄为已，静恭古惟二子。

　　老莱妻贤明，不愿夫子相荆，相将避禄隐耕，乐道闲居采萍，终厉高节不倾。

　　嗟古贤原宪，弃背膏粱朱颜，乐此屡空饥寒，形陋体逸心宽，得志一世无。

　　这组诗，每五句以一句五言开头，后接四句六言。整组诗可以分为三个紧密联系的部分，前两首歌颂了唐尧虞舜时代的治世，贤愚各得其所，适性生存的理想境界；紧接着四首，以老子的思想，歌颂了"大人"的处世哲学，提倡"独以道德为友"；接下来连续列举了东方朔、楚子文、柳下惠、老莱子及妻子、原宪等人或大隐于山，或朝隐于世的事迹。值得注意的是，这里的隐士形象不再是简单的避乱或者避难，而是展现出一种回归自然、适性生存的隐居思想。

　　陶渊明笔下的隐士，继承和发展了嵇康笔下的"大人"形象。这些隐者不再是简单的躲避世乱、待时而仕的士人。而是超脱尘网，任真适性，以回归自然为目的世外高人。陶渊明咏史诗中的"隐士"，既是对咏史诗传统中"士"主题的继承，同时也是在精神上对左思"寒士"主题的深化。陶诗中的"隐士"，数量远远超出前代作品。很多历史人物，比如杨孙、张挚、杨伦、张仲蔚、刘龚等人，是陶渊明第一次写进诗歌之中，在主题上有开创性意义。其余如伯夷叔齐等人，虽然是咏史诗中一直在反复歌咏的历史人物，但是陶渊明却将歌颂的重点定位在"隐"上，这就推动了士人主题的进一步深化。

二 主题：陶渊明咏史诗中的隐士与贫士

陶渊明对咏史诗发展的一个最重要贡献就是对其主题内容的开拓。这种开拓主要体现在以下两个方面。

从数量上来看，陶渊明大大地扩展了咏史诗的歌咏范围。他笔下所歌咏的古人"既包括其先祖如陶舍、陶青、陶茂、陶侃等，也包括荷蓧丈人、长沮、桀溺、孔子、董仲舒、许由、颜回、邵平、伯夷、叔齐、荣启期、夏黄公、绮季里、荆轲、杨孙、张挚、杨伦、张仲蔚、刘龚、扬雄、疏广、疏受、钟子期、俞伯牙、庄周、黔娄、袁安、黄子廉、田子泰等等①"。

从精神内涵来看，这些人物中最具代表性的就是"隐士"和"贫士"两类。在咏史诗的发展中，陶渊明第一次大量地歌咏这两类人物，而且继承了左思"多摅己意"的方法，明为"咏史"，实为"咏怀"，重点挖掘了这些历史人物"隐"和"贫"背后的"固穷思想"与"立名追求"，大大推动了咏史诗中士人主题的发展。

在陶渊明创作的咏史诗中，《扇上画赞》是其对隐士的集中歌咏，而《咏贫士》七首则是其对贫士的赞美，从中我们可以看出陶渊明在这一主题上的开拓。

1.《扇上画赞》：咏隐士

陶渊明的《扇上画赞》虽然从文体来说，与诗歌有所不同。但此文与其四言颇为近似，可以看作一首隐士赞歌。与《咏贫士》一样，通过赞美历史上的隐士，表达了自己安贫乐道的理想。方宗诚《陶诗真诠》中说："《扇上画赞》，盖渊明心所向往之。"② 其文云：

> 三五道邈，淳风日尽。九流参差，互相推殒。形逐物迁，心无常准，是以达人，有时而隐。四体不勤，五谷不分，超超丈人，日夕在耘。辽辽沮溺，耦耕自欣，入鸟不骇，杂兽斯群。至矣於陵，养气浩

---

① 边利丰：《从陶渊明的咏史诗考察其所期待的自我形象》，《新疆教育学院学报》2008年第2期。

② （清）方宗诚：《陶诗真诠》，载北京大学中文系编《陶渊明诗文汇评》，中华书局1961年版，第371页。

然,蔑彼结驷,甘此灌园。张生一仕,曾以事还,顾我不能,高谢人间。岧岧丙公,望崖辄归,非骄非吝,前路威夷。郑叟不合,垂钓川湄,交酌林下,清言究微。孟尝游学,天网时疏,眷然哲友,振褐偕徂。美哉周子,称疾闲居,寄心清商,悠然自娱。翳翳衡门,洋洋泌流,日琴日书,顾盼有俦。饮河既足,自外皆休。缅怀千载,托契孤游。①

这篇赞在具体的谋篇布局上,是十分严密的,全文分为三个部分,前八句点出了隐士之所以归隐的原因:三皇五帝的盛世遥不可及,淳朴厚重的民风日渐浇漓,大道破裂为九流十家,相互攻讦、贬损、争议,莫衷一是。在这样的情况下,随着时间的推移,人的形体逐渐衰老;但是,内心却缺乏明确的标准,难以实现自己的理想和抱负。所以明智之士都纷纷选择归隐。

接下来作者歌咏了九位隐士:荷蓧丈人、长沮、桀溺、於陵仲子、张长公、丙曼容、郑次都、薛孟尝、周阳珪。对隐士的歌咏,也正是对自己理想人格的写照。这些人都怀有十分卓越的才华,但是,所遭遇的政治环境并不能让自己施展抱负,所以"天地闭,贤人隐"②。他们隐居之后,仍能"含贞养素,文以艺业。不尔,则与夫樵者在山,何殊异也"③。

最后,陶渊明提出了自己对隐士的看法:虽然身居陋巷,蓬门筚户,柴门瓦舍,却可以尽情地欣赏清泉流水,琴书为友悠然自得。对于无欲无求的隐士,这样的生活是十分满足的。更何况,千载之上,还有多少知音,为自己的生活提供精神力量。

整体看来,这篇赞首尾连贯,先写出隐士之所以隐居的原因;接下来借助对历史人物的歌咏,来表达自己隐居的情怀,"皆咏古来贫士以为证也"④;最后塑造了一位本真固穷、安贫乐道的隐士,作为自我画像。由此可见,陶渊明诗中的隐士,融合了儒家的隐逸观念和道家的任自然思想,因为"道不行"而"高谢人间"的隐士,懂得"形逐物迁"的大化

---

① (东晋)陶渊明著,袁行霈撰:《陶渊明集笺注》,中华书局2003年版,第507—512页。
② (魏)王弼撰,楼宇烈校释:《周易注》,中华书局2011年版,第20页。
③ (唐)李延寿撰:《南史》,中华书局点校本1975年版,第1856页。
④ (清)张荫嘉撰:《古诗赏析》卷十四,载王运生纂辑《陶诗及东坡和陶诗评注》,云南教育出版社1991年版,第208页。

之道，是善于"养气浩然"又"饮河既足"的"达人"。这样的隐士形象也正是陶渊明的写照。《归去来兮辞》可以看作他归隐的宣言："寓形宇内复几时？曷不委心任去留"，"聊乘化以归尽，乐夫天命复奚疑"[1]，其归隐的人生选择，同样是以不愿以"心为形役"、乘化委运的任自然思想作为精神支撑。

2. 《咏贫士》

陶渊明也是第一个在咏史诗中歌咏"贫士"的诗人。在《咏贫士》中，作者结合自己的生命体验，歌颂了荣启期、原宪、黔娄、袁安、阮修、张仲蔚、黄子廉、孙钟等贫士。[2] 贫士和隐士本质上并无不同，只是陶渊明笔下的"贫士"，都是在极其贫困的境况中坚持隐居的人物，诗人更强调的是他们的"固穷节"。他们本来都具有十分卓越的才华，但是因为种种原因，没能实现自己的理想，只得退守田园，安贫乐道，成就自己的一生：荣启期博学多才，但是政治上很不得意，他并没有自怨自弃，而是"鹿裘带索，鼓琴而歌"。陶渊明就曾直接点明，支撑他的精神力量，就是"固穷节"："九十行带索，饥寒况当年。不赖固穷节，百世当谁传？"原宪"振襟则肘见，纳履则踵决"，那是因为"仁义之匿，车马之节，宪不忍为也"。黔娄生前，多次拒绝齐国和鲁国的征召，安贫乐道，了此一生。张仲蔚"善属文，好诗赋"，但是隐居不仕。颍水黄子廉也是自己辞去了官职，安守一生。根据袁行霈先生的考证，这组诗当作于元嘉二年（公元425年），此时陶渊明已经归隐田园多年，生活十分贫困，但他始终没有改变自己的志向。所以文中对于这些贫士的歌咏，其实就是作者对自己的激励。

3. 陶渊明的自画像

结合陶渊明的生平和其他诗文创作，并联系其思想发展，我们就会看出，陶渊明这两组咏史诗的创作，继承了左思"自摅胸臆"的做法，在歌咏"隐士"和"贫士"的过程中，紧密地结合自己的生命历程和人生选择，书写历史人物。诗歌中的"贫士""隐士"不再是简单的历史人物，而是作者自我理想人格的投射，具有强烈的自传色彩，这就进一步提

---

[1] （东晋）陶渊明著，袁行霈撰：《陶渊明集笺注》，中华书局2003年版，第460页。

[2] 范子烨：《"阮公"与"惠孙"：陶渊明〈咏贫士〉诗未明人物考实》，《九江学院学报》（社会科学版）2009年第1期。

高了咏史诗的现实意义。

陶渊明自身就是一个隐士、贫士。他的归隐,他的清贫,是自己的人生选择。本传载陶渊明一生的仕宦经历:

> 以亲老家贫,起为州祭酒,不堪吏职,少日自解归。州召主簿,不就,躬耕自资,遂抱羸疾。复为镇军、建威参军,谓亲朋曰:"聊欲弦歌,以为三径之资可乎?"执事者闻之,以为彭泽令。……素简贵,不私事上官。郡遣督邮至,县吏白应束带见之,潜叹曰:"吾不能为五斗米折腰,拳拳事乡里小人邪!"义熙二年,解印去县,乃赋《归去来兮辞》。①

梁启超在其《陶渊明之文艺及其品格》一文中,就曾经说过:"他实在穷的可怜,所以也曾转念头想做官混饭吃,但这种勾当,和他那'不屑不洁'的脾气,到底不能相容。他精神上很经过一番交战,结果觉得做官混饭吃的痛苦,比挨饿的痛苦还厉害,他才决然弃彼取此。"② 在诗文中,他将自己的出仕经历称为误入"尘网""迷途",多次表达自己"请息交以绝游"的归隐心理。在当时社会,"隐士"就意味着"贫士"。陶渊明本身也是个贫士,他在归隐之初的生活尚可维持。"既耕亦已种,时还读我书","常著文章以自娱"。但是,在其归隐后期,尤其是"林室顿烧燔"③之后,生活是十分贫困的:居于"敝庐"之内,"荒草没前庭",屋内既窄且小,"蔽庐何必广,取足蔽床席"④,而且"环堵萧然,不蔽风日"⑤;衣不蔽体,"短褐穿结";食不果腹,"箪瓢屡空","菽麦实所羡,孰敢慕甘肥"⑥。甚至曾经上街乞食,"饥来驱我去,不知竟何之。行行至斯里,叩门拙言辞。主人解余意,遗赠岂虚来"⑦。

但是贫穷并未能动摇陶渊明继续隐居的决心。他在诗歌中多次表达了"吾驾不可回"的决心。在背后支撑他的就是儒家伦理道德中"固穷"和

---

① (唐)李延寿撰:《南史》,中华书局点校本1975年版,第1856—1857页。
② 梁启超:《陶渊明之文艺及其品格》,载梁启超著《陶渊明》,商务印书馆1923年版,第14—15页。
③ (东晋)陶渊明著,袁行霈撰:《陶渊明集笺注》,中华书局2003年版,第219页。
④ (东晋)陶渊明著,袁行霈撰:《陶渊明集笺注》,中华书局2003年版,第130页。
⑤ (东晋)陶渊明著,袁行霈撰:《陶渊明集笺注》,中华书局2003年版,第502页。
⑥ (东晋)陶渊明著,袁行霈撰:《陶渊明集笺注》,中华书局2003年版,第306页。
⑦ (东晋)陶渊明著,袁行霈撰:《陶渊明集笺注》,中华书局2003年版,第103页。

"安贫乐道"的思想。"固穷"出自《论语·卫灵公》："君子固穷,小人穷斯滥矣。"① 陶渊明在诗歌中多次强调自己对这一思想的认同。汤文清曾云:"渊明诗中言本志少,说固穷多。"② 所言非虚,陶诗多次强调这一点:"高操非所攀,深得固穷节"③,"不赖固穷节,百世当谁传"④,"斯滥岂彼志,固穷夙所归"⑤。在"固穷"的基础上,还要"安贫乐道",《论语·雍也》:"一箪食,一瓢饮,在陋巷,人不堪其忧,回也不改其乐。贤哉回也!"⑥ 物质的匮乏,并不能耽误他对于道德的追求。陶渊明在诗歌中就强调:"先师有遗训,忧道不忧贫"⑦,"草庐寄穷巷,甘以辞华轩"⑧。正是在这样的道德观念激励下,他才能做到:"环堵萧然,不蔽风日;短褐穿结,箪瓢屡空,晏如也。"⑨ 这在当时,毫无疑问是个异类,所以,陶渊明希望能够从历史人物的身上汲取力量,他"缅怀千载,托契孤游",正是为了"何以慰吾怀,赖古多此贤"。《咏贫士》一诗在歌咏历史人物时,诗歌中反复使用第一人称"我""吾"等与古人对话,而且,诗歌的末尾以议论结尾,"若咏古人,又若咏自己"⑩。

综上所述,陶渊明在咏史诗中反复歌咏的"隐士"与"贫士",是其心目中的理想人格。这种理想人格的背后,体现了传统儒家士大夫"固穷"和"安贫"的节操。这是陶渊明对咏史诗题材开拓的重要贡献,正如袁行霈先生说:"固穷和安贫的思想并不新鲜,但固穷和安贫主题却是新鲜的,在陶渊明之前还没有一位诗人如此集中地写过。这也是他的独创。"⑪ 如果放在咏史诗题材发展的过程中来看,这一独创意义则显得更加突出。

---

① 程树德撰,程俊英、蒋见元点校:《论语集释》,中华书局1980年版,第1050页。
② 王运生纂辑:《陶诗及东坡和陶诗评注》,云南教育出版社1991年版,第311页。
③ (东晋)陶渊明著,袁行霈撰:《陶渊明集笺注》,中华书局2003年版,第206页。
④ (东晋)陶渊明著,袁行霈撰:《陶渊明集笺注》,中华书局2003年版,第235页。
⑤ (东晋)陶渊明著,袁行霈撰:《陶渊明集笺注》,中华书局2003年版,第306页。
⑥ 程树德撰,程俊英、蒋见元点校:《论语集释》,中华书局1980年版,386页。
⑦ (东晋)陶渊明著,袁行霈撰:《陶渊明集笺注》,中华书局2003年版,第200页。
⑧ (东晋)陶渊明著,袁行霈撰:《陶渊明集笺注》,中华书局2003年版,第219页。
⑨ (东晋)陶渊明著,袁行霈撰:《陶渊明集笺注》,中华书局2003年版,第502页。
⑩ (清)邱嘉穗撰:《东山草堂陶诗笺》卷四,载王运生纂辑《陶诗及东坡和陶诗评注》,云南教育出版社1991年版,第210页。
⑪ (东晋)陶渊明著,袁行霈撰:《陶渊明集笺注》,中华书局2003年版,第388页。

三 思想：陶渊明咏史诗中对"立名"的思考

陶渊明对咏史诗的另外一个贡献，就是咏史诗思想主题的转变。其中之一是继承左思的传统，将其目标由"立功"转化为"立名"，并结合其独特的生命历程，作了具体的阐述。《孟子》曰"穷则独善其身，达则兼济天下"①。在儒家士大夫的心中，修身、齐家、治国、平天下自然是第一选择，用陶渊明的话说就是："进德修业，将以及时。如彼稷契，孰不愿之？"② 所以，儒家素有"三不朽"之论。《左传·襄公二十四年》："太上有立德，其次有立功，其次有立言，虽久不废，此之谓不朽。"孔颖达疏："立德，谓创制垂法，博施济众；立功，谓拯厄除难，功济于时；立言，谓言得其要，理足可传。"③ 但是"三五道邈""羲皇去我久"，复杂的社会现实，无法保证每个人都能成就自己的理想。具体到陶渊明本人，立功已成为泡影，所以在陶渊明归隐之后，经过反复的思考，他将自己的人生追求，逐渐转向"立名千载"的不朽。这种思想在陶渊明的咏史诗中，体现得最为明显。陶渊明的《咏荆轲》诗：

> 燕丹善养士，志在报强嬴。招集百夫良，岁暮得荆卿。君子死知己，提剑出燕京。素骥鸣广陌，慷慨送我行。雄发指危冠，猛气冲长缨。饮饯易水上，四座列群英。渐离击悲筑，宋意唱高声。萧萧哀风逝，淡淡寒波生。商音更流涕，羽奏壮士惊。心知去不归，且有后世名。登车何时顾，飞盖入秦庭。凌厉越万里，逶迤过千城。图穷事自至，豪主正怔营。惜哉剑术疏，奇功遂不成。其人虽已没，千载有余情。④

这首诗歌咏的是荆轲刺秦的故事，陶渊明并没有按照传统的"传体咏史诗"那样，详细地铺叙故事的来龙去脉。而是将重点放在了易水送别和赴秦征程两个场面之上。作者在这里歌颂的重点是荆轲"心知去不归，且有后世名"的勇气。也就是说，荆轲此去，是明明知道不能建功

---

① （清）焦循撰，沈文倬点校：《孟子正义》，中华书局1987年版，第891页。
② （东晋）陶渊明著，袁行霈撰：《陶渊明集笺注》，中华书局2003年版，第388页。
③ 杨伯峻编著：《春秋左传注》第三册，中华书局1987年版，第1087页。
④ （东晋）陶渊明著，袁行霈撰：《陶渊明集笺注》，中华书局2003年版，第388页。

立业的。但是慷慨赴死,为的就是要追求"后世名"。也正是在这一点上,激起了陶渊明无限的同情,"其人虽已没,千载有余情"。蒋薰在评说此诗时就指出了这一点:"摹写荆轲出燕入秦,悲壮漂流,知浔阳之隐,未尝无意奇功,奈不逢时耳,先生心事逼露如此。"① 蒋氏的评价,一语中的,陶渊明"未尝无意奇功",但是,遭逢当时的时代,就只能将其理想转化为"立名"。所以,在歌咏二疏的过程中,陶渊明也重点赞美了二疏去位"放意乐余年"的人生选择。

> 大象转四时,功成者自去。借问衰周来,几人得其趣?游目汉廷中,二疏复此举。高啸返旧居,长揖储君傅。饯送倾皇朝,华轩盈道路。离别情所悲,余荣何足顾!事胜感行人,贤哉岂常誉!厌厌阎里欢,所营非近务。促席延故老,挥觞道平素。问金终寄心,清言晓未悟。放意乐余年,遑恤身后虑!谁云其人亡,久而道弥著。②

二疏"父子并为师傅,朝廷以为荣",但是陶渊明却没有歌咏这一点,重点写的是二人"功成者自去"的人生选择。第一部分是对二疏实现功成身退之目标的积极评价,第二部分描写二疏辞官回乡的场面,第三部分描写二疏归乡后所过的自由自在的日子以及不屑于"近务"而每日邀请故老饮宴的情景。结尾值得注意的是说二疏归去,并无"身后虑",他们所奉行的"道"却历久弥著。可见二疏虽未刻意追求身后之名,但他们的名仍因其道而著。陶渊明歌咏二疏,同时也是借助二疏表明自己归隐的思考。邱嘉穗评价此诗:"但细玩三篇结句,正复无限深情,不待议论而其意已彰矣。渊明仕彭泽而归,亦与二疏同,故托以见意。"③ 陶渊明同时期的作品还有一首《咏三良》:

> 弹冠乘通津,但惧时我遗。服勤尽岁月,常恐功愈微。忠情谬获露,遂为君所私。出则陪文舆,入必侍丹帷。箴规响已从,计议初无

---

① (清)蒋薰评:《陶渊明诗集》卷四,载王运生纂辑《陶诗及东坡和陶诗评注》,云南教育出版社1991年版,第210页。
② (东晋)陶渊明著,袁行霈撰:《陶渊明集笺注》,中华书局2003年版,第219页。
③ (清)邱嘉穗:《东山草堂陶诗笺》卷四,载龚斌《陶渊明集校笺》,上海古籍出版社1996年版,第327页。

第三章 中古咏史诗中的士人主题

亏。一朝长逝后，愿言同此归。厚恩固难忘，君命安可违。临穴罔惟疑，投义志攸希。荆棘笼高坟，黄鸟声正悲。良人不可赎，泫然沾我衣。①

关于《咏三良》的主题，前人有很多争论，褒贬不一，如果我们放在咏史诗的创作传统中，尤其是歌咏三良的咏史诗传统中，也许就会对这首诗的主题，有更加深刻的理解。从《诗经·黄鸟》开始，历代诗人在歌咏这一历史事件时，都是从抨击秦穆公和惋惜三良着眼的。阮瑀《咏史诗二首》之一云："误哉秦穆公，身没从三良。"② 基本可以代表这一题材写作的两个基本点。王粲和曹植之作除了以上两点之外，还增加了对三良临死之前悲惨情形的描述。王粲诗云："妻子当门泣，兄弟哭路垂。临穴呼苍天，涕下如绠縻。"③ 曹植诗云："谁言捐躯易，杀身诚独难。揽涕登君墓，临穴仰长叹。"④ 但是，在陶渊明笔下，删去了对于秦穆公的抨击，而是从三良"厚恩固难忘，君命安可违"的节义观念入手，推崇三良"士为知己者死"的美德。所以，在描写三良赴死的时候，写得从容自若，并没有曹、王之作的悲伤场景，而是赞美三良"投义志攸希"，慷慨赴死。虽然，陶渊明对"良人不可赎"的现实有无限的惋惜。但是从字里行间，我们仍能看出他对三良的节义流芳千古的无限推崇。考察这一作品，就会更加深刻地认识到。该诗所要表达的中心思想是三良虽然身死，但是却留下了千秋万代的美名，死得其所。

将陶渊明咏荆轲、二疏、三良这几首诗联系起来看，不难发现，他所看重的后世之名，或为除暴安良的豪情，或为功成身退的达道，或为报恩投义的忠节，都属于儒家价值观中的公义美德。所以对陶渊明来说，立名也就是立德，是三不朽中最高一层境界。陶渊明在歌咏历史人物之时，也侧重于从"立名"的角度进行切入：歌咏荆轲之时，将全诗的重点放在"心知去不归，且有后世名"之上；歌咏二疏，侧重于二疏功成身退，历久弥著的"道"上；歌咏三良，将侧重点放在慷慨赴死，成就美名之上。这种歌咏角度成为后世咏史诗思想的一个重要主题，而转变的关键则在陶

---

① （东晋）陶渊明著，袁行霈撰：《陶渊明集笺注》，中华书局2003年版，第383页。
② 俞绍初辑校：《建安七子集》，中华书局2005年版，第159页。
③ 俞绍初辑校：《建安七子集》，中华书局2005年版，第88页。
④ （魏）曹植著，王巍校注：《曹植集》，河北教育出版社2013年版，第27页。

渊明。

四 形式：对咏史组诗的形式的开拓

组诗这种形式在陶渊明的诗歌创作中具有十分显著的位置。根据袁行霈先生的笺注本统计，陶渊明现存组诗8题，共计72首，超过其创作总量的一半。陶渊明的组诗主要有：《形影神》3首、《归园田居》5首、《饮酒》20首、《拟古》9首、《杂诗》12首、《咏贫士》7首、《读山海经》13首、《挽歌诗》3首等。在这些组诗创作中，《咏贫士》属于咏史诗。此外《读史述》虽然题为"述"，但是采用四言诗分章体歌咏《史记》中的历史人物，也可以纳入咏史组诗的研究范围。这两组诗在形式结构上很有特色。

《读史述》这组诗是按照主题思想进行编排的。诗前有小序："余读《史记》，有所感而述之。"① 那么这个"有所感"具体所感为何呢？陶渊明没有明言，这就需要我们根据诗中所歌咏的人物特质来加以分析。组诗依次歌咏伯夷与叔齐、箕子、管仲与鲍叔、程婴与公孙杵臼、孔门七十二弟子、屈原与贾谊、韩非、鲁二儒、张挚等历史人物。这组诗的编排，除了按照时间顺序的先后之外，还有一条贯穿全文的情感线索。仔细研究陶渊明笔下所写的历史人物，可以发现一个这样的共同特点——他们都生活在政治动荡异常，权力斗争激烈的时代，他们虽然或仕或隐，但是始终都坚持着"志于道"的宗旨，成就了千秋万代的名声。《读史述》一组正是基于这样的主题，选择材料，确定人物，组织全篇结构的。其诗云：

> 二子让国，相将海隅。天人革命，绝景穷居。采薇高歌，慨想黄虞。贞风凌俗，爰感懦夫。
>
> 去乡之感，犹有迟迟。矧伊代谢，触物皆非。哀哀箕子，云胡能夷？狡童之歌，凄矣其悲。
>
> 知人未易，相知实难。淡美初交，利乖岁寒。管生称心，鲍叔必安。奇情双亮，令名俱完。
>
> 遗生良难，士为知己。望义如归，允伊二子。程生挥剑，惧兹余耻。令德永闻，百代见纪。

---

① （东晋）陶渊明著，袁行霈撰：《陶渊明集笺注》，中华书局2003年版，第121页。

第三章　中古咏史诗中的士人主题　　121

　　恂恂舞雩，莫曰匪贤。俱映日月，共飡至言。恸由才难，感为情牵。回也早夭，赐独长年。
　　进德修业，将以及时。如彼稷契，孰不愿之？嗟乎二贤，逢世多疑。候詹写志，感鹏献辞。
　　丰狐隐穴，以文自残。君子失时，白首抱关。巧行居灾，忮辩召患。哀矣韩生，竟死《说难》。
　　易大随时，迷变则愚。介介若人，特为贞夫。德不百年，污我诗书。逝然不顾，被褐幽居。
　　远哉长公，萧然何事？世路多端，皆为我异。敛辔朅来，独养其志。寝迹穷年，谁知斯意！①

　　《读史述》是两晋时期四言诗常见的体制，葛晓音师曾指出："为了解决四言不适宜构建长篇的问题，从魏末到两晋，四言从分层分解逐渐发展到分章，并且形成固定的体制。晋诗四言可由三章到二十章，形成了一首诗往往长篇大论、面面俱到的特点。"② 因此，一首分章的四言诗与五言组诗不同，各章之间的联系比五言组诗紧密。但是因为分章，各章仍有相对的独立性，所以本书仍然将《读史述》视为咏史组诗。

　　该诗大体可以分为以下几部分。第一、二章歌颂伯夷、叔齐、箕子。这三位人物生逢商周易代的"天人革命"，夷齐饿死首阳，箕子逃亡朝鲜，虽然选择不同，但是反抗的意识却是相同的。第三、四章，歌颂了管、鲍和程、杵在国家危难之际，挺身而出，精诚团结拯救时局动乱的品质。第五、六、七章中，孔门七十二弟子、屈原、贾谊、韩非则代表了在黑暗的政治时代，追求光明的理想和志向。第五章评述七十二弟子"莫曰匪贤"的高尚道德；第六章哀叹屈贾"逢世多疑"；第七章感叹韩非"君子失时，白首抱关"：这些人生逢乱世，但是却能够坚持自己的政治理想，他们的精神和选择，激励了无数的后来者。第八、九章为最后部分。第八章评述西汉初鲁地的两位儒生不与叔孙通"弟子共起朝仪"的行为，赞美他们耿介孤高的品德。对于送上门的"征召"，"逝然不顾"，认为是"污我诗书"，宁可"被褐幽居"。第九章评述终身不仕的张长公，

---

① （东晋）陶渊明著，袁行霈撰：《陶渊明集笺注》，中华书局2003年版，第512页。
② 葛晓音：《汉魏两晋四言诗的新变和体式的重构》，《北京大学学报》2006年第5期。

颂扬他"敛辔朅来,独养其志"的高洁品性。这三位历史人物,能够洁身自好,不与时代同流合污,这样的处世选择,也是值得赞颂的。

通过以上的论述可以看出,这一组诗的创作,很大程度上受到左思《咏史诗》八首的影响,通过对历史人物的歌咏,探讨知识分子的不同出路,并表达自己对不同人生选择的态度。虽然看似简单的排列,但在具体的创作过程中,是围绕着一个中心展开的。如果说《读史述》更多地体现了对左思《咏史诗》的继承和沿袭;那么,《咏贫士》一组则更多体现了陶渊明对咏史组诗形式的开拓。

《咏贫士》和左思的八首《咏史诗》相比,在整体设计上更加完善。正如前文所分析的,左思的《咏史诗》以及陶渊明的《读史述》虽然也有连贯完整的内在联系,但是,它是隐藏在文本的背后,需要通过读者结合作者的生平加以分析才能体会出来的。各首诗之间的联系不是十分紧密的。而陶渊明的这组咏史诗,在具体安排上,则进一步完善。全诗云:

  万族各有托,孤云独无依。暧暧空中灭,何时见余晖。朝霞开宿雾,众鸟相与飞。迟迟出林翮,未夕复来归。量力守故辙,岂不寒与饥?知音苟不存,已矣何所悲。

  凄厉岁云暮,拥褐曝前轩。南圃无遗秀,枯条盈北园。倾壶绝余沥,窥灶不见烟。诗书塞座外,日昃不遑研。闲居非陈厄,窃有愠见言。何以慰吾怀,赖古多此贤。

  荣叟老带索,欣然方弹琴。原生纳决履,清歌畅商音。重华去我久,贫士世相寻。弊襟不掩肘,藜羹常乏斟。岂忘袭轻裘,苟得非所钦。赐也徒能辨,乃不见吾心。

  安贫守贱者,自古有黔娄。好爵吾不荣,厚馈吾不酬。一旦寿命尽,弊服仍不周。岂不知其极,非道故无忧。从来将千载,未复见斯俦。朝与仁义生,夕死复何求。

  袁安困积雪,邈然不可干。阮公见钱入,即日弃其官。刍藁有常温,采莒足朝餐。岂不实辛苦,所惧非饥寒。贫富常交战,道胜无戚颜。至德冠邦闾,清节映西关。

  仲蔚爱穷居,绕宅生蒿蓬。翳然绝交游,赋诗颇能工。举世无知者,止有一刘龚。此士胡独然?实由罕所同。介然安其业,所乐非穷通。人事固以拙,聊得长相从。

第三章 中古咏史诗中的士人主题

昔在黄子廉，弹冠佐名州。一朝辞吏归，清贫略难俦。年饥感仁妻，泣涕向我流。丈夫虽有志，固为儿女忧。惠孙一晤叹，腆赠竟莫酬。谁云固穷难，邈哉此前修。①

这组咏史诗在布局安排上，具有非常明显的特色：前两首作为全诗的总纲，第一首以归鸟起兴，写出自己离群而居，量力守故辙的选择；第二首写自己隐居的平淡与贫穷，尤其是结尾"何以慰吾怀？赖古多此贤"一句，上句承接前两首选择隐居固穷的主旨，引出对于这一人生选择的追问：是什么样的力量支撑了自己？然后用"赖古多此贤"一句，引出下文。一问一答，承上启下，开启了以下五首对古圣贤的歌颂。

在接下来五首诗的创作中，具体的句法和篇法也是别具匠心的。陶渊明大量地使用自问自答的句法，连接诗文："岂忘袭轻裘""岂不知其极""岂不实辛苦""此士胡独然""谁云固穷难"这些疑问句，一方面起到了联系上下文，推动诗情发展的作用。另一方面又始终照应着第一首所提出"量力守故辙，岂不寒与饥？知音苟不存，已矣何所悲"。大大地加强了句与句—篇与篇之间的联系。

而且，这五首诗中贫士所面临的困难和问题，层层深入，从最简单的自己的衣食之忧"岂不寒与饥""岂忘袭轻裘"一直写到妻子、儿女、家人的艰辛困难，篇与篇之间存在着明显的由浅入深的推进关系。黄文焕《陶诗析义》卷四就曾指出这一点："七首布置大有主张，'岂不寒与饥'，'穷有愠见言'，'岂忘袭轻裘'，'岂不知其极'，'岂不实辛苦'，'所乐非穷通'，'固为儿女忧'，七首层层说难堪，然后以坚骨静力胜之，道出安贫中勉强下手工夫，不浪说高话，以故笔能深入，法能喷起。"② 这些诗歌，将贫士所面临的困难，层层排列，由浅入深，章法十分严谨。

而且，在第七首的最后，陶渊明提出了"邈哉此前修"，照应第一首中"何以慰我怀"的提问，表达了自己追慕前贤、安贫乐道的人生态度。这样就构成了神完气足的一个整体。正如吴菘《论陶》云："《咏贫士》第一首写明正意。第二首极写饥寒，结言何以致此，未免有愠，作一开，

---

① （东晋）陶渊明著，袁行霈撰：《陶渊明集笺注》，中华书局2003年版，第364—378页。
② （明）黄文焕：《陶诗析义》卷四，载王运生纂辑《陶诗及东坡和陶诗评注》，云南教育出版社1991年版，第207页。

赖有前贤，以慰吾怀，作一阖，又以古贤起下诸人。末首结句作一大结，与第二首结句对照。邈哉前修，赖古多此贤也，谁云固穷难足以慰吾怀矣。七首一气。"① 这样的结构，进一步推动了咏史组诗内部各篇章之间逻辑结构和抒情线索的严密性，使咏史组诗成为一个可分可合的有机整体。

值得一提的是，陶渊明的咏史诗中还有很多"类组诗"的创作。其作品《咏荆轲》《咏二疏》《咏三良》三首，虽创作时间难以考证；但是，清邱嘉惠认为陶诗《咏二疏》《咏三良》《咏荆轲》三首也"皆有次第"。② 从其创作风格和中心思想来看，高度一致，也可以看作一组咏史诗。

咏史组诗形式的完善，一方面提高了咏史诗创作的技巧，在篇与章，章与章之间的联系方面，需要周密布置，前后照应。另一方面，增大了咏史诗的内容含量，作者可以在一组诗内，选择不同的历史人物和历史事件，从不同的方面对自己所要讨论的问题展开多角度、全方位的分析。这一做法也为后人所继承，宋初颜延之《五君咏》五首、唐陈子昂《蓟中览古》七首、杜甫《咏怀古迹》五首、刘禹锡《金陵五题》、周昙《咏史诗》八卷、胡曾《咏史诗》三卷等，均是对这一做法的继承。

第五节　名士：颜延之《五君咏》研究

东晋以后，颜延之继承了陶渊明所开创的"贫士"与"隐士"主题取向，并在咏史诗中拓展出"名士"的主题。本节以《五君咏》为考察重点，对这一主题加以分析和讨论。

关于《五君咏》创作的具体情况，《南史·颜延之传》有明确的记载：

> 元嘉三年，羡之等诛，征为中书侍郎，寻转太子中庶子。顷之，领步兵校尉，赏遇甚厚。延之好酒疏诞，不能斟酌当世，见刘湛、殷

---

① 吴菘：《论陶》，载王运生纂辑《陶诗及东坡和陶诗评注》，云南教育出版社1991年版，第208页。

② 王运生纂辑：《陶诗及东坡和陶诗评注》，云南教育出版社1991年版，第296页。

第三章 中古咏史诗中的士人主题

景仁专当要任，意有不平，常云："天下之务，当与天下共之，岂一人之智所能独了！"辞甚激扬，每犯权要。谓湛曰："吾名器不升，当由作卿家吏。"湛深恨焉，言于彭城王义康，出为永嘉太守。延之甚怨愤，乃作《五君咏》以述竹林七贤。山涛、王戎以贵显被黜，咏嵇康曰："鸾翮有时铩，龙性谁能驯。"咏阮籍曰："物故可不论，途穷能无恸。"咏阮咸曰："屡荐不入官，一麾乃出守。"咏刘伶曰："韬精日沉饮，谁知非荒宴。"此四句，盖自序也。①

元嘉十一年，刘湛、殷景仁不能容忍颜延之的耿直放诞，将颜延之贬为永嘉太守。颜延之极为愤慨，写作了《五君咏》。此诗以组诗的形式分别吟咏竹林七贤中的阮籍、嵇康、刘伶、阮咸、向秀五人。而山涛、王戎二人则因为显贵被排除。下录五首：

  阮步兵：阮公虽沦迹，识密鉴亦洞。沉醉似埋照，寓辞类托讽。长啸若怀人，越礼自惊众。物故不可论，途穷能无恸。
  嵇中散：中散不偶世，本自餐霞人。形解验默仙，吐论知凝神。立俗迕流议，寻山洽隐沦。鸾翮有时铩，龙性谁能驯。
  阮始平：仲容青云器，实禀生民秀。达音何用深，识微在金奏。郭奕已心醉，山公非虚觏。屡荐不入官，一麾乃出守。
  刘参军：刘伶善闭关，怀清灭闻见。鼓钟不足欢，荣色岂能眩。韬精日沉饮，谁知非荒宴。颂酒虽短章，深衷自此见。
  向常侍：向秀甘淡薄，深心托毫素。探道好渊玄，观书鄙章句。交吕既鸿轩，攀嵇亦凤举。流连河里游，恻怆山阳赋。②

《五君咏》历来备受后人推许。接下来，本书拟联系咏史诗的发展历程，具体分析《五君咏》对陶渊明所开创的"贫士""隐士"题材的继承，以及这一组诗在咏史诗发展脉络中的地位。

一 名士：陶渊明"立名"思想的实践与完善

本书上一章曾经讨论过，陶渊明结合自己的实际，在咏史诗中开创出

---

① （唐）李延寿撰：《南史》，中华书局点校本1975年版，第878—879页。
② （南朝梁）萧统编，（唐）李善注：《文选》，上海古籍出版社2019年版，第1026—1030页。

"贫士"和"隐士"这一主题,并通过对这些历史人物的书写,突出并充实了对"立名"内涵的思考。这一思想,在南北朝时期得到了文人的继承,萧璟就有《贫士诗》一首:

> 四时迭来往,苦辛随事迫。三冬泣牛衣,五月披裘客。迟迟春日永,忧来安所适。季秋授衣节,荷裳竟不易。班超弃笔砚,娄敬脱挽轭。虽云丈夫志,终涉自媒迹。贤哉颜氏子,饮水常怡怿。①

萧璟其人在梁国封为临海王。入隋后,萧璟历任朝请大夫、尚衣奉御等官职。武德年间为黄门侍郎,累转秘书监,封兰陵县公。贞观年间卒,赠礼部尚书。② 一生富贵荣华,他对贫士的书写,只是一般性的描写,缺乏真情实感。真正继承陶渊明所开创的主题的是颜延之。陶渊明身后,颜延之有《陶征士诔》一篇,序文和诔文中均推许陶渊明作为隐士的风采。虽然并非咏史诗,但是可以借此看出颜延之继承陶渊明的原因。《宋书》卷九十三《陶潜传》:

> 先是,颜延之为刘柳后军功曹,在寻阳,与潜情款。后为始安郡,经过,日日造潜,每往必酣饮致醉。临去,留二万钱与潜,潜悉送酒家,稍就取酒。③

《文选》卷五十七颜延之《陶征士诔并序》,李善注引宋何法盛《晋中兴书》:

> 延之为始安郡,道经寻阳,常饮渊明舍,自晨达昏。及渊明卒,延之为诔,极其思致。④

由此可见,陶颜二人交情匪浅,颜对陶的生平和思想的描写,应该是最真

---

① 逯钦立辑校:《先秦汉魏晋南北朝诗》,中华书局点校本1983年版,第1726页。
② (后晋)刘昫撰:《旧唐书》,中华书局点校本1975年版,第2398—2404页。
③ (南朝梁)沈约撰:《宋书》,中华书局点校本1974年版,2288页。
④ (南朝梁)萧统编,(唐)李善注:《文选》,上海古籍出版社2019年版,第2520页。

切的资料。关于这一诔文,莫砺锋等前辈学者进行了深入系统的研究。①本书在其基础之上,着重从咏史诗中"贫士"书写传统这个角度来加以分析。这篇诔文可以称得上"以陶证陶"歌咏其"贫士"形象的典范。

本书在上一章就陶渊明的贫穷状况进行过详细的分析,一般说来,其名作《五柳先生传》可以视为其自画像②:

> 先生不知何许人也,亦不详其姓字,宅边有五柳树,因以为号焉。闲静少言,不慕荣利。好读书,不求甚解;每有会意,便欣然忘食。性嗜酒,家贫不能常得。亲旧知其如此,或置酒而招之;造饮辄尽,期在必醉。既醉而退,曾不吝情去留。环堵萧然,不蔽风日;短褐穿结,箪瓢屡空,晏如也。常著文章自娱,颇示己志。忘怀得失,以此自终。③

颜延之对陶渊明的歌颂,完全是以此为基础来描写的。我们先来看序文中的描写:

> 有晋征士寻阳陶渊明,南岳之幽居者也。弱不好弄,长实素心。学非称师,文取指达。在众不失其寡,处言愈见其默。少而贫苦,居无仆妾,井臼弗任,藜菽不给,母老子幼,就养勤匮。远惟田生致亲之议,追悟毛子捧檄之怀。初辞州府三命,后为彭泽令,道不偶物,弃官从好。遂乃解体世纷,结志区外,定迹深栖,于是乎远。灌畦鬻蔬,为供鱼菽之祭;织絇纬萧,以充粮粒之费。心好异书,性乐酒德。简弃烦促,就成省旷。殆所谓国爵屏贵,家人忘贫者欤?有诏征著作郎,称疾不赴。春秋六十有三,元嘉四年某月日,卒于寻阳县柴桑里。④

---

① 邓小军:《陶渊明政治品节的见证——颜延之〈陶征士诔并序〉笺证》,《北京大学学报》2005年第5期。莫砺锋:《颜延之〈陶征士诔并序〉在陶渊明接受史上的地位》,《学术月刊》2012年第1期。
② 关于五柳先生是否是陶渊明的自画像,有不同意见。于溯:《互文的历史:重读〈五柳先生传〉》,《古典文献研究》第十五辑,2012年,第222—235页。
③ (东晋)陶渊明著,袁行霈撰:《陶渊明集笺注》,中华书局2003年版,第502页。
④ (南朝梁)萧统编,(唐)李善注:《文选》,上海古籍出版社2019年版,第2520页。

仔细对比两篇文章，就会发现之间的相似。首先，二文都突出了身为贫士的陶渊明生活条件的艰苦，颜文表达更为具体："少而贫苦，居无仆妾，井臼弗任，藜菽不给，母老子幼，就养勤匮。"其次，两篇文章还都着重描写了陶渊明的安贫乐道，尤其是对陶渊明自述的"好读书""性嗜酒"，颜延之的诔文以"心好异书"，"性乐酒德"加以总结以外，还特意做出"国爵屏贵，家人忘贫"的评价。再次，对陶渊明拒绝出仕的描写，自传中只交代了"不慕荣利"这一点，颜延之则具体交代了"初辞州府三命，后为彭泽令，道不偶物，弃官从好。遂乃解体世纷，结志区外，定迹深栖，于是乎远"。在诔文中，颜延之也有类似的表述：

> 世霸虚礼，州壤推风。孝惟义养，道必怀邦。人之秉彝，不隘不恭。爵同下士，禄等上农。度量难钧，进退可限。长卿弃官，稚宾自免。子之悟之，何悟之辩。赋诗归来，高蹈独善。亦既超旷，无适非心。汲流旧巘，葺宇家林。晨烟暮霭，春煦秋阴。陈书辍卷，置酒弦琴。居备勤俭，躬兼贫病。人否其忧，子然其命。隐约就闲，迁延辞聘。

更值得注意的是，颜延之还在诔文中描写了陶渊明的身后事，

> 存不愿丰，没无求赡。省讣却赗，轻哀薄敛；遭壤以穿，旋葬而窆。呜呼哀哉！

不但是丧葬过程的实录，而且表示了对渊明遗愿的尊重和敬佩。

由《陶征士诔》，不难看出颜延之对隐士和贫士境界的理解。正如上一章所论，陶渊明之所以歌颂贫士，并不是因为他们贫穷的处境，而是因为他们能够安贫乐道，体现儒家"固穷"的价值观念。陶渊明赞美隐士，也并非是因为他们的隐居，而是歌颂他们面对政治失意之时，能够不同流合污，独善其身。总而言之，陶渊明所歌颂的并非是"贫"和"隐"，而是他们身上所彰显出来的"士"的精神。颜延之所继承的，也正是这一点。颜延之在诔文中，歌颂的也是陶渊明固穷的精神，而不是他贫穷的现实。同理，颜延之《五君咏》所歌咏的"名士"，并非是因为他们的"名"；恰恰相反，山涛和王戎虽然有名，却因贵显被排除在外。颜延之

歌咏的也是这些人"士"的精神。所以，从士人的精神实质看，这一组诗正是对陶渊明《咏贫士》的继承。

二　选材：诗人主体性的增强

竹林七贤，本来是正始名士谈玄的代表人物，是魏晋风流的体现。这一说法见于《魏志》中的《嵇康传》裴注引《魏氏春秋》：

> 康寓居河内之山阳县，与之游者，未尝见其喜愠之色。与陈留阮籍、河内山涛、河南向秀、籍兄子咸、琅邪王戎、沛人刘伶相与友善，游于竹林，号为七贤。①

这里只是记载七人一起出游，并没有明确指出交游的原因和内容，《晋书·嵇康传》也只是交代七人"神游"而结交：

> 所与神交者惟陈留阮籍、河内山涛，豫其流者河内向秀、沛国刘伶、籍兄子咸、琅邪王戎，遂为竹林之游，世所谓竹林七贤也。②

刘义庆《世说新语·任诞》中指出，所谓"神游"就是"肆意酣畅"：

> 陈留阮籍、谯国嵇康、河内山涛，三人年皆相比，康年少亚之。预此契者：沛国刘伶、陈留阮咸、河内向秀、琅邪王戎。七人常集于竹林之下，肆意酣畅，故世谓竹林七贤。③

最明确指出七人共同特点的是《通鉴》卷七八：

> 谯郡嵇康，文辞壮丽，好言老庄，而尚奇任侠。与陈留阮籍、籍兄子咸、河内山涛、河南向秀、琅邪王戎、沛国刘伶特相友善，号竹

---

① （晋）陈寿撰，（南朝宋）裴松之集解：《三国志》，中华书局点校本1982年版，第605页。
② （唐）房玄龄等撰：《晋书》，中华书局点校本1974年版，第1370页。
③ （南朝宋）刘义庆著，（南朝梁）刘孝标注，余嘉锡笺疏，周祖谟等整理：《世说新语笺疏》，中华书局2007年版，第853—854页。

林七贤。皆崇尚虚无，轻蔑礼法，纵酒昏酣，遗落世事。[①]

所谓"崇尚虚无，轻蔑礼法"正是当时玄学的代表思想。其人的玄学思想虽然略有不同：嵇康、阮籍、刘伶、阮咸主张"越名教而任自然"，山涛、王戎在老庄思想的基础上杂以儒术，向秀则主张名教与自然合一。但是，总体看来，七人的学术观点还是比较一致的。但是，竹林七贤在政治态度上有很大分歧，大约可以划分为三种态度。

第一种，嵇康、阮籍、刘伶出仕曹魏，对新兴的司马氏政权采取拒绝合作的态度。司马昭欲礼聘嵇康为幕府属官，他跑到河东郡躲避征辟。钟会盛礼前去拜访，遭到他的冷遇。这种态度颇招司马昭的忌恨，最终招来杀身之祸。阮籍采取不涉是非、明哲保身的态度，或者闭门读书，或者登山临水，或者酣醉不醒，或者缄口不言。刘伶采取的是装疯佯狂的策略，泰始二年（公元266年），朝廷派特使征召刘伶再次入朝为官。而刘伶不愿做官，听说朝廷特使已到村口，赶紧把自己灌得酩酊大醉，然后脱光衣衫，朝村口裸奔而去。朝廷特使看到刘伶后，深觉其乃一酒疯子，于是作罢。

第二种，向秀、阮咸，虽出仕新朝而只是敷衍，态度消极。嵇康遇害后，向秀迫于强权的压力而出仕，后来官至黄门侍郎、散骑常侍。但他"在朝不任职，容迹而已"，选择了只做官不做事，消极无为。而将所有的心力都放在对《庄子》一书的研究之中。曾注《庄子》，被赞为"妙析奇致，大畅玄风"。阮咸入晋曾为散骑侍郎，但不为司马炎所重。晋武帝认为阮咸好酒虚浮，于是不用他。根据其才学见识推断，其"虚浮"的印象，大半和向秀一样是"在朝不任职，容迹而已"的一种求生本事。

第三种，山涛和王戎，积极热衷于功名。山涛四十岁时投靠大将军司马师，西晋建立后，升任大鸿胪。历任侍中、吏部尚书、太子少傅、左仆射等职，封新沓伯。他每选用官吏，皆先秉承晋武帝意旨，且亲作评论，时人称之为"山公启事"。王戎为人鄙吝，功名心最盛，入晋后长期为侍中、吏部尚书、司徒等，历仕晋武帝、晋惠帝两朝，在八王之乱中，仍能隔岸观火，不失其位。

综上所述，"竹林七贤"这一称呼，是出于崇尚虚无的行为方式的相似性，而非政治思想和人生态度的一致性。但是，颜延之歌颂这一群体，

---

① （宋）司马光编著，（元）胡三省音注：《资治通鉴》，中华书局标点整理本1956年版，第2463页。

没有按照历史事实，而是根据自己的处境，从政治思想和人生取向的角度对七人有所选择。正如本传所载"延之甚怨愤，乃作《五君咏》以述竹林七贤，山涛、王戎以贵显被黜"。其实七人之中以山涛年事最长，且"竹林七贤"中的嵇康、阮籍都是山涛发现的，而向秀也是由山涛发现并介绍给嵇康和阮籍认识的，因此，山涛是竹林之游的组织者和核心。但是，颜延之却将其摒除，这体现了诗人在创作咏史诗时主体性的加强，再不是机械地叙述或者评论历史，而是根据自己创作的动机和目的，对历史加以裁剪和选择。

三 龙性难驯：对名士"风神"的捕捉

颜延之选择《五君咏》中的人物，延续了陶渊明所开创的"名"的视角，而更突出了对正始名士精神风貌的描写。通观这五首诗，颜延之并没有叙述这些正始名士的具体事迹，而是侧重于他们的风采与神态，阮籍、嵇康两首中最为显著：

> 阮公虽沦迹，识密鉴亦洞。沉醉似埋照，寓辞类托讽。长啸若怀人，越礼自惊众。物故不可论，途穷能无恸。
>
> 中散不偶世，本自餐霞人。形解验默仙，吐论知凝神。立俗迕流议，寻山洽隐沦。鸾翮有时铩，龙性谁能驯。

第一首歌咏阮籍，前两句先说阮籍因为不满司马氏政权而退守，沦于大众之中，但是他的识鉴却没有因此而沉沦，相反更加深刻，具有洞察力。诗中重点描写了阮籍沉醉、长啸、越礼、托讽、穷途之哭这些最典型的行为特点，突出其"惊众"的风神。

第二首歌咏嵇康，前两句点出嵇康本来就是餐霞之人，与这个黑暗的世界不和谐，是情理中事。接下来，还是扣住嵇康生平行止的几个特点。"形解验默仙，吐论知凝神"两句从"餐霞人"三字而来，说嵇康学道求仙，精神从其形体逸出，进入了求仙的境界。[①] 这从其《养生论》中就可

[①] 顾恺之《嵇康赞序》："南海太守鲍靓，筒灵士也，东海徐宁师之，宁夜闻静室有琴声，怪其妙而问焉。靓曰，嵇叔夜。宁曰，嵇临命东市，何得在兹？靓曰，叔夜迹示终，而实尸解"（《文选》卷二十一"诗乙"颜延之《五君咏》，李善注引）。见（南朝梁）萧统编，（唐）李善注《文选》，上海古籍出版社2019年版，第1027页。

以看得出来。"立俗迕流议，寻山洽隐沦"两句从"不偶世"而来。嵇康不同流合污，表面上非汤武而薄周孔，但其本质上反对的是黑暗的统治，所以他入山与隐士孙登、王烈等游。前六句写完嵇康本人，最后"鸾翮有时铩，龙性谁能驯"翻出新意。《晋书·嵇康传》说"人以为龙章凤姿"。[①] 故颜延之也以鸾、龙比喻嵇氏，以为它们虽然时常受到摧残，但其不屈的本性却是任何人也不能使之驯服的。言外之意是说嵇康虽时时受人诋毁甚至惨遭杀身之祸，然其不受世俗束缚的本性是不会改变的。

嵇、阮是正始一代名士的代表，他们放浪形骸、超然物外的故事很多，仅《世说新语·任诞篇》和《简傲篇》就有数则记载。但是，颜延之并没有详细地描写其中任何一件，而是用高度概括的语言遗貌取神，将写作重点放在了二人"龙性难驯"的风格之上。这在咏史诗的写法上无疑是一种推进。

四 形式：咏史组诗的进一步完善

《五君咏》在咏史诗发展传统中，另一个值得注意之处就是对咏史组织的进一步完善。这一组诗每首诗的内部章法结构十分类似，五首平行组合在一起构成一组；在思想上，五首诗层层递进，表明了自己在政治黑暗中的心理变化过程，前后照应、勾连，构成一个完整的整体。

1. 章法结构

颜延之的这组《五君咏》各诗在结构上相当严密而且一致。起二句为概述一人生平最主要的行为特点，如阮籍韬光养晦、嵇康高洁傲岸、刘伶寄情于酒、阮咸高材美质、向秀甘心淡泊，都于首二句中道出。后四句则依据史传，用极其概括性的语言点出每人生平事迹中最与众不同的几个方面，而且在写作的过程中，都是略去具体情节，提炼出传主的精神风貌。最后两句则能在咏史的基础上翻出新意，以古证今，借古人之事而表现出自家怀抱。嵇康、阮籍两首前文已经分析，接下来看其余三首：

仲容青云器，实禀生民秀。达音何用深，识微在金奏。郭奕已心醉，山公非虚觏。屡荐不入官，一麾乃出守。

刘伶善闭关，怀清灭闻见。鼓钟不足欢，荣色岂能眩。韬精日沉

[①] （唐）房玄龄等撰：《晋书》，中华书局点校本1974年版，第1370页。

饮，谁知非荒宴。颂酒虽短章，深衷自此见。

　　向秀甘淡薄，深心托毫素。探道好渊玄，观书鄙章句。交吕既鸿轩，攀嵇亦凤举。流连河里游，恻怆山阳赋。

阮咸一首，先描写其"禀生民秀"的青云之质，接下来描写他的音乐成就，再写郭奕、山涛对其才华的佩服与推荐，最后一句表明其出仕态度：若有违本性，则屡荐不官；若可报国，则义无反顾。刘伶一首，先写其"闭关爱酒"，然后，根据史书强调刘伶不好荣华富贵，只是爱好沉醉，最后两句表明，爱酒之中大有深意，其《酒德赋》表明了自己的真正理想。向秀一首，先写其甘于淡泊的品质，以下描写探道、观书、交游都围绕这一主要特点。最后以向秀山阳闻笛的故事赞美其感旧的情义，以其《思旧赋》与开头"深心托毫素"相呼应。尤其值得注意的是这五首诗的结句。陈祚明有"五篇别为新裁，其声坚苍，其旨超越，每于结句，凄婉壮激，余音诎然，千秋乃有此体"[1] 之赞。

　　从上文梳理可以看出，这五首诗的篇法结构完全相同，排列在一起，构成一组诗，这种由平行的篇法结构组合在一起的新形式，推动了咏史组诗的有机融合，使组诗的整体感更强。

2. 篇法结构

　　除了组诗的形式结构，《五君咏》在具体的篇法安排上，也十分见心思。本传已经指出颜延之做这组诗为的就是寄托自己的情感。所以五首诗的排列，有其内在的情感线索在内。

　　第一首《阮步兵》写阮籍外表虽然沉晦，内心却非常清醒，他的托酒自遁，正是世道的不可言说，是一种不得已的行为。名为写阮籍，实则就是自己的自况，本传载颜延之"好酒疏诞"，因此"每犯权要"，不能与世俗相容，招致权贵的打击，出守彭城。这就自然引出第二首，以嵇康为寓托，证明自己不能和世俗之人融洽的倔强性格。借"龙性难驯"表达自己虽然被打击，但是绝不屈服让步的桀骜不群。

　　接下来《刘参军》和《阮始平》两首可以看作贬谪之后对自己行为的解释。歌咏刘伶一首，主要说明刘伶寄情于酒有他不得已的苦衷，从

---

[1] （清）陈祚明评选，李金松点校：《采菽堂古诗选》卷十六，上海古籍出版社2019年版，第514页。

《酒德颂》里可以看出他深藏在内心的隐情。《阮始平》写阮咸虽有高材美质,荐者再三,终不被信用,而权贵一麾,乃遽出守。咏史亦是自况,这两首意在表明自己好酒,只是面对这个黑暗世界不得已而为之的选择,自己屡次避免征召升职,也和阮咸一样是等待真正了解自己的人。最后第五首《向常侍》写向秀专心文词、甘于淡薄的性格,表达的是自己甘于淡泊的心境。

总体看来,这五首诗在内在的情感线索和发展逻辑上也是十分绵密的,作者以自己被贬后的心境为中心,构成了一个完整的整体。是对陶渊明《咏贫士》组诗形式的进一步推进。

五 鲍照等人对名士的歌咏

颜延之以后,咏史诗中还有很多对名士的歌咏。和颜延之的写作均有类似之处,萧统有以竹林七贤为主题的咏史诗,将颜延之排除在外的山涛、王戎二人作为吟咏对象。其《咏山涛王戎诗二首》云:

> 山涛:山公弘识量,早厕竹林欢。聿来值英主,身游廊庙端。位隆五教职,才周五品官。为君翻已易,居臣良不难。
> 王戎:浚冲殊萧散,薄暮至中台。征神归鉴影,晦行属聚财。嵇生袭玄夜,阮籍变青灰。留连追宴绪,垆下独徘徊。

这首诗在写法上和颜延之高度一致,但是从维护政权的角度歌咏山涛。以此可以作为《五君咏》的对照,有助于理解颜延之为什么排除山涛和王戎。

庾肩吾亦有《赋得嵇叔夜诗》,不同于颜延之侧重描写嵇康的风姿,庾肩吾则是在看似平淡的史实叙述中发表议论:

> 山林重明灭,风月临器尘。著书惟隐士,谈玄止谷神。雁重翻伤性,蚕寒更养身。广陵余故曲,山阳有旧邻。俗俭宁妨患,才多反累身。寄言山吏部,无以助庖人。

这里采用传体咏史诗的方法,表现了对嵇康的叹惜之意。由于其采用"赋得体"的创作方式,所以诗歌中缺乏陶渊明和颜延之的身世之感。

第三章　中古咏史诗中的士人主题

真正能够和颜延之相提并论的是鲍照的《咏史诗》和《蜀四贤咏》。《咏史诗》歌咏的是汉代"名士"严君平。严君平的事迹见诸《汉书》：

> 蜀有严君平，皆修身自保，非其服弗服，非其食弗食……君平卜筮于成都市，以为："卜筮者贱业，而可以惠众人。有邪恶非正之问，则依蓍龟为言利害。与人子言依于孝，与人弟言依于顺，与人臣言依于忠，各因势导之以善，从吾言者，已过半矣。"裁日阅数人，得百钱足自养，财闭肆下帘而授《老子》。博览亡不通，依老子、严周之指著书十余万言。扬雄少时从游学，以而仕京师显名，数为朝廷在位贤者称君平德。杜陵李强素善雄，久之为益州牧，喜谓雄曰："吾真得严君平矣。"雄曰："君备礼以待之，彼人可见而不可得诎也。"强心以为不然。及至蜀，致礼与相见，卒不敢言以为从事，乃叹曰："扬子云诚知人！"君平年九十余，遂以其业终，蜀人爱敬，至今称焉。①

严君平其人并非没有出仕的机会，然而他却修身自保、闭门著书。原因何在？正是因为在严君平的人生价值观中，真正值得追求的是千秋万世后的德名。这一点，他的学生扬雄在评论本师这种选择时就曾经指出之所以这么做，就是因为"君子疾没世而名不称"：

> 及雄著书言当世士，称此二人。其论曰："或问：君子疾没世而名不称，盍势诸名卿可几？曰：君子德名为几。梁、齐、楚、赵之君非不富且贵也，恶乎成其名！……蜀严湛冥，不作苟见，不治苟得，久幽而不改其操，虽随、和何以加诸？举兹以旃，不亦宝乎！"②

鲍照对严君平的歌颂，也是集中于其"修身自保"的德名之下：

> 五都矜财雄，三川养声利。百金不市死，明经有高位。京城十二衢，飞甍各鳞次。仕子彯华缨，游客竦轻辔。明星晨未晞，轩盖已云

---

① （汉）班固撰，（唐）颜师古注：《汉书》，中华书局点校本1962年版，第3056—3057页。
② （汉）班固撰，（唐）颜师古注：《汉书》，中华书局点校本1962年版，第3057页。

至。宾御纷飒沓，鞍马光照地。寒暑在一时，繁华及春媚。君平独寂寞，身世两相弃。①

这首诗在写法上很有特点，鲍照并没有将重点放在铺叙、评论严君平的事迹之上，而是先重点描述了时人追逐金钱财富、权利名声的风气。尤其是仕子靠明经之路得以出仕，身居高位，携带重金归来的欢腾场景。作者用夸张的笔法，描写了京城四通八达的车道上，虽然还是清晨，但是早已经冠盖云集，鞍马奔腾，人头攒动。通过这一场景就可以看出京城的繁华与奢靡。紧接着，作者笔锋一转，以"寒暑在一时，繁华及春媚"一句点明这种繁华只是暂时的，不能长久，这就自然引出疑问：什么才是永恒的呢？在这样的疑问下，作者写出了自己对严君平的推崇，那就是虽然和这繁华世界"两相弃"，但是严君平安于寂寞，"修身自保"，一定会成就千秋万代的德名。与那些暂时的富贵和名利相比，这种德名才是永恒的。结合鲍照的身世，可以看出，鲍照对严君平的歌咏，也是对自己当时仕途出处的一种思考与回应。鲍照这种思想，在其《蜀四贤咏》中也有体现：

渤渚水浴凫，春山玉抵鹊。皇汉方盛明，群龙满阶阁。君平因世闲，得还守寂寞。闭帘注道德，开封述天爵。相如达生旨，能屯复能跃。陵令无人事，毫墨时洒落。褒气有逸伦，雅缋信炳博。如令圣纳贤，金珰易羁络。良遽神明游，岂伊覃思作。玄经不期赏，虫篆散忧乐。首路或参差，投驾均远托。身表既非我，生内任丰薄。②

首四句以鹊、凫各依山水起兴，引出汉室之所以兴旺发达是因为群贤毕至的寓意。接下来，分别歌咏四贤，严君平卖卦为生，日得百钱即闭帘下帷，注释老子的《道德经》；司马相如通达人生的志趣，能顺应穷通的变化，在汉景帝时担任孝文园令这样为君主守陵墓的小官而不以为耻，安心著书立说，以文章自娱；王褒才气横溢，文章高妙，绝伦离类，以赋《圣主得贤臣颂》而立时得到帝王的赏识，其后则自动解职归家；扬雄则

---

① （南朝宋）鲍照著，钱仲联增补集说校：《鲍参军集注》，上海古籍出版社2005年版，第326页。
② （南朝宋）鲍照著，钱仲联增补集说校：《鲍参军集注》，上海古籍出版社2005年版，第329页。

能游于神明之中，在撰写著名的《太玄》之时，不需深思，一时而成，下笔如有神助，却不计较功名利禄，并不以此邀功求赏；最后四句为总结，说以上四人虽然各人所走的道路并不相同，但殊途同归，他们都有着远大的人生目标，并不计较自身的得失。虽然都不是达官贵人，却能够淡泊自守，并以文章显名于世。四贤的出处穷达差得很远，作者却能找到他们的共同之处，那就是通过自己的努力，树立自己的德名，皆以流芳千古，可见鲍照也和颜延之一样，只是突出四贤的某一方面特质来寄托自己的处世态度和人生思考。

本章小结

在中古时期，随着士人们追求生命不朽的意识不断高涨，士人和政权之间的关系也日趋复杂。人人都希望能够参与政治以实现自己的理想，进而垂名青史。但是士人参与政治的过程不是一帆风顺的，因为各种主客观的原因，士人，尤其是下层士人参与政治依然会面临着一系列的问题。每当此时，他们就自发地向历史寻找经验和智慧，歌咏古人的处世态度来作为自己立身的依据。这就促使中古咏史诗的选材集中于歌咏先贤高士的取向，先后出现了贤士、寒士、隐士与贫士、名士几大主题。

生命不朽的意识可溯源到《左传》的三不朽，《左传·襄公二十四年》："太上有立德，其次有立功，其次有立言，虽久不废，此之谓不朽。"孔颖达疏："立德，谓创制垂法，博施济众；立功，谓拯厄除难，功济于时；立言，谓言得其要，理足可传。"[①] 三不朽的思想，勉励士人不断进取，以取得可以流芳百世的成就。

这种崇高的理想，构成了"建安风力"的精神内核。贯穿于建安诗人的全部诗文之中。[②] 徐幹在《中论·夭寿》中说："故司空颍川荀爽论之，以为古人有言，死而不朽，谓太上有立德，其次有立功，其次有立言，其身殁矣，其道犹存，故谓之不朽。"[③] 就是对这一思想的直接继承。曹植《又求自试表》中也有明确的论述："故太上立德，其次立功，盖功

---

① 杨伯峻编著：《春秋左传注》，中华书局1987年版，第1087页。
② 葛晓音：《八代诗史》，陕西人民出版社1989年版，第39页。
③ （魏）徐幹撰，孙启治解诂：《中论解诂》，新编诸子集成续编本，中华书局2014年版，第265页。

德者所以垂名也。名者不灭，士之所利，故孔子有夕死之论，孟轲有弃生之义。彼一圣一贤岂不愿久生哉？志或有不展也。是用喟然求试，必立功。"① 都明确表达了他们对"三不朽"的追求。

整个魏晋时期，这种"建安风力"的精神都在士人心目中激荡。但是根据个人的志向不同，对三不朽的追求各有所偏：阮籍在诗歌中明确表达自己希望"太上立德，其次立功"②的理想；杜预则认为"德不可以企及，立功、立言可庶几"③，将追求不朽的重点放在了"立功"和"立言"之上；曹丕希望自己能够"寄身于翰墨，见意于篇籍，不假良史之辞，不托飞驰之势，而声自传于后"④；应璩认为"潜精坟籍，立身扬名，斯为可矣"⑤；郭遐周"所贵身名存，功烈在简书"⑥；王羲之《兰亭诗》"言立同不朽"⑦。他们都希望以自己的文章和思想来名垂青史。虽然每个士人的具体选择有所不同，但是其本质是一致的，就是通过不懈努力，通过自己的德行、功业、文章实现"不朽"的追求。

从这样的角度，来审视咏史诗的士人主题，可以发现，从左思到陶渊明，再到颜延之、鲍照，作者描写古代的士人，无非就是为了表达自己想要立德、立功、立言以追求不朽的人生理想。左思在探讨寒士的各种出路之后，开始了关于不朽的新的思考。他强调自己"与世殊伦"的精神境界以及"安贫乐道"的道德追求，希望能够通过这样的"立名"行为，实现自己的不朽。

"陶渊明虽然是一个本性恬静的人，但毕竟也像封建时代许多士大夫一样，怀有建功立业大济苍生的壮志。"⑧ 他的归隐和出仕，都有着十分复杂的原因，"仅仅用亲老家贫解释他的出仕，显然是不够的；仅仅用生性恬淡解释他的归隐，也是不全面的"⑨。那么如何才能正确理解这些行

---

① （魏）曹植著，王巍校注：《曹植集》，河北教育出版社 2013 年版，第 306 页。
② （魏）阮籍著，陈伯君校注：《阮籍集校注》，中华书局 2012 年版，第 439 页。
③ （唐）房玄龄等撰：《晋书》，中华书局点校本 1974 年版，第 1025 页。
④ （魏）曹丕著、夏传才、唐绍忠校注：《曹丕集校注》，河北教育出版社 2013 年版，第 233 页。
⑤ （南朝梁）萧统编，（唐）李善注：《文选》，上海古籍出版社 2019 年版，第 1951 页。
⑥ 逯钦立辑校：《先秦汉魏晋南北朝诗》（上册），中华书局 1983 年版，第 475 页。
⑦ 逯钦立辑校：《先秦汉魏晋南北朝诗》（上册），中华书局 1983 年版，第 895 页。
⑧ 袁行霈：《陶渊明研究》，北京大学出版社 1997 年版，第 106 页。
⑨ 袁行霈：《陶渊明研究》，北京大学出版社 1997 年版，第 106 页。

为呢？笔者认为这背后的动力，就是陶渊明"立名"思想的形成。陶渊明继承了左思提出的"寒士精神"，在咏史诗中大力歌咏"隐士"和"贫士"。并赋予这两种形象以全新意义：陶渊明笔下的"隐士"是一种追求自然、乘运委化的达观之士；而他笔下的"贫士"，是贯彻儒家"固穷"思想、安贫乐道的高节之士。这两类形象，都是陶渊明经过哲学思考，以"立名"为主导，塑造出来的新的士人形象。在陶渊明的人生哲学之中，追求千秋万代德名就是人生的最高境界，这正是立德的一种表现。

颜延之"历四主、陪两王，浮沉上下"[①]。每当贬谪之时，他都会借助对历史名士的歌咏思考"立名"的问题。第一次贬谪时，他曾经撰写《为湘州祭屈原文》，在文章中，他强调屈原虽然没能实现自己的政治理想，但是其高洁傲岸的情操，却留名于千秋万代，"声溢金石，志华日月。如彼树芳，实颖实发"。在第二次贬谪中，他写下了《五君咏》这一组诗，他借助"正始名士"的事迹，来表达自己对不朽的思考和追求。他将山涛和王戎排斥在外，而重点歌颂其他五位贤者的"风神"。其用意是十分明朗的，就是为了突出自己"立名"的思想。

同样的做法也体现在鲍照的《咏史》和《蜀四贤咏》中。他们通过对于历史人物不慕生前名利，追求千秋万代的德名，进而表现自己的处世态度和人生思考。

这样，"建安风力"中追求"三不朽"的精神内核，就通过咏史诗中的士人主题，以"立名"的集中表述，在魏晋时期乃至刘宋的部分古诗中不断地发展。可以说，咏史诗中的士人主题，是"建安风力"在魏晋古诗中得以延续的最重要的原因。

---

① （明）张溥撰，殷孟伦注：《汉魏六朝百三家集题辞注》，商务印书馆1961年版，第173页。

第四章

中古咏史诗的女性主题

南朝以降，咏史诗的主题发生了转变：一是士人主题开始减少，逐渐转化、催生出怀古这一主题；二是女性主题增多，并呈现出向宫怨诗靠拢的趋势。怀古主题本书将在第五章进行讨论，本章重点考察中古咏史诗中的女性主题。

中古诗人在咏史诗中所歌咏的女性历史人物主要有秋胡妻、班婕妤、楚妃、王昭君、铜雀妓、长门怨（陈阿娇）等。秋胡妻、班婕妤、楚妃、王昭君等形象进入咏史诗的路径基本相似，都经历了由乐府到近体的过程，歌咏的角度受时代风气的影响，都经历了一个由"崇德言志"向"宫怨、娱情"转化的过程。铜雀妓和长门怨（陈阿娇）是南朝诗人在近体诗中新开拓的咏史主题，但是在其"乐府化"的过程中也同样存在着上述倾向。

另外，南朝诗人对王昭君、铜雀妓、长门怨的歌咏还大量地参照《汉武故事》《西京杂记》《琴操》等文献，他们依据艺术想象、笔记小说、琴曲歌辞等"虚构的历史"来歌咏历史人物，这也大大地推动了咏史诗的选材来源。这和六朝小说的蓬勃发展有着直接的关系。

西晋以前，中国诗歌传统中已经有很多吟咏女性的作品。这些诗歌基本上都是根据社会现实和家庭实际，记录当时女性在婚姻和爱情中的地位和状态，进而表现当时妇女的情感生活和精神状态，可大致分为"怨妇诗"和"思妇诗"两大抒情传统。[①]

《诗经》中的《谷风》《氓》，汉古诗《上山采蘼芜》，曹植等《代刘勋妻王氏杂诗》《弃妇诗》基本构成了怨妇诗的传统。这些诗歌的内容主

---

① 俞士玲：《汉晋女德的建构》，人民文学出版社2018年版，第267—268页。

第四章 中古咏史诗的女性主题

要是描述女子在婚姻和爱情失败之后被抛弃的辛酸，借此来表达对负心汉的谴责。诗歌中怨妇之"怨"主要来自被丈夫或者爱人辜负甚至遗弃的悲惨经历，《诗经》中《邶风·谷风》和《小雅·谷风》的主要内容就是这样。这种情绪在汉乐府中《上山采蘼芜》中表现得更加立体：

> 上山采蘼芜，下山逢故夫。长跪问故夫，新人复何如？新人虽言好，未若故人姝。颜色类相似，手爪不相如。新人从门入，故人从阁去。新人工织缣，故人工织素。织缣日一匹，织素五丈余。将缣来比素，新人不如故。①

该诗截取了一个旧人重逢的片段，通过故人和故夫的一问一答，表现出故夫喜新厌旧、抛弃故人的往事。将女主人公的情绪写得十分克制。但是那种怨愤之感，却抒发得很到位。曹植的《代刘勋妻王氏杂诗》也是这样：

> 翩翩床前帐，张以蔽光辉。昔将尔同去，今将尔同归。缄藏箧笥里，当复何时披？②

该诗从随风而动的床前帷帐起兴。这架帷帐已经在床头挂了许久，点明她的婚姻已经持续了好久。但是，今天却不得不把它摘下来，带回自己的娘家，说明婚姻已经失败，她要离开这个不再属于自己的家庭。最后，作者借助女性的口吻对帷帐提出疑问：今天收起来放在箱子里，何时才能再一次悬挂出来？作者意在借此表明，自己的青春年华，一去不返，如今却被"缄藏箧笥里"，被负心人抛弃，怎样才能找回自己的青春年华？全诗借帷帐自喻，实际表明的是自己被抛弃的心态。

《诗经》中的《伯兮》《君子于役》，汉古诗《明月何皎皎》，古诗十九首中《行行重行行》，曹植的《杂诗》（西北有织妇）等，则大致构成了思妇诗的系列。这些诗歌中的妇女形象，大多是"游子—思妇"关系中独守空闺的女性，她们寂寞无助，思念在外宦游或者从军的丈夫。作者

---

① 逯钦立辑校：《先秦汉魏晋南北朝诗》（上册），中华书局1983年版，第334页。
② （魏）曹丕著，夏传才等校注：《曹丕集校注》，河北教育出版社2018年版，第18页。

往往截取她们生活中的一个片段，通过描写她们六神无主的行为，突出刻骨相思。古诗十九首大量描写思妇的形象，《行行重行行》《青青河畔草》《西北有高楼》《涉江采芙蓉》《冉冉孤生竹》《庭中有奇树》《迢迢牵牛星》《凛凛岁云暮》《孟冬寒气至》《客从远方来》《明月何皎皎》等十一首诗歌均涉及对思妇的描写，开创了文人诗中描写思妇的传统。① 这其中最典型的是曹植的《杂诗》：

> 西北有织妇，绮缟何缤纷！明晨秉机杼，日昃不成文。太息终长夜，悲啸入青云。妾身守空闺，良人行从军。自期三年归，今已历九春。飞鸟绕树翔，嗷嗷鸣索群。愿为南流景，驰光见我君。②

这首诗的写作和《古诗十九首》类似，截取了织布这一生活场景，描写出丈夫外出从军，思妇百无聊赖，思念丈夫的情感。最后一句希望自己变做向南飞驰的月光，去面见夫君。想象十分新颖，把思念之情描写得淋漓尽致。

两晋南北朝时期咏史诗中的女性主题，与同时期的思妇诗和怨妇诗是同步发展的，二者之间不可避免会相互影响。但是，在具体的发展过程中，两晋和南北朝又呈现出不同的特点：

汉晋咏史诗侧重于歌颂女性的"妇德"，以班固的《咏史》为例，诗中所描写的缇萦，不再是被束缚在家庭和爱情中的弱者形象，而是敢于拯救父亲和家族的有勇有谋、有胆有识的英雄。两晋时期，咏史诗中的女性题材开始走向繁荣，最先走进咏史诗的是秋胡妻、班婕妤、楚妃几个形象，傅玄、陆机、成公绥等人对她们的歌颂，都是站在"崇德言志"的视角，歌咏她们的"妇德"。强调她们作为"节妇""洁妇""贞妇""贤妇"的德行。"思"和"怨"并不是咏史的重点。

南朝咏史诗则再次注重"思妇"与"怨妇"的特点。这一时期随着文学娱乐功能的加强，以及古体乐府的近体化，诗人们对这些人物的歌咏角度开始出现了转化。从歌咏她们的"妇德"，而转向描写她们的"闺怨"，秋胡妻、班婕妤、楚妃、王昭君进入咏史诗的路径也基本类似。此

---

① 刘淑丽：《汉末文人五言诗中的思妇》，《晋阳学刊》2003 年第 3 期。
② （魏）曹植著，王巍校注：《曹植集校注》，河北教育出版社 2013 年版，第 16 页。

外,"铜雀妓"和"长门怨"两题乃是南朝诗人首创的题目,其人物也和传统的"思妇"和"怨妇"类似。但是,汉魏古诗中的"思妇""怨妇"是根据女性生活的实际,创作出来的具有真情实感的真实体验。而南朝咏史诗中的"思妇""怨妇"则是为文造情所塑造的艺术形象,缺乏汉魏古诗中让人动容的真实感情。这种继承和变革的原因和当时的文学观念与诗歌体式的发展变化有着直接的关系。集中考察这一时期咏史诗中的女性主题,有助于加深对咏史诗,乃至中古诗发展的理解。

第一节 "咏"的角度的转变:以秋胡妻和班婕妤为核心

歌咏历史人物的角度,会因为时代和身份的不同而造成很大的差异。在咏史诗中,不同时代的诗人往往根据写作的实际需要,从某一特定的角度切入,借助历史人物表达自己的理想和情感。这就造成了一个十分有趣的文学现象:对待同一历史人物的歌咏,因时而异,因人而异。分析这些差异产生的原因及其背后的文学现象,对我们理解咏史诗的发展提供了一个全新的视角。

一 从节妇到思妇:咏史诗中秋胡妻形象的转变

秋胡妻是中古咏史诗最常见的女性主题之一,关于"秋胡妻"的故事,最早见于刘向的《列女传》:

> 洁妇者,鲁秋胡子妻也。既纳之,五日去而宦于陈。五年乃归。未至其家,见路旁有美妇人,方采桑。秋胡子悦之,下车谓曰:"今吾有金,愿以与夫人。"妇人曰:"嘻!妾采桑奉二亲,不愿人之金,所愿卿无外意,妾亦无淫佚之志。"秋胡子遂去。既至家,奉金遗母,其母使人呼其妇。妇至。乃向采桑者也。秋胡子见之而惭。妇曰:"子束发修身,辞亲往仕,五年乃归,当扬尘疾至。今也,乃悦路旁之人,下子之装,以金予之,是忘母也!忘母不孝,污行不义,夫事亲不孝则事君不忠,处家不义则治官不理;孝义并忘,必不遂矣。妾不忍见子改娶矣。妾亦不嫁。"遂去而东走,投河而死。
>
> 君子曰:"洁妇精于善,夫不孝莫大于不爱其亲而爱其人。秋胡

子有之矣。"君子曰："见善如不及，见不善如探汤。"秋胡子妇之谓也。《诗》云："惟是褊心，是以为刺。"此之谓也。

　　颂曰：秋胡西仕，五年乃归。遇妻不识，心有淫思。妻执无二，归而相知。耻夫无义，遂东赴河。①

秋胡妻的"忠贞刚烈"是其身上最闪光的品质之一。很显然，刘向对秋胡妻的赞美也是集中于她的坚贞节烈和不能容忍丈夫忘母叛妻行为的孝义和妇德。这一点也是傅玄歌咏秋胡妻的角度。

1. 烈烈贞女：傅玄《秋胡行》中的秋胡妻

傅玄的两首《秋胡行》都是采用乐府的形式，以第三者叙事的视角，重新叙述了这一历史事件。但是，两首诗在具体的艺术处理上，有很大的不同。四言诗篇幅较短，只是用诗化的语言将这一事件加以重新叙述：

　　秋胡子，娶妇三日，会行仕宦。既享显爵，保兹德音。以禄颐亲，韫此黄金。睹一好妇，采桑路傍。遂下黄金，诱以逢卿。玉磨逾洁，兰动弥馨。源流洁清，水无浊波。奈何秋胡，中道怀邪。美此节妇，高行巍峨。哀哉可悯，自投长河。②

该诗前九句都是对这一历史事件的描绘。最后两句表明了自己对"节妇"的崇敬与哀悯之情，叙述简要，抒情直接。而五言乐府《秋胡行》则在文采和叙述上都有很大的进步：

　　秋胡纳令室，三日宦他乡。皎皎洁妇姿，泠泠守空房。燕婉不终夕，别如参与商。忧来犹四海，易感难可防。人言生日短，愁者苦夜长。

　　百草扬春华，攘腕采柔桑。素手寻繁枝，落叶不盈筐。罗衣翳玉体，回目流采章。

　　君子倦仕归，车马如龙骧。精诚驰万里，既至两相忘。行人悦令

---

① （汉）刘向撰，（清）王照圆补注，虞思征点校：《列女传补注》，华东师范大学出版社2012年版，第207—208页。

② 赵光勇、王建域：《〈傅子〉〈傅玄集〉辑注》，陕西师范大学出版社2014年版，第408页。

颜，借息此树旁。诱以逢卿喻，遂下黄金装。烈烈贞女忿，言辞厉秋霜。

长驱及居室，奉金升北堂。母立呼妇来，欢乐情未央。秋胡见此妇，惕然怀探汤。负心岂不惭，永誓非所望。

清浊自异源，枭凤不并翔。引身赴长流，果哉洁妇肠！彼夫既不淑，此妇亦太刚。①

对比同题的四言乐府，这首诗在叙述技巧上的进步是显著的。该诗充分利用五言散句的叙述能力，对事件进行了详细的描述，而且极具戏剧冲突。诗歌从秋胡夫妻新婚即别写起，"皎皎洁妇姿，泠泠守空房。燕婉不终夕，别如参与商。忧来犹四海，易感难可防。人言生日短，愁者苦夜长"，用此几句重点描绘出了分别之后妻子对秋胡的思念之情。

接下来，用精致华美的语言着力渲染秋胡妻采桑的情态之美。再写秋胡得官归来，因为久别不能认出自己的妻子，以黄金相诱，遭到妻子严词拒绝的场景。这就与结尾两人相认时的不同心理形成对照，鲜明地凸显了秋胡的无耻和秋胡妻的刚烈性格。而且在诗的最后，傅玄表明了自己的观点："彼夫既不淑，此妇亦太刚。"虽然观点略显迂腐，值得进一步商榷，和四言相比，最后这一句收束，是对这一历史事件的评论，论体咏史的意味是十分明显的。

傅玄这两首乐府咏史诗，基本都是按照刘向《列女传》中所赞美的方向，侧重于描写秋胡妻子忠贞不二的妇德和刚烈坚毅的性格，具有非常明显的"崇德"的意味。

还应该指出的是，这首诗在主题上的首创意义，在傅玄之前，《秋胡行》这一乐府题被曹氏父子用来书写游仙题材，傅玄之作则是第一次根据乐府本题本事进行书写。因为乐府主题的传承性，该题的内容也为后来的颜延之、王融等所继承。但是，这种"崇德"的倾向随着咏史诗的不断发展，开始了一些新的变化，这一变化最早出现在颜延之的《秋胡诗》中。

2. 婉彼幽闲女：颜延之对秋胡妻形象的再塑造

颜延之《秋胡诗》一首，收于《文选》"咏史诗"类目之下②，《艺

---

① 赵光勇、王建域：《〈傅子〉〈傅玄集〉辑注》，陕西师范大学出版社2014年版，第410页。
② （南朝梁）萧统编，（唐）李善注：《文选》，上海古籍出版社2019年版，第1022—1025页。

文类聚》则收入"贤妇人"条。两部书都没有将其收入乐府的类目以下，而是按此诗的题材来进行归类的。但是，《乐府诗集》"相和歌辞"收入颜延之《秋胡行》九首，视为与傅玄诗一脉相承的乐府。

和傅玄一样，颜延之的《秋胡行》也公开谴责秋胡"君子失明义，谁与偕没齿"这种无耻的失信行为。但是，通观颜诗，这一点所在的比例大大缩小，而对于秋胡妻子思念丈夫，怨恨离别的描写，则大幅度增加。《秋胡行》全诗可分为九章（《乐府诗集》分为九首），前两章以第三人称的口吻交代了故事的背景：

> 椅梧倾高凤，寒谷待鸣律。影响岂不怀，自远每相匹。婉彼幽闲女，作嫔君子室。峻节贯秋霜，明艳侔朝日。嘉运既我从，欣愿自此毕。
>
> 燕居未及好，良人顾有违。脱巾千里外，结绶登王畿。戒徒在昧旦，左右来相依。驱车出郊郭，行路正威迟。存为久离别，没为长不归。①

第一章写秋胡夫妻新婚宴尔，生活十分幸福，"幽淑女"嫁入"君子室"并且甘愿终此一生。第二章写夫妻恨别，新婚不久，秋胡外出求官，夫妻不得已分离。诗歌以第三人称的口吻，描写了分离时的场景。"存为久离别，没为长不归"一句引起下文夫妻双方一别之后，互相思念的描写：

> 嗟余怨行役，三陟穷晨暮。严驾越风寒，解鞍犯霜露。原隰多悲凉，回飙卷高树。离兽起荒蹊，惊鸟纵横去。悲哉游宦子，劳此山川路。
>
> 超遥行人远，宛转年运徂。良时为此别，日月方向除。孰知寒暑积，僶勉风荣枯。岁暮临空房，凉风起坐隅。寝兴日已远，白露生庭芜。

第三章，以秋胡的口吻描写"游宦子"在外求官的辛苦行役。第四

---

① （宋）郭茂倩编：《乐府诗集》，中华书局1979年版，第531—532页。以下本组诗皆出于此，不再一一加注。

章以秋胡妻的口吻描写思妇对远征丈夫的思念。而且两首诗歌中的景色有所不同，秋胡所写，多是秋冬之景，其妻所感，都是夏秋之际，两者形成一种互文的效果，借助时间的推移和物候的轮转，表达出一种绵绵无尽的思念之情。接下来五首，转入对"秋胡戏妻"故事的叙述和评论：

勤役从归愿，反路遵山河。昔辞秋未素，今也岁载华。蚕月观时暇，桑野多经过。佳人从所务，窈窕援高柯。倾城谁不顾，弭节停中阿。

年往诚思劳，路远阔音形。虽为五载别，相与昧平生。舍车遵往路，凫藻驰目成。南金岂不重，聊自意所轻。义心多苦调，密比金玉声。

高节难久淹，朅来空复辞。迟迟前途尽，依依造门基。上堂拜嘉庆，入室问何之。日暮行采归，物色桑榆时。美人望昏至，惭叹前相持。

第五、六章描写秋胡"勤役从归愿"，经过桑野之地，见到"倾城谁不顾"的妻子，以为是"相与昧平生"的陌生人，用黄金调戏。第七章是戏剧冲突的核心，写秋胡回家，见到妻子，"惭叹前相持"的局面。

有怀谁能已，聊用申苦难。离居殊年载，一别阻河关。春来无时豫，秋至恒早寒。明发动愁心，闺中起长叹。惨凄岁方晏，日落游子颜。

高张生绝弦，声急由调起。自昔枉光尘，结言固终始。如何久为别，百行愆诸己。君子失明义，谁与偕没齿。愧彼行露诗，甘之长川汜。

第八、九章以秋胡妻子的口吻诉说自己离别后的思念与痛苦，以及如今的悲愤气恼之情；并和傅玄一样，从儒家道德观念上否定了秋胡的所作所为，最终选择慷慨赴死。

从体式上来看，该诗是颜延之五言诗中的代表作，足以体现《宋书·谢灵运传论》所说"延年之体裁明密"的特点。[①] 全诗章法布局严

---

① （南朝梁）沈约撰：《宋书》，中华书局点校本1974年版，第1778页。

密,布置前后紧凑,语言精致华丽,大量地采用对偶的句式,具有元嘉体的古调特征。在严肃中显出婉转。贺贻孙评价此诗:"悲酸动人,辄复不忍。若其浑古淡宕,汉魏而后,所不多得也。"① 也正是基于这一点。

从内容上来看,对比傅玄之作,就会发现,颜延之对烈妇慷慨赴死的描写,只写了一句"甘之长川汜"。却花大量的篇幅,来描写秋胡妻对丈夫的思念场景以及夫妻相见时的戏剧场面。尤其是对秋胡妻子思念丈夫的描写,比例大大增加,这种内容上的裁剪,已经开启了从"崇德"到"娱情"转变的端倪。这种端倪在齐梁文人手中则得到了发扬光大。

3. 幽闺积思生:王融对秋胡妻"思妇"形象的塑造

颜延之《秋胡行》的这种转变,在王融的《奉和南海王殿下咏秋胡妻》七章中,可以看得更加清楚。全诗共七章:

> 明月共为照,松筠俱以贞。佩纷甘在远,结镜待君明。且协金兰好,方愉琴瑟情。佳人忽千里,幽闺积思生。
> 景落中轩坐,悠悠望城阙。高树升夕烟,层楼满初月。光阴非或异,山川屡难越。啜泣掩铅姿,搔首乱云发。
> 倾魄属徂火,摇念待方秋。凉气承宇结,明熠素阶流。三星亦虚映,四屋惨多愁。思君如萱草,一见乃忘忧
> 杼轴郁不谐,契阔弥新故。朔风栏上发,寒鸟林间度。客远乏衣表,岁晏饶霜露。参差兴别绪,依迟起离慕。
> 愿言如可信,行迈亦云反。睇晃不告劳,瞻途宁遽远。何以淹归辙,蚕妾事春晚。送目乱前华,驰心迷旧婉。
> 椒佩容有结,振方歧路隅。黄金徒以赋,白圭终不渝。明心良自皎,安用久踟蹰。遄车及怅巷,流日下西虞。
> 披帷怅有望,出门迟所欲。彼美复来仪,惭颜变欣瞩。兰艾隔芳臭,泾渭分清浊。去去夫人子,请殉川之曲。②

这组诗同样被郭茂倩收入"相和歌辞·秋胡行"一题。从体式上看,

---

① 贺贻孙:《诗筏》,载张寅彭编纂,杨焄点校《清诗话全编》第二册,上海古籍出版社 2018 年版,第 949 页。
② (宋)郭茂倩编:《乐府诗集》,中华书局 1979 年版,第 533—534 页。

第四章　中古咏史诗的女性主题

这首诗已经具有新体诗的基本特点。每首诗都是五言八句的形式，而且中间两句大量采取对偶的形式，如"高树升夕烟，层楼满初月""朔风栏上发，寒鸟林间度""黄金徒以赋，白圭终不渝"等句，对仗十分工稳。

从内容上来看，该诗一共七章，前五章都是在反复渲染秋胡妻对秋胡的思念之情。仅用"黄金徒以赋，白圭终不渝"一句概括桑园会的矛盾冲突。最后一章，用"兰艾隔芳臭，泾渭分清浊"一句表达了对秋胡的抨击和对其妻子的赞美之情。在本诗中，秋胡妻的刚烈和忠贞已经不再是歌颂的重点，只是为了照应乐府古题的要求。

而且从创作动机来看，这首诗是奉和之作，推测其创作情况当是同题共咏的情况，这种类似于文学竞赛的娱乐性活动中，秋胡妻已经被"物化"，作者缺少对秋胡妻的理解、同情，他们基本上是站在咏物的角度，来描写秋胡妻。这就可以理解这一形象泛化的原因了。而在萧绎手中，《秋胡行》这一古题乐府已经完全近体化，秋胡妻的形象，已经和一般的独守空闺的思妇没有什么区别，萧绎歌咏秋胡妻之诗题为《闺怨诗》[①]：

>　　荡子从游宦，思妾守房栊。尘镜朝朝掩，寒衾夜夜空。若非新有悦，何事久西东。知人相忆否，泪尽梦啼中。[②]

《玉台新咏》直接题作《代秋胡妇闺怨》，可以确定也是歌咏秋胡妻之作。但是，通观此诗，刘向故事中最激烈的冲突——秋胡戏妻的场面已经被全部省略，而只是抓住了秋胡妻的闺怨之思这一个重点。而且，该诗已经基本完成近体化，全诗五言八句，除最后一联上句失粘以外，已基本符合格律要求，而且，中间两联平仄已经完全符合近体诗的要求。

通过以上的比较，我们可以看出，中古时期对秋胡妻的歌咏发生了很大的变化：

从最直接的诗歌体式上来看，从傅玄的乐府古题，到颜延之继承古题，再到王融、萧绎的八句新体。这一发展历程，基本和这一时期古题乐

[①] 关于该诗的作者，《玉台新咏》题为《代秋胡妇闺怨》，作者为邵陵王萧纶。见（南朝陈）徐陵编，吴兆宜注《玉台新咏》，上海书店1988年版，第171页。

[②] （南朝梁）萧绎著，陈志平、熊清元校注：《萧绎集校注》，上海古籍出版社2018年版，第1293页。

府近体化①过程相符合。完成了由乐府古题向近体诗的转化。

再从诗歌的内容方面来看，明显可以看出"崇德"倾向的消解。颜延之和王融的作品之中，虽然也赞美了"洁妇"的贞节，但是却花很大篇幅描写了秋胡妻在别后的相思，在"洁妇"的基础上，还大大地加强了"思妇"形象的塑造。而在萧绎手中，秋胡妻已经成为一个独守空闺的怨妇。

二 从"有德有言"到"自伤自怜"：班婕妤和楚妃形象的泛化

和秋胡妻形象的流变一样，在中古时期，咏史诗中对班婕妤和楚妃形象的歌咏，也经历了一个类似的过程。

班婕妤其人，是汉成帝的妃子，其生平经历和道德品质在《汉书》和《列女传》中有明确的记载。

> 孝成班婕妤，帝初即位选入后宫。始为少使，蛾而大幸，为婕妤，居增成舍，再就馆，有男，数月失之。成帝游于后庭，尝欲与婕妤同辇载，婕妤辞曰："观古图画，贤圣之君皆有名臣在侧，三代末主乃有嬖女，今欲同辇，得无近似之乎？"上善其言而止。太后闻之，喜曰："古有樊姬，今有班婕妤。"婕妤诵《诗》及《窈窕》《德象》《女师》之篇。每进见上疏，依则古礼。
>
> 自鸿嘉后，上稍隆于内宠。婕妤进侍者李平，平得幸，立为婕妤。上曰："始卫皇后亦从微起。"乃赐平姓曰卫，所谓卫婕妤也。其后，赵飞燕姊弟亦从自微贱兴，逾越礼制，浸盛于前。班婕妤及许皇后皆失宠，稀复进见。鸿嘉三年，赵飞燕谮告许皇后、班婕妤挟媚道，祝诅后宫，詈及主上。许皇后坐废。考问班婕妤，婕妤对曰："妾闻'死生有命，富贵在天'。修正尚未蒙福，为邪欲以何望？使鬼神有知，不受不臣之诉；如其无知，诉之何益？故不为也。"上善其对，怜悯之，赐黄金百斤。
>
> 赵氏姊弟骄妒，婕妤恐久见危，求共养太后长信宫，上许焉。②

---

① 葛晓音：《南朝五言诗体调的"古""近"之变》，《中国社会科学》2010年第3期。
② （汉）刘向撰，（清）王照圆补注，虞思征点校：《列女传补注》，华东师范大学出版社2012年版，第359—359页。

班婕妤在得宠之时，能够以礼匡君，失宠之时，也能全身自保。这样的德行和智慧自然成为后代诗人歌咏的主题。

中古时期对于班婕妤的歌咏，起源于汉魏之际的画像赞这一韵语形式。曹植、傅玄等人的画赞中，都将歌颂重点放在了班婕妤的"后宫之德"上。大约在两晋时期，班婕妤的事迹开始进入乐府。《乐府解题》曰："《婕妤怨》者，为汉成帝班婕妤作也。婕妤，徐令彪之姑，况之女。美而能文，初为帝所宠爱。后幸赵飞燕姊弟，冠于后宫。婕妤自知见薄，乃退居东宫，作赋及纨扇诗以自伤悼。后人伤之而为《婕妤怨》也。"[1] 现存最早的乐府诗是陆机的《班婕妤》，在诗歌中，陆机将自己的身世共鸣融入对班婕妤的歌咏之中，重点描绘了班婕妤幽居深宫的烦闷，这和傅玄等人的创作有很大的不同，由"崇德"转向了"言志"。南朝时期，随着乐府古题的近体化，歌咏班婕妤的诗歌开始走向近体诗，诗人们大量地描绘班婕妤幽居深宫的"宫怨之思"，班婕妤的形象已经和普通的深宫怨妇并无二致。

1. 有德有言：曹植等人画赞对班婕妤的歌咏

《汉书》和《列女传》中对于班婕妤的称赞最主要集中于进辞同辇、以礼匡君、纳侍显德、谠对解纷、退身避害等品德与智慧之上。汉魏时期对班婕妤的歌咏和赞扬都是集中于这一角度的。曹植就曾在其《画颂》之中称赞班婕妤："有德有言，实惟班婕。盈冲其骄，穷悦其厌。在夷贞坚，在晋正接。临飒端干，冲霜振叶。"[2] 主要赞美其进退有度的德行。傅玄《班婕妤画赞》也是从这一角度来歌咏班婕妤的。《艺文类聚》卷十五收有傅玄《班婕妤画赞》一首：

> 斌斌婕妤，履正修文，进辞同辇，以礼匡君，纳侍显德，谠对解纷，退身避害，志邈浮云。[3]

该诗用典雅的四言体写成，属于传体咏史诗的写法。以下将《班婕妤画赞》和《后汉书·班婕妤传》加以对照：

---

[1] （宋）郭茂倩编：《乐府诗集》，中华书局1979年版，第626页。
[2] （魏）曹植著，王巍校注：《曹植集校注》，河北教育出版社2013年版，第277页。
[3] 赵光勇、王建域：《〈傅子〉〈傅玄集〉辑注》，陕西师范大学出版社2014年版，第480页。

表 4-1　　　　　《班婕妤画赞》与《后汉书·班婕妤传》对比

班婕妤画赞	班婕妤传
斌斌婕妤 履正修文	孝成班婕妤，帝初即位选入后宫。始为少使，蛾而大幸，为婕妤，居增成舍
进辞同辇	成帝游于后庭，尝欲与婕妤同辇载，婕妤辞曰："观古图画，贤圣之君皆有名臣在侧，三代末主乃有嬖女，今欲同辇，得无近似之乎？"上善其言而止。太后闻之，喜曰："古有樊姬，今有班婕妤"
以礼匡君	婕妤诵《诗》及《窈窕》《德象》《女师》之篇。每进见上疏，依则古礼
纳侍显德	自鸿嘉后，上稍隆于内宠，婕妤进侍者李平，平得幸，立为婕妤。上曰："始卫皇后亦从微起。"乃赐平姓曰卫，所谓卫婕妤也
说对解纷	鸿嘉三年，赵飞燕潜告许皇后、班婕妤挟媚道，祝诅后宫，詈及主上。许皇后坐废。考问班婕妤，婕妤对曰："妾闻'死生有命，富贵在天'。修正尚未蒙福，为邪欲以何望？使鬼神有知，不受不臣之诉；如其无知，诉之何益，故不为也。"上善其对，怜悯之，赐黄金百斤
退身避害	赵氏姐弟骄妒，婕妤恐久见危，求共养太后长信宫，上许焉

通过表 4-1 可以看出，除了最后一句"志邈浮云"之外，全诗基本上就是对正史传记的概括和提炼。在此基础上，对班婕妤得宠时不逾礼，失宠时能全身的高尚德行加以推崇和赞美。

左棻也称赞其"恂恂班女，恭让谦虚，辞辇进贤，辩祝理诬，形图丹青，名侔樊虞"①。左棻的歌咏也是集中于其却辇之德和保身之智。

统观这些诗篇，对班婕妤的称赞主要集中在两点：第一是却辇之德，第二是退身之志。班婕妤在得宠之时，能够知止，在失宠之时，能够保身。这两点也为后来的乐府古题所继承。

2. 身世共鸣：陆机《班婕妤》歌咏角度的转变

陆机的《班婕妤》一首，则在刘向和傅玄的基础之上，开拓了全新的角度。在这首诗中，陆机将自己的身世、遭遇、心态融合在对班婕妤的歌咏之中。大大提高了咏史诗的内涵和深度，是一首十分值得注意的诗歌。

陆机其人出身名门望族，一门二相、五侯，将军十余人，门第十分显

---

① （清）严可均辑，陈延嘉点校：《全上古三国秦汉六朝文》，河北教育出版社 1997 年版，第 171 页。

耀。陆机本人也是少有异才，文章冠世。本来凭借自己的家世和才华，陆机可以成就一番事业，延续父祖的光辉。但是，时代的动荡，使这一切化为泡影。当时西晋政局各派政治势力尔虞我诈，轮番登场，稍有不慎就可能满门抄斩。陆机在入洛后[①]至少经历过三次这样的威胁。

入洛之后，他先后依附杨骏、贾谧、吴王晏、赵王伦、成都王颖等人。在宫廷血雨腥风的夹缝中生存：太熙元年（公元290年），太傅杨骏征召陆机任祭酒，从属杨骏。元康元年（公元291年），晋惠帝皇后贾南风发动政变，诛杀杨骏及其党羽。在这场风波中，陆机因为名高才大，位低权小而得以幸免。

元康二年（公元292年），陆机接连担任太子洗马、著作郎，这一时期他与外戚贾谧亲善，位列"金谷二十四友"之一。随即，在永康元年（公元300年），赵王司马伦发动政变，诛杀贾谧一党，陆机被收入司马伦麾下，任中书郎。永宁元年（公元301年），齐王司马冏、河间王司马颙、成都王司马颖起兵，诛杀篡位的司马伦，齐王司马冏认为陆机任中书之职，收捕陆机等九人交付廷尉治罪。仰赖成都王司马颖、吴王司马晏一齐救援，陆机才得以减免死刑，被流放边地，后遇到大赦才回到洛阳。

晋惠帝太安二年（公元303年），陆机为成都王司马颖前军都督，率军二十万，南向洛阳讨伐长沙王司马乂，鹿苑一战，大败而归，二十万人马同日丧尽。司马颖大怒，使牵秀密收陆机，遂遇害，时年四十三岁。[②]

名族、名士的政治理想和动荡、腐朽的社会现实，造成了陆机极端矛盾的心态：一方面，他要延续父祖的光辉，施展自己的才华，建功立业，立德扬名，但是，畏祸的心理却成为挥之不去的阴影。另一方面，如果退守官场，他又有着强烈的不甘情绪，感觉辜负了父祖的功德和自己的才华。陆机多次在诗歌中表达了这种矛盾的情绪。《君子行》一首，主要表达的就是在追求功名利禄之时的畏祸心理与矛盾感情：

> 天道夷且简，人道险而难。休咎相乘蹑，翻覆若波澜。去疾苦不远，疑似实生患。近火固宜热，履冰岂恶寒。掇蜂灭天道，拾尘惑孔

[①] 陆机入洛的时间、次数以及入晋的仕途经历有争议。此处以俞士玲师《陆机、陆云年谱》为主要参照。

[②] 关于陆机生平的叙述，参照下列文献《晋书·陆机传》；俞士玲《陆机、陆云年谱》；杨明《陆机集校笺》等材料。

颜。逐臣尚何有，弃友焉足叹。福钟恒有兆，祸集非无端。天损未易辞，人益犹可欢。朗鉴岂远假，取之在倾冠。近情苦自信，君子防未然。①

诗歌一开篇以天道的"夷且简"对比人道的"险而难"，紧接着陈述人道难在何处：休咎福祸难以预测，就像波涛一样反复循环；世间诸事真假难辨，履冰近火处于两难之间。接下来引用伯奇掇蜂、颜回拾尘的典故，说明人生往往因为谗言而遇害，因为失察而见疑。父子、师徒关系尚且这般，那么在君臣、朋友的关系中则更是如此。以上，全部是在阐述人道的艰难。接下来说，人间的福祸并非是没有根源、征兆的。有些事天降灾祸，有些事人命所归，很难改变。最后以镜为喻告诫自己前车之鉴不远，要"远虑防未然"②。结合陆机入晋后的经历，就更能深入体会这首诗的深刻之处。

而《班婕妤》一首，则侧重表现《君子行》中"逐臣尚何有，弃友焉足叹"的感慨。这两种德行对于陆机来说，无疑会引起强烈的身世共鸣。陆机的诗作，借助描写班婕妤退守之后的落寞情绪，来表达被"弃逐"的愁绪，其诗云：

婕妤去辞宠，淹留终不见。寄情在玉阶，托意惟团扇。春苔暗阶除，秋草芜高殿。黄昏履綦绝，愁来空雨面。③

这首乐府由《怨诗行》传为班婕妤所作得到启发，改换新题。该诗并没有全面描写班婕妤的生平，也没有像前人那样侧重赞扬班婕妤的德行。而是将重点放在班婕妤退守深宫之后的愁绪上。前两句概括了班婕妤由得宠到失宠的不幸经历。接下来利用《怨诗行》咏团扇被弃的比兴，将笔墨重点放在班婕妤被弃的幽怨上：徘徊玉阶，手执团扇，春苔生，秋草芜，既暗示时光飞逝，又点出冷宫寂寞。最后一联，写她从清晨盼至黄昏，依然没有等到皇帝前来的步履声响。"玉阶""团扇""春苔""秋草""履綦""雨面"等，或直接取之于班婕妤诗赋中的词语，或由之变化而出。

---

① （晋）陆机著，杨明校笺：《陆机集校笺》，上海古籍出版社2016年版，第339页。
② （南朝梁）萧统编选，（唐）吕延济等注：《六臣注文选》日本足利学校藏宋刊明州本，人民文学出版社2008年版，第427页。
③ （晋）陆机著，杨明校笺：《陆机集校笺》，上海古籍出版社2016年版，第411页。

将班婕妤的凄凉寂寞之感抒发得淋漓尽致。班婕妤这种既想"避祸深宫"又"忧愁思念"的情绪，可以视为陆机本人矛盾心理的直接反映。

陆机此诗的创作，将班婕妤这一人物引入乐府①，并奠定了这一乐府题的若干特点：采用五言八句体形式，中间两联对偶。

在诗歌内容上，这首诗并没有将重点放在班婕妤的"后宫之德"上，而是重点描写了班婕妤幽闭深宫的寂寞之情与凄凉之感。陆机的这些做法，为后来南朝同题创作者所继承，他们在歌咏班婕妤时，无论在体式和内容上都是按照陆机的路子去作的。

但是，因为他们的诗歌中，往往缺少陆机与班婕妤之间的身世共鸣之感。所以对班婕妤形象的理解和歌咏缺乏深度，这也就促使班婕妤这一人物在他们的诗歌中"泛化"成一般的怨妇。

3. 还复拂空床：南朝班婕妤形象的泛化

根据逯钦立《先秦汉魏晋南北诗》统计，这一时期，以班婕妤为题材的作品一共有六首。通过这六首诗，我们能够非常准确地把握这一历史人物在这一时期的泛化。萧绎《班婕妤》、刘令娴《和班婕妤》是传统的传体咏史诗，用诗歌的形式，记叙了班婕妤不幸的一生：

> 婕妤初选入，含媚向罗帏。何言飞燕宠，青苔生玉墀。谁知向辇爱，遂作裂纨诗。以兹自伤苦，终无长信悲。②

> 日落应门闭，愁思百端生。况复昭阳近，风传歌吹声。宠移终不恨，谗枉太无情。只言争分理，非妒舞腰轻。③

阴铿的创作采取的形式是同样的，但是在诗歌构思上比较有新意。

> 柏梁新宠盛，长信昔恩倾。谁为诗书巧，翻为歌舞轻。花月分窗进，苔草共阶生。妾泪衫前满，单眠梦里惊。可惜逢秋扇，何用合

---

① 此说据《乐府诗集》，该书所收班婕妤诗，最早一首就是陆机之作。
② （南朝梁）萧绎著，陈志平、熊清元校注：《萧绎集校注》，上海古籍出版社2018年版，第440页。
③ （宋）郭茂倩编：《乐府诗集》，中华书局1979年版，第627页。

欢名。①

该诗前六句，一句写赵飞燕，一句写班婕妤，对比深刻，突出了婕妤因怀才不遇而失宠的不公平。接下来写自己苦守深宫，以泪洗面，夜梦惊醒的凄凉，最后，"可惜逢秋扇，何用合欢名"。一方面表达了班婕妤强烈的孤单和寂寞之感；另一方面照应了传说为班婕妤所作咏团扇的《怨诗行》，一语双关。

以上三首诗，基本是继承了陆机的写法，用传体咏史的形式，叙写班婕妤的主要事迹。读者能够从诗歌的内容，准确地判断所歌咏的历史人物就是班婕妤。而从刘孝绰《班婕妤怨》开始，诗歌中的主人公形象开始泛化。所谓"泛化"就是诗人在写作中，开始淡化班婕妤身上具体的、真实的历史事实。而是将其抽象、泛化为一个闺怨的符号。比如刘孝绰之作：

> 应门寂已闭，非复后庭时。况在青春日，萋萋绿草滋。妾身似秋扇，君恩绝履綦。讵忆游轻辇，从今贱妾辞。②

这首诗中，前四句，可以视为所有深宫幽居女子的群像。最后四句，虽然是依据班婕妤的本事，但是用来形容其他人，也未尝不可。如果说，这首诗还是以班婕妤为本事进行的书写，那么何思澄、孔翁归《奉和湘东王教班婕妤》则是班婕妤题材泛化的代表：

> 长门与长信，日暮九重空。雷声听隐隐，车响绝珑珑。恩光随妙舞，团扇逐秋风。铅华谁不慕，人意自难终。③

> 寂寂长信晚，雀声喧洞房。蜘蛛网高阁，驳藓被长廊。虚殿帘帷静，闲阶花蕊香。悠悠视日暮，还复拂空床。④

---

① （南朝梁）阴铿著，（清）张澍编辑：《阴常侍集》，中华书局1985年版，第1页。
② （宋）郭茂倩编：《乐府诗集》，中华书局1979年版，第627页。
③ （宋）郭茂倩编：《乐府诗集》，中华书局1979年版，第627页。
④ （宋）郭茂倩编：《乐府诗集》，中华书局1979年版，第627页。

前一首将长门宫和长信宫联系起来，写出了与阿娇、班婕妤类似的宫人的共同命运，后一首诗，如果不看"长信"二字，很难判断歌咏的人物是班婕妤。其内容和普通的闺怨诗基本类似。

4. 楚妃形象的泛化

和班婕妤这一人物类似的还有楚妃的形象。楚妃其人，最早见于刘向《列女传·贤明传·楚庄樊姬》：

> 樊姬，楚庄王之夫人也。庄王即位，好狩猎。樊姬谏不止，乃不食禽兽之肉，王改过，勤于政事。王尝听朝罢晏，姬下殿迎曰："何罢晏也，得无饥倦乎？"王曰："与贤者语，不知饥倦也。"姬曰："王之所谓贤者何也？"曰："虞丘子也。"姬掩口而笑，王曰："姬之所笑何也？"曰："虞丘子贤则贤矣，未忠也。"王曰："何谓也？"对曰："妾执巾栉十一年，遣人之郑卫，求美人进于王。今贤于妾者二人，同列者七人。妾岂不欲擅王之爱宠哉！妾闻'堂上兼女，所以观人能也'。妾不能以私蔽公，欲王多见知人能也。今虞丘子相楚十余年，所荐非子弟，则族昆弟，未闻进贤退不肖，是蔽君而塞贤路。知贤不进，是不忠；不知其贤，是不智也。妾之所笑，不亦可乎！"王悦。明日，王以姬言告虞丘子，丘子避席，不知所对。于是避舍，使人迎孙叔敖而进之，王以为令尹。治楚三年，而庄王以霸。楚史书曰："庄王之霸，樊姬之力也。"《诗》曰："大夫夙退，无使君劳。"其君者，谓女君也。又曰："温恭朝夕，执事有恪。"此之谓也。
>
> 颂曰：樊姬谦让，靡有嫉妒，荐进美人，与己同处，非刺虞丘，蔽贤之路，楚庄用焉，功业遂伯。①

刘向对于樊姬的歌咏，主要集中于"体道履信""杜绝邪佞""割欢抑宠"这些"中宫之德"。石崇《楚妃叹》正是从这些角度来歌咏樊姬的：

> 荡荡大楚，跨土万里。北据方城，南接交趾。西抚巴汉，东被海

---

① （汉）刘向撰，（清）王照圆补注，虞思征点校：《列女传补注》，华东师范大学出版社2012年版，第59—60页。

涘。五侯九伯，是疆是理。矫矫庄王，渊渟岳峙。冕旒垂精，充纩塞耳。韬光戢曜，潜默恭己。内委樊姬，外任孙子。猗猗樊姬，体道履信。既绌虞丘，九女是进。杜绝邪佞，广启令胤。割欢抑宠，居之不吝。不吝实难，可谓知几。着于闺闱，光佐霸业。迈德扬威，群后列辟。式瞻洪规，譬彼江海。百川咸归，万邦作歌，身没名飞。①

石崇的诗歌重点歌颂了樊姬"体道履信""杜绝邪佞""割欢抑宠"等行为，并且赞美了这些后宫的德行。

值得一提的是，歌咏中宫之德的作品，是当时的一个普遍角度。成公绥就有《中宫诗》两首，专门歌颂"关雎之德"。第一首专门歌颂"殷汤令妃，有莘之女"：

殷汤令妃，有莘之女。仁教内修，度义以处。清谧后宫，九嫔有序。尹为媵臣，遂作元辅。②

《列女传》载：汤妃，有莘之女也。德高而伊尹为之媵臣，佐汤致王，训正后宫，嫔御有序，咸无嫉妒逆理之人。③ 该诗基本上就是对《列女传》内容的重述。而第二首则是对后宫之德的歌颂：

天地不独立，造化由阴阳。乾坤垂覆载，日月曜重光。治国先家道，立教起闺房。二妃济有虞，三母隆周王。涂山兴大禹，有莘佐成汤。齐晋霸诸侯，皆赖姬与姜。关雎思贤妃，此言安可忘。④

这首诗，前三句先以天地阴阳乾坤的相辅相成关系，阐明女德的重要意义，接下来，连续列举了商汤二妃、周室三母、大禹妻子涂山氏、商汤妃子有莘氏、齐桓公妻蔡姬、晋文公妻子齐姜等辅佐君王成功的贤德后妃。最后引《诗经》中《关雎》篇做结。

---

① （宋）郭茂倩编：《乐府诗集》，中华书局1979年版，第435—436页。
② 逯钦立辑校：《先秦汉魏晋南北朝诗》（上册），中华书局1983年版，第584页。
③ （汉）刘向撰，（清）王照圆补注，虞思征点校：《列女传补注》，华东师范大学出版社2012年版，第12页。
④ 逯钦立辑校：《先秦汉魏晋南北朝诗》（上册），中华书局1983年版，584页。

在南北朝诗人的咏史诗中，楚妃已经不再是《列女传》中具有"关雎之德"的楚妃，而是一个闺怨女主角的符号。如范云《登城怨诗》："楚妃歌修竹，汉女奏幽兰。独以闺中笑，岂知城上寒。"① 这里的"楚妃""汉女"皆指歌女。再如萧纲的《楚妃叹》：

> 幽闺情脉脉，漏长宵寂寂。草萤飞夜户，丝虫绕秋壁。薄笑夫为欣，微欢还成戚。金簪鬓下垂，玉筯衣前滴。②

再如吴均的《楚妃曲》：

> 春妆约春黛，如月复如蛾。玉钗照绣领，金薄厕红罗。③

这里的楚妃形象，和普通闺怨诗中描绘的女主角并无二致。可见，楚妃的形象已经成为闺怨形象的一个典型代表。

通过本节的梳理，可以发现，在中古的咏史诗中，秋胡妻、班婕妤、楚妃的形象发生了很大的转化，具体来说，在主题内容上由"崇德言志"向"娱情"转化，以秋胡妻和楚妃最为明显；在体式上开始由乐府古题向新体诗转化，以秋胡妻和班婕妤较有代表性。

这种转化与汉魏乐府题在梁陈时期普遍被近体化有关，源于梁陈诗人愈益追求绮艳和悲感的审美观。④ 这一时期向来比较庄重的古体都用来写戏作，以咏女德为主的咏史诗变成艳情诗也就势在必然了。也正因为这种泛化，班婕妤和楚妃原有的鲜明形象在南朝诗里愈益模糊，几乎混同于一般的怨妇。

第二节 "史"的外延的扩展：以"昭君诗"为例

王昭君是中古咏史诗中最重要的女性人物之一。从石崇开始，中古诗

---

① 逯钦立辑校：《先秦汉魏晋南北朝诗》（中册），中华书局1983年版，第1551页。
② （宋）郭茂倩编：《乐府诗集》，中华书局1979年版，第436页。
③ （宋）郭茂倩编：《乐府诗集》，中华书局1979年版，第437页。
④ 葛晓音：《八代诗史》，陕西人民出版社1989年版。

人从不同的角度歌咏昭君形象，虽然数量不多，但是为后代几百年上千首昭君诗奠定了基础。① 更值得指出的一点是，在歌咏昭君的过程中，诗人们开始拓宽了"史"的外延，他们所歌咏的不再是正史记载的"真实"历史，而是将野史传说、艺术想象等都纳入了咏史的范围，为咏史诗的发展开拓了新的方向。另外，诗歌创作的动机，也和秋胡妻、班婕妤、楚妃等作品一样，开始从"以史咏怀"转向"以史娱情"。

一 昭君本事及其在两晋的发展

1. 《汉书》所载昭君本事

王昭君的故事见诸正史记载，其和亲的过程和进入匈奴之后的生活是十分清晰的。关于其和亲的过程，《汉书·元帝纪》载：

> 竟宁元年春正月，匈奴呼韩邪单于来朝。
> 诏曰："匈奴郅支单于背叛礼义，既伏其辜，呼韩邪单于不忘恩德，乡慕礼义，复修朝贺之礼，愿保塞传之无穷，边陲长无兵革之事。其改元为竟宁，赐单于待诏掖庭王嫱为阏氏。"②

这里的情节很简单，匈奴上书乞和，汉元帝则将"待诏掖庭"的宫人王嫱赐予单于。关于昭君远嫁匈奴之后的生活情况，《汉书·匈奴传》则记载了昭君远嫁之后的情况：

> 元帝以后宫良家子王嫱字昭君赐单于。单于欢喜，上书愿保塞上谷以西至敦煌，传之无穷，请罢边备塞吏卒，以休天子人民。③……王昭君号宁胡阏氏，生一男伊屠智牙师，为右日逐王。……复株累单于复妻王昭君，生二女，长女云为须卜居次，小女为当于居次。④

这里补充记载了昭君在匈奴育有一男。以及呼韩邪单于去世后，昭君

---

① 关于历代歌咏昭君的诗词，参见可咏雪等编注《历代吟咏昭君诗词曲（全辑评注）》，内蒙古大学出版社2009年版。
② （汉）班固撰，（唐）颜师古注：《汉书》，中华书局点校本1962年版，第297页。
③ （汉）班固撰，（唐）颜师古注：《汉书》，中华书局点校本1962年版，第3803页。
④ （汉）班固撰，（唐）颜师古注：《汉书》，中华书局点校本1962年版，第3806—3807页。

嫁给复株累单于，再生二女的历史事实。

正史关于昭君的记载虽然寥寥数笔，但是昭君的生平是基本清楚的。正史所记载的昭君故事，大约在西晋早期开始出现艺术性的虚构发展，以《琴操》和《西京杂记》为最主要的代表。

2. 《西京杂记》增添"画工受贿"的情节

在《西京杂记》之中，还为昭君的故事增加了"画工受贿"的情节。这也成为后世歌咏昭君最主要的一个艺术情节。

《西京杂记》的作者和成书年代存在较大的争议，一般来说，有汉代的刘歆、东晋的葛洪、南朝的吴均三种说法。在这三种说法中，汉代刘歆之说绝不可信，余嘉锡、程章灿等已有明确结论。南朝吴均之说亦不可信。鲁迅在《中国小说史略》中有较详细考证："梁武帝较殷芸撰《小说》，皆抄撮故书，已引《西京杂记》甚多，则梁初已流行世间，① 固以葛洪所造为近是。"综合来看，《西京杂记》"实际上是葛洪利用汉晋以来流传的稗史野乘、百家短书抄撮编集而成的。故意假刘歆《汉书》以自重，以今托古，以野史杂记托之正史"②。

《西京杂记》对昭君情节发展最重要的一点就是增加了"画工受贿"的情节，毛延寿这一人物最早出现在《西京杂记》中：

> 元帝后宫既多，不得常见，乃使画工图形，案图召幸之。诸宫人皆赂画工，多者十万，少者亦不减五万。独王嫱不肯，遂不得见。匈奴入朝，求美人为阏氏。于是上案图，以昭君行。及去，召见，貌为后宫第一，善应付，举止优雅。帝悔之，而名籍已定。帝信于外国，故不复更人。乃穷案其事，画工皆弃市，籍其家，资皆巨万。③

这一情节虽然不可信，但是十分具有戏剧性，为后来千余年的诗人所反复歌咏，"怨画师"也成了昭君诗中一个非常重要的内容。

---

① 结合昭君故事的发展来看，也可对这一点提出佐证。梁朝时期范静妇沈氏和王淑英妻子刘氏就开始歌颂"画工受贿"的情节，可见在当时这一传说已经广泛流行，考虑到正史并无这一情节，而且现存最早记这一情节的材料就是《西京杂记》，所以作者是吴均之说，当不可信。

② 鲁迅：《中国小说史略》，人民文学出版社1973年版，第21页。

③ （汉）刘歆撰，（晋）葛洪集，向新阳、刘克任校注：《西京杂记校注》，上海古籍出版社1991年版，第67页。

通过以上梳理，我们可以看出，昭君故事在两晋时期存在着一个不断发展的艺术性虚构过程。这一过程也影响了中古时期歌咏昭君的诗歌创作。

二　石崇《王昭君辞》的首创意义

石崇《王昭君辞》是现存最早的歌咏王昭君的诗歌，在咏史诗的发展脉络中来看，这首诗存在着很多新意。全诗如下：

> 我本汉家子，将适单于庭。辞决未及终，前驱已抗旌。仆御涕流离，辕马为悲鸣。哀郁伤五内，泣泪沾朱缨。行行日已远，乃造匈奴城。延我于穹庐，加我阏氏名。殊类非所安，虽贵非所荣。父子见凌辱，对之惭且惊。杀身良未易，默默以苟生。苟生亦何聊，积思常愤盈。愿假飞鸿翼，弃之以遐征。飞鸿不我顾，伫立以屏营。昔为匣中玉，今为粪土英。朝华不足欢，甘为秋草并。传语后世人，远嫁难为情。①

该诗在形式上采用五言古诗的形式，具体地叙述了昭君和亲远嫁的过程以及在匈奴生活和改嫁苦处。在创作目的、选材角度等方面，都具有相当大的创新。

1. 自制新歌：创作目的的娱乐性

该诗创作的直接目的是为了配合爱妾绿珠的歌舞表演。吴兢记载："崇妓绿珠，善歌舞，以此曲教之，而自制《王明君歌》。"②《旧唐书·乐志》也有相同的记载："《明君》……晋石崇妓绿珠善舞，以此曲教之，而自制新歌。"③ 这里的"此曲"，指的就是《昭君怨》的曲调。《乐府诗集》郭茂倩题解引《乐府解题》："昭君恨帝始不见遇，乃作怨思之歌。"④ 而"新歌"就是指这首咏史诗。

---

① （宋）郭茂倩编：《乐府诗集》，中华书局1979年版，第426页。
② （宋）郭茂倩编：《乐府诗集》，中华书局1979年版，第425页。
③ （后晋）刘昫撰：《旧唐书》，中华书局点校本，中华书局1975年版，第1063页。
④ 此处说法需简要加以辨析。郭茂倩所《昭君怨》为汉曲旧题，应该无误。因为吴兢《乐府古题要解》中也著录了这首汉曲"汉人怜昭君远嫁，为作歌诗"。但是，郭茂倩解题的具体情节，出自《西京杂记》，并不准确。

这样的创作目的，和以往咏史诗相比，有很大不同，在石崇之前，无论是传体咏史还是论体咏史，都出于"诗言志"的目的，即借助歌咏历史，来表达自己的志向。而石崇此诗的创作，则更大程度地体现了文学的娱乐功能。

这种创作目的，首先受到当时社会思潮的影响。鲁迅在《魏晋风度及文章与药及酒之关系》一文中，称魏晋是"文学的自觉时代"，又说："这时代的文学的确有点异彩。"[①] 魏晋以降，随着社会思想的演变，文学日益改变了为宣扬儒家政教而强寓训勉的面貌，越来越多地被用来表现作家个人的思想感情和满足美感需求，石崇创作这首歌词，就是为了配合绿珠的歌舞，超越了借史咏志的范围。

除了时代的影响之外，该诗更多地体现了石崇个人的文学观念。石崇其人对文学的态度，偏重于文学的娱乐功能。元康六年，石崇在金谷园举行盛宴，邀集苏绍、潘岳等30位名士，以为文酒之会。其时盛况可从石崇《思归引》中窥见一斑。这些文人"登云阁，列姬姜，拊丝竹，叩宫商，宴华池，酌玉觞"[②]。在集会之后，石崇写了一篇《金谷集序》：

> 余以元康六年，从太仆卿出为使持节监青、徐诸军事、征虏将军。有别庐在河南县界金谷涧中，去城十里，或高或下，有清泉茂林，众果、竹、柏、药草之属，莫不毕备。又有水碓、鱼池、土窟，其为娱目欢心之物备矣。时征西大将军祭酒王诩当还长安，余与众贤共送往涧中，昼夜游宴，屡迁其坐，或登高临下，或列坐水滨。时琴、瑟、笙、筑，合载车中，道路并作；及住，令与鼓吹递奏。遂各赋诗以叙中怀，或不能者，罚酒三斗。感性命之不永，惧凋落之无期，故具列时人官号、姓名、年纪，又写诗著后。后之好事者，其览之哉！凡三十人，吴王师、议郎关中侯、始平武功苏绍，字世嗣，年五十，为首。[③]

从序文中我们可以看出，金谷集会的创作，固然出自"感性命之不永，

[①] 鲁迅：《而已集》，人民文学出版社1973年版，第80—98页。
[②] （宋）郭茂倩编：《乐府诗集》，中华书局1979年版，第838页。
[③] （南朝宋）刘义庆著，（南朝梁）刘孝标注，余嘉锡笺疏，周祖谟等整理：《世说新语笺疏》，中华书局2007年版，第628页。

惧凋落之无期"的感触。但这次文学集会的真正目的是为了"娱目欢心"。由此可见,石崇本人的文学思想中,对文学的娱乐功能是比较看重的,其创作《王昭君辞》的目的也和这种思想有很大的关系。

2. 想象而赋之:创作情节的虚构性

更值得注意的一点,该诗对王昭君的历史形象实际进行了文学化的创作与加工,所咏的事实并非是真实的历史,而是艺术化的历史。

石崇的创作,根据正史记载的历史事实,加以想象和补充,并参照前代远嫁之事,为昭君虚构了很多具体的艺术情节。先看前小序:

> 王明君者,本是王昭君。以触文帝讳,改焉。匈奴盛,请婚于汉,元帝以后宫良家子昭君配焉。昔公主嫁乌孙,令琵琶马上作乐,以慰其道路之思。其送明君,亦必尔也。其造新曲,多哀怨之声,故叙之于纸云尔。①

首先,历史上是没有明文记载昭君在远嫁之时有作歌之事的。小序直接言明,这是仿照乌孙公主远嫁时令作琵琶曲而为之。范晞文《对床夜语》中就指出这一点:"熟参此叙,乃知昭君出嫁之时,未必以琵琶寄情,特后人想象而赋之耳。"② 仔细考察,这个"想象"的基础应该是傅玄的《琵琶赋序》:"闻之故老,汉遣乌孙公主,念其行道思慕,使工人裁琴、筝、笙、筑之形,作马上之乐。"③ 石崇在小序中,参照了这个故老传闻,想象"其送明君,亦必尔也",并以昭君的口吻创作了其所"造新曲"的哀怨之声。但尚未在歌词中描写昭君怀抱琵琶出塞的艺术形象。

其次,在具体的创作中,很多场景细节和昭君的心理活动也是依据石崇本人的想象而形成的:这首诗分为三层:第一层开篇,就直接点出"汉家子"将远嫁"单于庭",接下来叙写离别的慌乱场景和悲伤情绪。还未能和亲人一一告别,送嫁的队伍就已经扬旗开动,奴仆、马夫涕泗横流,甚至连马都因为要离开故乡而悲鸣,最后两句写昭君本人"哀郁伤

---

① (南朝梁)萧统编,(唐)李善注:《文选》,上海古籍出版社2019年版,第1318页。
② (宋)范晞文撰:《对床夜语》,中华书局1985年版,第6页。
③ 赵光勇、王建域:《〈傅子〉〈傅玄集〉辑注》,陕西师范大学出版社2014年版,第256页。

五内，泣泪湿朱缨"。第二层写昭君在匈奴的生活，重点写了"父子见凌辱"这一事件，正史中关于昭君改嫁后的心态并没有明确的记载，这里的描写多半出于石崇本人的想象。第三层，重点写昭君自己对故乡的思念，先借飞鸿抒情，表达了万里相隔，音讯不通的哀伤，再借"匣中玉"与"粪土英"的对比，比喻如今难堪的处境，最终归结到"传语后世人，远嫁难为情"的主旨。

诗歌第二节中关于"父子见凌辱"的描写，应是根据昭君先后嫁给两代单于的史实，至于其惊惭羞愤的心理活动，或是石崇根据乌孙公主之事生出的想象。据《汉书·西域传》记载，刘细君远嫁乌孙之后：

> 昆莫年老，欲使其孙岑陬尚公主。公主不听，上书言状，天子报曰："从其国俗，欲与乌孙共灭胡。"岑陬遂妻公主。①

可见，"从其国俗"，再嫁妻子，在武帝之时就已经成为惯例，作者认为昭君对改嫁之事既惭愧又害怕，甚至想过自杀，最终还是忍辱负重地活了下来。这样的想象，大多出于作者的虚构。

石崇参照乌孙公主的故事，拟想昭君远嫁亦必令人作琵琶曲，并为其想象中的"新曲"创作歌词，这对后世咏史诗昭君题材的定型起到了先导的作用，在其后一千余首歌咏昭君的诗歌中，"琵琶"成了王昭君的一个固定的符号。足见石崇此诗的作用。

综上所述，石崇此作在咏史诗的发展历程中有两个显著的意义：其一，创作目的的娱乐性，是咏史从"言志"到"抒情"乃至"娱情"的一个转关；其二，他所创作的昭君诗，及其虚构的艺术情节，为后来同一题材的咏史诗创作奠定了基础，经过南朝诗人的继承，成了咏史诗最重要的题材之一。

三 "悲胡尘"与"怨画师"：南朝昭君诗内容的拓展

南朝时期诗人们继承了石崇开启的歌咏昭君的传统，在诗歌中大量歌咏昭君。这些创作，一方面继承了石崇"悲胡尘""恨远嫁"的传统；另一方面还大力地描写"怨画师"的内容。

---

① （汉）班固撰，（唐）颜师古注：《汉书》，中华书局点校本1962年版，第3904页。

1. 悲胡尘：南朝歌咏昭君的第一个角度

这种写作角度继承石崇所开创的昭君怨传统，浓墨重彩的描写远嫁之悲与征途之苦，在具体的诗歌创作中，还不断地丰富了昭君的形象。这一角度的主要作品有以下几首咏史诗。

庾徽之和庾信，将写作重点放在了昭君远嫁一路所要面对的恶劣自然环境之上，借此突出昭君征程之苦与思乡之情。庾徽之《昭君辞》诗云"联雪隐天山，崩风荡河澳。朔障裂寒筂，冰原嘶代骹"[1]，该诗将笔墨重点放在昭君一路所要面对的风刀霜剑的恶劣环境上。用"联雪""崩风""朔障""冰原"形容边塞极端寒冷的天气，其中"隐""荡""裂""嘶"四个动词，写出了恶劣天气对出塞行程的影响。虽然没有直接描写昭君本人的心态，但是，正所谓"物犹如此，人何以堪。"王褒诗以"鸿飞渐南陆，马首倦西征"来衬托昭君思念故乡之情。庾信《昭君辞应诏》歌咏昭君，也是从这个角度入手的，"敛眉光禄塞，遥望夫人城。片片红颜落，双双泪眼生。冰河牵马渡，雪路抱鞍行。胡风入骨冷，夜月照心明。方调琴上曲，变入胡笳声"[2]。诗人描写了昭君出塞越过胡汉边界时的心境：面对冰河雪路，胡风刺骨，回望故土，两眼垂泪，万千心事，都随着胡笳声进入边塞。林庚先生解释"胡风"两句尤其精彩："胡地刺骨的寒风，仿佛是一把解剖刀，要穿透这血肉之躯，于是'夜月照心明'终于一刹那间把昭君的内心世界照得通明透亮。在那晴空万里、皓月高悬、冰雪无垠的原野上，一切晶莹洁净，一个弱女子，向着未来的命运在进发，这时只有那一轮皎洁的明月才成为她寂寞中的唯一相知，才能揭开她那美好无私的单纯心灵，来面对一切而无愧！这便是'夜月照心明'句所以力透纸背，成为全诗高峰的缘故。"[3] 经过庾信对昭君命运和内心世界的提炼，一个单纯美好的昭君形象从此得以确立。

鲍照、萧纪和张正见，则将写作的重点放在了昭君既入胡地，身居异国，感叹年华流逝，思念故土家乡的情感之上。鲍照借助物候的变化和呜咽的胡笳声，烘托昭君身在胡地的悲惨处境和心态："既事转蓬远，心随雁路绝。霜鞞旦夕惊，边笳中夜咽。"[4] 写昭君夜不能寐，因为胡笳之声

---

[1] 逯钦立辑校：《先秦汉魏晋南北朝诗》（上册），中华书局1983年版，第1245页。
[2] （北周）庾信撰，（清）倪璠注：《庾子山集注》，中华书局1980年版，第388页。
[3] 林庚：《唐诗综论》，人民文学出版社1987年版，第338页。
[4] （宋）郭茂倩编：《乐府诗集》，中华书局1979年版，第427页。

而引起身世之悲。萧诗写昭君面对菱花，哀伤红颜衰老："塞外无春色，边城有风霜。谁堪览明镜，持许照红妆。"① "塞外无春色"，写出边地苦寒之状，也表达了昭君内心的凄寒；"边城有风霜"，写出胡地冰冷之状，也形容了昭君思乡之痛。② 张诗基本也是这样的内容："寒树暗胡尘，霜楼明汉月。泪染上春衣，忧变华年发。"③ 都是描写昭君远嫁他乡、孤独终老的情形。

沈约的《昭君辞》则合而言之，该诗以第一人称的口吻，以行程为线索，铺叙了昭君远嫁的征程之难、心境之苦以及远嫁后的思乡之情与寂寞之感。全诗云：

> 朝发披香殿，夕济汾阴河。于兹怀九逝，自此敛双蛾。沾妆疑湛露，绕臆状流波。日见奔沙起，稍觉转蓬多。胡风犯肌骨，非直伤绮罗。衔涕试南望，关山郁嵯峨。始作阳春曲，终成苦寒歌。惟有三五夜，明月暂经过。④

该诗前两句写昭君离开汉宫远嫁的征程，接下来写昭君在汾阴河告别故土的场景，她恋恋不舍，痛哭流涕，但是却不得不继续前行。然后，以沿途风沙转蓬的增多写出昭君渐入胡地的过程。此时此刻，再写昭君遥望关山的悲歌。最后，借助只有三五夜才能经过的明月，突出昭君对家乡的思念。总而言之，这些诗作基本上都是对石崇之作的继承，虽然艺术上各有创新，但是所歌颂的内容，均是在石崇之作的范围内。

2. 怨画师：歌咏昭君的第二个角度

昭君其人其事，正史是有明确记载的。"画工受贿"之说，明显是不可信的，是小说家之语。但是，南北朝诗人非常热衷从这一个角度切入，来歌咏昭君的故事，如萧纲《明君词》：

> 玉艳光瑶质，金钿婉黛红。一去蒲萄观，长别披香宫。秋檐照汉

---

① （宋）郭茂倩编：《乐府诗集》，中华书局1979年版，第432页。
② （宋）郭茂倩编：《乐府诗集》，中华书局1979年版，第627页。
③ 逯钦立辑校：《先秦汉魏晋南北朝诗》（下册），中华书局1983年版，第1900页。
④ （宋）郭茂倩编：《乐府诗集》，中华书局1979年版，第432页。

月,愁帐入胡风。妙工偏见诋,无由情恨通。①

该诗前两句写昭君的美貌与妆容,接下来写昭君离别汉室,远嫁番邦,紧接着描写昭君远嫁之苦,最后将全部责任归咎于画工的受贿之上。王淑英妻刘氏《昭君怨》,也是围绕着这一情节展开的:

> 一生竟何定,万事良难保。丹青失旧仪,匣玉成秋草。相接辞关泪,至今犹未燥。汉使汝南还,殷勤为人道。②

诗歌前两句从福祸无常的道理入手写起,紧接着写昭君为画工所误,以至于"匣玉成秋草",不得不远嫁番邦。接下来想象昭君远嫁离国时的痛哭场景,最后借汉使传信,寄托自己的思乡之情。沈满愿《王昭君叹》则以悔恨的口吻代昭君立言:

> 早信丹青巧,重货洛阳师。千金买蝉鬓,百万写蛾眉。今朝犹汉地,明旦入胡关。高堂歌吹远,游子梦中还。③

开头反其意用之,用反问的口气,质疑自己为什么不贿赂画工:"千金买蝉鬓,百万写蛾眉",紧接着写昭君远嫁,思念故土之感。两相对比,突出了"画工受贿"对昭君的影响。这一点和范静妇沈氏的创作十分类似,沈氏有两首歌颂昭君的诗歌,也是从这样的角度切入:

> 早信丹青巧,重货洛阳师。千金买蝉鬓,百万写蛾眉。④
> 今朝犹汉地,明旦入胡关。情寄南云反,思逐北风还。⑤

南朝梁施荣泰《王昭君》以昭君的口吻,描写他在番邦的所见所感,进

---

① (宋)郭茂倩编:《乐府诗集》,中华书局1979年版,第431页。
② 逯钦立辑校:《先秦汉魏晋南北朝诗》(下册),中华书局1983年版,第2129页。
③ 逯钦立辑校:《先秦汉魏晋南北朝诗》(下册),中华书局1983年版,第2132—2133页。
④ 逯钦立辑校:《先秦汉魏晋南北朝诗》(下册),中华书局1983年版,第2132页。
⑤ 逯钦立辑校:《先秦汉魏晋南北朝诗》(下册),中华书局1983年版,第2133页。

而埋怨画师的无耻:"垂罗下椒阁,举袖拂胡尘。唧唧抚心叹,蛾眉误杀人。"① 陈叔宝《昭君怨》可以代表这一类歌咏昭君的主要内容:

> 图形汉宫里,遥聘单于庭。狼山聚云暗,龙沙飞雪轻。笳吟度陇咽,笛转出关鸣。啼妆寒叶下,愁眉塞月生。只余马上曲,犹作别时声。②

诗歌前两句精练地概括了王昭君为毛延寿所误,被迫远嫁他乡的情形。接下来"狼山聚云暗,龙沙飞雪轻"两句描写远嫁途中恶劣的自然环境。然后用胡笳和羌笛的哀鸣烘托昭君的怨恨。在这样的背景下,"啼妆寒叶下,愁眉塞月生"写昭君本人的愁苦万状,以落叶与啼妆并列,塞月与愁眉并举,既是触景生愁,又是以景拟人,是新体诗的妙句。最后回到离别之时的"马上曲",与开头呼应。整体看来,该诗涵盖了自石崇以后,歌咏昭君的所有元素,可以推为这一时期昭君诗的代表作。

昭君形象进入中古咏史诗以后的变化路径与班婕妤、楚妃类似,都是由乐府变成新体诗,到南北朝以渲染昭君的悲怨之情为主。但由于同情昭君命运的主题始终不变,而关于其想象则在不断添加,因而与班婕妤和楚妃相比,昭君形象反而愈益立体丰满,大体上已经为唐宋诗歌中的咏昭君诗勾出了明晰的轮廓。

第三节 "诗"的题材的开拓:"铜雀妓"与"长门怨"的写作

除了秋胡妻、班婕妤、楚妃等传统的女性主题之外,南朝诗人还在咏史诗中开创了两类全新的主题——铜雀妓和长门怨。前者侧重描写曹操身后铜雀诸妓的悲惨生活,后者侧重描写阿娇皇后失宠后的思念。在写作的过程中,明显体现出了咏史诗向宫怨诗靠拢的倾向。

一 铜雀妓形象的生成和发展

铜雀妓是依据三国时期曹操造铜雀台的故事而形成的艺术形象。在讨

---

① 逯钦立辑校:《先秦汉魏晋南北朝诗》(下册),中华书局1983年版,第2112页。
② 逯钦立辑校:《先秦汉魏晋南北朝诗》(下册),中华书局1983年版,第2503页。

论之前，有必要对铜雀台的建设及其意义加以分析，这样更能看出"铜雀妓"这一艺术形象生成的背景。

1. 铜雀台的建造及其意义

铜雀台建于建安十五年，《三国志·武帝纪》："十五年……冬，作铜雀台。"① 大约于建安十七年完工，曹丕《登台赋》小序："建安十七年春，上游西园，登铜雀台，令余兄弟并作。"② 铜雀台规模十分宏大，《三国志考证》卷五引《邺中记》记载："铜爵台固城为基，址高一十丈，有屋一百三十间，周圆覆其上。"③ 建成之后，曹操曾经带领文武大臣登台游览、赋诗。《三国志·魏志》记载"铜雀台新成，公将诸子登之，使各为赋"④。在这次活动中，曹丕和曹植都创作了一篇赋文来歌咏铜雀台之盛，曹丕的赋文如下：

> 建安十七年，春游西园。登铜雀台。命余兄弟并作。其词曰：登高台以骋望，好灵雀之丽；飞阁崛其特起，层楼俨以承天。步逍遥以容，聊游目于西山。溪谷纡以交错，草木郁其相连。风飘飘而吹衣，鸟飞鸣而过前。申踌躇以周览，临城隅之通川。⑤

在赋中，曹丕详细地描写了高耸入云的铜雀台的美丽景色，并将登台的所见所闻所感一一铺叙。从中我们可以看出当时的盛况。曹植的赋文则进一步强调了铜雀台的政治意义：

> 从明后而嬉游兮，登层台以娱情。见太府之广开兮，观圣德之所营。建高门之嵯峨兮，浮双阙乎太清。立中天之华观兮，连飞阁乎西

---

① （晋）陈寿撰，（南朝宋）裴松之集解：《三国志》，中华书局点校本1982年版，第32页。
② （魏）曹丕著，夏传才等校注：《曹丕集校注》，河北教育出版社2018年版，第60页。
③ 关于铜雀台的规模，《水经注》卷十《浊漳水》："建安十五年，魏武所起……铜雀台高十丈，有屋百一间……石虎更增二丈，立一屋，连栋接椽，弥覆其上，盘回隔之，名曰命子窟。又于屋上起五层楼，高十五丈，去地二十七丈。又作铜雀于楼巅，舒翼若飞。南则金虎台，高八丈，有屋百九间，北曰冰井台，亦高八丈，有屋百四十五间。"同书引晋陆翙《邺中记》："铜爵台高一十丈，有屋一百二十间，周围弥覆其上。"见（北魏）郦道元著，陈桥驿校正《水经注校正》，中华书局2007年版，第358—359页。
④ （晋）陈寿撰，（南朝宋）裴松之集解：《三国志》，中华书局点校本1982年版，第557页。
⑤ （魏）曹丕著，夏传才等校注：《曹丕集校注》，河北教育出版社2018年版，第60页。

城。临漳水之长流兮,望园果之滋荣。仰春风之和穆兮,听百鸟之悲鸣。天云垣其既立兮,家愿得而获逞。扬仁化于宇内兮,尽肃恭于上京。惟桓文之为盛兮,岂足方乎圣明!休矣美矣!惠泽远扬。翼佐我皇家兮,宁彼四方。同天地之规量兮,齐日月之晖光。永贵尊而无极兮,等年寿于东王。①

曹植不但描写了铜雀台的美丽景色,还进一步指出修建铜雀台可以"扬仁化于宇内""翼佐我皇家""宁彼四方"的政治意义。除了曹丕和曹植所指出的之外,铜雀台在当时还具有重要的战略意义,是军事要地。《水经注·浊漳水》记载:

城之西北有三台,皆因城为之基,巍然崇举,其高若山,建安十五年魏武所起,平坦略尽。……中曰铜雀台,高十丈,有屋百一间,台成,命诸子登之,并使为赋。陈思王下笔成章,美捷当时。亦魏武望奉常王叔治之处也。昔严才与其属攻掖门,修闻变,车马未至,便将官属步至宫门,太祖在铜雀台望见之曰:彼来者必王叔治也。②

从以上材料可以看出,铜雀台的兴建,有着十分重要的政治意义、文化意义和军事意义,可以视为当时曹魏的一个象征。此外,曹操带领文武群臣登台而咏的文采风流,也为铜雀台增加了厚重的文化意义。这些也成了南朝以前,文人歌咏铜雀台的一个重点。

2. 南朝以前文人对铜雀台的歌咏

铜雀台作为曹魏政权的一个象征,是集自然园林、政治象征、军事要塞、文化中心为一体的一个文化符号。南朝以前,对于铜雀台的歌咏,都是集中于这些方面。

最早涉及铜雀台的文学作品,应该是建安诗人的公宴诗。曹丕等人同题共作的《公宴》《芙蓉池作》等诗,虽然不以铜雀台为名,但都是写于铜雀台旁的西园。他们对于铜雀台的描写,主要都集中在优美的自然环境之上。

晋代对铜雀台的歌咏基本延续建安诗人群体的思路,侧重于歌颂铜雀

---

① (魏)曹植著,王巍校注:《曹植集校注》,河北教育出版社2013年版,第153页。
② (北魏)郦道元著,陈桥驿校正:《水经注校正》,中华书局2007年版,第358—359页。

台的辉煌与华美，如左思《魏都赋》：

> 驰道周屈于果下，延阁胤宇以经营。飞陛方辇而径西，三台列峙以峥嵘。亢阳台于阴基，拟华山之削成。上累栋而重溜，下冰室而沍冥。①

这里的"三台"就包括铜雀台，李善注：

> 文昌殿西有铜爵园，园中有鱼池堂皇。……铜爵圆西有三台，中央有铜爵台，南则金虎台，北则冰井台，有屋一百一间。金虎台有屋一百九间，冰井台有屋百四十五间，上有冰室。三台与法殿，皆阁道相通，直行为径，周行为营。建安十五年作铜雀台。②

左思对铜雀台的描述，依然是集中于铜雀台建造的高耸与华丽之感。这种描绘在陆云的《登台赋》中也可见到，但是陆云的赋文中却体现了很多关于盛衰、兴亡之感的咏叹。赋前小序云：

> 永宁中，参大府之佐于邺都，以时事巡行邺宫三台，登高有感，因以言崇替。乃作赋云。③

通过小序我们可以看出，这篇赋文乃是登高而赋之作，那么所感者何？"崇替"一词出自《国语·楚语》："吾闻君子唯独居思念前世之崇替者，与哀殡丧，于是有叹，其余则否。"韦昭注："崇，终也；替，废也。"④也就是王朝兴亡之感。陆云此赋中也有大量关于铜雀台景色的描写：

> 历玉阶而容与兮，憩兰堂以消遥。蒙紫庭之芳尘兮，骇洞房之回飙。颓向逝而连物兮，倾冠举而凌霄。曲房荣而窈眇兮，长廊邈而萧条。于是迥路透夷，邃宇玄茫，深堂百室，曾台千房。辟南窗而蒙暑

---

① （南朝梁）萧统编，（唐）李善注：《文选》，上海古籍出版社2019年版，第276页。
② （南朝梁）萧统编，（唐）李善注：《文选》，上海古籍出版社2019年版，第277页。
③ （晋）陆云撰，黄葵点校：《陆云集》，中华书局1988年版，第15页。
④ 上海师范大学古籍整理组点校：《国语》，上海古籍出版社1978年版，第578页。

第四章　中古咏史诗的女性主题　　173

兮,启朔牖而履霜。游阳堂而冬温兮,步阴房而夏凉①

但是,全赋主要归结于对王朝兴亡的感慨:

> 感旧物之咸存兮,悲昔人之云亡。凭虚槛而远想兮,审历命于斯堂。于是精疲游倦,白日藏辉,鄙春登之有情兮,恶荆台之忘归。聊弭节而驾言兮,怅将逝而徘徊。感崇替之靡常兮,悟废兴而永怀。②

这里借助铜雀台的景色感怀曹魏政权的兴亡之感,这才是全赋的重点。

2. 铜雀妓形象的生成

铜雀妓,即铜雀台上的歌妓,这一形象最早起源于陆机的《悼魏武帝文》。元康八年,陆机出任著作郎,在台阁中见到曹操的遗令,其中对其身后事有非常明确的安排,尤其是对其姬妾,曹操说:

> 吾婕妤妓人,皆著铜爵台堂上施八尺床,繐帐,朝晡上脯精之属。月朝十五,辄向帐作妓。汝等时时登铜雀台,望吾西陵墓田。余香可分与诸夫人。诸舍中无所为,学作履卖也。吾历官所得绶,皆著藏中。吾余衣裘,可别为一藏。不能者兄弟可共分之。③

此段叙述,正史未见,但是陆机在序文中强调自己"游乎秘阁,而见魏武帝遗令",其记录应属可信。陆机赋文中重点歌颂的是曹操的枭雄之气:

> 纡广念于履组,尘清虑于余香。结遗情之婉娈,何命促而意长!陈法服于帷座,陪窈窕于玉房。宣备物于虚器,发哀音于旧倡,矫威容以赴节,掩零泪而荐觞。④

这位"以天下自任"的枭雄,在临终之前却"系情累于外物,留曲念于闺房",王图霸业在生死面前都成为泡影——"雄心摧于弱情,壮图

---

① (晋)陆云撰,黄葵点校:《陆云集》,中华书局1988年版,第16页。
② (晋)陆云撰,黄葵点校:《陆云集》,中华书局1988年版,第16页。
③ (晋)陆机著,杨明校笺:《陆机集校笺》,上海古籍出版社2016年版,第625页。
④ (晋)陆机著,杨明校笺:《陆机集校笺》,上海古籍出版社2016年版,第625页。

终于哀志"——和普通人没有什么区别。陆机之作开启了文人歌咏铜雀妓的序幕，南朝诗人的咏史诗中，铜雀妓是其中一大主题。

二 南朝文人对铜雀妓的歌咏

南朝诗人关于"铜雀妓"歌咏的诗歌一共有七首，都是徒诗而非乐府。[①] 但是通观这些诗歌，在写作手法上跟歌咏秋胡妻、班婕妤、王昭君、楚妃的乐府诗歌发展趋势是十分类似的。

江淹《铜爵妓》将写作的重点放在了曹操去世之后，铜雀妓的凄凉生活：

> 武皇去金阁，英威长寂寞。雄剑顿无光，杂佩亦销烁。秋至明月圆，风伤白露落。清夜何湛湛，孤烛映兰幕。抚影怆无从，惟怀忧不薄。瑶色行应罢，红芳几为乐？徒登歌舞台，终成蝼蚁郭！[②]

根据《江淹年谱》等文献考订，该诗作于遭建平王黜逐后[③]，约公元467—472年间[④]，是现存最早的歌咏铜雀妓的诗歌。采取五言古诗的形式，全诗共十四句。从内容上来看，诗歌前四句描写作为一代枭雄的曹操，最终也无法逃脱生死的轮回，撒手人寰。接下来写曹操身后，铜雀台诸妓的凄凉与孤独。最后四句，根据前文所奠定的情绪，抒发时光易逝，岁月不居，无论英雄还是红颜都会"终成蝼蚁郭"的感叹。通观整首诗，和陆机、陆云兄弟的创作一样，都是借铜爵妓抒发存亡兴废之感。

谢朓和何逊之作，则将歌咏的中心放在了曹操身后，铜雀诸妓幽闭深宫的悲惨生活之上。谢朓诗云：

---

① 《文选》《艺文类聚》均将《铜雀妓》视为非乐府题，且此题不见于《宋书·乐志》《古今乐录》等唐前乐府文献，亦未见唐前有以《铜雀妓》为乐府题之材料，可推知初唐以前，《铜雀妓》应是非乐府题。参见青子文《〈铜雀妓〉演变为乐府题的进程》，《中国韵文学刊》2018年第4期。

② （南朝梁）江淹著，丁福林、杨胜朋校注：《江文通集校注》，上海古籍出版社2017年版，第373页。

③ （南朝梁）江淹著，丁福林、杨胜朋校注：《江文通集校注》，上海古籍出版社2017年版，第373页。

④ 丁福林：《江淹年谱》，凤凰出版社2007年版，第267—268页。

> 穗帏飘井干，樽酒若平生。郁郁西陵树，讵闻歌吹声。芳襟染泪迹，婵娟空复情。玉座犹寂寞，况乃妾身轻。①

此诗作于海陵王昭文延兴元年（公元494年）秋，和江淹之作有类似，也是感叹不管是帝王将相还是歌儿舞女，都会面临着死亡和别离。但值得注意的是，全文是以铜雀妓的口吻写成的，她们已经成了全诗的核心人物。何逊所作的变革则更大：

> 秋风木叶落，萧瑟管弦清。望陵歌对酒，向帐舞空城。寂寂檐宇旷，飘飘帷幔轻。曲终相顾起，日暮松柏声。②

诗歌将重点放在铜雀秋深的描写，渲染秋风萧瑟之际，铜雀诸妓远望曹操的陵寝，近观孤寂的庭院，伴着萧瑟的管弦曲起舞的凄凉场景。在该诗中，已经很难找到感慨生死的情绪。而是将所有的描写重点都放在了铜雀妓幽闭深宫的寂寞之上。刘孝绰《铜雀妓》：

> 雀台三五日，歌吹似佳期。定对西陵晚，松风飘素帷。危弦断更接，心伤于此时。何言留客袂，翻掩望陵悲。③

诗歌也将描绘的重点放在了铜雀诸妓在曹操死后的凄凉晚景。通观这三首诗歌，都是以铜雀妓口吻写出，虽然也略有关于曹操生死的思考，但是诗歌最重要的内容都是在描写铜雀妓自身的悲苦。更值得注意的是，这些诗歌都采用了五言八句的新体诗形式，这是永明体形成后齐梁诗坛上愈益多见的体式。

陈代关于铜雀妓的咏史诗一共有两首，分别是张正见和荀仲举的《铜雀台》。张正见所作，在内容上和谢朓等人所作基本类似：

> 凄凉铜雀晚，摇落墓田通。云惨当歌日，松吟欲舞风。人疏瑶席

---

① （南朝齐）谢朓著，曹融南校注集说：《谢宣城集校注》，上海古籍出版社1991年版，第195页。
② （南朝梁）何逊著，李伯齐校注：《何逊集校注》，齐鲁书社1989年版，第323页。
③ 逯钦立辑校：《先秦汉魏晋南北朝诗》（下册），中华书局1983年版，第1824页。

冷，曲罢缥帷空。可惜年将泪，俱尽望陵中。①

但是在形式上有很多新变之处。该诗满足声律要求和粘对的规则，而且颈联和颔联对偶。荀仲举所作，和张正见的作品无论在内容还是形式上都十分类似：

> 高台秋色晚，直望已凄然。况复归风便，松声入断弦。泪逐梁尘下，心随团扇捐。谁堪三五夜，独对月光圆。②

该诗除题目标为《铜雀妓》以外，全诗已经和南朝普通的闺怨诗没有什么区别。至此，铜雀妓这一形象也彻底演化成一般宫怨诗的形象。

三 自悔何嗟及：南朝咏史诗中的"长门怨"

南朝时期确立的另外一个女性主题则是汉武帝的陈皇后。南朝诗人根据《汉武故事》和后出的《长门赋序》歌咏陈皇后的悲惨遭遇，形成了南朝咏史诗女性题材新开拓的一大主题。

1. "金屋藏娇"和"长门买赋"故事的形成

陈皇后的故事见诸正史记载，是十分清楚的：陈皇后为堂邑夷侯陈午与长公主刘嫖之女③，在汉景帝年间嫁与太子刘彻为太子妃，建元元年（公元前140年）立为皇后。元光五年（公元前130年），以"惑于巫祝"罪名废黜，退居长门宫。④ 十数年后病死长门宫。⑤ 后世关于陈皇后的故事，形成了"金屋藏娇"和"长门买赋"两个特别具有戏剧性的故事。

"金屋藏娇"最早见于《汉武故事》。《汉武故事》一书的作者颇有

---

① 逯钦立辑校：《先秦汉魏晋南北朝诗》（下册），中华书局1983年版，第2840—2841页。
② 逯钦立辑校：《先秦汉魏晋南北朝诗》（下册），中华书局1983年版，第2267页。
③ 《汉书·外戚传上》："孝武陈皇后，长公主嫖女也。曾祖父陈婴与项羽俱起，后归汉，为堂邑侯。传子至孙午，午尚长公主，生女。"见（汉）班固撰，（唐）颜师古注《汉书》，中华书局点校本1962年版，第3948页。
④ 《汉书·外戚传上》："使有司赐皇后策曰：'皇后失序，惑于巫祝，不可以承天命。其上玺绶，罢退居长门宫。'"（汉）班固撰，（唐）颜师古注《汉书》，中华书局点校本1962年版，第3948页。
⑤ 《汉书·外戚传上》："明年，堂邑侯午薨，主男须嗣侯。主寡居，私近董偃。十余年，主薨。须坐淫乱，兄弟争财，当死，自杀，国除。后数年，废后乃薨，葬霸陵郎官亭东。"见（汉）班固撰，（唐）颜师古注《汉书》，中华书局点校本1962年版，第3949页。

第四章 中古咏史诗的女性主题

争议，以余嘉锡所考"葛洪著"较有说服力。① 金屋藏娇的故事，主要描写汉武帝对陈阿娇的爱慕之情。

> 后长主还宫，胶东王数岁，公主抱置膝上，问曰："儿欲得妇否？"
> 长主指左右长御百余人，皆云"不用"。
> 指其女曰："阿娇好否？"笑对曰："好，若得阿娇作妇，当作金屋贮之。"
> 长主大悦。乃苦要上，遂成婚焉。②

"长门买赋"的故事，亦不见于正史，出自司马相如《长门赋序》：

> 孝武皇帝陈皇后，时得幸，颇妒，闻蜀郡司马相如，天下工为文，奉黄金百金，为相如文君取酒，因于解悲愁之辞，而相如为文以悟主上，陈皇后复得亲幸。③

从历史的真实来看，这两个故事都是虚构的。《汉武故事》一书，为小说家之言，"所言亦多与《史记》《汉书》相出入，而杂以妖妄之语"④，其记载多不可信。而《长门赋》序文之伪，曹道衡等学者已经考出：

> 卷一六司马相如《长门赋》，也有序文。这篇序开首就称"孝武皇帝陈皇后"，其实司马相如之死，远早于汉武帝，他怎能以汉武帝的谥号称之。检《史记·外戚世家》《汉书·外戚传》，陈皇后无"复得亲幸"之本。此序显然出于一位对汉代历史茫然无知者之手。目前多数学者也大多认为序文是伪，《长门赋》本书为真。⑤

但是，这两个故事在文学上却非常具有戏剧性，以至于当其进入咏史诗

---

① 余嘉锡：《四库提要辨证》，中华书局1980年版，第1130页。
② （汉）班固撰：《汉武故事》，丛书集成新编本，中华书局1991年版，第1页。
③ （南朝梁）萧统编，（唐）李善注：《文选》，上海古籍出版社2019年版，第726页。
④ （宋）晁公武撰，孙猛校证：《郡斋读书志校证》，上海古籍出版社1990年版，第362页。
⑤ 曹道衡：《关于〈文选〉研究的几个问题》，《文史》2005年第3期。

时，成了歌颂陈皇后的重点。《乐府解题》曰："长门怨者，为陈皇后作也。后退居长门宫，愁闷悲思，闻司马相如工文章，奉黄金百斤，令为解愁之辞。相如为作《长门赋》，帝见而伤之，复得亲幸。后人因其赋而为《长门怨》也。"① 柳恽所作之《长门怨》：

> 玉壶夜愔愔，应门重且深。秋风动桂树，流月摇轻阴。绮檐清露滴，网户思虫吟。叹息下兰阁，含愁奏雅琴。何由鸣晓佩，复得抱宵衾。无复金屋念，岂照长门心。②

费昶亦作《长门后怨》：

> 向夕千愁起，自悔何嗟及。愁思且归床，罗襦方掩泣。绛树摇风软，黄鸟弄声急。金屋贮娇时，不言君不入。③

对照两首诗歌可以看出，在内容上，除最后一句提及"金屋藏娇"以外，其余的诗作，已经和传统的闺怨诗没有区别。而且这些诗都不取"陈皇后复得亲幸"的后续情节，而是将焦点集中在长门冷宫的凄凉境况之上。使《长门怨》成为宫怨诗的代表性乐府题。

第四节　咏史诗女性题材传承与发展的原因

通过前三节的分析和讨论，我们可以对中古咏史诗的女性题材有一个概括性的总结。这一时期女性主题的咏史诗存在以下几个明显的特点。

西晋时期，傅玄等人开始大规模地在咏史诗中歌颂女性历史人物，他们对秋胡妻、班婕妤、楚妃等人形象的歌颂，全部立足于"崇妇德"的角度，歌颂他们作为"洁妇""节妇""贞妇""贤妇"的优秀品德。

南朝时期，诗人们对女性历史人物歌咏角度发生了转变，具体说来：在歌咏秋胡妻时，将重点放在了"别后相思"的角度之上；在歌咏

---

① （宋）郭茂倩编：《乐府诗集》，中华书局1979年版，第620—621页。
② 逯钦立辑校：《先秦汉魏晋南北朝诗》（中册），中华书局1983年版，第1673页。
③ 逯钦立辑校：《先秦汉魏晋南北朝诗》（下册），中华书局1983年版，第2082页。

班婕妤和楚妃之时,逐渐将其符号化,向宫怨诗和思妇诗靠拢。

王昭君的题材,经过石崇的艺术想象,在诗歌中大大超出了正史所提供的选材范围。这一做法也为南朝诗人所继承,他们根据《西京杂记》等笔记小说中的传说丰富了昭君故事的前因后果,使昭君形象逐渐丰满并趋向定型。

南朝时期,诗人们还根据历史和传说开拓了两种新的女性形象——铜雀妓和陈皇后,并且根据"真实的"和"想象的"历史将她们加工成闺怨诗或宫怨诗的主角。

咏史诗这一时期缘何出现这些艺术特点?需要我们结合这一时期诗人的艺术特点、知识结构、创作动机加以分析。

一 西晋咏史诗中"崇妇德"主题的成因

西晋咏史诗中女性的书写在内容上有一个显著的特点,就是都立足于妇德的角度。具有非常明显的道德说教意味。傅玄的《秋胡行》两首,在叙述历史事件之后,明确赞美秋胡妻子作为"节妇""洁妇"的优秀品质。《艳歌行》一首结尾,也明确立足于风教的角度来赞美罗敷,称其为"贤妇"。谢榛谓:"傅玄《艳歌行》全袭《陌上桑》,但曰'天地正厥位,愿君改其图'。盖欲辞严义正,以裨风教。"[1]《秦女休行》一首,结尾处明确提出"烈著希代之绩,义立无穷之名",将赵娥推为"烈妇""义妇"。[2]《班婕妤画赞》称赞班婕妤的德行如白云一样纯洁、高尚。傅玄以外,石崇的《楚妃叹》和成公绥的《中宫诗》也是立足于儒家的立场赞美女子的"关雎之德"。总而言之,这些作品,无一例外,都是站在儒家道德的角度,赞颂女性的"妇德",而在妇德之中,最重要的是事夫"从一而终"的忠贞观念。尤其是傅玄的诗作,表现更为明显。那么,这一主题产生的原因是什么呢?

1. 从西晋的社会风气看"崇妇德"的成因

"崇妇德"主题的出现,可以联系当时的社会风气来加以分析。经过汉末的动乱,西晋一朝,社会风气发生巨大改变,女性的人生观和价值观

---

[1] (明)谢榛撰:《四溟诗话》,丛书集成初编本,中华书局1985年版,第1页。
[2] 杨林夕:《论傅玄女性题材诗歌的崇德倾向》,《广州大学学报》(社会科学版)2013年第7期。

也较汉魏之际有很大不同。班昭在《女诫》中提出的对丈夫的敬顺，对舅姑的曲从，对叔妹的和顺等观点开始动摇，女性的道德、行为都出现种种偏差，如干宝《晋纪总论》云：

> 其妇女，壮节织纤皆取成于婢仆，未尝知女工丝枲之业、中馈酒食之事也。先时而婚，任情而动，故皆不耻淫失之过，不拘妒忌之恶。有逆于舅姑，有及易刚柔，有杀戮妾媵，有黩乱上下，父母弗之罪也，天下莫之非也。又况责之闻四教于古，修贞顺于今，以辅佐君子者哉！①

根据干宝的记载可以看出，当时的女性，不再留心于"女工丝枲之业、中馈酒食之事"。而且，婚姻方面则是"任情而动"，婚后更是"有逆于舅姑"，更有甚者"杀戮妾媵"。葛洪的《抱朴子·外篇·疾谬》也有类似的记载：

> 今俗，妇女休其蚕织之业，废其玄紞之务。舍中馈之事，修周旋之好。更相从诣，之适亲戚。承星举火，不已于行。多将侍从，障哗盈路。婢使吏卒，错杂如市。寻道亵谑，可憎可恶。或宿于他门，或冒夜而返。游戏佛寺，观视渔政，登高临水，出境庆吊。开车褰帷，周章城邑。杯觞路酌，弦歌行奏。转相高尚，习非成俗。②

除了干宝所述之外，葛洪记载了当时妇女随便夜行外宿、到处游逛，甚至在大路上宴饮的情况。这样的社会环境，造成当时社会妇女价值观的扭曲。上至皇宫，下至平民，有违"妇德"的行为屡见不鲜。《晋书》就记载惠后贾南风"荒淫之事"：

> 后遂荒淫放恣，与太医令程据等乱彰内外。洛南有盗尉部小吏，端丽美容止，既给厮役，忽有非常衣服，众咸疑其窃盗，尉嫌而辩之。贾后疏亲欲求盗物，往听对辞。小吏云："先行逢一老妪，说家

---

① （南朝梁）萧统编，（唐）李善注：《文选》，上海古籍出版社2019年版，第2220页。
② 杨明照撰：《抱朴子外篇校笺》，新编诸子集成本，中华书局1991年版，第616页。

有疾病，师卜云：'宜得城南少年厌之，欲暂相烦，必有重报，于是随去，上车下帷，内篑箱中，行可十余里，过六七门限，开篑箱，忽见楼阙好屋。问此是何处，云是天上，即以香汤见浴，好衣美食将入。见一妇人，年可三十五六，短形青黑色，眉后有疵。见留数夕，共寝欢宴。临出赠此众物。'听者闻其形状，知是贾后，惭笑而去，尉亦解意。时他人入者多死，惟此小吏，以后爱之，得全而出。①

贾后的荒淫行为，已为当时之人司空见惯，可见当时女性道德标准的下降。另外，《阮籍传》记载：

> 阮公邻家妇，有美色，当垆酤酒。阮与王安丰常从妇饮酒，阮醉，便眠其妇侧。夫始殊疑之，伺察，终无他意。②

这则故事，虽然是作为"任诞"的事例流传下来的，但是可见当时妇女的作风是十分开放的。这种开放，在传统的儒家伦理看来，却是难以容忍的。

2. 傅玄等人的知识结构

傅玄是纯粹的儒家，他认为，儒家的伦理道德是"王教之首"：

> 夫儒学者，王教之首也。尊其道，贵其业，重其选，犹恐化之不崇；忽而不以为急，臣惧日有陵迟而不觉也。仲尼有言："人能弘道，非道弘人。"然则尊其道者，非惟尊其书而已，尊其人之谓也。贵其业者，不妄教非其人也。重其选者，不妄用非其人也。若此，而学校之纲举矣。③

并且他认为，儒家的伦理观念，要渗透到君臣、父子、夫妻等三纲每一层伦理关系中：

> 若君不信以御臣，臣不信以奉君，父不信以教子，子不信以事

---

① （唐）房玄龄等撰：《晋书》，中华书局点校本1974年版，第964—965页。
② （唐）房玄龄等撰：《晋书》，中华书局点校本1974年版，第1361页。
③ （唐）房玄龄等撰：《晋书》，中华书局点校本1974年版，第1319—1320页。

父，夫不信以遇妇，妇不信以承夫；则君臣相疑于朝，父子相疑于家，夫妇相疑于室矣。大小混然而怀奸心，上下纷然而竞相欺，人伦于是亡矣。夫信由上而结者也，故君以信训其臣，则臣以信忠其君，父以信侮其子，则子以其信孝其父，夫以信先其妇，则妇以信顺其夫，上秉常以化下，下服常以应上，其不化者，百未有一也。①

这种醇然儒者的思想，使傅玄在描写女性题材中表现出一种十分复杂的思想。但是，由于他个人的身世经历和思想特点，他对女性的看法比较矛盾：一方面他对女性表现出极大的同情；另一方面，这种同情是有一定条件的，其前提就是要符合儒家的伦理道德，从一而终。以下联系傅玄其他女性题材的诗歌，并结合当时社会对女性的态度，对这种"有限度"的同情加以分析。

傅玄有《苦相篇》一首，以弃妇的口吻诉说男女地位的不平等，其诗云：

苦相身为女，卑陋难再陈。男儿当门户，堕地自生神。雄心志四海，万里望风尘。女育无欣爱，不为家所珍。长大逃深室，藏头羞见人。垂泪适他乡，忽如雨绝云。低头和颜色，素齿结朱唇。跪拜无复数，婢妾如严宾。情合同云汉，葵藿仰阳春。心乖甚水火，百恶集其身。玉颜随年变，丈夫多好新。昔为形与影，今为胡与秦。胡秦时相见，一绝逾参辰。②

该诗从男女出生的差异说到各自在家庭所受的不同教养和社会的不同地位，以及夫妇相处的尊卑有别，乃至女子被丈夫随意冷落遗弃的结果，对女子的共同命运具有较高的概括性。虽是代言体，但也可以看出作者真挚的同情。

但是对女性的同情和理解，是有一定条件的。那么这个条件是什么呢？这就要从傅玄的其他诗作和文章中寻找答案了。《青青河畔草》描写

---

① 赵光勇、王建域：《〈傅子〉〈傅玄集〉辑注》，陕西师范大学出版社2014年版，第26页。
② 赵光勇、王建域：《〈傅子〉〈傅玄集〉辑注》，陕西师范大学出版社2014年版，第415页。

妻子对远行丈夫的思念：

> 青青河边草，悠悠万里道。草生在春时，远道还有期。春至草不生，期尽叹无声。感物怀思心，梦想发中情。梦君如鸳鸯，比翼云间翔。既觉寂无见，旷如参与商。河洛自用固，不如中岳安。回流不及反，浮云往自还。悲风动思心，悠悠谁知者。悬景无停居，忽如驰驷马。倾耳怀音响，转目泪双堕。生存无会期，要君黄泉下。①

该诗从春草绵绵、远道悠悠起兴，表达女子对丈夫的思念。紧接着写对丈夫还家的期待，春草逢春而生，丈夫的回归却遥遥无期。接下来用河洛之水与中岳嵩山对照，比喻丈夫如流水、浮云不复回返，写自己在空闺中虚度光阴，但即使生无会期，也一定要黄泉相会。再如其《朝时篇》：

> 昭昭朝时日，皎皎晨明月。十五入君门，一别终华发。同心忽异离，旷若胡与越。胡越有会时，参辰辽且阔。形影虽仿佛，音声寂无达。纤弦感促柱，触之哀声发。情思如循环，忧来不可遏。涂山有余恨，诗人咏采葛。蜻蛚吟床下，回风起幽闼。春荣随露落，芙蓉生木末。自伤命不遇，良辰永乖别。已尔可奈何，譬如纨素裂。孤雌翔故巢，流星光景绝。魂神驰万里，甘心要同穴。②

这首诗描写一位女子十五岁嫁入夫家，但是却被抛弃，直到华发之年。虽然丈夫的形影还留在脑海里，却像胡与越、参与商一样遥不可及。她虽然"自伤命不遇"，而且深知自己与丈夫"譬如纨素裂"，但还是甘心等到老死："魂神驰万里，甘心要同穴。"

从这两首诗可以看出，傅玄在写作思妇诗和弃妇诗的时候，虽然充分抒发了女子的寂寞愁苦，但始终强调她们即使被抛弃，也要生死不离的坚贞。这与他提倡从一而终的妇德是一致的。如果我们将目光放开，转向傅玄的其他创作，对这一点就体会得更加深刻。《全晋文》卷四十九《傅

---

① 赵光勇、王建域：《〈傅子〉〈傅玄集〉辑注》，陕西师范大学出版社2014年版，第417—418页。
② 赵光勇、王建域：《〈傅子〉〈傅玄集〉辑注》，陕西师范大学出版社2014年版，第425页。

子》"补遗"有这样一条记载：

> 母舍己父，更嫁他人，与己父绝，甚于两夫也。又，制服恐非周、孔所制，亡秦焚书以后，俗儒造之。①

傅玄反对母亲改嫁，认为改嫁比事奉两夫更不可容忍。由此可以看出傅玄对女性从一而终的推崇。这就不难理解，为何傅玄在书写女性时，始终将"妇德"放在第一位。②

傅玄的这种妇德观念，当时并非他独有，而是受到了时代风气的影响。如创作《中宫诗》的成公绥，他在《天地赋》中写道：

> 尔乃清浊剖分，玄黄判离。太极既殊，是生两仪。星辰焕列，日月重规，天动以尊，地静以卑，昏明迭照，或盈或亏，阴阳协气而代谢，寒暑随时而推移。③

这里所谈到的"天动以尊，地静以卑"以及"阴阳协气而代谢"的观点，正是从哲学层面上论证儒家女德的伦理基础。

3. 西晋重塑妇德的努力：以私撰《列女传》为视角

不单单是傅玄和成公绥具有这样的观点，当时社会，对女德也是十分推重的。以传世文献为例，《史记》《汉书》《三国志》都不设列女传。"刘向典校经籍，始作《列仙》《列士》《列女》之传，皆因其志尚，率尔而作，不在正史。"④ 班固《刘向传》对这一创作意图表述得更为明确："向睹俗弥奢淫，而赵、卫之属。起微贱，逾礼制。向以为王教由内及外，自近者始。故采取诗书所载贤妃贞妇，兴国显家可法则，及孽嬖乱亡者，序次为《列女传》，凡八篇，以戒天子。"⑤ 刘向以后，曹大家、赵母分别为其《列女传》做注，曹植、刘歆、缪袭等人分别为传记中所载人

---

① 赵光勇、王建域：《〈傅子〉〈傅玄集〉辑注》，陕西师范大学出版社2014年版，第146页。
② 刘淑丽：《傅玄妇女诗及其对妇女命运的思索》，《求索》2002年第2期。
③ （唐）房玄龄等撰：《晋书》，中华书局点校本1974年版，第2372页。
④ （唐）魏征、令狐德棻撰：《隋书》，中华书局点校本1973年版，第982页。
⑤ （汉）班固撰，（唐）颜师古注：《汉书》，中华书局点校本1962年版，第1957—1958页。

物做赞颂。但是魏晋时期，民间私撰《列女传》的情形就开始出现了，仅据《隋书·经籍志》统计，这一时期记载女性的传记主要有[①]：

表4-2　　　　　　《隋书·经籍志》所载女性传记统计

书名	卷数	作者
《列女传》	六卷	皇甫谧
《列女传》	七卷	綦毋邃
《列女传要录》	三卷	不详
《女记》	十卷	杜预
《美妇人传》	六卷	不详
《妬记》	二卷	虞通之

这些书籍大部分已经失传，但是我们从皇甫谧《列女传》以及杜预《女记》现存引文所记载的模范女性来看，从一而终，对夫家忠贞、顺从，在当时社会是备受推崇的。皇甫谧记载的优秀女性有很多，以下几位比较有代表性：

> 汉中赵嵩妻者，同郡张氏之女也，字礼修。遭贼，嵩死君难，礼修以碧涂面，乱发称病，怀刀在身，意气列决，贼不迫也。叔父矜其年少，又世方丧乱，欲更嫁，礼修慷慨以死为誓。[②]

张氏面对恶贼，涂面、乱发、怀刀在胸以保全自己的贞洁。在丈夫亡故之后，面对叔父要其再嫁的要求，竟然以死为誓，坚持从一而终。还有周氏女，她为了保持对丈夫的忠贞，不惜反抗官府的命令：

> 膛为相登妻者，周氏之女，名度。适登一年而寡，牢令吴厚因人问度，度心执匪石，引刀截发。县长吏复遣媒欲娉，度曰："前已断发，谓足表心，何误复有斯言哉？"取刀割鼻，左右救止，表其间。[③]

[①] （唐）魏征、令狐德棻撰：《隋书》，中华书局点校本1973年版，第978页。
[②] （宋）李昉编纂，夏剑钦、王巽斋校点：《太平御览》，河北教育出版社1994年版，第652页。
[③] （宋）李昉编纂，夏剑钦、王巽斋校点：《太平御览》，河北教育出版社1994年版，第652页。

第一次询问是否改嫁时，周氏女割发明志，再问之下，取刀割鼻，拒绝官府的媒人，保持自己的贞洁。皇甫谧记载的另外两个故事，则更能体现当时社会对女性从一而终的推崇：

> 广汉冯季宰妻者，季氏之女，名珥，字进娥。早寡无嗣，奉养继姑及宰兄显，守心纯固，以义自防。珥母愍其孤苦，阴有所许。珥断发自明，遂乞养男女各一，率道有法，乡人称之。①

季氏女的行为表示，即使夫家允许，女性也不愿意改嫁他人。这说明，当时女性自身对从一而终的价值观都是十分认可的。再如刘娥：

> 梁夏文生妻者，沛国刘景宾之女，名娥。生一女而寡，娥誓不再嫁。父以配同郡衡氏，逼迫入门，娥谓衡氏曰："妾闻妇人不改嫁。越义失节，妾所不为。君可见遣！"衡氏曰："相取有媒礼，何遣之有？"衡氏妻服未阕，娥因数之曰："君衰麻在身，犯礼纳室，虽颜之厚，奈《相鼠》何？妾必死不为君妻，相留不知辱乎？"奋衣而出，衡氏不敢强留。父复以许临睢倪氏，强扶上船，娥阳不忧，书与女别，乃以刀割耳鼻曰："所以不死者，老姑在堂，孤女尚幼故耳。"执义终身。②

刘娥的故事证明，即使有"父母之命、媒妁之言"的正常程序，女性对于再嫁之事，也是十分抵触的。以上的女性都是通过行动反抗再嫁的要求，而杜预《女记》记载的女性，则用道理抵制再嫁的请求：

> 淑丧夫守寡，兄弟将嫁之，誓而不许，为书曰："盖闻君子导人以德，矫俗以礼，是以烈士有不移之志，贞女无回二之行。淑虽妇人，窃慕杀身成义，死而后已。凤遭祸罚，丧其所天，男弱未冠，女幼未笄，是以黾勉求生，将欲长育二子，上奉祖宗之嗣，下继祖祢之

---

① （宋）李昉编纂，夏剑钦、王巽斋校点：《太平御览》，河北教育出版社1994年版，第652页。
② （宋）李昉编纂，夏剑钦、王巽斋校点：《太平御览》，河北教育出版社1994年版，第653页。

礼，然后覵于黄泉，永无惭色。仁兄德弟，既不能厉高节于弱志，发德明于暗昧，许我他人，逼我于上，乃命官人讼云简书。夫知者不可惑以事，仁者不可胁以死；晏婴不以白刃临颈改正直之辞，梁寡不以毁形之痛忘执节之义。高山景行，岂不思齐。计兄弟备托学门，不能匡我以道，博我以文，虽曰既学，吾谓之未也。"①

由以上的文献梳理可以看出，在西晋士人阶层中，儒家的妇德思想，尤其是"从一而终"的观念，相当深入人心。所以，面对浇漓的世风，文人不但以传记来表彰刚烈守节的女性，而且在咏史诗中塑造女性形象的时候，更多地立足于妇德这一角度来进行书写，这就造成了咏史诗中"崇妇德"的情况的出现。

二 诗歌的近体化：女性主题转化的内因

南朝时期，咏史诗中的女性题材普遍出现了向"娱情"方向的转变。秋胡妻、班婕妤、楚妃、王昭君、铜雀妓、陈皇后等历史人物形象，都逐渐丧失了其进入咏史诗时原有的含义，而泛化成为深宫怨妇的形象。

南朝咏史诗中女性形象这种歌咏主题的转向，是和诗歌体式的发展和演变密切相关的。以秋胡妻的演变为例，秋胡妻是乐府古题，傅玄的两首乐府题目，都是紧扣乐府本事来歌颂《列女传》中所赞颂的秋胡妻子的忠贞和节烈，这一主题在后来颜延之、王融、萧绎等人的著作中都得到了继承，体现了乐府体式在主题上的传承性。

但是，乐府体式在这一时期也在不断发展，这就导致诗歌的内容和主题发生相应的变化。颜延之继承了傅玄的主题，依然歌咏秋胡妻的忠贞；但是，全诗采取了元嘉体较为繁复的五言古诗的体式，这就必定会增加详细铺叙秋胡妻思念丈夫的内容。王融的创作，依旧遵循乐府的主题，但是采用八句新体，进一步将秋胡妻浓缩为"思妇"的形象。至萧绎手中，诗歌已经完全偏离了乐府的题材和主题，除题目外，基本和秋胡妻无关，成为八句体新诗。班婕妤、楚妃、王昭君等人进入咏史诗的路径也基本类似。在体式上都经历了一个由乐府古题到八句新体的过程，相应地，在内容上

---

① （宋）李昉编纂，夏剑钦、王巽斋校点：《太平御览》，河北教育出版社1994年版，第653页。

也越来越偏离原有的主题，而向宫怨诗靠拢。秋胡妻、班婕妤、楚妃、王昭君等人已经脱离了具体的历史语境，而成为深宫怨妇的一个代表。

南朝咏史诗中新出现的女性形象，虽然没有经历过这种由乐府旧题向新体过渡的过程。但是，当她们出现时，永明体已经形成。所以，很快完成了新体化的过程。"铜雀妓"和"陈皇后"也都脱离了原有的历史寄托，而逐渐演化为宫怨的符号。

所以说，咏史诗中女性主题歌咏角度的变化，是新体诗逐渐在齐梁陈诗坛上成为主流和古体乐府近体化的必然结果。葛晓音师指出"从永明时期开始，汉乐府古题中的一部分如《芳树》《有所思》《临高台》《巫山高》等，在谢朓、沈约、范云、刘绘、王融等手里就已经不再遵循古题乐府的题材和主题，改成用八句体发挥题面之意。"[①] 同时代诗人进一步扩大了古题乐府的范围，促进了这一转向范围的扩大。仔细考察这一时期歌颂女性题材的乐府诗，除"铜雀妓"和"长门怨"以外，其余都是从汉乐府古题中演变出来的，逐渐形成八句新体诗，在这一过程中就必然会受到时代风气的影响，萧绎的《秋胡妻》，何思澄、孔翁归《奉和湘东王教班婕妤》，张正见等人的《昭君词》和《铜雀妓》等创作，在体式上都采取了八句体，而在内容上都和原有的乐府主题呈现出一种若即若离的关系。其根本原因就在这里。

诗歌体式的转型，和诗歌的题材内容以及审美追求是密切相关的。南朝诗人在创作新体诗时取材普遍狭窄，基本不出宫廷，所以咏物和咏女性就成为南朝诗歌尤其是宫体诗的最主要内容之一。咏物之作，基本已经达到"无物不咏"的地步。同时他们还从"咏物转向咏人"[②]。根据逯钦立《先秦汉魏晋南北朝诗》统计，南北朝时期，仅题目中表示女性的诗歌就有：萧纲的《美女篇》《伤美人》《咏美人看画》《美人晨妆》《赠丽人》《戏赠丽人》；庾肩吾的《咏美人看画应令》；庾信的《奉和赵王美人春日》《奉和赠曹美人》；沈约的《梦见美人》；何逊的《苑中见美人》；何思澄的《南苑逢美人》；萧子显的《代美女篇》；刘孝绰的《遥见美人采荷》《为人赠美人》；刘缓的《看美人摘蔷薇》；刘孝威的《咏佳丽》；萧纶的《车中见美人》；江洪的《咏美人治妆》；江总的《秋日新宠美人应

---

① 葛晓音：《南朝五言诗体调的"古""近"之变》，《中国社会科学》2010年第3期。
② 罗宗强、陈洪主编：《中国古代文学发展史》，南开大学出版社2003年版，第364页。

令》；费昶的《春郊见美人》；姚翻的《代陈庆之美人为咏》；王环的《代西封侯美人》等。在这样的创作情境下，诗歌传统中那些女性历史人物必然会走进南朝诗人的选材视野。但是，又是什么原因导致了士人抛弃传统的"妇德"，而将其"泛化"成一般闺怨诗的主角呢？

这和南朝诗人写作女性题材的视角有关。通观南朝女性主题的诗歌，对女性的描写，基本是一种"物化"女性的态度，他们不再注重女性的思想和情感，以及身上所凝聚的政治和道德意义。而是将女性作为一种精美的"客观物质"来进行描写，用精致的形式，华丽的词汇来描绘女性的音容笑貌。再加之，南朝咏史之作很多都是奉和、赋题之作，诗人跟所歌咏的历史对象缺乏身世共鸣。所以，这些诗人在歌咏女性历史人物的时候，很难如陆机歌咏班婕妤一样感同身受。他们只能将这些人物作为深宫怨妇的一个代表加以欣赏，这就自然导致咏史诗中女性形象的泛化。女性题材的咏史诗变成艳情诗也就势在必然了。

还需要补充的一点，就是南朝诗人为何将这些女性泛化为"思妇""怨妇"并加以浓墨重彩的渲染？比如楚妃其人，历史并没有明确记载其被弃之事，但是南朝诗人却将其作为宫怨诗的主角；再如班婕妤其人，诗人们都歌咏其幽闭深宫的寂寞，而忽视其明哲保身的智慧；再如陈皇后，诗人们都集体忽视了小说中"复宠"情节，而渲染其退居深宫的寂寞。这一转变和南朝诗人普遍追求悲感的审美观有必然的联系。① 中古时期，整个社会风气都是"以悲为美"。钱锺书曾从音乐这一角度切入讨论整个的社会风气："奏乐以生悲为善音，听乐以能悲为知音，汉魏六朝，风尚如斯。"② 具体到文学创作，尤其是诗歌创作来看，也存在着这样的风尚。以《诗品》为例，《诗品》序言：

> 嘉会寄诗以亲，离群托诗以怨。至于楚臣去境，汉妾辞宫。或骨横朔野，或魂逐飞蓬。或负戈外戍，杀气雄边。塞客衣单，孀闺泪尽。或士有解佩出朝，一去忘返。女有扬蛾入宠，再盼倾国。凡斯种种，感荡心灵，非陈诗何以展其义？非长歌何以骋其情？

---

① 葛晓音：《八代诗史》第八章，陕西人民出版社1989年版。
② 钱锺书：《管锥编》，生活·读书·新知三联书店2001年版，第946页。

序言中列举的"陈诗"场景,绝大多数都具有一定的悲观气氛。《诗品》上品共收诗人 12 人。钟嵘对他们作品的点评,也都侧重于这些诗人诗歌中的"悲怨"。[1] 论《古诗十九首》称其"意悲而远"[2];评李陵古诗则强调其"文多凄怆"[3];讨论班婕妤的诗歌时也指出其"怨深"的特点[4];曹植的作品则被评定为"情兼雅怨"[5];王粲之作被品为"发愀怆之词"[6];阮籍侧重其"颇多感慨之词"[7];左思则特别重视他"文典以怨"的特征[8]。足见钟嵘当时对诗歌的审美是追求悲感的。这种倾向,在梁陈时期乐府诗中表现得更为明显。据《隋书·乐志》:"又于清乐中造《黄鹂留》及《玉树后庭花》《金钗两臂垂》等曲,与幸臣等制其歌词,绮艳相高,极于轻薄。男女唱和,其音甚哀。"[9] 也是强调其哀怨的特征。在这种情况下,咏史诗中的女性人物身上的悲情主题,自然就会被夸大,进而形成了向宫怨诗靠拢的趋势。

三 崇德到娱情:女性主题转化的外因

从西晋到南朝,咏史诗女性主题由"崇德"向"娱情"的转变趋势,还可以结合当时社会思想发展以及文学观念转变的角度来加以考察。

1. 文学观念中"崇德"功能的消解

中古时期,尤其是南朝时期,是中国古代文学理论发展的黄金时期。这一时期,文坛对文学的特质有了更加深刻的认识。文学从广义的学术文

---

[1] 袁济喜:《汉魏六朝以悲为美》,《齐鲁学刊》1988 年第 3 期。
[2] (南朝梁)钟嵘著,曹旭集注:《诗品集注》(增订本),上海古籍出版社 2011 年版,第 91 页。
[3] (南朝梁)钟嵘著,曹旭集注:《诗品集注》(增订本),上海古籍出版社 2011 年版,第 106 页。
[4] (南朝梁)钟嵘著,曹旭集注:《诗品集注》(增订本),上海古籍出版社 2011 年版,第 113 页。
[5] (南朝梁)钟嵘著,曹旭集注:《诗品集注》(增订本),上海古籍出版社 2011 年版,第 117 页。
[6] (南朝梁)钟嵘著,曹旭集注:《诗品集注》(增订本),上海古籍出版社 2011 年版,第 142 页。
[7] (南朝梁)钟嵘著,曹旭集注:《诗品集注》(增订本),上海古籍出版社 2011 年版,第 150 页。
[8] (南朝梁)钟嵘著,曹旭集注:《诗品集注》(增订本),上海古籍出版社 2011 年版,第 193 页。
[9] (唐)魏征、令狐德棻撰:《隋书》,中华书局点校本 1973 年版,第 309 页。

章中分化出来，成为独立的一个门类。这就推动了人们对文学功能的进一步思考，人们认识到文学"娱情"的作用，并一度将其作为文学的一个主要功能。

中古时期对文学"娱情"作用的认识有一个过程。两汉时期，人们就已经认识到文学的娱情作用，尤其是汉赋的娱情功能。《汉书·枚皋传》说其人："不通经术，诙笑类排倡，为赋颂，好嫚戏，以故得媟黩贵幸。"① 在这里作为诙笑的"赋颂"作用就是为了娱情。《汉书》中汉武帝对东方朔、枚皋、司马相如等文学家的态度，都是以"俳优畜之"，也是强调文学的娱情功能。《汉书·王褒传》记载：宣帝曾经"数从褒等放猎，所幸宫馆，辄为歌颂，第其高下，以差赐帛"②。这里的歌颂创作，明显具有游戏竞赛的成分。《后汉书·文苑列传》载：射时大会宾客，"人有献鹦鹉者，射举卮于，衡曰：'愿先生赋之，以娱嘉宾。'"③ 可以看出，《鹦鹉赋》的创作目的就是"娱嘉宾"。

魏晋南北朝期间，对文学的娱情作用有了进一步的认识。建安诗人"傲雅觞豆之前，雍容衽席之上，洒笔以成酣歌，和墨以藉谈笑"④，对文学的娱情作用有明确的强调。曹植赋："从明后而嬉游兮，登层台而娱情。"⑤ 这里明确提出文学创作的目的就是为了"娱情"。

到了南朝，人们对文学有了一个全新的认识，文学从广义的学术中脱离出来，有了新的独立地位。宋文帝元嘉中，文帝召雷次宗立儒学，何尚之立玄学；太子率又令何承天立史学，谢元立文学，总称为四学。⑥ 范晔《后汉书》单列《文苑列传》与《儒林列传》并列，说明在当时，文学已经可以和儒学并列。这就推动文人思考这样一个问题：文学和其他学科的差别究竟是什么？南朝诗人进行了很多的讨论，做出了很多回答。在这其中，文学的"娱情"功能，是南朝诗人普遍强调的。

萧统《文选序》在谈论文章之时，曾经特别强调，文虽然体式不同，但都是可以供人"娱""玩"的：

---

① （汉）班固撰，（唐）颜师古注：《汉书》，中华书局点校本1962年版，第2366页。
② （汉）班固撰，（唐）颜师古注：《汉书》，中华书局点校本1962年版，第2829页。
③ （汉）班固撰，（唐）颜师古注：《汉书》，中华书局点校本1962年版，第2657页。
④ （南朝梁）刘勰著，黄叔琳注，李详补注，杨明照校注拾遗：《增订文心雕龙校注》，中华书局2012年版，第537页。
⑤ （魏）曹植著，王巍校注：《曹植集校注》，河北教育出版社2013年版，第153页。
⑥ （唐）李延寿撰：《南史》，中华书局点校本1975年版，第1868页。

> 譬陶匏异器，并为入耳之娱；黼黻不同，俱为悦目之玩，作者之致，盖云备矣。①

南朝另一部诗歌总集《玉台新咏》的编撰作者也明确提出自己的编选目的，就是为了消遣宫内的时光：

> 既而椒宫宛转，柘馆阴岑，绛鹤晨严，铜蠡昼静。三星未夕，不事怀衾；五日犹赊，谁能理曲。优游少托，寂寞多闲。厌长乐之疏钟，劳中宫之缓箭。纤腰无力，怯南阳之捣衣；生长深宫，笑扶风之织锦。虽复投壶玉女，为观尽于百骁；争博齐姬，心赏穷于六箸。无怡神于暇景，惟属意于新诗。庶得代彼皋苏，微蠲愁疾。但往世名篇，当今巧制，分诸麟阁，散在鸿都。不藉篇章，无由披览。于是燃指暝写，弄笔晨书，撰录艳歌，凡为十卷。曾无忝于雅颂，亦靡滥于风人，泾渭之间，若斯而已。②

以文学，尤其是诗歌作为娱情之物，是当时文坛的普遍风气，尤其是齐、梁、陈三代，还创作了一系列的游戏诗。严羽《沧浪诗话·诗体》讨论到杂体诗时说：

> 论杂体则有风人、藁砧、五杂俎、两头纤纤、盘中、回文、反复、离合，虽不关诗之轻重，其体制亦古。至于建除诗、字谜诗、人名、卦名、数名、州名之诗，只成戏谑，不足法也。③

在这样的情况下，"诗言志"的传统就逐渐被消解，而"诗娱情"的作用就不断地上升。咏史诗的主题变化也正是在这样的背景下发生的。傅玄、陆机等人对班婕妤的歌咏，有着非常明显的提倡风教或言志的目的。而在南朝诗人那里，缺乏这种"言志"的冲动，他们对秋胡妻和班婕妤的歌咏，很多都是奉和之作，并未希望通过诗歌表达何种志向，所以在歌

---

① （南朝梁）萧统编，（唐）李善注：《文选》，上海古籍出版社 2019 年版，第 1—2 页。
② （南朝陈）徐陵编，吴兆宜注：《玉台新咏》，上海书店 1988 年版，第 1—2 页。
③ （宋）严羽著，郭绍虞校释：《沧浪诗话校释》，人民文学出版社 1983 年版，第 100—101 页。

颂的过程中，就更多地体现了"娱情"的功能。总而言之，南朝时期，文学的独立，促成了文学观念中崇德功能的消解，这是导致南朝女性咏史诗主题变化的一个最重要的背景。

2. 诗歌创作环境和动机的转变

在上述背景的前提下，我们再来具体考量这些诗歌的创作动机，就会进一步了解为何"娱情"的倾向越来越明显。

王融歌咏秋胡妻之作，题为《和南海王殿下咏秋胡妻诗》，从题目就可以看出是对南海王萧子罕原作的唱和。再来看南朝诗人歌咏班婕妤的创作动机，刘令娴之作题为《和班婕妤》也应该是唱和之作。何思澄、孔翁归两人的诗题为《奉和湘东王教班婕妤》是对萧绎原作的唱和。这些同题共咏的唱和之作，在创作动机上有很大的娱乐性，这也就决定了咏史诗主题的转变。

这一点在南朝昭君题材创作的转变上则更加明显。南朝诗人直接继承和发展了石崇"娱情"的文学观念。这一点，《古今乐录》中有十分详细的论述：

> 《明君》歌舞者，晋太康中季伦所作也。……晋、宋以来，《明君》止以弦隶少许为上舞而已。梁天监中，斯宣达为乐府令，与诸乐工以清商两相筒弦为《明君》上舞，传之至今。①

由上述材料可以看出，晋宋时期，《明君》还只有少许用于歌舞，从梁天监年间开始，便令乐工们用清商乐将《明君》配为上舞，一直传到陈朝。文人们创作描写昭君的诗歌，主要目的就是为了酒宴助兴。《南齐书》卷四十四《沈文季传》中有非常明确的记载：

> 后豫章王北宅后堂集会，文季与褚渊并善琵琶，酒阑，渊取乐器，为《明君曲》。文季便下席大唱曰："沈文季不能作伎儿。"②

既然作为歌舞助兴之用，那么，在具体的创作过程中，必定会加大对

---

① （宋）郭茂倩编：《乐府诗集》，中华书局 1979 年版，第 426 页。
② （南朝梁）萧子显撰：《南齐书》，中华书局点校本 1972 年版，第 776 页。

"娱情"成分的描写。

四 小说的勃兴：南朝咏史诗女性题材来源的扩展

南朝咏史诗女性主题的发展，还有值得注意的一点就是咏史诗选材来源的扩大。在此之前，咏史诗的选材基本都来自正史，南朝时期，诗人们开始采纳小说、传说等材料作为歌咏的对象，开拓了"铜雀妓"和"陈皇后"两种新的主题人物。而且，在原有的主题人物中，还糅合不同人物的多种相似史料，比如昭君题材中将乌孙公主之事强加于昭君身上，并且增添了"画工受贿"的情节。这一点与南北朝时期小说，尤其是志人小说的发展有着密切的关系。

1. 六朝志人小说的发展

南北朝时期，志人小说取得了迅速的发展，产生了以《世说新语》为代表的一大批志人小说。正如鲁迅所说：

> 汉末士流，已重品目，声名成毁，决于片言，魏晋以来，乃弥以标格语言相尚，惟吐属则流于玄虚，举止则故为疏放，与汉之惟俊伟坚卓为重者，甚不侔矣。盖其时释教广被，颇扬脱俗之风，而老庄之说亦大盛，其因佛而崇老为反动，而厌离于世间则一致，相拒而实相扇，终乃汗漫而为清谈。渡江以后，此风弥甚，有违言者，惟一二枭雄而已。世之所尚，因有撰集，或者掇拾旧闻，或者记述近事，虽不过丛残小语，而俱为人间言动，遂脱志怪之牢笼也。①

这些志人小说的创作方法，就是"掇拾旧闻""记述近事"，将一些人物事迹分门别类加以记载。根据统计，南朝可考知的志人小说有十六部。其中，宋朝五部，梁朝九部，陈朝一部，朝代不明者一部。宋朝的五部分别是刘义庆的《世说新语》《小说》《江左名士传》，袁淑的《真隐传》和虞通之的《妒记》；梁朝的九部分别是沈约的《俗说》、殷芸的《小说》、刘孝标的《俗说》、伏挺的《迩说》、阮孝绪的《高隐传》、顾协的《琐语》、谢绰的《宋拾遗》、萧贲的《辩林》、孔思尚的《宋齐语录》；陈朝的一部是周弘让的《续高士传》，朝代不明者一部是虞孝敬的《高士传》。

---

① 鲁迅：《中国小说史略》，人民文学出版社1973年版，第45页。

第四章 中古咏史诗的女性主题

除了志人小说以外，杂俎小说也有很多志人的成分，这样的小说，在南朝一共有八部：齐江淹的《铜剑赞》、梁前无名氏的《宋玉子》、梁朝沈约的《迩言》、刘弄的《释俗语》、陶弘景的《古今刀剑录》、顾烜的《钱谱》、庾元威的《坐右方》、题名葛洪的《西京杂记》。

这些志人小说的蓬勃发展，自然推进了当时人对历史人物多方面的了解和审视。再加之这些小说的创作，并非如正史著录一般严谨，往往有很多艺术想象和虚构的成分，这就为咏史诗的开拓提供了更大的空间。

2. 统当作事实：六朝对志人小说的态度

志人小说的勃兴，自然会推动民间记述历史人物和历史事件之书的繁荣，直接促进了咏史诗题材的扩展。但是，这种推动也并不是直接的，中间有一个关键环节就是当时诗人对这些小说的态度——也就是说，这些士人是否将志人小说当成"真正"的历史？换言之，咏史诗人何以将这些"小说家言"纳入选材范围呢？

这就要考察当时文学思想中对这些志人小说性质的认识。大致说来，在当时，人们将小说，尤其是志人小说是当成真正的历史的。

关于这一点，鲁迅先生曾指出"六朝人并非有意作小说，因为他们看鬼事和人事，是一样的，统当作事实"①。这一论断可以找到很多有力的佐证。

裴启作《语林》一书，记录汉魏以来迄于两晋的知名人物精彩对话的记录。"始出，大为远近所传。时流年少，无不传写，各有一通。"② 形成了风靡一时的"裴氏学"。刘孝标《世说新语注》引南朝宋代檀道鸾《续晋阳秋》云："晋隆和中，河东裴启撰汉、魏以来迄于今时，言语应对之可称者，谓之《语林》。时人多好其事，文遂流行。"③ 但是，其中记载谢安的两条，谢安却矢口否认，见《世说新语》"轻诋"：

> 庾道季诧谢公曰："裴郎云：'谢安谓裴郎乃可不恶，何得为复饮酒？'裴郎又云：'谢安目支道林，如九方皋之相马，略其玄黄，

---

① 鲁迅：《中国小说史略》，人民文学出版社 1973 年版，第 44 页。
② （南朝宋）刘义庆著，（南朝梁）刘孝标注，余嘉锡笺疏，周祖谟等整理：《世说新语笺疏》，中华书局 2007 年版，第 318 页。
③ （南朝宋）刘义庆著，（南朝梁）刘孝标注，余嘉锡笺疏，周祖谟等整理：《世说新语笺疏》，中华书局 2007 年版，第 319 页。

取其俊逸。'"
　　谢公云："都无此二语，裴自为此辞耳。"
　　庾意其不以为好，因陈东亭《经酒垆下赋》。读毕，都不下赏裁，直云："君乃复作裴氏学。"
　　于此《语林》遂废。今时有者，皆是先写，无复谢语。[1]

裴启在《语林》中记载了两则关于谢安的事迹，庾道季向谢安提及此事时，却被当事人谢安予以否认，以致时人以为裴启在捏造事实。所以导致了"《语林》遂废"的结局。我们从这个案例的反面来思考，在当事人的心目之中，一部小说内容的真实与否，是关系到小说存废的重要原因。

所以，在这样的观念下，六朝志人小说的不断发展，就推动了咏史诗选材来源的扩大，促进更多的历史人物和事件走进了咏史诗的世界。

本章小结

本章以秋胡妻、班婕妤、楚妃、王昭君、铜雀妓、陈皇后（长门怨）等历史人物为重点，分析了中古咏史诗中女性题材发展变化的过程和特点，并联系文学发展的内外部因素，对这些特点形成的原因加以解析。

咏史诗中女性题材的繁荣发展，始于西晋时期，这一时期，诗人对女性历史人物的歌咏，有着明确的"崇德"以正风教的目的。这样的特点和西晋时期的社会发展是密切相关的，面对日益浇漓的妇德，傅玄等儒者希望通过自己的作品，针砭时弊，挽救世风，所以在诗歌中极力地强调女性的"中宫之德"和"贞洁之德"。

南朝时期，咏史诗中的女性形象开始大量泛化，在西晋就进入咏史诗的秋胡妻、班婕妤、楚妃、王昭君和南朝新产生的铜雀妓与陈皇后，都已经和普通宫怨诗中的深宫怨妇没有任何区别。这一转变，一方面根源于南朝时期新体诗的兴起和古题乐府的近体化；另一方面是因为南朝诗人对绮艳、悲感的审美追求。同时也受到当时社会环境和文学观念的影响。

---

[1]（南朝宋）刘义庆著，（南朝梁）刘孝标注，余嘉锡笺疏，周祖谟等整理：《世说新语笺疏》，中华书局2007年版，第990—991页。

南朝咏史诗女性主题的另外一大特点就是题材来源的扩大。这一时期，诗人创作咏史诗的依据不仅是历史事实，而且还开始将《西京杂记》《汉武故事》等笔记小说等纳入选材范围内，为历史人物和事件注入了很多戏剧性的冲突，这一点也为后来的咏史诗所继承。这和南朝志人小说的蓬勃发展以及时人对小说真实性观念的认识有着必然的联系。

通过这些特点可以发现，南朝时期咏史诗出现了向闺怨诗靠拢的倾向，这一点和中古诗歌题材发展的整体趋势是同步的。可以为中古诗歌的发展提供一个新的考察视角。

第五章

中古咏史诗与其他诗歌题材的互动关系

中古时期咏史题材孕育—独立—发展—流变的过程一直伴随着与其他题材的互动，在以上章节的论述过程中，本书已经初步考察了这一题材和述德、赠答、郊庙、闺怨等诗歌题材之间的相互影响。除此以外，和咏史题材密切相关的题材还有咏怀、怀古和游侠三种。

第一节 咏怀对咏史的影响：以阮籍为中心

咏怀是中古时期非常重要的一种诗歌题材。阮籍的咏怀诗大量地歌咏、评论历史，写作方式和动机都与咏史题材十分类似。左思等后来诗人创作咏史诗时，就学习和继承了这些方式，进而促进了咏怀和咏史两种题材的互动。

这种互动也是咏史诗由"正体"转向"变体"的一种重要的内在动力：自班固创立咏史这一题材以来，诗人一直是按照"敷衍史传"的"正体"模式咏史，用韵语记录历史。至阮籍的《咏怀诗》，则开创了借"咏史"以"咏怀"的方式。这一方式为后来的左思所继承，并在咏史诗中发扬光大。左思诗歌中"以史实、典故和比喻交互为用"[①]，借助历史歌咏自己的理想和志向，进而推动了咏史诗由"正体"向"变体"的转变。从班固到左思的变化，处在中间的阮籍《咏怀诗》起到了至关重要的作用。

除此之外，阮籍《咏怀诗》首创五古抒情组诗的体例[②]，也对左思的咏史组诗有很大的影响。

---

① 葛晓音：《八代诗史》，陕西人民出版社1989年版，第98页。
② 葛晓音：《八代诗史》，陕西人民出版社1989年版，第98页。

第五章　中古咏史诗与其他诗歌题材的互动关系

一　"咏"和"史"的比例调整

在阮籍的咏怀诗中，引用历史人物是述怀的重要方式，这就造成了咏怀和咏史有时混为一体的情况。由于以咏怀为主，阮籍自然会减少对历史具体情节的叙述，而加大对历史的评论，也就提高了咏史中"咏"的比例。

阮籍诗歌中对历史事件的引述，不再是班固式的简单记叙，也不是罗列众事的概括，而是一种将历史故事典故化，又将典故场景化或比兴化的表现，比如阮籍在诗歌中两次写到东陵瓜的典故。一处是第六首：

> 昔闻东陵瓜，近在青门外。连畛距阡陌，子母相钩带。五色曜朝日，嘉宾四面会。膏火自煎熬，多财为患害。布衣可终身，宠禄岂足赖。①

关于东陵种瓜的典故，《史记·萧相国世家》有明确的记载："召平者，故秦东陵侯。秦破，为布衣，贫，种瓜于长安城东，瓜美，故世俗谓之'东陵瓜'，从召平以为名也。"② 这一首虽然点到种瓜者召平的身份为布衣的史实，但大半首都是渲染东陵瓜生长的繁盛及其对远近宾客的吸引力，整个场景的描写实际是对"瓜美"的发挥，已经逸出历史故事的原意，只能视为"多财为患害"的比兴。还有一处是第六十六首：

> 塞门不可出，海水焉可浮。朱明不相见，奄昧独无侯。持瓜思东陵，黄雀诚独羞。失势在须臾，带剑上吾丘。悼彼桑林子，涕下自交流。假乘汧渭间，鞍马去行游。③

这一首将东陵瓜故事浓缩为一句，实际是当作一个典故来和其他比兴意象排列在一起。以上两首诗歌中，均没有对召平种瓜的历史事实加以复述，而是从不同角度将其作为一个比兴，抒发"布衣可终身，宠禄岂足赖"的人生感慨。

---

① （魏）阮籍著，李志钧等校点：《阮籍集》，上海古籍出版社1978年版，第86—87页。
② （汉）司马迁撰，赵生群点校：《史记》，点校本二十四史修订本，中华书局2014年版，第2449—2450页。
③ （魏）阮籍著，李志钧等校点：《阮籍集》，上海古籍出版社1978年版，第115页。

这种将历史简化为典故，并进而成为比兴意象的做法，往往会促使对历史人物评论角度的转化。这在《昔日繁华子》一首中体现得更为明显，全诗歌咏的是安陵君和龙阳君的事迹：

> 昔日繁华子，安陵与龙阳。夭夭桃李花，灼灼有辉光。悦怿若九春，磬折似秋霜。流沔发姿媚，言笑吐芬芳。携手等欢爱，宿昔同衾裳。愿为双飞鸟，比翼共翱翔。丹青著明誓，永世不相忘。①

这首诗歌咏的历史人物，都是"以色事他人"的男宠，是为传统儒家思想所轻视的。安陵君和龙阳君其人的事迹，见诸《战国策》：

> 于是，楚王游于云梦，结驷千乘，旌旗蔽日，野火之起也若云蜺，兕虎嗥声若雷霆，有狂兕□羊车依轮而至，王亲引弓而射，壹发而殪。王抽旃旄而抑兕首，仰天而笑曰："乐矣，今日之游也。寡人万岁千秋之后，谁与乐此矣？"安陵君泣数行而进曰："臣入则编席，出则陪乘。大王万岁千秋之后，愿得以身试黄泉，蓐蝼蚁，又何如得此乐而乐之。"王大说，乃封坛为安陵君。②

> 魏王与龙阳君共船而钓。龙阳君得十余鱼而泣下，王曰："有所不安乎？如是何不相告也？"对曰："臣无敢不安也。"王曰："然则何为涕出？"曰："臣为王之所得鱼也。"王曰："何谓也？"对曰："臣之始得鱼也，臣甚喜；后得又益大，臣直欲弃臣前之所得矣；今以臣之凶恶，而为王拂枕席；今臣爵志人君，走人于庭，辟人于途；四海之内，美人亦甚多矣，闻臣之得幸王也，必褰裳而趋王，臣亦犹曩臣之前所得鱼也，臣亦将弃矣；臣安能无涕出乎！"魏王曰："诶！有是心也，何不相告也？"于是布令四境之内，曰："有敢言美人者族。"③

安陵君以死相许，龙阳君以鱼为喻，无非就是为了保住自己的恩宠和

---

① （魏）阮籍著，李志钧等校点：《阮籍集》，上海古籍出版社1978年版，第91页。
② （西汉）刘向编，何建章注释：《战国策注释》，中华书局1990年版，第493—494页。
③ （西汉）刘向编，何建章注释：《战国策注释》，中华书局1990年版，第955页。

地位。但是，阮籍在诗歌中却并没有描写《战国策》中二人的具体言辞，而只将他们两人以色事君的娇宠和媚态提炼出来，讥刺"繁华子"的好景不长。吕延济注《文选》时指出："誓约如丹青分明，虽千载而不相忘也。言安陵、龙阳以色事楚魏之主，尚犹尽心如此；而晋文王蒙厚恩于魏，不能竭其胞股而将行篡夺，籍恨之甚，故以刺也。"① 但是，仔细阅读全诗，这种说法未免求解过甚。全诗对二人的行为几乎完全是赞美之词，而其讽意全在"昔日繁华"和"悦怿若九春，磬折似秋霜"的暗示之中。也就是说，安陵和龙阳这两个人物已经成为阮籍诗里众多的"繁华子""夸毗子"之一类，与历史人物的原型大相径庭。

这种"咏"的成分远远大于"史"的处理，使"史"的裁剪可根据"咏"的需要长短不拘，自由选取，甚至适当发挥其中的某些情节或场景。并且，诗人对这些历史情节和场景的评论，也往往会溢出历史事实，根据自己的感想对历史人物进行"重塑"，这对丰富论体咏史诗的表现方式具有促进作用。

二 "史"与"我"的进一步结合

阮籍在歌咏历史的时候，还将自我形象融入历史之中，借助历史表达自我，将"史"与"我"有机结合起来，这直接影响到左思"名为咏史，实为咏怀"的做法。而且，阮籍对历史的歌咏，往往还因为政治原因无法明言，而借助用典、暗示等手法，这推动了咏史诗对言外之意的追寻。

在阮籍对历史事件的叙述和评论中，往往出现自己的形象，表达自己的态度，比如：

> 湛湛长江水，上有枫树林。皋兰被径路，青骊逝骎骎。远望令人悲，春气感我心。三楚多秀士，朝云进荒淫。朱华振芬芳，高蔡相追寻。一为黄雀哀，泪下谁能禁！②

该诗歌咏楚国的历史，但是，"令人悲""感我心"两句明确点出了自己

---

① （南朝梁）萧统编，（唐）吕延济等注：《日本足利学校藏宋刊明州本六臣注文选》，人民文学出版社2008版，第1267页。
② （魏）阮籍著，李志钧等校点：《阮籍集》，上海古籍出版社1978年版，第89页。

的态度，作者再不是躲在文本背后叙述或者评论历史的远观者，而是真正走进历史的触摸者与感受者。这种写法也推动了咏史诗中处理历史角度的主观化。这种主观化处理历史的方式，在《驾言发魏都》一首中体现得更加明显：

> 驾言发魏都，南向望吹台。箫管有遗音，梁王安在哉！战士食糟糠，贤者处蒿莱。歌舞曲未终，秦兵已复来。夹林非吾有，朱宫生尘埃。军败华阳下，身竟为土灰。①

诗中歌咏的历史遗址是战国时期魏国的范台。这一建筑是魏王奢华生活的一个象征，《战国策·魏策》"梁王魏婴觞诸侯于范台章"记载：

> 酒酣，请鲁君奉觞。鲁君兴，避席择言曰："今主君之尊，仪狄之酒也；主君之味，易牙之调也；左白台而右闾须，南威之美也；前夹林而后兰台，强台之乐也；有一于此，足以亡其国。"②

该诗就是对于这一极具象征性意义的历史遗址的歌颂。这首诗在写作上有一定的新意。第一，这首诗以"范台"作为歌咏的重点，想象当初魏王因吹台而军败身死的情景。所以，"范台"在这里只是作者抒情的一个历史符号，重点在于借助"范台"讽刺当时的曹魏政权。第二，阮籍并非是历史的叙述者与评论者，"驾言发魏都"一句表明，作者是从今日之魏都出发，在寻访范台遗址的过程中感怀这些故事，③ 诗人歌咏的历史不再是书册上冰冷的文字，而是眼前这个昔日繁华、今为丘墟的范台，所以，诗歌中描写的不是阅读所得，而是作者本人登临所感，这无疑推进了"史"与"我"的结合。这也为后来左思咏史诗所继承。

三 组诗的形式的开拓与发展

阮籍《咏怀诗》对左思的另外一个直接的影响，就是其五言组诗的

---

① （魏）阮籍著，李志钧等校点：《阮籍集》，上海古籍出版社1978年版，第119页。
② （西汉）刘向编，何建章注释：《战国策注释》，中华书局1990年版，第882页。
③ 正因为此点，也有学者将该诗与《余昔游大梁》定义为怀古诗。参见贺雯婧《阮籍〈咏怀诗〉研究》，博士学位论文，陕西师范大学，2013年。

第五章 中古咏史诗与其他诗歌题材的互动关系

形式。关于这八十二首咏怀的创作情况。臧荣绪《晋书》记载：

> 籍拜东平相，不以政事为务，沈酒日多。善属文论，初不苦思，率尔便成，作五言《咏怀》八十余首，为世所重。①

从《晋书》的记载可以看出，阮籍的《咏怀诗》八十二首，未必为一时一地所作，而是最后以"咏怀"为核心编辑成一个文本整体的。其中对历史人物、事件的叙述和评论，都是集中在自己因为政治高压无法言明的忧虑上。那么这组诗的主旨究竟是什么呢？历来众说纷纭，比较流行的看法就是讽刺曹魏政权后期政治，反对司马氏篡权。这种解释方法固然有一定的道理，但是正如沈德潜所云：

> 阮公《咏怀》，反复零乱，兴寄无端。和愉哀怨，杂集于中。令读者莫求归趣。此其为阮公之诗也。必求时事以实之，则凿矣！②

也就是说，索隐时事的解法固然正确，但是不免穿凿，关于这一点，清人陈祚明所论更为具体：

> 阮公《咏怀》，神至之笔。观其抒写，直取自然。初非琢炼之劳，吐以匠心之感，与十九首若离若合，时一冥符，但错出繁称，辞多悠谬。审其大旨，始睹厥真，悲在衷心，乃成楚调。③

"悲在衷心"的概括，点明了阮籍这组诗的本质。其实，结合汉魏诗歌发展的整体情况来看，阮籍组诗的中心就是"忧生伤世—荣身离世"之间的差距所造成的落差感与忧郁感。④ 围绕着这样的中心，作者从不同的层面和角度展开，构成了一个艺术上的整体。

---

① （南朝梁）萧统编，（唐）李善注：《文选》，上海古籍出版社2019年版，第1026页。
② （清）沈德潜选：《古诗源》，中华书局1963年版，第118页。
③ （清）陈祚明评选，李金松点校：《采菽堂古诗选》，上海古籍出版社2019年版，第237页。
④ 钱志熙：《论阮籍〈咏怀诗〉——组诗创作性质及其主题的逻辑展开》，《东方丛刊》2008年第1期。

这种组诗的创作形式，对左思的影响是十分明显的。在形式上，左思《咏史诗》八首也是围绕着一个"寒士"进退的主题，从各个角度出发进行探讨，然后形成一个前后关联、神完气足的整体。

根据本书第三章的论述，可以看出从嵇康、阮籍到左思、陶渊明，咏怀和咏史的互动关系大致完成了"名为咏怀实为咏史"到"咏史实为咏怀"的转变。这标志着咏史诗作为一种独立的诗歌题材，在选材内容、创作技巧上都走向了真正的独立，以后咏史和咏怀的分别也就日趋明显。

第二节 士人主题转化：咏史诗对怀古诗的催化

南朝时期，咏史题材内部主题发生了较大的变化：一方面，女性主题大规模繁荣，并开始向闺怨诗靠拢；另一方面，士人主题则出现了转型，开始催化出怀古诗。

怀古诗是与咏史诗亲缘关系最密切的一种题材，几乎可视为咏史题材下的一大主题。但是，因为创作数量巨大以及创作场景的特殊化，后世往往将其视为一种独立题材。根据诗歌发展的实际来看，南北朝时期怀古诗的创作，是在咏史诗士人主题催化下形成的。

一 怀古诗的含义及其与咏史诗的关系

怀古诗的含义是什么？特点何在？推而广之，怀古与咏史的区别和联系是什么？这些问题前辈学者有过广泛的讨论。[①] 本书拟以怀古诗产生的背景为切入点，结合咏史主题的发展，对怀古诗的定义加以新的探讨。

关于怀古诗的含义，日人遍照金刚《文镜秘府论》论"览古诗"道："诗有览古者，经古人之成败咏之是也。"[②] 已经指出，怀古与咏史的不同，就是要"经古人之成败"。也就是说，怀古之古是"古迹"，而不是"古书"。这已经点明了怀古的本质，方回则进一步指出怀古诗的主要内容：

---

① 前辈学者对这一问题有广泛的讨论，可参看李翰《试论咏史、怀古之关系及其诗学精神》，《上海大学学报》（社会科学版）2006 年第 8 期。
② ［日］遍照金刚撰，卢盛江校考：《文镜秘府论汇校汇考·南·论文意》，中华书局 2006 年版，第 1350 页。

第五章 中古咏史诗与其他诗歌题材的互动关系

> 怀古者，见古迹，思古人。其事无他，兴亡贤愚而已。①

方回这个定义，基本上点出了怀古诗的基本特点：第一，怀古之"古"就是古迹，怀古，就是面对历史古迹，感怀历史人物，历史事件。根据怀古题材创作的实际，怀古所感怀的历史古迹一般都和政治有关，多是帝王将相的陵墓和宫殿的遗址。第二，怀古之"怀"是感怀"兴亡贤愚"，所谓"兴亡"就是王朝的改朝换代，所谓"贤愚"就是古往今来的政治人物的善恶是非。根据这两点来看，怀古题材依然是"借助歌咏历史，抒发个人情感"的诗歌，也是符合咏史诗的定义的。只不过怀古题材所歌咏的历史媒介不再是史书，而是史迹。

通观南朝所有的怀古诗，其所感叹的历史遗址和历史人物，均是在政治上取得丰功伟绩而彪炳史册的贤士。这和魏晋时期咏史诗中的士人主题有着明显的继承关系。因而怀古诗可以视为直接从咏史诗中衍生的一种题材。

明确了怀古题材的定义及其与咏史诗的关系之后，需要探讨的下一个问题就是，怀古和咏史诗主题作品的区别是什么？

首先，在创作动机上，怀古诗作于"见古迹"之时，创作情景一般都是作者在旅行过程中，途经某地，触景生情，有感而发，立足于所见景物的描写，上溯历史，探讨政治的兴亡和人物的功过是非。这一点和其他咏史诗有很大不同，其他咏史诗创作的起点是浏览史书，歌咏历史人物和事件。

其次，在创作内容上，怀古诗一定会将自己所感怀的古迹，与当下的情势或景色加以对照，构成一种古今相对比映衬的内容。而咏史诗的其他题材，基本上都是以歌咏历史为主，很少描写作者所处的时代。

最后，在思想内涵上，怀古诗一般都是感叹天下兴亡的大势，即使歌咏个人也都从家国天下的角度来抒发感情。这一点在方回的定义中就有很明显的体现，结合南北朝时期的怀古创作来看，也是显而易见的。而咏史诗主题抒发的思想和情感，虽然也有涉及政治态度和思想的，但两者相较，怀古题材更加明显和集中。

---

① 方回选评，李庆甲集评校点：《瀛奎律髓汇评》卷三，上海古籍出版社 2005 年版，第 78 页。

接下来以庾肩吾《乱后经夏禹庙》一首为例，对怀古诗的含义、特点加以分析。诗题为"乱后"，当指侯景之乱后，《南史·庾肩吾传》载侯景之乱时，庾肩吾曾有逃难的经历：

> 景矫诏遣肩吾使江州，喻当阳公大心。大心乃降贼，肩吾因逃入东……仍间道奔江陵，历江州刺史，领义阳太守，封武康县侯。①

逃难之时，路经夏禹庙，遂有此作：

> 金简泥初发，龙门凿始通。配天不失旧，为鱼微此功。林堂上偃蹇，山殿下穹隆。侵云似天阙，照水类河宫。神来导赤豹，仙女拥飞鸿。松龛撤暮俎，枣径落寒丛。仙舟还入镜，玉轴更乘空。去国嗟行迈，离居泣转蓬。月起吾山北，星临天汉中。申胥犹有志，荀息本怀忠。待见挩枪灭，归来松柏桐。②

前半首用极其华美的语言描绘了夏禹庙的壮丽与辉煌。在诗人心目之中，夏禹是中国第一个王朝的开国之君，是三代政治的典范。然而现在自己逃离生活的首都，远离了王道政治所在。所以，下两句"去国嗟行迈，离居泣转蓬"开始描写自己哀叹故国的伤感。前句借用《诗经·王风·黍离》中"彼黍离离，彼稷之苗，行迈靡靡，中心摇摇"③。《诗序》云"黍离，闵宗周也。周大夫行役，至于宗周，过故宗庙宫室，尽为禾黍。闵周室之颠覆，彷徨不忍去，而作是诗也。"④ 这一典故十分符合庾肩吾当时的心境。后半句借用曹植《杂诗》"转蓬离本根，飘摇随长风"句表达了自己如蓬草一样远离故土的流离之感。这两句诗奠定了全诗的情感中心。诗歌的最后，借用申包胥和荀息，表达了自己一定会匡扶旧国、重振江山的意愿。伍子胥攻入楚国之国都，申包胥在秦城墙外哭了七天七夜，秦哀公亲赋《无衣》，发战车五百乘，遣大夫子满、子虎救楚。晋献公临终前，任命荀息为相国，荀息以股肱之力辅佐新君继位，誓死实践自己的

---

① （唐）李延寿撰：《南史》，中华书局点校本1975年版，第1247页。
② 逯钦立辑校：《先秦汉魏晋南北朝诗》（下册），中华书局1983年版，第2466页。
③ （宋）朱熹撰，王华宝整理：《诗集传》，凤凰出版社2007年版，第49页。
④ （宋）朱熹撰，王华宝整理：《诗集传》，凤凰出版社2007年版，第49页。

诺言，留下了千古英名。纵观整首诗，以夏禹庙为抒情起点，前四句中称颂大禹的功绩"为鱼微此功"，如没有大禹治理天下横流，天下百姓都将为鱼，这是最触动作者的地方，如今自己逃难，也正处于天下大乱之时，故有扫灭乱贼归来之志。由此可见，这首诗怀古之感是被夏禹庙所触发，歌颂大禹的功绩，正与当时动乱的时势密切有关，古今对比，更激发起作者救济天下的责任感。这首诗可以体现前文所说怀古诗的三个特点，是怀古诗的一个代表作。

二 兴亡：怀古诗中的家国情怀

南北朝时期咏史怀古诗书写，最主要的一个类型就是对家国兴亡的描写，这一类型的怀古，所感怀的古迹一般都是前代帝王的遗迹和陵墓，皆是一代王朝兴衰荣辱的象征。诗歌所感怀的也多是对王朝的兴衰成败的思考。而且，对前代王朝的感叹，大多数的目的都是借古讽今，表达自己对当下政治情况的看法。具体来说，南北朝文人最集中歌咏的王朝就是汉和东吴。诗人对大汉的歌颂，主要侧重于刘邦能够救国于乱，一统天下，安邦定国，开创盛世的感慨，其背后就是对当下国家四分五裂的哀叹。对东吴的歌颂，很大一部分是源于地缘情怀，南朝首都就在东吴的金陵故地，诗人们对东吴的歌咏，主要集中在"其兴也勃焉，其亡也忽焉"的政治变化之中。这一兴一亡两个王朝，将怀古诗的家国之思全部囊入其中。

1. 汉高庙怀古："奉和"与赞体咏史的兴起

南北朝时期产生了一大批汉高庙怀古的诗歌。汉高祖刘邦出身微末，然而知人善任，能够完成一统天下的伟业。汉魏晋以来，由于天下的分裂，人们对刘邦一统天下，开创大汉盛世的功绩十分推崇，文人在诗文、史传中反复歌咏，其中荀悦《汉纪》的总结最为全面：

> 高祖起于布衣之中，奋剑而取天下。不由唐虞之禅，不阶汤武之王。龙行虎变，率从风云。征乱伐暴，廓清帝宇。八载之间，海内克定。遂何天之衢，登建皇极。上古已来，书籍所载，未尝有也。非雄俊之才，宽明之略，历数所授，神祇所相，安能致功如此？[1]

---

[1] （汉）荀悦撰，张烈点校：《汉纪》，中华书局2002年版，第57—58页。

文中指出了刘邦在打天下和平天下两个方面的丰功伟绩，荀悦虽是东汉人，但这评价可以代表汉魏以来人们对刘邦的共同认识。这也成了南朝时期士人歌咏汉高庙（祖）的一个重要角度。范泰《经汉高庙》，借助楚汉消长的历史对比，表达了对如何取得天下，治理天下的看法：

> 啸吒英豪萃，指挥五岳分。乘彼道消势，遂廓宇宙氛。重瞳岂不伟，奋臂腾群雄。壮力拔高山，猛气烈迅风。恃勇终必挠，道胜业自隆。①

前两句由里到外描写汉高庙的气势，先写庙内汉武帝与陪祠诸臣的英勇形象，接下来以拟人的手法写出汉高庙雄峙五岳的巍峨。以下转入对汉高祖功绩的描述，刘邦结束了秦末战乱，实现了天下的统一，开创了大汉王朝，这份丰功伟绩值得后人永远铭记。接下来，以项羽做比，探讨刘邦之所以得天下的原因就是"道胜业自隆"。纵观全诗，范泰所表达的都是如何治理天下的王道之术。

结合范泰其人的生平，就会对诗中所表达的思想有进一步的理解。范泰，初仕东晋，起家太学博士，入宋后，拜金紫光禄大夫，加散骑常侍。宋文帝元嘉三年，拜侍中、左光禄大夫、国子祭酒，领江夏王师，加特进。其一生正道直行，入宋之后，劝立国学、劝谏少帝、劝陈旱灾、劝陈蝗灾、劝谏王弘、劝谏旱灾、劝铸五铢，用其诗歌中的句子陈述，均是"道胜业自隆"的政治理想。②

南朝时期，还有一组歌咏汉高庙的诗歌。普通二年（公元521年），萧纲任雍州刺史，作《汉高庙赛神诗》。刘遵、刘孝仪、庾肩吾、王台卿、徐陵五人有应教唱和之作，这六首诗体现出怀古诗创作的一些新的特点，是赞体咏史诗兴起的一个标志，全诗如下：

> 玉軨朝行动，阊阖旦应开。白云苍梧去，丹凤咸阳来。日正山无

---

① 逯钦立辑校：《先秦汉魏晋南北朝诗》（中册），中华书局1983年版，第1143—1144页。
② 范泰生平事迹，参见《宋书·范泰传》，见（南朝梁）沈约撰《宋书》，中华书局点校本1974年版，第1615—1623页。

第五章　中古咏史诗与其他诗歌题材的互动关系　209

影,城斜汉屡回。瞻流如地脉,望领匹天台。欲祛九秋恨,聊举十千杯。(萧纲《汉高庙赛神诗》)①

昔在唐山曲,今承紫贝坛。宁知临楚岸,非复望长安。野旷秋先动,林高叶早残。尘飞远骑没,日徙半峰寒。徒然仰成诵,终用试才难。(虞肩吾《赛汉高庙诗》)②

珪币崇明祀,牲樽礼贵神。风惊如集庙,光至似来陈。徘徊灵驾入,叫兆倡歌新。将言非为己,致敬乃祈民。多才与多事,今古独为邻。(刘孝仪《和简文帝赛汉高庙诗》)③

分蛇沦霸迹,提剑灭雄威。空余清祀处,无复瑞云飞。仙车照丹穴,霓裳影翠微。投玦要汉女,吹管召湘妃。幸逢怀精日,豫奉沐休归。(刘遵《和简文帝赛汉高帝庙诗》)④

沐芳事椒糈,驾言遵寿宫。瑶台斜接岫,玉殿上凌空。树出垂岩影,竹引带山风。阶长雾难歇,窗高云易通。所悲樽俎撤,按歌曲未终。(王台卿《和简文帝赛汉高祖庙诗》)⑤

山宫类牛首,汉寝若龙川。玉碗无秋酎,金灯灭夜烟。丹帷迫灵岳,绀席下群仙。堂虚沛筑响,钗低戚舞妍。何殊后庙里,子建作华篇。(徐陵《和简文帝赛汉高帝庙诗》)⑥

---

① (南朝梁)萧纲著,肖占鹏、董志广校注:《梁简文帝集校注》,南开大学出版社2012年版,第284页。
② (南朝梁)萧纲著,肖占鹏、董志广校注:《梁简文帝集校注》,南开大学出版社2012年版,第285页。
③ (南朝梁)萧纲著,肖占鹏、董志广校注:《梁简文帝集校注》,南开大学出版社2012年版,第286页。
④ (南朝梁)萧纲著,肖占鹏、董志广校注:《梁简文帝集校注》,南开大学出版社2012年版,第286页。
⑤ (南朝梁)萧纲著,肖占鹏、董志广校注:《梁简文帝集校注》,南开大学出版社2012年版,第286页。
⑥ (南朝梁)萧纲著,肖占鹏、董志广校注:《梁简文帝集校注》,南开大学出版社2012年版,第286页。

这一组诗的创作背景是非常明确的，萧纲当时担任雍州的地方长官，而"雍州位于汉中地区，汉中是汉高祖刘邦身为汉王时的封地，襄阳因此有汉高庙。作为地方总督和梁朝皇室成员的萧纲，有责任出席地方上的公共仪式庆典，而此次参加汉高庙的赛神仪式，一方面确认梁朝上承汉统，一方面顺应地方风俗"[①]。在这样的情况下，这些怀古（咏史）史体现出了一些新的特点。

第一，通观这些诗歌，并没有详细地描述汉高祖的功绩，唯一的一句"分蛇沧霸迹，提剑灭雄威"也是从汉高祖的生平中提炼出若干典型事迹以组成的对偶句。而且对汉高祖的生平和统治措施也没有任何的评论。这就很难划入传统的"传体"与"论体"咏史诗中。

第二，诗歌的重点，都在描述高庙祭祀时的庄严场景，为了衬托这种气氛，诗人们开始用大量精致的对偶描写神庙的建筑和祭祀用品，以祭礼的隆重体现出汉高祖的功德。

第三，最重要的是，这些诗歌全部是同题共咏的奉和之作，萧纲的原作中就缺乏对汉高祖这一历史人物感同身受的情感寄托。后来的奉和之作更是如此。诸人之作，无非是变换不同的角度扣住"奉和"所得的题目。所有人对歌咏对象汉高祖，都缺乏"论体"咏史诗中的情感寄托，所以呈现出鲜明的"赞体"的特点。

这种"奉和"咏史的方式，和同时稍后的"赋得"咏史一起，催化了赞体咏史诗的兴起，促进了咏史诗"三体并峙"格局的正式形成。

2. 东吴怀古：三种咏史方式的"融合"

这一时期文人怀古诗创作的另一个重点就是东吴的城池旧地。南朝宋齐梁陈四朝，都城均在金陵，此乃东吴故地。而且，孙权英雄一世，陈寿《吴志》评价其"屈身忍辱，任才尚计，有勾践之奇，英人之杰矣。故能自擅江表，成鼎峙之业"[②]。但是，由于其后继无人，导致东吴始终偏安一隅，最终二世而亡。这一点和南朝王朝更替的历史十分类似，往往引起文人无限的感怀和哀叹。谢朓有《和伏武昌登孙权故城》一首：

> 炎灵遗剑玺，当涂骇龙战。圣期缺中坏，霸功兴寓县。鹊起登吴

---

① ［美］田晓菲：《烽火与流星：萧梁王朝的文学与文化》，中华书局2010年版，第206页。
② （南朝梁）萧统编，（唐）李善注：《文选》，上海古籍出版社2019年版，第1439页。

台，凤翔陵楚甸。衿带穷岩险，帷帝尽谋选。北拒溺骖镳，西禽收组练。江海既无波，俯仰流英盼。衮冕类禋郊，卜揆崇离殿。钓台临讲阅，樊山开广燕。文物共葳蕤，声明且葱蒨。三光厌分景，书轨欲同荐。参差世祀忽，寂寞市朝变。舞馆识余基，歌梁想遗啭。故林衰木平，荒池秋草徧。雄图怅若兹，茂宰深遐睠。幽客滞江皋，从赏乖缨弁。清卮阻献酬，良书限闻见。幸藉芳音多，承风采余绚。于役傥有期，鄂渚同游衍。①

诗歌分为前后两个部分，前一部分用十分华美的语言描写了孙坚、孙策父子筚路蓝缕以启山林，创立东吴基业的艰难。并且描写了"北拒溺骖镳，西禽收组练"的武功。接下来描写了孙权的文治，以及统一全国的努力。然后将笔触转回当下，描写眼前的东吴古城的凄凉。前后对比，突出了对东吴一朝兴衰的感叹之情。何逊《行经孙氏陵》则进一步缅怀整个东吴的历史：

昔在零陵厌，神器若无依。逐兔争先捷，掎鹿竞因机。呼吸开伯道，叱咤掩江畿。豹变分奇略，虎视肃戎威。长蛇衄巴汉，骥马绝淮淝。交战无内御，重门岂外扉。成功举已弃，凶德愎而违。水龙忽东骛，青盖乃西归。揭来已永久，年代暧微微。苔石疑文字，荆坟失是非。山莺空曙响，陇月自秋晖。银海终无浪，金凫会不飞。阒寂今如此，望望沾人衣。②

开头说，东吴末代皇帝孙皓短时间迁都武昌，造成国家动荡。接着，作者又回顾了孙坚、孙策、孙权父子三人在汉末逐鹿中原、称雄一方，在夷陵之战中击溃蜀汉，在淮河一线与曹魏对峙，最终在南京奠定江东基业。"交战无内御，重门岂外扉"说的是内部团结一致对外，打下一大片疆土。诗的后半部分以极精练的语言写出由盛而衰，功败垂成。"水龙忽东骛，青盖乃西归"说的就是西晋水军沿江而下灭亡东吴，孙皓投降被押

---

① （南朝齐）谢朓著，曹融南校注集说：《谢宣城集校注》，上海古籍出版社1991年版，第338页。
② （南朝梁）何逊著，李伯齐校注：《何逊集校注》，齐鲁书社1989年版，第319页。

往洛阳的故事。等到诗人路过之时，东吴故地残破不堪，石碑上的文字已被苔藓侵蚀得难以辨认，荆棘丛生，吴大帝陵的位置也难以确指，只有飞莺在山间悲鸣，秋月在空中自照。古今对比，伤感之情，溢于言表。

从咏史诗的分类来看，这两首诗都应该属于"论体"咏史，诗人们借助东吴旧地的遗址，表达了对历史兴亡的思考。但是，在诗歌中，明显能够找到三种咏史方式并存的现象。

诗歌中都有明确的传体咏史的成分，诗人都概括性地描写了东吴政权奠定、发展、衰落的具体事实。但是，这种传体又不是简单的铺叙历史，而是夹叙夹议，很多诗句在叙述中就能明确体现出诗人对历史人物和事件的评论，这就呈现出一定的"论体咏史"的成分。而且，诗歌创作时都是站在吴大帝的灵前怀古伤今，所以对孙权本人以及当时的华美建筑，都有很多精致的颂美诗句，这也使得诗歌呈现出一种"赞体咏史"的意味。

从这两个例子中我们可以看出"三体并峙"的咏史模式，并不是泾渭分明的，具体的创作中，存在着很大程度的交叉和融合，这种交叉和融合也推动了咏史诗的发展和壮大。

三 贤愚：怀古诗中的人物评骘

除了对家国兴亡的感怀，这一时期的怀古诗，还对历史人物进行了大量的描写。但是，正如前文所指出，这些描写多从政治角度入手，探讨作者个人在时代风云变幻的过程中，如何安身立命，建功立业。诗歌中所感怀的人物，均是安邦定国的社稷股肱之臣，对这些历史人物功过际遇的感怀，也往往带有哀叹自我的色彩。这一点集中体现了怀古诗对咏史诗中士人主题的继承和发展。

1. 张良

张良作为汉初三杰之一，在这一时期成为文人追慕的楷模，傅亮所论，最能代表这一时期文人对张良的认识。

> 张子房道亚黄中，照邻殆庶，风云玄感，蔚为帝师，夷项定汉，大拯横流，固以参轨伊望，冠德如仁。①

---

① （南朝梁）萧统编，（唐）李善注：《文选》，上海古籍出版社2019年版，第1670页。

这一时期以张良为中心的怀古诗，主要有谢瞻的《经张子房庙》和郑鲜之的《行经张子房庙》两首，这两首诗也都是从张良匡扶汉室一统天下的角度入手的。谢瞻诗为奉和之作，《文选》善注引王俭《七志》记载："高祖游张良庙，并命僚佐赋诗，瞻之所造，冠于一时。"

> 王风哀以思，周道荡无章。卜洛易隆替，兴乱罔不亡。力政吞九鼎，苛慝暴三殇。息肩缠民思，灵鉴集朱光。伊人感代工，聿来扶兴王。婉婉幕中画，辉辉天业昌。鸿门销薄蚀，垓下陨欃枪。爵仇建萧宰，定都护储皇。肇允契幽叟，翻飞指帝乡。惠心奋千祀，清埃播无疆。神武睦三正，裁成被八荒。明两烛河阴，庆霄薄汾阳。銮旌历颓寝，饰像荐嘉尝。圣心岂徒甄，惟德在无忘。逝者如可作，揆子慕周行。济注属车士，粲粲翰墨场。瞽夫违盛观，竦踊企一方。四达虽平直，塞步愧无良。餐和忘微远，延首咏太康。①

这首诗的结构很有特点，第一部分从秦末动乱的历史写起，点出张良匡扶汉室，重新一统天下的功绩，并且还赞美了张良在汉朝成立之后治理国家，保护储君的作为。第二部分转入对张良神庙建筑和神像的描写。第三部分表达希望像张良一样成就一番事业的政治理想。除此之外还有郑鲜之《行经张子房庙》一首：

> 七雄裂周纽，道尽鼎亦沦。长风晦昆溟，潜龙动泗滨。紫烟翼丹虬，灵媪悲素鳞。②

全诗仅六句，而且意思不是十分连贯，应是残句。现存诗句主要是描写秦末动乱，诗歌应该还有描写张良历史功绩和神庙现状的部分，但是因为文献不全，难以推测。

2. 伍子胥

伍子胥的生平，在《史记》中记载十分清晰：伍子胥其父伍奢为太

---

① （南朝梁）萧统编，（唐）李善注：《文选》，上海古籍出版社2019年版，第1016—1019页。

② 逯钦立辑校：《先秦汉魏晋南北朝诗》（中册），中华书局1983年版，第1143页。

子芈建太傅，因楚平王怀疑太子作乱，于是迁怒于伍子胥之父伍奢和兄长伍尚，将他们骗到郢都杀害。伍子胥也因避难，从楚国逃到吴国，成为吴王阖闾重臣。公元前506年，伍子胥带领吴军攻入楚国，当时楚平王已死。伍子胥掘楚平王墓，鞭尸三百，以报父兄之仇。在这之后，伍子胥辅佐吴王，成为诸侯中的霸主。吴王和伍子胥在对越、对齐等战争中发生意见分歧。夫差听信太宰伯嚭谗言，冤杀伍子胥。伍子胥的执着、坚韧、勇敢与悲壮，为历代文人所同情和敬仰。司马迁在《史记》中就对他跌宕起伏的一生表示了惋惜：

> 向令伍子胥从奢俱死，何异蝼蚁。弃小义，雪大耻，名垂于后世，悲夫！方子胥窘于江上，道乞食，志岂尝须臾忘郢邪？故隐忍就功名，非烈丈夫孰能致此哉？①

高度评价了他隐忍复仇的坚定意志和耐力。这一时期，有两首歌颂伍子胥的咏史诗，即萧纲的《祠伍员庙诗》和萧绎的《祀伍相庙诗》。

伍子胥去世之后，吴人为了纪念他，为其建立祠庙。赵翼《陔余丛考》中曾对伍相庙进行过考察，中古时期，伍子胥庙的基本情况如下：

> 《史记》：伍子胥死，吴人怜之，为立祠于江上，命曰胥山。此子胥之祀之始也。王充《论衡》：吴王杀子胥，煮之于镬，乃以鸱夷橐投之江。子胥恚恨，驱水为涛以溺人，故会稽、丹徒、大江、钱塘、浙江皆立其祠。《后汉书》：张禹为扬州刺史，当过江行部，吏白江有伍子胥神，当祀之。此两汉之祀伍庙也。《吴志》：孙□侮慢明神，遂烧大桥头伍子胥庙。烧庙而世俗谓之慢神，则其时庙祀之显赫可知。②

萧氏的两首怀古诗，均是作于祭奠伍子胥之时，其诗曰：

> 去国资孝本，循忠全令名。舟里多奇计，芦中复吐诚。偃月交吴

---

① （汉）司马迁撰，赵生群点校：《史记·伍子胥列传》，点校本二十四史修订本，中华书局2014年版，第2654页。
② （清）赵翼撰：《陔余丛考》，中华书局1963年版，第754页。

舰，鱼丽入楚营。光功摧妙算，载籍有余声。洪涛犹鼓怒，灵庙尚凄清。行潦承椒荐，按歌杂凤笙。无劳晋后璧，讵用楚臣缨。密树临寒水，疏扉望远城。窗寮野雾入，衣帐积苔生。惟有三青鸟，敛翅时逢迎。①

  石城宁足拒，金阵讵能追。楚关开六塞，吴兵入九围。山水犹萦带，城池失是非。空余寿宫在，日暮舞灵衣。②

虽然两首诗在篇幅上有所区别，但是结构上基本相似。萧纲所作前六句简要地概括了伍子胥的一生，接下来"光功摧妙算，载籍有余声"两句，由歌咏历史过渡到对眼前神庙的描写上来。对神庙的描写侧重于其凄凉清冷的环境上。萧绎所作，前四句依然是总结伍子胥的生平，接下来，也转入了对眼前神庙的描写。前后的对比，更彰显出对伍子胥其人的怜悯与哀叹之情。

  3. 战国人物

  怀古诗感叹历史人物际遇的另一个重点时期，就是春秋战国时期。这一时期，天下大乱，士人颠沛流离，这一点和南北朝时期的现状十分类似，这无疑会激起当时文人的无限感慨之情。如陈昭《聘齐经孟尝君墓》一首，作于出使北齐时。孟尝君墓在山东附近，公元前279年孟尝君死后，葬于薛国故城内东北隅。《魏书·地形志》记载，薛县属彭城郡，"有奚公山、奚仲庙、薛城、孟尝君冢"③。北魏郦道元所著《水经注》卷二十五云："齐封田文于此，号孟尝君，有惠誉，今郭侧犹有文冢，结石为郭，作制严固，莹丽可寻，行人往还，莫不迳观，以为异见矣。"④诗歌题目中标明"聘齐"，全诗感怀的是战国四君子之一的孟尝君：

---

① （南朝梁）萧纲著，肖占鹏、董志广校注：《梁简文帝集校注》，南开大学出版社2012年版，第287页。
② （南朝梁）萧绎著，陈志平、熊清元校注：《萧绎集校注》，上海古籍出版社2018年版，第384页。
③ （北齐）魏收撰：《魏书》，中华书局点校本，中华书局1974年版，第3538页。
④ （北魏）郦道元著，陈桥驿校正：《水经注校正》，中华书局2007年版，第596页。

> 薛城观旧迹，征马屡徘徊。盛德今何在，唯余长夜台。苍茫空垄路，憔悴古松栽。悲随白杨起，泪想雍门来。泉户无关走，鸡鸣谁为开。①

孟尝君其人"明智而忠信，宽厚而爱人，尊贤重士"②，"乃上古之俊公子也，皆飞仁扬义，腾跃道艺，游心无方，抗志云际，凌轹诸侯，驱驰当世，挥袂则九野生风，慷慨则气成虹霓"。③ 为后世敬仰倾慕。诗歌也正是从这一点写起。采用的写作方法和谢瞻所作极其类似：先写自己经过薛城旧迹，因为古迹的荒凉，感怀孟尝君昔日的盛德。接下来，由孟尝君再回到现在，想想自己即使有"鸡鸣狗盗"的本领，也不会再有孟尝君一样的君子来接纳了。

张正见《行经季子庙诗》一诗，将写作重点放在了季札挂剑的典故上，这一故事，最早见于《史记》：

> 季札之初使，北过徐君。徐君好季札剑，口弗敢言。季札心知之，为使上国，未献。还至徐，徐君已死，于是乃解其宝剑，系之徐君冢树而去。从者曰："徐君已死，尚谁予乎？"季子曰："不然。始吾心已许之，岂以死背吾心哉！"④

在《新序》之中，记载更为详细：

> 延陵季子将西聘晋，带宝剑以过徐君，徐君观剑，不言而色欲之。延陵季子为有上国之使，未献也，然其心许之矣，使于晋，顾反，则徐君死于楚，于是脱剑致之嗣君。从者止之曰："此吴国之宝，非所以赠也。"延陵季子曰："吾非赠之也，先日吾来，徐君观吾剑，不言而其色欲之，吾为上国之使，未献也。虽然，吾心许之矣。今死而不进，是欺心也。爱剑伪心，廉者不为也。"遂脱剑致之

---

① 逯钦立辑校：《先秦汉魏晋南北朝诗》（下册），中华书局1983年版，第2541页。
② （汉）贾谊著，吴云、李春台校注：《贾谊集校注》，天津古籍出版社2010年版，第1页。
③ （魏）曹植著，王巍校注：《曹植集校注》，河北教育出版社2013年版，第364页。
④ （汉）司马迁撰，赵生群点校：《史记·吴太伯世家》，点校本二十四史修订本，中华书局2014年版，第1763页。

嗣君。嗣君曰："先君无命，孤不敢受剑。"于是季子以剑带徐君墓即去。徐人嘉而歌之曰："延陵季子兮不忘故，脱千金之剑兮带丘墓。"①

张正见之作，也正是从季札诚实守信、一诺千金的角度来书写的：

> 延州高让远，传芳世祀移。地绝遗金路，松悲悬剑枝。野藤侵沸井，山雨湿苔碑。别有观风处，乐奏无人知。②

诗歌仍然采取纪行—怀古—写景—伤情的写法，先写自己路过延州，途经季子庙，引起对季札挂剑的无限感怀。接下来转入对季子庙的描写，最后，将对历史的感怀和自己的心迹融为一体。

总体来说，怀古诗中对历史人物的评骘，都是着重其政治功绩而言的。南朝诗人所感怀的张良、伍子胥、孟尝君等人，都是能够经世济民、安邦定国的杰出的政治人才。这和魏晋时期咏史诗中的士人主题是一脉相承的。但是，受时代风气的影响，这些诗歌对历史人物的感怀，往往都存在着一种"咏物"化的倾向。他们很难从自己歌咏的这些历史人物身上挖掘出和自己心灵相通的内涵，往往只是依据史书上的定评加以敷衍。再加上创作的情景往往都是同题共作的奉和、赋得之体，文学竞赛和游戏的性质十分浓厚，导致了这些诗歌缺乏左思、陶渊明等人诗中的情感寄托。相应地，蕴含在咏史诗士人主题中的"建安风力"也随之走向了衰落与消沉。

四 咏史对怀古题材的催化

通过本节的梳理，可以描述出咏史诗对怀古诗催化的过程：南朝以降，魏晋咏史诗中的士人主题开始逐渐消歇，但是，南朝诗人大多因有宦游经历得以饱览历史遗迹，而且王室也时有祭祀古人陵庙的礼仪，所以借助古迹感怀的怀古诗便在这样的背景下应运而生。当时最重要的两个主题

---

① （汉）刘向编著，石光瑛校释，陈新整理：《新序校释》，中华书局2001年版，867—869页。

② 逯钦立辑校：《先秦汉魏晋南北朝诗》（下册），中华书局1983年版，第2491页。

就是通过诗歌探讨"兴亡""贤愚"。

所谓"贤愚"就是魏晋咏史诗士人主题的延续，通过歌咏不同命运的历史人物来探讨士人安身立命，实现自己政治理想和志向的途径。而"兴亡"则是对传统士人主题的拓展，通过王朝的兴衰，思考历史发展的规律，以及士人应有的态度。虽然，怀古诗和咏史诗士人主题中所表达的情感内涵是基本一致的，但是也略有差别，这种差别就是怀古诗歌咏的对象，往往是辉煌不再的历史建筑或遗址，所以，比较侧重于对王朝兴衰的探讨。这就偏离了传统咏史诗士人主题中过于个人化的抒情，而开始表达对宏观政治兴亡的思考。还需要指出的是，和女性题材相类似，在这一转变的过程中，诗歌的体式也开始转变为以新体诗为主。

所以说，在中古诗学传统下怀古诗的歌咏范围虽然与咏史诗难以截然切分，但和一般咏史诗的最大区别有以下几点：第一，怀古诗一般创作于诗人的旅途之中；第二，怀古诗所歌咏的对象是历史古迹，兼带历史事件和历史人物；第三，怀古诗歌咏历史的角度，绝大部分是从兴亡盛衰的政治感触出发。随着这些区别在唐代的继续扩展，怀古诗最后成为独立发展的题材大宗。因此如果说怀古诗是由中古咏史诗所催生的一个分支，或许更切合事实。

第三节 咏史和游侠题材的交集和疏离

汉晋之际天下大乱，四方扰攘，西晋虽然短暂统一，但是马上又陷入政治斗争的动乱之中。张骏的《薤露行》曾借助乐府的形式，反映西晋一朝宫廷之变、藩王之乱、胡族入侵的历史，全诗云：

> 在晋之二世，皇道昧不明。主暗无良臣，艰乱起朝廷。七柄失其所，权纲丧典荆。愚猾窥神器，牝鸡又晨鸣。哲妇逞幽虐，宗祀一朝倾。储君缢新昌，帝执金墉城。祸衅萌宫掖，胡马动北坰。三方风尘起，猃狁窃上京。义士扼素腕，感慨怀愤盈。誓心荡众狄，积诚彻昊灵。①

---

① 逯钦立辑校：《先秦汉魏晋南北朝诗》（中册），中华书局1983年版，第876—877页。

西晋一朝的历史线索基本清楚：武帝身后，昏庸弱智的惠帝继位，难以承担王道大业，军国大权被杨骏等人攫取，也就是诗歌中所说的"主暗无良臣，艰乱起朝廷。七柄失其所，权纲丧典荆"。其后，贾后发动政变，"牝鸡又晨鸣"，诛杀杨骏一党，独掌朝纲，并谋害了太子司马遹。之后，赵王司马伦乘机起兵杀了贾后；次年，司马伦又逼惠帝让位，并迁之于金墉城，自立为帝。督镇许昌的齐王司马冏、督镇邺城的成都王司马颖、督镇关中的河间王司马颙遂以"勤王"为名，联合起兵讨伐司马伦。从此演成西晋末期的"八王之乱"。这时，早就觊觎中原的北方少数民族，乘机而入，正如诗歌中所言"祸衅萌宫掖，胡马动北垧。三方风尘起，猃狁窃上京"。永嘉五年攻克洛阳，俘晋怀帝；公元316年，攻破长安，俘晋愍帝，西晋灭亡。

这首诗抓住西晋政治动乱的主要特征：皇帝昏弱、强臣擅权、后宫乱政、宗室相争，在讲清其基本史实的同时，也揭示了祸起宫墙、为外族所灭的原因。

在这样天下大乱的背景下，士人"投笔从戎"的梦想再次被激发出来，士人们在诗歌中反复地歌咏、赞美古代侠士的形象。"侠士"主题开始成为西晋咏史诗的一个重要特色。并被其后的南北朝文人所继承，进而孵化出游侠题材。

一 汉魏诗歌中的游侠：曹植《白马篇》的经典意义

汉魏诗歌中关于游侠的书写，以曹植的《白马篇》为代表，这首诗气势恢宏，神完气足，描写了一位意气风发的少年游侠：

> 白马饰金羁，连翩西北驰。借问谁家子，幽并游侠儿。少小去乡邑，扬声沙漠垂。宿昔秉良弓，楛矢何参差。控弦破左的，右发摧月支。仰手接飞猱，俯身散马蹄。矫捷过猴猿，勇剽若豹螭。
>
> 边城多警急，虏骑数迁移。羽檄从北来，厉马登高堤。长驱蹈匈奴，左顾凌鲜卑。弃身锋刃端，性命安可怀？父母且不顾，何言子与妻！名编壮士籍，不得中顾私。捐躯赴国难，视死忽如归！[①]

[①] （魏）曹植著，王巍校注：《曹植集校注》，河北教育出版社2013年版，第105页。

沈德潜说，曹植诗"极工起调"，这首诗的开头就是很好的例子。开头两句没有直接写游侠，而是从白马金羁、连翩奔驰入手。而且"白马饰金羁"这样的描写，为后世所发展，形成了描写英雄装备的传统。在此基础上，引出下文的设问："借问谁家子？幽并游侠儿。少小去乡邑，扬声沙漠垂。"补充说明壮士的来历，接着转入对游侠的描写。

关于游侠外在形象的塑造，曹植着重突出了其刚健的气质和精湛的武艺。诗歌中的游侠是一位有血有肉、活灵活现的英雄，正如陈祚明所论：

> "参差"，字活。"左的""右发"，变宕不板。"仰手""俯身"，状貌生动如睹，而"俯身"句尤佳。"散马蹄"，"散"字活甚，有声有势，历乱而去，而马上人身容飘忽，轻捷可知。缀词序景，须于此等字法尽心体究，方不重滞。弃身以下，慷慨激昂。①

"宿昔秉良弓，楛矢何参差。控弦破左的，右发摧月支。仰手接飞猱，俯身散马蹄。矫捷过猴猿，勇剽若豹螭。"一连串的对偶句中，用破、摧、接、散四个动词，左、右、上、下四个方位词，展现出"狡捷过猴猿，勇剽若豹螭"的英雄形象。

而且，曹植笔下的游侠，不再是"侠以武犯禁"的反抗者，而是对皇权忠心耿耿，一直想要维护祖国统一，抵御外来侵略的民族英雄。这种"报国之志"超越了传统游侠形象中的"任侠之举"，大大地提升了游侠的精神境界。"边城多警急"六句写游侠儿驰骋沙场、英勇杀敌的情景，十分传神地写出了游侠儿的英雄气概。"弃身锋刃端"八句揭示游侠儿为国捐躯、视死如归的高尚品格，更是慷慨激昂。

曹植所塑造的游侠形象，在诸多方面，为后来诸多模拟之作树立了典范：第一，对游侠坐骑、衣着、服饰、武器的描写。第二，重点描绘游侠英勇刚健的气质，精湛高超的武艺。第三，描写游侠保家卫国的赫赫战功。第四，描写"捐躯赴国难，视死忽如归"的崇高理想。这四方面组成了经典的游侠诗书写范式，为后来者所模拟。西晋张华继承了曹植等人的创作，将咏史诗对历史人物的取材范围拓展到游侠。他的《博陵王宫

---

① （清）陈祚明评选，李金松点校：《采菽堂古诗选》，上海古籍出版社2019年版，第166页。

侠曲》《纵横篇》《游侠篇》残句等，都是按照曹植的诗作的惯常写法，描写历史上的豪侠人物，使咏史题材与游侠题材出现了一段时期的交集。

二 张华咏史诗中对游侠的矛盾态度及其成因

《博陵王宫侠曲》两首，歌咏的是博陵王宫所豢养的豪侠。汉献帝建安十八年（公元213年），徙赵王刘珪为博陵王，博陵郡为博陵国，治博陵县。博陵王国位于燕赵、幽并之地，"多慷慨悲歌之士"。张华曾都督幽州诸军事、领护乌桓校尉、安北将军，这一诗歌应该就作于此时。博陵王宫当年的具体任侠事迹于史无征，张华的两首诗也并非是歌咏具体的历史事件，而是对博陵王宫侠客品质的歌颂。第一首诗歌咏的是侠客居于幽险山阴，迫于生计不得不过自耕自种的生活。

> 侠客乐幽险，筑室穷山阴。獠猎野兽稀，施网川无禽。岁暮饥寒至，慷慨顿足吟。穷令壮士激，安能怀苦心。干将坐自□，繁弱控余音。耕佃穷渊陂，种粟著剑镡。收秋狭路间，一击重千金。栖迟熊罴穴，容与虎豹林。身在法令外，纵逸常不禁。①

诗歌中流露出对游侠的同情和对无拘无束侠士生活的向往。第二首写侠士替友杀人，颂扬侠士行侠仗义、身死义在的侠义精神：

> 雄儿任气侠，声盖少年场。借友行报怨，杀人租市旁。吴刀鸣手中，利剑严秋霜。腰间叉素戟，手持白头镶。腾超如激电，回旋如流光。奋击当手决，交尸自从横。宁为觞鬼雄，义不入圜墙。生从命子游，死闻侠骨香。身没心不惩，勇气加四方。②

其中"生从命子游，死闻侠骨香。身没心不惩，勇气加四方"四句描写，将侠客看淡生死、豪气纵横的高义，抒发得淋漓尽致。但是，张华对游侠的情感是十分复杂的。他一方面表现了对游侠的崇拜，但同时对"侠以武犯禁"的社会现象，也有所批评。《纵横篇》今仅存残句，但仍

---

① 逯钦立辑校：《先秦汉魏晋南北朝诗》（上册），中华书局1983年版，第612页。
② 逯钦立辑校：《先秦汉魏晋南北朝诗》（上册），中华书局1983年版，第612页。

可以看出是歌颂鬼谷子、苏秦等纵横家的作品。

> 苏秦始为交，同学鬼谷先生。辩说剖毫厘，变诈入无形。巧言惑正理，人主莫不倾听。①

该诗虽然称赞了苏秦辩说的技巧，计谋的高超，但是最后仍然认为这是"巧言惑正理"。最能代表张华对游侠的态度的作品是《游侠篇》，该诗歌咏的是战国四公子的故事。《汉书·游侠传》曰："战国时，列国公子，魏有信陵，赵有平原，齐有孟尝，楚有春申，皆借王公之势，竞为游侠，鸡鸣狗盗，无不宾礼。而赵相虞卿弃国捐君，以周穷交魏齐之厄；信陵无忌窃符矫命，戮将专师，以赴平原之急：皆以取重诸侯，显名天下。搤肘游谈者，以四豪为称首。"② 张华此诗就是根据此材料，表达自己的异议：

> 翩翩四公子，浊世称贤明。龙虎方交争，七国并抗衡。食客三千余，门下多豪英。游说朝夕至，辩士自从横。孟尝东出关，济身由鸡鸣。信陵西反魏，秦人不窥兵。赵胜南诅楚，乃与毛遂行。黄歇北适秦，太子还入荆。美哉游侠士，何以尚四卿。我则异于是，好古师老彭。③

该诗从世人对战国四公子的赞美入手，分述四位公子的德业和事迹。结尾四句反转：游侠之士真是贤明，但他们为什么反而要崇尚四公子呢？我则与那些游侠士不同，我喜好古人，以老子、彭祖为师。这里借反问游侠士，表明自己的人生选择，也是对历史人物的一种评判。

这首诗生动地表明作者对游侠看法的矛盾。作者内心渴望像战国四豪一样建功立业。然而，自己所处的时世并非"乱世造英雄"的时代，朝廷腐朽，政治黑暗，作者只能借助老庄之学，委曲求全。

张华在咏史诗中歌咏游侠，以及他在诗歌中所体现的矛盾心理，可以从时代和个人两个角度来寻找原因。

---

① 逯钦立辑校：《先秦汉魏晋南北朝诗》（上册），中华书局1983年版，第614页。
② （汉）班固撰，（唐）颜师古注：《汉书》，中华书局点校本1962年版，第3697页。
③ 逯钦立辑校：《先秦汉魏晋南北朝诗》（上册），中华书局1983年版。第611—612页。

从张华个人来看,《晋书·张华传》曰:"华少自修谨,造次必以礼度。勇于赴义,笃于周急。"① 可见其天性就具有任侠的气质。再加之其出身贫寒,不断奋斗,"人生观中具有较多的建功立业、实现自身价值的主体意识。豪侠气概也与此相关"②。如此看来,张华的性格极易和游侠的侠士精神产生共鸣,于是他继承了曹植等人开创的传统,有不少诗歌赞美游侠,比如《壮士篇》:

> 天地相震荡,回薄不知穷。人物禀常格,有始必有终。年时俯仰过,功名宜速崇。壮士怀愤激,安能守虚冲?乘我大宛马,抚我繁弱弓。长剑横九野,高冠拂玄穹。慷慨成素霓,啸咤起清风。震响骇八荒,奋威曜四戎。濯鳞沧海畔,驰骋大漠中。独步圣明世,四海称英雄。③

《乐府诗集》认为《壮士篇》诗题取荆轲《易水歌》"风萧萧兮易水寒,壮士一去兮不复还"之意,乐府一开始就感物兴思,天地无穷而人必有终,时间流逝而青春不再,从而激发起壮士"功名宜速崇"的激愤进取之心。接着塑造壮士的英雄形象,脚蹬名马,手拉宝弓,身佩长剑,雄纠气昂,慷慨杀敌,威震四方。最后实现"独步圣明世,四海称英雄"的宏愿。这篇乐府借歌咏壮士抒发自己建功立业的豪情壮志。统观张华几首咏史诗,其描写和《壮士篇》都有异曲同工之妙。但是,张华在咏史诗中还传达出对于游侠"身在法令外,纵逸常不禁""巧言惑正理"的担忧,表达自己"好古师老彭"的人生选择。这就要联系当时的士风和张华本人的仕途经历来理解。

有晋一代,张华可以说是政治领袖和文坛盟主。西晋建立后,拜黄门侍郎,封关内侯。他博学多才,记忆力极强,被比作子产。后拜中书令,加散骑常侍,与杜预坚决支持晋武帝司马炎伐吴,战时任度支尚书。吴国灭亡后,进封广武县侯,因声名太盛而出镇幽州,政绩卓然。后入朝任太常。晋惠帝继位后,累官开府仪同三司、侍中、中书监,被皇后贾南风委

---

① (唐)房玄龄等撰:《晋书》,中华书局点校本1974年版,第1068页。
② 钱志熙:《魏晋诗歌艺术原论》,北京大学出版社1993年版。
③ 逯钦立辑校:《先秦汉魏晋南北朝诗》(上册),中华书局1983年版,第613页。

以朝政。张华尽忠辅佐，使天下仍然保持相对安宁。后封壮武郡公，又迁司空。他经历过武帝时期"明吏奉其法，民乐其生，百代之一时矣"的清明时代，也目睹了世风日下的乱象。武帝之后，社会风气每况愈下，干宝在《晋纪》中说：

> 风俗淫僻，耻尚失所，学者以庄老为宗，而黜六经，谈者以虚薄为辩，而贱名俭，行身者以放浊为通，而狭节信，进仕者以苟得为贵，而鄙居正，当官者以望空为高，而笑勤恪。①

所以，作为权掌中枢的张华，在选拔人才，阐明自己政治观点的时候，除了自身的性格特点之外，更多的是政治考量。比如他曾写下《励志诗》四组，既以自警，同时亦旨在鼓励广大青年学子都能进德修业、谨守本心。张华还在各种箴、铭等文体中不断地自警，在任何时候都做到自律自戒。如在《杖箴》中道"杖道不正，陷坠倾危"，如若道德不正，便会陷于危险的境地。如果说对游侠的赞美，是出于张华的本心和本性，那么对游侠的担忧和批评则处于张华本人所处的位置和权力。

三 从《白马篇》和《刘生诗》看游侠与咏史的疏离

南北朝时期，诗人们继承曹植—张华的写法，继续在诗歌中歌咏游侠，并且不断地进行拓展，进而使游侠诗与咏史诗在张华手中的交集又逐渐疏离。这其中以《白马篇》和《刘生诗》两组诗最具代表性。

《白马篇》和《刘生诗》并非是标准的咏史诗，但是本书将其列入考察的范围，主要基于以下两点考虑。

第一，这两组诗的创作，无论形式还是内容，都是模仿曹植《白马篇》，也就是说，这本来是拟乐府的常见写法，与咏史诗不同。但这两组诗中明确写出了诗歌主人公是汉末的游侠。如《白马篇》中说这位侠士参加了"汉家嫖姚将，驰突匈奴庭"的战争。而《刘生诗》中则写明刘生反对新莽王朝的建立。

第二，最重要的一点，借助对这两组诗的分析，我们可以看出中古时期，咏史诗和游侠诗有过短时期的交集，说明咏史诗和其他题材之间存

---

① （南朝梁）萧统编，（唐）李善注：《文选》，上海古籍出版社2019年版，2220页。

在互动作用。明此,也便于对中古诗歌题材的复杂性加以分析和讨论。

所以,本书将这两组诗作为"带有咏史性质"的诗歌纳入讨论范围,并将研究重点放在咏史和游侠题材之间的互动关系上。

1.《白马篇》:汉末游侠的群像

南朝时期《白马篇》主要有袁淑的《效子建白马篇》[①]、孔稚圭的《白马篇》[②]、鲍照《白马篇》[③]、沈约《白马篇》[④]、王僧孺《白马篇》[⑤]、徐悱《白马篇》[⑥] 等。这些诗歌在写作内容和艺术风格上基本都是对曹植作品的拟作。接下来,以曹植《白马篇》为参照,对这些诗歌的艺术作品加以分析。

首先,这些诗歌所歌颂的主要人物,都是汉末游侠。袁淑笔下的游侠活动在"长安五陵间";孔稚圭所写的少年,参加了"汉家嫖姚将,驰突匈奴庭"的战争;鲍照《白马篇》中的英雄"埋身守汉境";沈约与徐悱之作,虽未明言所写为汉代游侠,但是沈诗中"长驱入右地,轻举出楼兰。直去已垂涕,宁可望长安",徐诗中"闻有边烽急,飞候至长安",之句,亦可推断,仍是汉代游侠。与张华诗不同的是,张华所咏的部分游侠有实在的名姓或人物,如博陵王宫侠,四公子门客中的游侠士。而这些齐梁时代的拟《白马篇》,只剩下历史的标签,没有实在的人物。只能说是纯粹的拟古,这就消解了张华诗中的咏史因素,更接近曹植诗本来的面目。

其次,在对游侠的外在形象描写上,他们发展了曹植的写法,进一步用浓墨重彩描绘了游侠的坐骑、服饰、武器。第一,关于游侠的坐骑,这些诗歌中"剑骑何翩翩""骥子蹋且鸣""白马金具装""白马紫金鞍""研蹄饰镂鞍""白马骍角弓"等的描写,都明显是对"白马饰金羁"一句的改写。王僧孺之作,在拟作基础上,还有所发展,对坐骑的描写,既有"千里生冀北,玉鞘黄金勒"的静态描述,也有"散蹄去无已,摇头意相得"的动态描写。第二,是对游侠的服饰和武器的描写。诗人用夸

---

① 逯钦立辑校:《先秦汉魏晋南北朝诗》(中册),中华书局1983年版,第1211页。
② 逯钦立辑校:《先秦汉魏晋南北朝诗》(中册),中华书局1983年版,第1408页。
③ (南朝宋)鲍照著,钱仲联增补集说校:《鲍参军集注》,上海古籍出版社2005年版,第172页。
④ (南朝梁)沈约著,陈庆元校笺:《沈约集校笺》,浙江古籍出版社1995年版,第301页。
⑤ 逯钦立辑校:《先秦汉魏晋南北朝诗》(中册),中华书局1983年版,第1760页。
⑥ 逯钦立辑校:《先秦汉魏晋南北朝诗》(上册),中华书局1983年版,第1770—1771页。

张比喻的手法，描写武器的宝贵："雄戟摩白日，长剑断流星""文犀六属铠，宝剑七星光""剑琢荆山玉，弹把隋珠丸"。通过这些描写，推动了游侠形象的进一步丰富。

再次，除了外在形象以外，他们还都和曹植一样，描绘了游侠宝贵的道德品质，如袁淑就描绘出游侠"义分明於霜，信行直如弦"。更重要的是他们身上刚健的气质、卓越的武艺、高绝的名声。如孔稚圭笔下的游侠武艺超群，"射熊入飞观，校猎下长杨"；而且，名高天下，智勇双全，"英名欺卫霍，智策蔑平良"。王僧孺笔下的豪侠也是豪气迸发，天下扬名，"豪气发西山，雄风擅东国。飞鞚出秦陇，长驱绕岷嵚。承谟若有神，禀算良不惑"。徐悱笔下的英雄形象，则更加丰满："雄名盛李霍，壮气勇彭韩。能令石饮羽，复使发冲冠。"这些内在品质的描写，推动了游侠形象内在的提升。

又次，这些游侠都是在国家危难之际，挺身而出，保家卫国，建立了赫赫战功。袁淑和鲍照笔下的游侠，心怀四海；沈约所写的健儿"长驱入右地，轻举出楼兰"；都是保家卫国的豪杰。孔稚圭所写的游侠，则和曹植所写的基本相同。当时"虏骑四山合，胡尘千里惊。嘶笳振地响，吹角沸天声"，在这样的动荡环境之下，他"左碎呼韩阵，右破休屠兵。横行绝漠表，饮马瀚海清。陇树枯无色，沙草不常青。勒石燕然道，凯归长安亭"，粉碎了敌军的侵略，建立了赫赫功勋。孔稚圭笔下的游侠生逢"岛夷时失礼，卉服犯边疆"的烽烟时代，他也挺身而出"冲冠入死地，攘臂越金汤""转斗平华地，追奔扫带方"。徐悱笔下的健儿"闻有边烽息，飞候至长安。然诺窃自许，捐躯谅不难"，征战之后，更是英勇非常。"占兵出细柳，转战向楼兰。雄名盛李霍，壮气勇彭韩。能令石饮羽，复使发冲冠"。最终"归报明天子，燕然石复刊"。

最后，这些笔下游侠儿，对皇权极端忠诚，而且不慕名利，只希望通过自己的努力保家卫国，而并不期待功成受赏。他们对国家，对君恩，极端忠诚，如沈约诗中写"唯见恩义重，岂觉衣裳单"。王僧孺写健儿征战的一个重要目标就是"此心亦何已，君恩良未塞。不许跨天山，何由报皇德"。徐悱的《白马篇》也描写了游侠"归报明天子，燕然石复刊"的理想。而且，大功既成，他们并不追求富贵，袁淑所描写的游侠，追求的是"侠烈良有闻"，鲍照"但令塞上儿，知我独为雄"。孔稚圭所写健儿的理想，可以作为集中的概括和代表："但使强胡灭，何须甲第成。当令丈夫志,独为上古英。会令千载后,流誉满旗常。"

通过以上的梳理,我们可以看出,这一时期咏史诗中游侠题材的发展,基本是在曹植《白马篇》的基础上进行拟作的。在拟作过程中,诗人不断地丰富内容,进而推动了游侠这一题材的创作传统的形成。

2.《刘生诗》:游侠题材与历史传说的相遇

南北朝时期游侠题材的发展中,《刘生诗》的创作是一个十分显著的现象。根据逯钦立全诗统计,至少有九首《刘生诗》。那么,这些刘生诗有什么特点呢?刘生又是否真有其人呢?本节拟结合游侠题材的发展,对这一系列《刘生诗》加以分析。刘生是谁,已不可考。《乐府解题》曰:

> 刘生不知何代人,齐梁已来为《刘生》辞者,皆称其任侠豪放,周游五陵三秦之地。或云抱剑专征为符节官,所未详也。①

已经有学者根据刘生诗来寻找他的原型,但是整体看来,这些研究还是以猜测为主,缺乏明确的证据。② 其实,与其捕风捉影式地考证刘生的原型。莫不如将这组诗放在南北朝时期游侠题材发展的进程中来加以考量。根据现存的《刘生诗》我们可以概括出刘生其人的特点。

第一,刘生是一位游侠,主要活动的区域就是京都地区。诗歌中多次描写"任侠有刘生""豪侠恣游陪""游侠长安中""任侠遍京华""游侠四方来""游侠五都内,去来三秦中"。而且根据上下文推断,刘生的形象应该是汉代的一位游侠,而且有实在的姓氏,所以本书也将其纳入咏史诗的范畴之内。

第二,刘生在外在气质上是一位风流倜傥、意气风发的游侠,诗歌中多次描写其"殊倜傥""负意气""重意气"。这种刚健的气质和昂扬的斗志,就是曹植《白马篇》中所说"连翩西北驰"的那位"游侠儿"的精神体现。

第三,刘生其人名高天下,诗歌中多次描写其"长安恒借名""刘生绝名价""英名振关右,雄气逸江东"。可见其名声之隆。需要指出的是,

---

① (宋)郭茂倩编:《乐府诗集》,中华书局1979年版,第426页。
② 刘航:《刘生、王昌考》,《北京大学学报》(哲学社会科学版)2006年第5期;陈莹:《对"刘生"形象的集体歌咏》,《齐齐哈尔大学学报》(哲学社会科学版)2013年第6期。

这里的地理位置,应该并不是实际的范围,而是文化意义上的地名。

第四,刘生其人的坐骑、服饰、武器都十分精美。诗歌中描写其坐骑"马控千金骢",其服饰"尘飞玛瑙勒,酒映砗磲杯",其武器"系钟蒲璧磬,鸣弦杨叶弓","宝剑长三尺,金樽满百花","剑照七星影"。与诸多《白马篇》的各位游侠相比,有过之而无不及。

第五,刘生平时慷慨任侠,结交权贵,"榴花聊夜饮,竹叶解朝醒。结交李都尉,遨游佳丽城",这里的李都尉,应该就是权贵的代名词之一。"豪侠恣游陪。金门四姓聚,绣縠五香来。别有追游夜,秋窗向月开。"均写其与权贵结交、仗义行侠,秉烛夜游的欢乐场景。

第六,刘生其人,不但武略超群,而且言论和文采也都十分了得。"高论明秋水""干戈倜傥用。笔砚纵横才"。其言谈和文采,都超越世俗常人,是一位文武全才的英雄人物。

第七,刘生仕途不顺,被权贵猜忌,郁郁不得志。"俗儒排左氏。新室忌汉家。高才被摈压。自古共怜嗟。"从这一句也可推断其当为西汉末、新莽时期的游侠人物。

从以上的梳理我们可以看出,其中前五条,都和这一时期其他四人《白马篇》中所描绘的游侠大致相同。第六、第七点,有人物自己的特点。所以说,从咏史诗中游侠题材发展的传统来看,刘生其人,应该是在民间传说的基础上经过不断夸大渲染而形成的一个人物。如果列入咏史范围考察,那么属于本书所说"史"的第三层含义。

四 咏史与游侠题材的互动关系

通过上文对《白马篇》和《刘生诗》这两个系列诗歌的分析,我们可以看出在南北朝时期,咏史诗与游侠诗的互动关系。

其一,《白马篇》作为游侠诗的始祖,开启了游侠诗创作的基本模式。张华的部分拟作增加了一些历史上真实存在的游侠,便使这种题材具有了咏史的意味,使两种题材在他手中交集。南朝《刘生诗》基本上还是游侠诗的创作路数,但刘生的形象是在民间传说基础上形成的有明确时代、有具体背景和实在姓氏的历史人物,于是促使游侠和咏史再次在这一题目上交集。

其二,南朝拟《白马篇》的一系列的诗歌,在主题、题材、内容、风格等方面都照抄照搬曹植的《白马篇》,说明拟作者只考虑到为游侠诗的创作传统,并未顾及张华拟作中的咏史成分。《刘生诗》这一系列,虽然有刘生这个特定人物存在,但其创作传统依然是沿袭《白马篇》,可见游侠与咏史的交集,只是在所咏游侠中有具体历史人物的情况下才会发生。游侠诗题材的发展一直遵循着自己的轨道,当其所咏游侠形象泛化成拟古的符号以后,就自然与咏史诗疏离。因而不能说游侠诗是由咏史诗孵化而成,其交集是两种题材在拟乐府发展过程中自然相遇的结果,疏离则是各自创作传统独立发展的必然。

游侠诗形成其独立的发展轨道与曹植本人的文学地位以及《白马篇》的经典意义有十分密切的关系。除此之外,这些特点还和这一时期拟乐府创作从"拟篇法"到"赋题法"的转变有密切的联系。

刘宋时期,文人拟乐府时,普遍采用拟篇法的作风,亦步亦趋地模拟古乐府的主题、题材、结构、风格、内容等。比如谢灵运曾经拟作陆机的乐府诗《悲哉行》,原作和拟作两首诗基本存在着——对应的关系,只不过是用更加精致的语言对原作加以模拟。这种作风在南朝时期非常普遍,齐梁时期也普遍存在。比如沈约、萧统对汉乐府《相逢狭路间》的拟作。虽然在篇幅上有所拓展,但是整体看来还是"翻译"式的创作。

在拟篇法创作的观照下,我们来看《白马篇》和《刘生诗》的创作,会对题材的传承有一个新的考察角度。《白马篇》系列创作基本上是对曹植《白马篇》的重新模拟和复制。无论是主题、题材、结构、风格、内容,基本上都是完全相似的。《刘生诗》这一系列,虽然在具体内容上有所创新,写出了刘生的文学造诣和怀才不遇,但基本上还是亦步亦趋地按照曹植的描写塑造刘生的游侠形象。这些特点的形成,是取决于其"拟乐府"的体式的。这一点也是我们衡量诗歌题材发展的一个标准。

随着时代的发展,原有的拟乐府创作方法拟篇法专事因袭模拟,题材、主题难以翻新,汉魏乐府旧题的拟作迅速减少,拟乐府的发展陷入了困境,这时,由沈约首倡的赋题法在南朝诗坛便流行开了。所谓"赋题法"就是"采用专就古题曲名的题面之意来赋写的作法,抛弃了旧篇章及旧的题材和主题"[①]。而他们所选择的题目,大多按照自己的审美品味选择,钱志熙指出:

---

① 钱志熙:《齐梁拟乐府诗赋题法初探——兼论乐府诗写作方法之流变》,《北京大学学报》(哲学社会科学版)1995 年第 4 期。

对齐梁人来讲，他们的拟乐府本来就是按题取义，无关于旧辞原作，但无古辞便更有利于他们摆脱限制，自由发挥，所以赋汉横吹曲在齐梁陈时代特别盛行，成为当时拟乐府诗中的一个重要品类。
　　按照齐梁人的趣味来看，横吹诸曲的曲名是一些很美丽的文字，并且内容上提示性强。如《陇头》《出关》《入关》《出塞》《入塞》《折杨柳》《关山月》等曲，一望便知是有关边塞征行、关山赠别等主题的乐曲，按照拟赋古题的作法，这批作品自然就成了描述征夫思妇之事的边塞诗。①

　　从钱先生的观点出发，我们来看《刘生诗》这个系列，就可以考虑赋题法的特点。横吹曲中本有《东平刘生曲》一首，但是现在已经难以看到内容。南北朝诗人一系列的《刘生诗》创作，很有可能就是对这一首的赋题拟作。但是，他们这些诗人大多缺乏征战边塞的实战经验，很难真正体会游侠的艰辛以及任侠的具体活动。所以，他们就将描绘点放在了对英雄咏物式的描述和对乡愁抒情式的描写上。而这两点又和他们最擅长的咏物与闺怨题材结合起来。所以，他们在歌咏刘生之时，对其坐骑、衣着、服饰、武器进行了浓墨重彩的描写。语言精致，华美，明显受到了咏物诗的影响。
　　从以上论述可以看出，游侠题材在这一时期的发展受到双方面因素的影响：一方面，无论是拟篇法还是赋题法，都导致诗人们对曹植《白马篇》的反复模拟，亦步亦趋，很难出现新的创新。另一方面，这一时期的诗人，普遍缺乏征战沙场、游历边塞的经历，这也导致他们难以打破曹植诗的框架，进行新的创作。但是他们传承了曹植的题材，并积累了一定的创作经验。这为隋唐咏史诗游侠题材积累了经验。隋唐时期，随着文人边塞漫游风气的兴起，诗人的视野和见识大大提高，游侠题材的发展也就因此打破束缚，但是与咏史的关系也愈益疏离。

第四节　中古诗歌题材互动的原因

　　通过本书的分析大体可以看出中古时期咏史诗与其他诗歌题材之间相

---

① 钱志熙：《齐梁拟乐府诗赋题法初探——兼论乐府诗写作方法之流变》，《北京大学学报》（哲学社会科学版）1995 年第 4 期。

互影响和作用的脉络。

汉魏时期,是咏史题材开始独立的时期。在"咏史意识"的催化下,补亡、述德、赠答、乐府等各类诗歌中,出现了大量关于历史事件和历史人物的书写和评论,诗人积累了不少关于在诗歌中记录、评论历史的技巧。这就推动了"咏史"作为一种诗歌题材逐渐走向了独立。尤其是"述德""乐府"两类题材对咏史诗的产生,起到了很大的推动作用。在韦氏家族的述德诗中,他们用大规模的篇幅,叙述、赞美自己父祖的功绩,提供了诗歌中书写历史的表现方式。而汉末乐府中,大量地罗列历史人物和事件,作为总结人生道理的论据,也推动了诗歌中排列历史事件的技巧。这些共同作用,促进了咏史诗的产生。班固的《咏史》,标志着咏史诗正式成为一类独立的诗歌题材。

虽然汉代就已经出现了真正意义上的咏史诗。但是,在曹魏时期,咏史诗和其他诗歌体裁之间还存在着千丝万缕的联系。嵇康、阮籍的咏怀、曹植的献诗、杜挚的赠答、曹魏的郊庙乐府等题材中还都存在着大量的歌咏历史的成分。本书重点分析了"咏怀"与"咏史"两种题材之间的关系。阮籍的咏怀诗,虽然名为"咏怀",但是,其中罗列了大量对历史人物和事件的评论,也可以视为"咏史"。这就说明,当时"咏怀"和"咏史"两种题材之间的界限还不是十分明显。但是,对比同时代的咏史之作,还是可以看出两种题材之间的不同之处的。这就说明,咏史诗作为一种独立的诗歌题材,在内容选取、写作技巧等方面已经初步具有规范,尽管这些规范还不是清晰明朗的。这就造成"咏史"与"咏怀"两种题材外延之间有所交叉。咏史诗真正的独立,还需要诗人不断的探索和努力。

两晋时期,是咏史诗题材发展的高峰时期,其题材范围的不断开拓与发展,形成了士人题材、女性题材集中涌现的趋势,这二者也成为后世咏史诗创作的基本题材。咏史诗的创作和咏怀、赠答、献诗、述德等诗歌也形成了比较鲜明的差别。并且产生了两位杰出的咏史大家——左思和陶渊明。他们变革了班固树立的"质木无文"的传体咏史诗,开启了"论体咏史"的写法,开创、完善了咏史组诗。使咏史诗的创作具备了独有的艺术特点。从嵇康、阮籍到左思、陶渊明,完成了从"名为咏怀实为咏史"到"咏史实为咏怀"的转变,标志着咏史诗作为一种独立的诗歌题材,在选材内容、表现巧上都形成了独特的创作传统。

南朝时期,咏史诗在发展过程中,逐渐催化出新的题材,如怀古诗的出现，成为与咏史诗亲缘关系最密切的题材，到唐宋时期发展成大宗。但咏史诗的某些传统主题也受到当时诗风和审美观的影响，偏离了原有的创作传统，被其他题材同化。如咏史诗女性题材中秋胡妻、昭君、班婕妤、铜雀妓等历史人物的形象，开始出现了一种"泛化"的趋势，自身的特点越来越少，相反被闺怨诗中的女性形象同化，从中可以看出咏史与闺怨两种题材之间的交叉和互动。另外，这一时期，咏史和游侠题材之间的关系也很值得考量，这一时期产生的两组歌咏游侠的诗歌——《刘生诗》和《白马篇》，二者在选材内容、篇章结构、创作手法、艺术风貌上，都极其类似。差别只在前者歌咏的是民间传说中的人物，具有比一般游侠更实在的背景，从女性题材和游侠题材的转化中，我们也可以看出在以历史人物为歌咏对象的咏史诗中，容易发生与其他题材相互混淆的现象。一般而言，人物形象由实到虚的转变，加上其他题材的创作传统的强势影响，容易导致咏史诗中某些传统主题的质变。

通过以上论述可以看出，咏史诗作为中古时期新出现的一种诗歌题材，其产生—发展—流变都和其他诗歌题材具有难以切割的联系。那么，一个值得追究的问题就是：中古时期各类诗歌题材相互影响的原因是什么呢？

一 从《诗经》到《文选》：对诗歌题材分类的认识过程

中古时期是各类诗歌题材先后产生和独立的关键时期，这一时期，区分诗歌题材的最主要标准就是诗歌的功能，也就是诗歌在不同使用场合的作用。诗人在同一场合创造的诗歌无论在体式还是内容上，都具有高度的类似性，这就推动某一功用的诗歌，在创作传统上形成一定的惯例，并被后世沿用，这些因为功能类似而集合在一起的诗歌，逐渐形成了一类固定的题材。

在中古时期，诗歌的使用功能一直在不断的开拓和发展，使用场合有一定的交叉，这就造成了各种诗歌题材之间的相互影响；而且诗歌创作者一直缺乏在理论上对题材分类的观念。最早有此意识的作者应数江淹。他以三十篇《杂体》诗的形式，通过模拟前人的典范之作，最早在诗歌题目上标出了可视为题材类别的名目，之后萧统编撰《文选》，以选文定篇的形式确定了各种诗歌题材的内涵，使诗歌题材有了明确的划分。如果对从《诗经》到《文选》期间古人区分诗歌类别的文献做一番回溯，不难

第五章 中古咏史诗与其他诗歌题材的互动关系

看出在宋、齐之前,是没有题材区分的明确观念的。

《诗经》将诗歌题材划分为"风、雅、颂"三种,主要是依据诗歌的使用功能划分的。《国风》主要侧重于诗歌对百姓的教化作用:"风,风也,教也;风以动之,教以化之。《周南》《召南》,正始之道,王化之基。"[1]《大雅》《小雅》虽然偶有士大夫个人情志的抒发,但是将其归为一类的原因是政治上的讽谏作用。所以《诗大序》说:"雅者,正也,言王政之所废兴也。政有小大,故有《小雅》焉,有《大雅》焉。"[2]颂,是宗教、祭祀用诗。"颂者,美盛德之形容,以其成功告于神明者也。"[3]这种诗歌的分类方式,以诗歌的功用为核心,以不同的使用场合为编排诗歌分类的标准。是我国诗歌分类的滥觞,也是后代诗歌分类的一个基础。

挚虞在《文章流别论》有言:"古之诗有三言、四言、五言、六言、七言、九言。古诗率以四言为体,而时有一句二句杂在四言之间,后世演之,遂以为篇。古诗之三言者,'振振鹭、鹭于飞'之属是也,汉郊庙歌多用之。五言者,'谁谓雀无角,何以穿我屋'之属是也,于俳谐倡乐多用之。"[4]值得注意的是,这里虽然是按照诗歌的字数分类。但是,"郊庙歌多用之""俳谐倡乐多用之"还是侧重于诗歌的功用。

任昉在《文章缘起》中也将诗歌划分为"三言诗、四言诗、五言诗、六言诗、七言诗、九言诗"[5]。和《文章流别论》一样,之所以按照字数分类,是因为在当时诗歌的字数和功能是紧密联系的。任昉以夏侯湛所做为三言的起源,以韦孟《楚夷王戊诗》作为四言的起源,以李陵《与苏

---

[1] （汉）毛亨传,（汉）郑玄笺:《毛诗正义》,十三经注疏南昌府学本,中国台湾艺文印书馆影印本 2007 年版,第 1 页。

[2] （汉）毛亨传,（汉）郑玄笺:《毛诗正义》,十三经注疏南昌府学本,中国台湾艺文印书馆影印本 2007 年版,第 1 页。

[3] （汉）毛亨传,（汉）郑玄笺:《毛诗正义》,十三经注疏南昌府学本,中国台湾艺文印书馆影印本 2007 年版,第 1 页。

[4] （晋）挚虞:《文章流别论》,见严可均校辑本《全上古三代秦汉三国六朝文》,中华书局 1958 年版,第 2 册,第 1905 页。另注:今本《艺文类聚》卷五十六,《杂文部·诗赋》引挚虞《文章流别论》。（（唐）欧阳询撰,汪绍楹校:《艺文类聚》,中华书局 1965 年版,第 1019 页。）无"汉郊庙歌多用之""于俳谐倡乐多用之"两句,严所引《艺文类聚》为何种版本不详,待考。

[5] （南朝）任昉撰:《文章缘起》,见收中国台湾商务印书馆《景印文渊阁四库全书》,集部 417 诗文评类,第 1478 册,第 205—206 页。

武诗》作为五言的起源，以高贵乡公所做为九言的起源。① 这些诗歌今已失传，但是联系诗歌创作的实际，大约可以推测，在任昉的分类体系中，五七言类似于风，主要功用是表达私人情感；四言类似于雅，主要功用是表达政治讽谏；三言、九言类似于颂，主要功用是宗庙祭祀。

刘勰《文心雕龙》开始引入以诗歌的体式划分诗歌类别的思想。刘勰在书中虽然没有明确提出诗歌的分类问题，但是在叙述中，还是可以看出刘勰对诗歌分类的认识："故铺观列代，而情变之数可监；撮举同异，而纲领之要可明矣。若夫四言正体，则雅润为本；五言流调，则清丽居宗，华实异用，惟才所安。……至于三六杂言，则出自篇什；离合之发，则萌于图谶；回文所兴，则道原为始；联句共韵，则柏梁余制；巨细或殊，情理同致，总归诗囿，故不繁云。"② 除了主要以字数分类外，也涉及了离合、回文、联句、共韵等体式。但是通观《明诗》全篇，刘勰对诗歌功用的强调是不言而喻的。

江淹的《杂体》三十首，则开始以诗歌的题材对诗歌进行分类拟作。江淹在这组诗的小序中说："仆以为亦合其美并善而已。今作三十首诗，效其文体，虽不足品藻渊流，庶亦无乖商榷云尔。"③ 这里的"效其文体"就是诗歌的体式，其中就包含着对诗歌题材的标榜。事实上，江淹在具体的拟作过程中，按照题材分类的意识是特别明显的。每首诗从标题上就明确标示出每首诗所模拟的题材为何，这些题材的许多名目也与诗歌的功用和创作场合密切有关，如《魏文帝游宴》《陈思王赠友》《谢临川游山》《颜特进侍宴》《袁太尉从驾》《谢光禄郊游》等。而一些后世通用的题材名目也在这组诗里出现，如从军、咏史、言志、咏怀、感遇、羁宦、赠别等。④

钟嵘在《诗品》序言中也强调了诗歌在不同场合的功用："若乃春风春鸟，秋月秋蝉，夏云暑雨，冬月祁寒，斯四候之感诸诗者也。嘉会寄诗以亲，离群托诗以怨。至于楚臣去境，汉妾辞宫；或骨横朔野，或魂逐飞

---

① 吕向注引《文始》说："三字起夏侯湛，九言出高贵乡公。"见萧统编选，（唐）吕延济等注《日本足利学校藏宋刊明州本六臣注文选》，人民文学出版社2008年版，第77页。
② （南朝梁）刘勰著，范文澜注：《文心雕龙注》上册，人民文学出版社1958年版，第65页。
③ （南朝梁）江淹著，丁福林、杨胜朋校注：《江文通集校注》，上海古籍出版社2017年版。第636页。
④ （南朝梁）江淹著，丁福林、杨胜朋校注：《江文通集校注》，上海古籍出版社2017年版。第636—689页。

蓬；或负戈外戍，杀气雄边；塞客衣单，孀闺泪尽；或士有解佩出朝，一去忘返；女有扬蛾入宠，再盼倾国。"① 在这些场合下，创作出来的不同诗歌，因为功用相同或相似，集合在一起，便形成了一种题材。

由此可以看出，萧统之前诗人在理论上对诗歌题材是缺乏明确认识的。诗人在创作过程中，往往是参照诗歌的使用功能和创作传统进行创作，这就导致某一场合的诗歌存在着一系列相对固定的艺术规范，进而形成一类题材。但是，因为诗歌的使用功能和创作传统之间存在着一定的交叉，所以就导致不同题材之间存在着含混不清的"模糊地带"，很难截然切分。萧统是第一个从理论上明确诗歌体裁分类问题的，但是在具体的操作过程中，还是存在不少问题。

二 从《文选》看萧统对诗歌题材的认识

《文选》共收诗443首②，分为补亡、述德、劝励、献诗、公宴、祖饯、咏史、百一、游仙、招隐、反招隐、游览、咏怀、临终、哀伤、赠答、行旅、军戎、郊庙、乐府、挽歌、杂歌、杂诗、杂拟等二十四类。③历来因为分类过于琐细和分类标准不统一受到批评。如苏轼认为昭明《文选》"编次无法"，乃"小儿强作解事"。④ 姚鼐在其《古文辞类纂》中提出"昭明太子《文选》，分体碎杂，其立名多可笑者"。⑤ 章学诚《文史通义》内篇一《诗教》下亦斥《文选》分门"淆乱芜秽，不可殚诘"。⑥ 通观这些批评主要集中于两点：一是分类过多，造成"碎杂"；二是类目之间的外延关系不明造成"混淆"。

萧统在《文选》序言中曾明确指出，自己在编选诗和赋的时候，分

---

① （南朝梁）钟嵘著，曹旭集注：《诗品集注》（增订本），上海古籍出版社2011年版，第91页。

② 《文选》究竟收诗多少首？前人统计有差异，此处数据参照罗志仲《〈文选〉诗收录尺度探微》和傅刚先生《萧统评传》《从〈文选·诗〉看萧统的诗歌观》等统计，根据胡刻本文选复核一遍，确认为443首。

③ 《文选》诗分类有二十三类和二十四类两说，核心问题就是"临终"是否能够独立成为一类，本文赞成胡克家的说法，认为"临终诗"可以单独成为一类。

④ （宋）苏轼著，李之亮笺注：《苏轼文集编年笺注》，巴蜀书社2011年版，第2092页。

⑤ （清）姚鼐纂集，胡士明、李祚唐标校：《古文辞类纂》，上海古籍出版社1998年版，第17页。

⑥ （清）章学诚著，章锡琛注，王岫庐、朱经农编：《文史通义》，商务印书馆1926年版，第44页。

类的标准是"以类相分":

> 凡次文之体,各以汇聚。诗赋体既不一,又以类分;类分之中,各以时代相次。①

但是,以类相分的这个"类"究竟是什么?既然诗、赋均是以类相分。我们可以先考察《文选》中赋的分类,作为我们研究诗歌分类的一个基础:《文选》将赋分为十五个子目,即京都、郊祀、耕藉、畋猎、纪行、游览、宫殿、江海、物色、鸟兽、志、哀伤、论文、音乐、情。那么这些分类的标准是什么呢?已经有研究者指出,就是赋的题材:"《文选》将赋体按照题材分为十五个子目……前四类内容上与国家政治典礼有关,可统称为政治讽谕赋……中间六类侧重抒写对社会人生的体认感触,可归并为观览咏物赋……最后五类是情志艺文赋,内容上与人类情感精神有关。"②

既然赋的"以类相分"是按照题材区分的类别;那么,毫无疑问,诗歌的"类"也就是题材。也就是说,诗歌的二十四个二级类目,就是萧统心目中二十四个平行的题材。这样,萧统就完成了《诗经》以来一直未能解决的诗歌题材的分类工作。

《文选》把诗歌划分成补亡、述德、劝励、献诗、公宴、祖饯、咏史、百一、游仙、招隐、反招隐、游览、咏怀、临终、哀伤、赠答、行旅、军戎、郊庙、乐府、挽歌、杂歌、杂诗、杂拟等二十四类,通过仔细分析这些类目的内涵与外延,并结合萧统所选定的具体的篇章,我们就可以看出萧统是以诗歌功用为中心来厘定当时诗歌的各种题材,并进行分类的。而在萧统的时代,诗歌的功用无外乎两个。

第一个是公共场合的使用功能,这类诗在目的上侧重于政治和道德教化,以《诗经》为源头和代表,是一种群体诗学观,注重诗歌的使用功能,《毛诗序》中说:"故正得失、动天地、感鬼神,莫近于诗。先王以是经夫妇、成孝敬、厚人伦、美教化、移风俗。③"就是表达诗歌的这种

---

① (南朝梁)萧统编选,(唐)吕延济等注:《日本足利学校藏宋刊明州本六臣注文选》,人民文学出版社 2008 年版,第 78 页。
② 冯莉:《〈文选〉赋研究》,博士学位论文,北京语言大学,2008 年。
③ (汉)毛亨传,(汉)郑玄笺:《毛诗正义》,十三经注疏南昌府学本,中国台湾艺文印书馆影印本,1985 年,第 1 页。

政治功能。诗序之后，孔子提出诗可以"兴、观、群、怨"，所谓兴，指学诗可"感发""志意"，提高伦理道德方面的修养。所谓观，是指通过赋诗观察对方志意。所谓群，是指诗能起政治上的团结作用。所谓怨，是指可以来讽刺当时统治阶级，又可起到改造社会的作用。[①] 孔子的观点被后世继承，如和萧统同时代的刘勰在《文心雕龙·明诗》篇就提出："民生而志，咏歌所含。兴发皇世，风流二《南》。神理共契，政序相参。英华弥缛，万代永耽。"[②] 强调诗歌要和自然之理、政治秩序结合起来。在这样的情况下，不同的场合，自然需要不同的诗歌；而且，这些创作活动往往和政治生活紧密结合，具有很强的传承性。所以当某种场合下所创作的诗歌达到一定的数量，又都是按照同一种艺术规范，自然就形成了一类独立的题材。仔细分析《文选》在这些类目下所选定的文本，可以看出萧统侧重于强调诗歌可以"经夫妇、成孝敬、厚人伦、美教化、移风俗"的政教功能。所以，这类题材，在创作过程中都有政教道德的意味：补亡诗通过增补《诗经》来阐发孝成天下的伦理道德；述德诗通过描绘父祖的事功，赞美祖先的高尚道德；劝励诗无论是讽谏他人还是勉励自我，其重心都是在道德建设；献诗一类作品，重点也是围绕着赞颂皇威；军戎诗是为了鼓舞军心，宣扬军威；郊庙诗是祭祀时演奏，歌颂祖先与神灵的乐章；公宴诗是臣下参与帝王宴席所作之诗，中心还是要赞颂主人的德业；祖饯和赠答的创作虽不以此为中心，但是在人际交往的场合中也能体现出砥砺双方不断进德修业的要求。总而言之，这类诗歌题材，虽然产生于不同的场合，但是都围绕着政教、道德这个使用功能。

第二个是私人场景的自我咏怀，这类诗在使用目的上侧重于对个人情感的抒发。以《离骚》为滥觞和代表的诗歌不再刻意强调在公众场合的使用功能，而是向内收缩，侧重于审视作者内心，表达自我的情感。是个体诗学的代表，这类诗歌的创作也因为内容和表达方式的传承性形成了一个固有的传统，尤其是首创之人和代表作家的创作，具有非常明显的典范意义，经过后人不断的继承，开拓形成一类全新的题材。所以这类诗歌，在创作过程中都形成了一种潜移默化的创作传统，文人创作时自发模拟这

---

① 周勋初：《"兴、观、群、怨"古解》，《上海师范大学学报》（哲学社会科学版）2008年第1期。

② （南朝梁）刘勰著，范文澜注：《文心雕龙注》，人民文学出版社1962年版，第65页。

一题材首创者的写作方法和创作模式。如咏史大都沿袭班固所开创的"传体咏史"的传统,用诗歌的形式歌咏历史,表达自己对历史人物的评价;咏怀诗多为沿袭阮籍之作,用隐晦的诗歌意境,表达作者因为政治高压而不能明言的愁绪。这类诗歌题材,不为政教等公共秩序服务,主要用于抒发诗人内心的情绪。

总而言之,萧统区分诗歌题材的标准和今人不同,这种分类方法符合当时诗歌发展的实际,但是也面临着界分不清、标准不一的问题。

正如前文所论,萧统之前的诗人在创作诗歌时是没有明确的题材观念的,他们一般都是根据使用功能的不同,参照前人的创作传统来进行诗歌创作的。萧统以使用功能作为诗歌题材分类标准,确实抓住了诗歌题材形成中最重要的特点,在宏观分类上是没有问题的。但是,具体到某些诗篇的具体归属上就会产生问题。正如上一节所论,宋齐以前的诗歌,在使用功能上有交叉(比如述德、劝励、赠答、咏怀、咏史中都有作者勉励自我的成分),在创作传统上也有相互影响和借鉴(如第三节所论咏史和游侠题材),所以只依靠使用功能进行分类,必然会造成一些诗歌分类含混的问题。

另外,萧统对诗歌题材理论上的认识,是落后于诗歌创作的实践的。而晋宋—齐梁之际又恰恰是诗歌题材分化、繁荣、独立的一个重要时期,怀古、咏物、闺怨等题材大量繁荣,但是却无从归类,所以萧统将其统一归于"杂诗"类,也只能是一种权宜之计。

总而言之,虽然萧统对诗歌题材有了明确的认识,并依据使用功能对题材进行了分类。但是因为诗歌题材形成的复杂性以及齐梁诗风的巨变,这种分类并不完美,而是存在着含混交叉的问题。

三 从《文选》看中古诗歌题材互动的原因

在这样的背景下,分析中古时期咏史诗与其他诗歌题材之间的互动,会有更加深刻的认识。萧统在《文选》咏史这一类目下共收九人十题21首诗:王仲宣《咏史》一首,曹子建《三良诗》一首,左太冲《咏史》八首,张景阳《咏史》一首,卢子谅《览古》一首,谢宣远《张子房诗》一首,颜延年《秋胡诗》一首、《五君咏》五首,鲍明远《咏史》一首,虞子阳《咏霍将军北伐》一首。[1]

---

[1] (南朝梁)萧统编,(唐)李善注:《文选》,上海古籍出版社2019年版,第1003—1033页。

第五章　中古咏史诗与其他诗歌题材的互动关系

我们可以根据萧统的选目，先思考这样的问题：《文选》确立的咏史范围是什么？换言之，这些收入咏史类目下的咏史诗有哪些共同之处？一个最基本的前提就是这些诗歌肯定符合"事出于沉思，义归乎翰藻"的整体的选录标准。① 除此以外，划定咏史诗的标准还有哪些呢？

首先，收入咏史的诗歌，最直接的特征就是题目中都明确表明自己的创作是"咏史"。王粲、左思、张协、鲍照之作直接题为《咏史》；曹植，谢朓、颜延之，虞羲等人的作品则以所歌咏的历史人物为题目；比较特殊的就是卢谌的《览古诗》，根据诗歌史的实际情况，这是第一首以《览古》为题目的咏史诗，代表了咏史发展的一个倾向，所以也被选录进来。② 正如前文所述，当时的诗人普遍缺少明确的题材意识。往往根据诗歌的使用场合和功能来进行区分，在这样的情况下，诗歌题目中明确表明自己是咏史的作品自然会被编入这一类目以下。

其次，从所选诗歌歌咏的历史人物和事件来看，全部见诸正史，是本书所论"史"的第一层含义，即真实的历史。王粲、曹植所做歌咏"三良"见诸《左传》；左思诗中歌咏的古人，大多见于《史记》；张协歌咏的"群公祖二疏"的事迹为《汉书》本传所记载；卢谌诗中智勇双全的蔺相如，谢朓笔下谋略过人的张子房，在《史记》中都有专门的列传；颜延之笔下的秋胡妻是来自刘向的《列女传》，而《五君咏》中的五位名士也是真实的历史人物；虞羲歌咏的"霍将军北伐"是《汉书》中记录的史实。

---

① 关于《文选》咏史诗的选录标准，已经有很多单篇论文进行分析，得出的结论可以概括为三点：第一，选录咏史诗要符合"事出于沉思，义归乎翰藻"的基本标准；第二，注重这些咏史诗歌的现实意义；第三，各个时代都要选取代表作以"观其源流"。比较有代表性的文章有：韦春喜《〈文选〉咏史诗的类型与选录标准探讨》，《宁夏大学学报》（人文社会科学版）2004年第2期；米晓燕《〈文选〉咏史诗的分类》，《哈尔滨师范大学社会科学学报》2012年第6期。

② 这里值得重点分析的是谢瞻所作，《文选》题为《张子房诗》，但是仔细考察文献，这首诗的题目应该是萧统在编撰之时改题，以便更好地归入咏史的类目之下。这首诗的创作背景有明确的材料，《文选》李善注引王俭《七志》记载该诗的创作情况："高祖游张良庙，并命僚佐赋诗，瞻之所造，冠于一时。"《宋书·武帝纪》的记可供参照："十三年正月，公以舟师进讨，留彭城公义隆镇彭城。军次留城，经张良庙。"当时所做之诗，仅存郑鲜之一首。题为《行经张子房庙》，按照南朝同题共作的文学习惯，其余臣僚之诗，应该大多以此为题。但是，谢瞻之作有些特点，六臣注《文选》刘良曰："晋末，宋太祖北伐，见张良庙毁，乃修之，并命诸人为诗。瞻时为豫章太守，遥以和此。虽是和诗，而实咏之。"所以谢瞻诗的原题极有可能题为《和××行经张子房庙》。但是，在《文选》中，这首诗却被题为《张子房诗》，其实是诗不对题的。结合咏史类目其他诗歌的题目来推测，系萧统为了将其收入咏史类目下而改题。

再次，萧统所编选的咏史诗，在咏史方式上，除卢谌《览古》一首之外，其余全部属于论体咏史。王粲和曹植之作，并没有对"秦穆杀三良"这一历史事件进行介绍，而是借此表达了自己对臣节问题的思考。左思的八首《咏史诗》中，从根本上说是借历史咏怀，所以历史人物和事件只是抒发情感的一个印证，如第四首中只是借助"金张馆""许史庐""扬子宅"三个历史意象对比显贵和寒士，并没有展开。张协虽然对"群公祖二疏"的场景有所描写，但重点还是在抒发自己的情感之上。谢朓的《张子房诗》、颜延之《五君咏》、虞羲《咏霍将军北伐》三首，已经开始具备赞体咏史的特点，只是选择一个角度对历史人物进行颂美，缺乏详细的历史叙事并表达自己对于历史人物和事件的评论。总而言之，萧统所选录的咏史诗，大多是"名为咏史，实为咏怀"的作品。

最后，咏史诗类目下，未收怀古诗。《文选》收录了谢朓《同谢咨议铜雀台诗》《和伏武昌登孙权故城诗》两首，从题材角度来看都是怀古诗。《铜雀台》一诗敷衍曹操遗令中"月朝十五日，辄向帐作伎"一句，是符合咏史诗标准的[①]，但是因为其"为他人死亡而哀伤"的创作传统[②]，而被归入哀伤类目之下。《和伏武昌登孙权故城诗》一诗则归入杂诗类。怀古一体起源自六朝，在陈朝才正式形成创作传统，所以在萧统编选《文选》之时，尚未将其视为一种独立的题材。

以上从萧统选目的分析，反推出萧统心目中咏史的范围和标准，基本是符合当时的实际情况的。但是，如果仔细检阅《文选》选录的所有诗歌，就会发现，有些诗歌题材和咏史之间存在着一些交叉。

《文选》中的诗歌类目和咏史最为相近的就是咏怀，本章第一节已经详细讨论过这两种题材之间的关系。简言之：受咏史意识的催化，两种题材都有"借咏史以咏怀"的做法，从使用功能来说，都是借助歌咏历史来"自抒胸臆"。《文选》咏怀类目下收录阮籍的《咏怀诗》，其中《昔日繁华子》《登高临四野》《昔闻东陵瓜》三首都是"借助咏史以咏怀"的作品，其歌咏历史的方式上承王粲、曹植的三良诗，下启左思的《咏史诗》。从诗歌的创作实际可以看出，阮籍并没有明确区分咏怀和咏史的

[①] 胡大雷：《〈文选〉诗"哀伤"类初探》，《太原师范学院学报》（社会科学版）1997年第2期。

[②] 胡大雷：《〈文选〉诗"哀伤"类初探》，《太原师范学院学报》（社会科学版）1997年第2期。

第五章　中古咏史诗与其他诗歌题材的互动关系

意识,但是因为这组诗在流传的过程中以《咏怀》为一个整体,而且在后世有大量的拟作,所以萧统在编入总集时,单列一目"咏怀"。咏怀类目下还收录谢惠连《秋怀》一诗,其中"虽好相如达,不同长卿慢。颇悦郑生偃,无取白衣宦"等句,和左思"吾希段干木"一首的咏史方式也是完全一致的,都是忽略历史事实,只取历史人物的最主要特点,将其典故化、符号化。但是,萧统却因为其题为"秋怀"而且以咏怀为主而将其收入"咏怀",这就说明,萧统对诗歌题材的判断,还是以其题目所标示的功能为主。

赠答诗是《文选》中一个非常大的门类。顾名思义,赠答诗下所收的都是赠答之作,但是,这些作品中,也有大量的歌咏历史的成分。刘琨《重赠卢谌》即是一例,全诗云:

> 握中有悬璧,本自荆山璆。惟彼太公望,昔在渭滨叟。邓生何感激,千里来相求。白登幸曲逆,鸿门赖留侯。重耳任五贤,小白相射钩。苟能隆二伯,安问党与雠?中夜抚枕叹,想与数子游。吾衰久矣夫,何其不梦周?谁云圣达节,知命故不忧。宣尼悲获麟,西狩涕孔丘。功业未及建,夕阳忽西流。时哉不我与,去乎若云浮。未实陨劲风,繁英落素秋。狭路倾华盖,骇驷摧双辀。何意百炼刚,化为绕指柔。①

纵观该诗,罗列了大量的历史事件来表达自己的怀抱和志向②。"诗中征事杂沓,比兴错出,各有指归,太公、邓禹,述己匡扶王室之志。白登、鸿门冀脱己患难之中。重耳、小白欲与匹磾同奖王室。比迹桓文,不以见幽小嫌为辱,望谌以此意达之匹磾,披沥死争,必能见悟也。知命以

---

① (南朝梁)萧统编,(唐)李善注:《文选》,上海古籍出版社2019年版,第1197页。
② 作者同时也是为了激励卢谌,张玉谷《古诗赏析》云:乍看似止首二美卢,已下皆述己怀,无与卢事。细加研究,并参阅《晋书》所云"琨诗托意非常,摅畅幽愤,用以激谌"等语,始知前引古处,后感慨处,皆含得勉卢激卢意,不粘亦不脱也。首二,即以璆璧比卢才质之美,立定篇主。"惟彼"十二句,历引昔贤,为卢之影,言才质美者固当有为如是。勒到想与之游,即是冀与卢同建功业也。"吾衰"十句,落到己身衰暮无成,即称孔圣亦忧,拓空作引,然后实点出功业未建,时不我与,感慨顿住。后六,忽叠四比,比出遭世多艰,土气固易摧折,再用钢金绕指,比出有志者亦复灰心,阒然竟止。语似自嘲,而意则讽卢当早树功,勿沮丧也。观其以玉起,以金收,以本自呼,以何意应,空中激射,通体皆灵。见(清)张玉谷著,许逸民点校《古诗赏析》,上海古籍出版社2000年版,第287页。

下，慨功业之不偶"①。这种做法和左思的咏史诗完全一致。其诗铺叙、评论历史所占的篇幅比例比左思还要高。而且对照《文选》所收的《答卢谌诗并书》来看，这首诗的"赠答"成分是很少的。《答卢谌诗并书》在诗前的书信之中，明确表达了赠答的含义："故称指送一篇，适足以彰来诗之益美耳。"② 在诗歌中也强调了"何以赠子"。但是纵观本诗，却没有类似的表达。但是，《文选》却并没有因为其诗歌的内容而将其收入咏史，而将其收入赠答。

这种情况在"杂诗"的类目下则更加突出。仔细分析其中很多诗歌，都具有鲜明的咏史性质：曹摅的《感旧诗》中"富贵他人合，贫贱亲戚离。廉蔺门易轨，田窦相夺移"诗，和左思将史实典故化的做法相一致；谢灵运《斋中读书》一诗，"既笑沮溺苦，又哂子云阁"在典故的选择和使用上都和左思《咏史》第四首一致；更值得考虑的是陶渊明的《咏贫士》，萧统曾经编撰过陶集，所以对于《咏贫士》这组作品应该是十分熟悉的，但是《文选》却只选录了第一首而将其归入杂诗一类。杂诗，"谓兴致不一，不拘流例，遇物即言之诗"，可以视为题材分类的一个剩余类。这三首诗没有归入咏史，可见萧统选诗归类时最主要的根据是标题的内容。这就在具体的操作过程中，必然出现含混之处。

萧统在选诗分类中导致题材交叉的原因，除了与其分类的标准有关以外，还要联系诗歌发展的实际情况加以分析。

本书在第三章和第四章中，对于这些诗歌题材交叉、趋同的原因，已经做过部分考察。从表面上来看，中古诗歌的各类题材本来就存在着相互影响的事实。但是，背后的原因却并不相同：

魏晋时期，因为"咏史意识"和"述德传统"的催化，各种诗歌题材中都出现了大量的"以史为据""以史为鉴""追述先祖""颂美先王"的成分，这就造成咏史与述德、劝励、咏怀、赠答、郊庙、乐府等题材出现类似性。

南朝时期，随着齐梁诗风的近体化进程，士人主题开始转化为怀古，女性主题开始向闺怨、宫怨靠拢，这就造成了咏史和怀古、游侠、行旅、

---

① （清）陈沆著，宋耐苦、何国民编校：《陈沆集》，湖北教育出版社 2002 年版，第 331 页。
② （南朝梁）萧统编，（唐）李善注：《文选》，上海古籍出版社 2019 年版，第 1197 页。

哀伤、宫怨等题材的表现内容和方式出现类似性。

又因为中古诗歌创作者并没有明确的题材观念，只是凭着遵循前人创作传统的理念写作，在实践中在不断发展。萧统编撰《文选》之时，虽然在理论上对于诗歌分类有一个大致认识，但是这种分类对诗歌题材发展的实际指导意义有多大却很难估计，至多只能说是他对当代以前诗歌题材的一个基本认识而已，更不必说对齐梁以后诗歌题材的发展会有多大影响。而《文选》中各类选诗在内容和表现方式存在类似性的现象，却正好反过来说明咏史诗与其他题材的互动，正体现了中古诗歌各类题材相互影响的普遍性。

本章小结

中古诗歌题材的互相影响主要表现为题材内容的交叉、表现方式的趋近、某些主题的转化等方面，形成的具体原因是一个复杂的问题，还有待深入思考。本书以咏史题材的形成为线索，做出了以下的考察。

在咏史诗的形成阶段，受两汉"咏史意识"的影响，诗文中都出现了大量的歌咏历史的成分，这其中述德、献诗、乐府等各类诗歌对咏史诗的独立起到了催化的作用。魏晋时期，受述祖风气的影响，述德、郊庙等诗歌题材中大量关于先公、先王事迹的回忆和颂美，进一步推进了咏史诗的发展。

两晋是咏史诗发展的高潮时期，这一阶段，咏史与咏怀的关系最为密切，咏史成为咏怀的一种重要方式。这直接催生了咏史诗中士人主题的繁荣，诗人们在诗歌中反复歌咏的先贤，正是他们思考人生、追求生命永恒价值的典范。而这正是"建安风力"的精神内核，因此咏史诗对两晋建安风力的延续具有重要作用。

南朝时期，咏史诗的发展出现出了新变。一方面，士人题材的咏史在齐梁逐渐消歇，代之而起的是怀古，体式也转成以新体为主；同时女性题材在齐梁也开始转向，和闺怨同步发展。再加之，这一时期咏史诗的创作，受到时代风气的影响，不管是歌咏历史人物还是历史遗址，诗人都是以一种"咏物"的创作态度进行精致的描绘，将历史演化为对偶中的符号。而且，这一时期咏史诗的创作动机往往是同题共作的"奉和"和"赋得"，具有一定的文学游戏性质。这必然导致诗人和历史有一定的隔膜感。所有这些自然会导致建安风力在齐梁逐渐走向失传。

可见，咏史诗和其他诗歌题材在中古时期存在着相互交叉、相互影响的现象，背后的原因也有阶段性的差异。魏晋时期咏史诗和述德、献诗、劝励、赠答、乐府、郊庙题材的类似，其根本原因是"咏史意识"流行的影响。而南朝时期，咏史和怀古、宫怨、游侠等题材的趋同，其根本原因则是齐梁诗风巨变，尤其是近体化的影响。

萧统在编辑《文选》之时，虽然在理论上对诗歌题材有所区分，但是受上述诸多因素的影响，毕竟还存在着含混不清之处。所以说，诗歌题材间的相互影响乃至转化，不单单取决于使用功能，还与时代风气和诗风变化密切相关。

结　　论

本书着重探讨了中古咏史诗发展过程中的若干重要问题，得出了以下认识。

第一，咏史诗的含义，需要根据"咏"的方式和"史"的内涵加以区分。本书从两个层次来界定咏史诗：狭义的咏史诗是指诗人用诗歌的形式，记录或者评论真实的历史人物和历史事件。广义的咏史诗是指诗人通过诗歌的形式，对真实历史、历史信息载体、文学史传统塑造的历史形象进行记录、评论或颂赞。咏史诗可以分为传体、论体、赞体三种类型。

第二，两汉时期，整个社会形成了一种"以史为鉴""以史为据"的思维，讲史、论史、评史的风气十分浓厚，各种文学形式中都萌生了"咏史意识"，这是咏史题材产生的直接原因。两晋、南朝初期，随着士人意识的崛起，文学中兴起了"述祖德"的传统，从根本上来说，这是两汉"咏史意识"的延续和转化，也是推动咏史诗题材发展到高峰的重要原因。

第三，"咏史意识"和"述祖德"传统的形成，促进了诗人对士族的家族传统以及士人如何安身立命的深度思考。即使是反抗门阀制度的左思，也是为主流的宗族观念所反激，才会对寒士的境遇和人生价值进行全面的反思。因而述祖德所体现的咏史意识，无疑会促使魏晋咏史诗的取材集中于古代士人。这也是"士人主题"成为中古咏史诗最重要主题的根本原因。

第四，咏史诗中的"士人主题"，在魏晋时期蓬勃发展，从左思到陶渊明的诗歌创作，完成了由"立功"向"立名"的价值转变。诗人们通过对古代先贤的歌咏，表达自己追求"三不朽"的理想和志向，而这正是"建安风力"的精神内核，士人主题作为咏史诗的核心内涵，是建安风力得以在魏晋到东晋古诗中延续的重要内因。

第五，南朝时期，"士人主题"开始走向消歇，代之而起的是怀古诗。从中古诗歌发展的实际情况来看，怀古诗是由咏史题材催化的。虽然怀古内容与魏晋时期一脉相承，但缺乏真情实感和深厚寄托，加上表现方式的咏物化倾向，导致蕴含在咏史诗士人主题中的"建安风力"也随之走向衰落。

第六，咏史诗内的"女性主题"在中古时期是与思妇诗和怨妇诗同步发展的。西晋时期，女性主题开始大量出现，诗人们对这些女性的歌咏，有着明显的"崇妇德"的倾向，这和西晋的社会风气有着直接的关系。南朝以来，诗歌中的女性题材逐渐走向繁荣，尤其是南朝宫体诗兴起以后，女性成了诗歌最重要的主题之一。这种风气自然会影响到咏史诗的内容，随着南朝诗人审美趣味的趋同，以及古题乐府近体化，咏史诗中的女性主题开始向闺怨靠拢。这也反映出晋宋、齐梁诗风由古到近的转关。

第七，中古咏史诗的艺术表现经过了一个发展的过程，具有明显的阶段性特征。在以史为鉴的咏史意识影响下，汉魏咏史诗形成了"罗列众事"的主要表现模式。这一模式的产生，受到当时文、赋、史传创作的直接影响。后来随着文体观念的逐渐明朗，以及诗歌概括历史的表现技巧的提升，这种方法逐渐走向消亡。到两晋时期，由于士人主题和女性主题的不断深化和拓展，促使传体咏史和论体咏史的历史概括能力和艺术表现水平大大提升，出现了咏史诗发展的高潮。齐梁时期，随着文学"娱情"观念的兴起，咏史诗在体式发展上整体都呈现出"近体化"的特征。两晋时出现的赞体咏史诗发展为以"赋得"为主的新体诗，以八句体为主。这与中古时期诗歌的演变大致同步。

第八，中古时期，咏史组诗开始出现并不断发展和完善，从左思的《咏史》，到陶渊明的《咏贫士》，再到颜延之的《秋胡诗》《五君咏》。咏史组诗内部的篇法结构逐渐完善，为唐宋咏史组诗的快速发展奠定了基础。

第九，中古咏史诗发展过程中，选材的来源逐渐扩大，三个层次的"史"都开始出现在咏史诗当中。这和六朝时期小说，尤其是志人小说的蓬勃发展，以及当时人对小说的文学观念有着直接的关系。

第十，中古时期咏史诗在发展过程中，和其他题材有不同情况的交叉和互动。魏晋时期，因为"咏史意识"和"述德传统"的催化，各种诗歌题材中都出现了大量的"以史为据""以史为鉴""追述先祖""颂美先王"的成分，这就造成咏史与述德、劝励、咏怀、赠答、郊庙、乐府等题材出现类似性。南朝时期，随着齐梁诗风的近体化进程，士人主题开始转化为怀古，女性主题开始转化为闺怨，这就造成了咏史和怀古、游侠、行旅、哀伤、宫怨等题材的内容和表现出现类似性。

第十一，咏史题材和其他题材存在互动的原因比较复杂，齐梁以前，诗人创作诗歌之时并没有明确的题材意识，只是按照诗歌传统来进行创作。萧统《文选》在编辑诗歌类目之时，继承前代诗歌分类的思想，第一次在理论上有了明确的题材意识，并以使用功能作为区分题材的标准。但在选诗分类和类目上都有含混和标准不一的问题，这种界分不清的现象正反映出咏史诗与其他题材相互影响的不可避免，也体现了中古诗歌各类题材在互动中发展的普遍性。

参考文献

一 古籍

（汉）班固撰，（唐）颜师古注：《汉书》，中华书局点校本1962年版。

（汉）班固撰，张溥辑、白静生注：《班兰台集校注》，中州古籍出版社1991年版。

（汉）曹操著，夏传才校注：《曹操集校注》，河北教育出版社2013年版。

（汉）董仲舒著，袁长江校点：《董仲舒集》，学苑出版社2003年版。

（汉）贾谊著，吴云、李春台校注：《贾谊集校注》，天津古籍出版社2010年版。

（汉）刘向编，何建章注释：《战国策注释》，中华书局1990年版。

（汉）刘向编著，石光瑛校释，陈新整理：《新序校释》，中华书局2001年版。

（汉）刘向撰，虞思征点校：《列女传补注》，华东师范大学出版社2012年版。

（汉）陆贾著，王利器撰：《新语校注》，中华书局2012年版。

（汉）司马迁撰，赵生群点校：《史记》，点校本二十四史修订本，中华书局2014年版。

（汉）司马相如著，李孝中校注：《司马相如集校注》，巴蜀书社2000年版。

（汉）王充著，黄晖撰：《论衡校释》，中华书局1990年版。

（汉）王符著，（清）汪继培笺，彭铎校正：《潜夫论笺校正》，中华书局1997年版。

（汉）许慎著：《说文解字》，中华书局影印陈昌治本2014年版。

（汉）荀悦撰，张烈点校：《汉纪》，中华书局2002年版。

（汉）扬雄著，张震泽校注：《扬雄集校注》，上海古籍出版社2011年版。
（魏）曹丕著，夏传才等校注：《曹丕集校注》，河北教育出版社2018年版。
（魏）曹植著，王巍校注：《曹植集》，河北教育出版社2013年版。
（魏）嵇康著，戴明扬校点：《嵇康集校注》，中华书局2014年版。
（魏）阮籍著，李志钧等校点：《阮籍集》，上海古籍出版社1978年版。
（魏）王弼著，楼宇烈校释：《老子道德经注校释》，中华书局2008年版。
（魏）王弼撰，楼宇烈校释：《周易注》，中华书局2011年版。
（魏）王粲等著，俞绍初辑校：《建安七子集》，中华书局2005年版。
（晋）陈寿撰，（南朝宋）裴松之集解：《三国志》，中华书局点校本1982年版。
（晋）葛洪著，杨明照撰：《抱朴子外篇校笺》，中华书局1991年版。
（晋）郭璞著，聂恩彦校注：《郭弘农集校注》，山西人民出版社1991年版。
（晋）陆机著，杨明校笺：《陆机集校笺》，上海古籍出版社2016年版。
（晋）陆云著，黄葵点校：《陆云集》，中华书局1988年版。
（晋）潘岳著，王增文校注：《潘黄门集校注》，中州古籍出版社2002年版。
（晋）陶渊明著，袁行霈撰：《陶渊明集笺注》，中华书局2011年版。
（晋）谢灵运著，顾绍柏校注：《谢灵运集校注》，中国台湾里仁书局2004年版。
（晋）谢灵运著，黄节注：《谢康乐诗注》，中华书局2018年版。
（晋）袁宏撰，张烈点校：《后汉纪》，中华书局2002年版。
（南朝宋）鲍照著，钱仲联增补集说校：《鲍参军集注》，上海古籍出版社2005年版。
（南朝宋）范晔撰，（唐）李贤注：《后汉书》，中华书局点校本，中华书局1965年版。
（南朝宋）刘义庆著，（南朝梁）刘孝标注，余嘉锡笺疏，周祖谟等整理：《世说新语笺疏》，中华书局2007年版。
（南朝宋）颜延之著，石磊校注：《颜延之文集校注》，吉林大学出版社2005年版。
（南朝齐）谢朓著，曹融南校注集说：《谢宣城集校注》，上海古籍出版社

1991 年版。

（南朝梁）何逊著，李伯齐校注：《何逊集校注》，齐鲁书社 1989 年版。

（南朝梁）江淹著，丁福林等校注：《江文通集校注》，上海古籍出版社 2017 年版。

（南朝梁）刘勰著，范文澜注：《文心雕龙注》，人民文学出版社 2006 年版。

（南朝梁）刘勰著，黄叔琳注，杨明照校注拾遗：《增订文心雕龙校注》，中华书局 2012 年版。

（南朝梁）沈约著，陈庆元校笺：《沈约集校笺》，浙江古籍出版社 1995 年版。

（南朝梁）沈约撰：《宋书》，中华书局点校本 1974 年版。

（南朝梁）萧纲著，肖占鹏等校注：《梁简文帝集校注》，南开大学出版社 2012 年版。

（南朝梁）萧统编，（唐）李善注：《文选》，上海古籍出版社 2019 年版。

（南朝梁）萧统编选，（唐）吕延济等注：《日本足利学校藏宋刊明州本六臣注文选》，人民文学出版社 2008 年版。

（南朝梁）萧绎著，陈志平、熊清元校注：《萧绎集校注》，上海古籍出版社 2018 年版。

（南朝梁）萧子显撰：《南齐书》，中华书局点校本，中华书局 1973 年版。

（南朝梁）阴铿著，（清）张溥编辑：《阴常侍集》，中华书局 1985 年版。

（南朝梁）钟嵘著，曹旭集注：《诗品集注》增订本，上海古籍出版社 2011 年版。

（南朝陈）徐陵编，吴兆宜注：《玉台新咏》，上海书店 1988 年版。

（南朝陈）徐陵著，许逸民校笺：《徐陵集校笺》，中华书局 2008 年版。

（北齐）魏收撰：《魏书》，中华书局点校本 1997 年版。

（北齐）颜之推著，王利器撰：《颜氏家训集解》，中华书局 1993 年版。

（北魏）郦道元著，陈桥驿校正：《水经注校正》，中华书局 2007 年版。

（北周）庾信撰，（清）倪璠注：《庾子山集注》，中华书局 1980 年版。

（唐）房玄龄等撰：《晋书》，中华书局点校本，中华书局 1974 年版。

（唐）李百药撰：《北齐书》，中华书局点校本，中华书局 1972 年版。

（唐）李延寿撰：《北史》，中华书局点校本，中华书局 1974 年版。

（唐）李延寿撰：《南史》，中华书局点校本，中华书局 1975 年版。

参考文献

（唐）令狐德棻撰：《周书》，中华书局点校本，中华书局1971年版。
（唐）马总编纂，王天海、王韧校释：《意林校释》，中华书局2014年版。
（唐）魏征等撰：《隋书》，中华书局点校本，中华书局1973年版。
（唐）姚思廉撰：《陈书》，中华书局点校本，中华书局1972年版。
（唐）姚思廉撰：《梁书》，中华书局点校本，中华书局1973年版。
（后晋）刘昫撰：《旧唐书》，中华书局点校本，中华书局1975年版。
（宋）郭茂倩编：《乐府诗集》，中华书局1979年版。
（宋）李昉等编：《文苑英华》，中华书局1956年版。
（宋）司马光编著，（元）胡三省音注：《资治通鉴》，中华书局1956年版。
（宋）朱熹注，王华宝点校：《诗集传》，凤凰出版社2007年版。
（元）方回选评，李庆甲集评校点：《瀛奎律髓汇评》，上海古籍出版社2005年版。
（元）马端临撰，上海师范大学古籍所等点校：《文献通考》，中华书局2011年版。
（明）胡应麟：《诗薮》，中华书局1958年版。
（明）王夫之著，李中华、李利民校点：《古诗评选》，上海古籍出版社2011年版。
（明）张溥编：《汉魏六朝百三家集》，上海古籍出版社1994年版。
（明）张溥著，殷孟伦注：《汉魏六朝百三家集题辞注》，中华书局2017年版。
（清）陈祚明评选，李金松点校：《采菽堂古诗选》，上海古籍出版社2019年版。
（清）郭庆藩撰，王孝鱼点校：《庄子集释》，中华书局1961年版。
（清）焦循撰，沈文倬点校：《孟子正义》，中华书局1987年版。
（清）阮元校刻：《十三经注疏》南昌府学本，中国台湾艺文印书馆2007年影印本。
（清）沈德潜选：《古诗源》，中华书局1963年版。
（清）孙希旦撰，沈啸寰、王星贤点校：《礼记集释》，中华书局1989年版。
（清）严可均辑，陈延嘉校点，《全上古三国秦汉六朝文》，河北教育出版社1997年版。

（清）严可均辑：《全上古三代秦汉三国六朝文》，中华书局 1958 年版。
（清）杨晨撰：《三国会要》，中华书局 1955 年版。
（清）赵翼著：《廿二史札记》，凤凰出版社 2008 年版。
程树德撰，程俊英、蒋见元点校：《论语集释》，中华书局 1980 年版。
费振刚等校注：《全汉赋校注》，广东教育出版社 2005 年版。
顾颉刚，刘起釪著：《尚书校释译论》，中华书局 2005 年版。
逯钦立辑校：《先秦汉魏晋南北朝诗》，中华书局 1983 年版。
杨伯峻编著：《春秋左传注》，中华书局 1981 年版。
赵光勇、王建域：《〈傅子〉〈傅玄集〉辑注》，陕西师范大学出版社 2014 年版。
[日] 遍照金刚撰，卢盛江校考：《文镜秘府论汇校汇考》，中华书局 2006 年版。

二　今人著作

（一）专著

曹道衡：《中古文学史论文集续编》，中华书局 2011 年版。
曹道衡：《兰陵萧氏与南朝文学》，中华书局 2004 年版。
曹道衡：《中古文学史论文集》，中华书局 1986 年版。
曹道衡、沈玉成：《南北朝文学史》，人民文学出版社 1991 年版。
陈建根选注：《咏史诗》，人民文学出版社 1989 年版。
陈延嘉、王大恒、孙浩宇：《萧统评传》，上海古籍出版社 2018 年版。
陈志平、熊清元：《萧绎评传》，上海古籍出版社 2018 年版。
程千帆：《古诗考索》，武汉大学出版社 2008 年版。
程章灿：《世族与六朝文学》，黑龙江教育出版社 1998 年版。
杜晓勤：《六朝声律与唐诗体格》，北京大学出版社 2017 年版。
傅刚：《〈文选〉版本研究》，世界图书西安出版公司 2014 年版。
傅刚：《〈昭明文选〉研究》，中国社会科学出版社 2000 年版。
傅刚：《汉魏六朝文学与文献论稿》，商务印书馆 2016 年版。
葛晓音：《八代诗史》，陕西人民出版社 1989 年版。
葛晓音：《古诗艺术探微》，河北教育出版社 1992 年版。
葛晓音：《汉唐文学的嬗变》，北京大学出版社 1990 年版。
葛晓音：《先秦汉魏六朝诗歌体式研究》，北京大学出版社 2011 年版。

归青：《南朝宫体诗研究》，上海古籍出版社 2006 年版。
贺雯婧：《阮籍〈咏怀诗〉研究》，上海文化出版社 2018 年版。
胡大雷：《〈文选〉编纂研究》，广西师范大学出版社 2009 年版。
胡大雷：《宫体诗研究》，商务印书馆 2004 年版。
胡大雷：《文选诗研究》，广西师范大学出版社 2000 年版。
黄水云：《颜延之及其诗文研究》，文史哲出版社 1989 年版。
黄雅歆、陈敬介：《魏晋咏史诗研究》，花木兰文化出版社 2008 年版。
黄益庸编著：《历代咏史诗》，大众文艺出版社 2000 年版。
江雅玲：《文选赠答诗流变史》，文津出版社 1999 年版。
降大任选注，张仁健赏析：《咏史诗注析》，山西人民出版社 1986 年版。
金春峰：《汉代思想史》，中国社会科学出版社 2006 年版。
雷家骥：《两汉至唐初的历史观念与意识》，书目文献出版社 1987 年版。
李翰：《汉魏盛唐咏史诗研究》，广西师范大学出版社 2006 年版。
林晓光：《王融与永明文学时代》，上海古籍出版社 2014 年版。
刘淑丽：《先秦汉魏晋妇女观与文学中的女性》，学苑出版社 2008 年版。
刘跃进：《门阀士族与文学总集》，世界图书西安出版公司 2014 年版。
刘跃进：《门阀士族与永明文学》，生活·读书·新知三联书店 1996 年版。
罗宗强：《玄学与魏晋士人心态》，天津教育出版社 2005 年版。
缪钺：《冰茧庵丛稿》，上海古籍出版社 1985 年版。
钱志熙：《汉魏乐府艺术研究》，学苑出版社 2011 年版。
钱志熙：《唐前生命观和文学生命主题》，东方出版社 1997 年版。
钱志熙：《陶渊明传》，中华书局 2012 年版。
钱志熙：《陶渊明经纬》，中华书局 2019 年版。
钱志熙：《魏晋南北朝诗歌史述》，北京大学出版社 2005 年版。
钱志熙：《魏晋诗歌艺术原论》，北京大学出版社 2005 年版。
钱锺书：《谈艺录》，生活·读书·新知三联书店 2001 年版。
师纶选注：《历代咏史诗五百首》，华南理工大学出版社 2010 年版。
孙康宜、宇文所安、刘倩：《剑桥中国文学史》，生活·读书·新知三联书店 2013 年版。
孙明君：《汉末士风与建安诗风》，文津出版社 1995 年版。
孙明君：《两晋士族文学研究》，中华书局 2010 年版。

孙明君：《南北朝贵族文学研究》，商务印书馆2018年版。
孙明君：《三曹与中国诗史》，清华大学出版社1999年版。
唐长孺：《魏晋南北朝史论丛》，生活·读书·新知三联书店1955年版。
唐长孺：《魏晋南北朝史论拾遗》，中华书局1983年版。
田余庆：《东晋门阀政治》，北京大学出版社2005年版。
万萍、叶维恭主编：《中国历代咏史诗辞典》，江西教育出版社1998年版。
万绳楠整理：《陈寅恪魏晋南北朝史讲演录》，贵州人民出版社2007年版。
王运熙：《汉魏六朝唐代文学论丛》，上海古籍出版社2014年版。
吴光兴：《萧纲萧绎年谱》，社会科学文献出版社2006年版。
吴正岚：《六朝江东士族的家学门风》，南京大学出版社2003年版。
徐复观：《两汉思想史》，九州出版社2014年版。
徐公持：《魏晋文学史》，人民文学出版社1999年版。
许结：《汉代文学思想史》，南京大学出版社1990年版。
阎步克：《察举制度变迁史稿》，中国人民大学出版社2009年版。
阎步克：《士大夫政治演生史稿》，北京大学出版社1998年版。
杨子才：《历代咏史诗钞》，中国人民解放军出版社2009年版。
叶嘉莹：《迦陵论诗丛稿》，北京大学出版社2014年版。
叶嘉莹：《叶嘉莹说陶渊明饮酒及拟古诗》，中华书局2007年版。
于迎春：《秦汉士史》，北京大学出版社2000年版。
余冠英：《汉魏六朝诗论丛》，中华书局1962年版。
俞士玲：《汉晋女德建构》，人民文学出版社2017年版。
俞士玲：《陆机陆云年谱》，人民文学出版社2009年版。
俞士玲：《西晋文学考论》，南京大学出版社2008年版。
袁行霈：《陶渊明研究》，北京大学出版社1997年版。
岳希仁：《古代咏史诗精选点评》，广西师范大学出版社1996年版。
张墨林、武桂霞编著：《赏诗·观赏·学文——历代咏史诗分类解读》，辽宁大学出版社1999年版。
赵望秦：《古代咏史诗通论》，中国社会科学出版社2010年版。
郑先兴：《汉代史学思想史》，河南大学出版社2014年版。
周勋初：《魏晋南北朝文学论丛》，江苏古籍出版社1999年版。

周一良：《魏晋南北朝史札记》，中华书局1985年版。

[澳] 文青云：《岩穴之士：中国早期隐逸传统》，徐克谦译，山东画报出版社2009年版。

[美] 宇文所安：《中国早期古典诗歌的生成》，胡秋蕾等译，生活·读书·新知三联书店2014年版。

[美] 田晓菲：《尘几录：陶渊明与手抄本文化研究》，中华书局2007年版。

[美] 田晓菲：《烽火与流星：萧梁王朝的文学与文化》，中华书局2010年版。

[日] 冈村繁：《汉魏六朝的思想和文学》，陆晓光译，上海古籍出版社2002年版。

[日] 今场正美：《隐逸与文学》，李寅生译，湘潭大学出版社2014年版。

（二）学位论文

过元琛：《中国文学中王昭君形象的古今演变》，博士学位论文，复旦大学，2010年。

李翰：《汉魏盛唐咏史诗研究》，博士学位论文，复旦大学，2005年。

王小燕：《中古诗歌中的女性形象研究》，博士学位论文，复旦大学，2011年。

韦春喜：《宋前咏史诗史》，博士学位论文，山东大学，2005年。

（三）期刊

柏红秀：《铜雀妓诗的繁荣及其诗史意义》，《河北学刊》2017年第2期。

蔡瑜：《陶诗与对话》，《中华文史论丛》2010年第2期。

曹道衡：《从乐论府诗的选录看〈文选〉》，《文学遗产》1994年第4期。

曹道衡：《论梁武帝与梁代的兴亡》，《齐鲁学刊》2001年第4期。

曹道衡：《南朝文风和〈文选〉》，《文学遗产》1995年第5期。

陈复兴：《〈文选〉与文化史——以〈文选·咏史〉为例》，《社会科学战线》2010年第2期。

陈焱：《玄思死亡：当代哲学分析视角下的〈形影神〉》，《文学遗产》2019年第1期。

陈贻焮：《谈李商隐的咏史诗和咏物诗》，《文学评论》1962年第6期。

程千帆、莫砺锋：《忧患感：从屈原、贾谊到杜甫》，《文艺理论研究》1986年第5期。

程郁缀：《咏史宜别出新意》，《北京大学学报》（哲学社会科学版）2010年第5期。

程章灿：《〈西京杂记〉的作者》，《中国文化》1994年第2期。

程章灿：《汉魏六朝文学五考》，《古籍整理研究学刊》1994年第5期。

程章灿：《三十个角色与一个演员》，《中山大学学报》2010年第1期。

程章灿：《题目与诗：从清言到手笔——谢混〈诫族子诗〉及其诗史意义新论》，《文学遗产》2018年第3期。

戴建业：《左鲍异同初探——比较分析左思、鲍照的人生境遇与人生抉择》，《中华文史论丛》2008年第4期。

杜晓勤：《五言诗律化进程与唐诗体式研究的思考与探索》，《北京大学学报》（哲学社会科学版）2016年第1期。

傅刚：《论〈文选〉收录标准与齐梁作家作品评赏间的异同》，《殷都学刊》1999年第1期。

傅刚：《南朝乐府古辞的改造与艳情诗的写作》，《文学遗产》2004年第3期。

傅刚：《试论梁代天监、普通年间文学思想与创作》，《文学遗产》1998年第5期。

傅刚：《永明文学至宫体文学的嬗变与梁代前期文学状态》，《社会科学战线》1997年第3期。

葛晓音：《汉魏两晋四言诗的新变和体式的重构》，《北京大学学报》2006年第5期。

葛晓音：《江淹"杂拟诗"的辨体观念和诗史意义——兼论两晋南朝五言诗中的"拟古"和"古意"》，《晋阳学刊》2010年第4期。

葛晓音：《论汉乐府叙事诗的发展原因和表现艺术》，《社会科学》1984年第12期。

葛晓音：《论汉魏五言的"古意"》，《北京大学学报》（哲学社会科学版）2009年第2期。

葛晓音：《论早期五言体的生成途径及其对汉诗艺术的影响》，《文学遗产》2006年第6期。

葛晓音：《南朝五言诗体调的"古""近"之变》，《中国社会科学》2010年第3期。

葛晓音：《西晋五古的结构特征和表现方式——兼论"魏制"与"晋造"

的同异》,《中华文史论丛》2009年第2期。

葛晓音:《鲍照"代"乐府体探析——兼论汉魏乐府创作传统的特征》,《上海大学学报》2009年第2期。

韩宁:《〈乐府诗集〉"鼓吹"概念考论》,《文献》2000年第4期。

胡大雷:《〈白马篇〉:侠文化的转向》,《湖南文理学院学报》(社会科学版)2007年第1期。

胡大雷:《〈诗品〉论"咏史"》,《广西民族师范学院学报》2011年第2期。

胡大雷:《关于文选分体学、文选类型学的思考》,《郑州大学学报》2010年第3期。

胡大雷:《六朝诗歌用典论——兼论"诗言志"与集体无意识》,《文学评论》2014年第5期。

胡大雷:《文选诗"哀伤"类初探》,《山西大学师范学院学报》1997年第2期。

胡大雷:《文选诗以"类"相分的形成及影响》,《广西师范大学学报》(哲学社会科学版)2004年第1期。

纪倩倩、王栋梁:《"咏史"界说述论》,《齐鲁学刊》2009年第3期。

康震:《南北朝时期"关陇集团"文学观念的发展演变》,《文学评论》2008年第2期。

李翰:《试论咏史、怀古之关系及其诗学精神》,《上海大学学报》2006年第6期。

李琼英:《两晋南朝时期士庶关系考察》,《社会科学家》2005年第5期。

林春香:《论枚乘在文、景大一统政权过渡期的典型意义——兼论汉初士人从游士到士大夫身份的转型》,《湖北社会科学》2012年第2期。

林继中:《沉郁:士大夫文化心理的积淀》,《文艺理论研究》1994年第6期。

刘淑丽:《傅玄妇女诗及其对妇女命运的思索》,《求索》2002年第2期。

刘淑丽:《古代女性创作的忧患意识》,《大连大学学报》1999年第1期。

刘淑丽:《汉末文人五言诗中的思妇》,《晋阳学刊》2003年第3期。

刘术:《魏晋南北朝时期的铜雀文化》,《天中学刊》2016年第2期。

柳卓娅、陈文华:《出土文物与汉乐府〈秋胡行〉古辞考》,《江汉论坛》2016年第4期。

莫砺锋：《论晚唐的咏史组诗》，《社会科学战线》2000年第4期。

钱志熙：《论〈文选〉〈咏怀〉十七首注与阮诗解释的历史演变》，《文学遗产》2009年第1期。

钱志熙：《论阮籍〈咏怀诗〉——组诗创作性质及其主题的逻辑展开》，《东方丛刊》2008年第1期。

钱志熙：《论陶渊明的寒素性质及其在文学上的体现》，《齐鲁学刊》2010年第1期。

钱志熙：《论魏晋南北朝乐府体五言的文体演变——兼论其与徒诗五言体之间文体上的分合关系》，《中山大学学报》（社会科学版）2009年第3期。

钱志熙：《论中古文学生命主题的盛衰之变及其社会意识背景》，《文学遗产》1997年第4期。

钱志熙：《矛盾与和谐——陶渊明诗歌中的一重关系》，《求索》1990年第1期。

钱志熙：《齐梁拟乐府诗赋题法初探——兼论乐府诗写作方法之流变》，《北京大学学报》1995年第4期。

钱志熙：《陶渊明"神辨自然"生命哲学再探讨》，《求是学刊》2018年第1期。

钱志熙：《陶渊明〈形影神〉的哲学内蕴与思想史位置》，《北京大学学报》（哲学社会科学版）2015年第3期。

沈玉成：《文选的选录标准》，《文学遗产》1984年第2期。

孙明君：《从"国家"到"天下"——汉魏士大夫文学中的政治情感考察》，《社会科学战线》2001年第5期。

孙明君：《二陆赠答诗中的东南士族》，《北京大学学报》2007年第5期。

孙明君：《陆机〈文赋〉创作论中的士族意识》，《文学评论》2008年第4期。

孙明君：《陆机诗歌中的士族意识》，《北京大学学报》2005年第6期。

孙明君：《陆机与陶渊明仕宦体验之比较》，《清华大学学报》2006年第6期。

孙明君：《唐太宗〈陆机传论〉解析》，《北京大学学报》（哲学社会科学版）2013年第3期。

孙明君：《颜延之与刘宋宫廷文学》，《文学遗产》2012年第2期。

孙云、王九筛：《场域视角下的鼓吹乐文化解读》，《中国音乐学》2008年第2期。

汪高鑫：《"实录"与"宣汉"：汉代史学思潮的两种取向》，《史学史研究》2008年第2期。

汪泽：《长门买赋故事形态流变及其文化分析》，《科学经济社会》2015年第4期。

汪泽：《从"富贵异心"到"才拥双艳"——相如聘妾与长门买赋故事关联演变的叙事文化学分析》，《天中学刊》2019年第4期。

王长华、刘静：《中古咏史诗的艺术表现》，《河北大学学报》（哲学社会科学版）2016年第4期。

王铿：《论南朝宋齐时期的"士庶天隔"》，《北京大学学报》1993年第2期。

王绍东：《论汉代"过秦"思想的历史局限》，《史学史研究》2009年第3期。

王四达：《神、圣崇拜：汉代精神传统的形成及其渊源流变》，《江汉论坛》2008年第5期。

王运熙：《汉代鼓吹曲考》，《复旦学报》（人文科学版）1957年第1期。

韦春喜：《〈文选〉咏史诗的类型与选录标准探讨》，《宁夏大学学报》（人文社会科学版）2004年第2期。

吴光兴：《论萧纲的文学活动及其宫体文学理想》，《文学遗产》2006年第4期。

吴小平：《论班固〈咏史〉诗的诗歌史意义》，《社会科学战线》1999年第3期。

徐公持：《理极滞其必宣——论两晋人士的嵇康情结》，《文学遗产》1998年第4期。

徐樑：《西晋时期玄学与文学不兼容现象之构成》，《文学遗产》2018年第6期。

徐茂明：《东晋南朝江南士族之心态嬗变及其文化意义》，《学术月刊》1999年第12期。

许殿才：《古代史学的"求真"与"致用"传统》，《史学史研究》2008年第2期。

叶嘉莹：《神龙见首不见尾——谈〈史记·伯夷列传〉的章法与词之若隐

若见的美感特质》,《天津大学学报》1999 年第 1 期。

俞士玲:《〈世说新语〉收录记事标准及其在〈贤媛〉门等女性记事中的贯彻》,《古典文献研究》2009 年第 1 期。

袁行霈:《陶诗主题的创新》,《中国文化研究》1997 年第 1 期。

袁行霈:《陶渊明与晋宋之际的政治风云》,《中国社会科学》1990 年第 2 期。

詹福瑞:《文士、经生的文士化与文学的自觉》,《河北学刊》1998 年第 4 期。

张任:《论石崇在昭君故事诗歌接受史上的意义》,《三峡大学学报》2016 年第 6 期。

张一南:《谢灵运诗文化用〈易〉典方式研究》,《云南大学学报》2012 年第 2 期。

张振龙:《汉魏之际文人关系中文学类型的确立》,《文学遗产》2020 年第 1 期。

周一良:《魏晋南北朝史学与王朝禅代》,《北京大学学报》1987 年第 2 期。

朱晓海:《论贾谊〈吊屈原文〉》,《文学遗产》2013 年第 5 期。

索 引

B

白马篇 219,224—230,232

班固 5—7,9,12,17—19,23—25,27,29,32—40,42,44,70,72,75—77,86,89—93,135,142,160,165,176,177,184,191,198,199,222,231,238

班婕妤 3,16,140,142,143,150—152,154—157,159,160,169,174,178,179,187—190,192,193,196,232

鲍照 15,134—139,166,225,226,239

C

长门怨 3,140,143,169,176,178,188,196

楚妃 3,140,142,150,157,159,160,169,174,178,179,187—189,196

传体咏史 8,17,19,23,24,51,67,69,70,83,90,117,134,151,155,156,163,212,231,238,246

D

登歌 59,64—66,68,84,174

东方朔 27,39,41—43,71,72,74,79,80,91,93,110,111,191

F

妇德 3,142,144,145,178—180,183,184,187,189,196,246

G

宫体诗 1,3,188,246

鼓吹曲 59—64,67—69,84

H

寒士 58,59,84,88,89,96—98,100—106,108,111,137—139,204,240,245

汉高庙 207—210

怀古诗 3,4,202,204—208,210,212—215,217,218,231,240,246

J

嵇康 15,70,79,80,110,111,125,

129—134,204,231

贾谊　14,24,25,29,30,34,35,39—41,43,86,99,107,120,121,216

建安风力　3,84,97,137—139,217,243—246

郊庙　2—4,44,59,64—69,84,198,231,233,235—237,242—244,247

L

刘生　16,224,227—230,232

陆机　46—50,57,66—68,103,142,151—156,173,174,189,192,229

陆云　46—50,153,172—174

论体咏史　8,17,19,20,23,24,40,67—70,83,91,93,145,163,201,212,231,240,246

罗列众事　2,61,62,64,69—71,73,77,78,80,81,83,84,96,97,107,199,246

M

名士　47,98,124,125,128,129,131,132,134,135,137,139,153,163,194,239

N

女性主题　3,4,83,84,140,142,143,169,176,178,187—190,194,197,204,242,246,247

P

贫士　53,89,108,109,112—116,120,122—129,134,137,139,242,246

Q

秋胡妻　3,140,142—150,159,160,169,174,178,179,187,188,192,193,196,232,239

R

阮籍　6,15,125,129—134,138,181,190,198—204,231,238,240

S

诗歌题材　1,2,4,6,9,13,68,197,198,204,225,229—238,240—244,247

《诗经》　38,57,140,141,158,232,233,236,237

士人主题　3,4,83—85,88,89,93,112,138—140,204,205,212,217,218,242,243,245—247

士族　3,44,45,58,59,84,85,87—89,97,98,245

述德　2,4,8,44,49,54,57—59,67,68,88,198,231,235—238,242,244,246,247

思妇诗　3,140—142,179,183,246

T

陶渊明　1,3,6,7,9,10,26,46,51—54,66,67,89,98,108,109,111—129,131,134,138,139,204,217,231,242,245,246

铜雀妓　3,140,143,169,170,173—

176,179,187,188,194,196,232

W

《文选》 4,8—10,12,14,18,24,35,37,58,99,104,125—127,131,138,145,164,172,174,177,180,192,201,203,210,212,213,224,232,235—244,247

X

贤士 15,87,89—93,137,205

谢灵运 46,54—58,66—68,99,147,229,242

Y

颜延之 1,3,14,89,124—128,130—135,137—139,145—150,187,239,240,246

以史为鉴 2—4,28,30,33,34,38,41,43,44,46,83,84,242,245—247

以史为据 2—4,30,33,39,43,44,46,64,75,78,84,88,242,245,247

隐士 26,53,89,104,108—116,124—126,128,132,134,137,139

咏怀诗 15,84,198,202,203,231,238,240

咏史诗 1—28,38,41,43,44,46,51,54,56—64,66—70,78,80—85,87—98,100,104,106—112,114—117,119,120,122—127,131,132,134,135,137—140,142,143,145,150—152,155,159,160,162,163,165,166,169,174—179,187—190,192—198,201,202,204,205,208,210,212,214,217—224,227—232,238—240,242—247

咏史意识 2—4,28,37,38,41,44,46,59,64,69,83,84,88,89,231,240,242—246

咏史组诗 10,61,64,96,120—122,124,132,133,198,231,246

游侠题材 218,219,221,225,227,228,230,232,238

怨妇诗 3,140,142,246

Z

张华 48,88,89,99,103,220—225,228,229

追溯祖德 67

左思 1,3,5,7—10,14,20,26,27,54,57—59,61,84,88,89,96—108,111,112,114,117,122,138,139,172,190,198,201,202,204,217,231,239—242,245,246

后　　记

"苔花如米小，也学牡丹开。"《中古咏史诗研究》这朵"小花"的背后，凝聚了太多人的心血和汗水。在它"盛开"之际，我要表达自己最真挚的谢意！

感谢亲爱的祖国。生逢盛世，我切身体会到："我的祖国和我，像海和浪花一朵。"作为一名"中国少年"，我十分荣幸地见证了"少年中国"走向繁荣与昌盛的伟大历史进程。同时，我也万分期待自己能够为这个伟大的时代、伟大的祖国贡献自己的力量。

感谢挚爱的家人。父母一生"面朝黄土背朝天"，过得是最清贫、最艰苦的日子。但是，他们尽最大努力，支持我"一直念书"的决定。从本科，到硕士，再到博士，他们在精神和物质上都无条件地支持我，这是我前进的最大动力。何以报春晖？唯此寸草心。我愿意把这本小书作为礼物，献给我的父母。

感谢敬爱的导师。我是个幸运的学生，在每一段求学历程中，我都能遇见最好的导师。在学术的道路上，西关中学的顾红艳老师，康平高中的刘雪峰老师，辽宁大学罗元文教授，南京大学俞士玲教授，北京大学葛晓音教授，中国社会科学院嘉木扬·凯朝研究员先后担任我的导师。正是先生们高屋建瓴的指导，才使我得以进入学术殿堂。在求学的路上，还有很多先生也为我提供了无私的帮助。在此，我愿将本书作为一张"答卷"，提交给各位先生们审阅。

感谢真爱的朋友。正所谓"少年乐相知"，在我"漫长"的求学道路上，无数的知音好友与我朝夕相伴，并肩战斗：有"指点江山，激扬文字，粪土当年万户侯"的豪迈，有"用舍由时，行藏在我，袖手何妨闲处看"的自信，偶尔也有"躲尽危机，消残壮志，短艇湖中闲采莼"的"强说愁"。感谢你们陪伴我度过了最好的青春年华！也希望我们都实现年少时的梦想。

感谢友爱的编辑。在本书出版的过程中，编辑老师严谨、认真、负责的编校工作为本书增色不少。大到章节架构，小到字词选用，编辑老师都提出了宝贵的修改意见。在编校过程中，各位老师展现出渊博的学识、认真的态度、专业的方法，为我留下了深刻的印象，也成为我今后学习的典范。

感谢一切曾经关心、支持、帮助本书出版的人。

王　帅

2023 年 1 月 10 日